# 이주홍의 일제강점기 문학 연구

류종렬 편저

국학자료원

이주홍의 만년의 모습

1918년 보통학교 졸업사진(앞줄 왼쪽)

1927년 히로시마에서

『신소년』(1930년 8월호)의 「여름방학 지상좌담회」 참석자 사진
뒷줄 왼쪽부터 이구월, 손풍산, 늘샘(탁상철), 양우정, 이주홍, 엄흥섭 앞줄
왼쪽부터 신고송, 김병호

1936년경 중앙인서관 시절(앞줄 오른쪽에서 두번째)

1936년 『풍림』 시절(위)

1940년 『신세기』 편집회의(오른쪽 둘째)

1935년경 서울에서

1940년경 서울에서(오른쪽)

1930년 합천에서(오른쪽)

1928년 동경에서

향파가 졸업한 합천초등학교(당시는 읍의 서쪽 산턱에 있었다)

영창리의 생가(당시는 초가였다)

9살 때 이사해 간 배암골 집

# 창작집과 발간·편집한 잡지

불별

못난 도야지

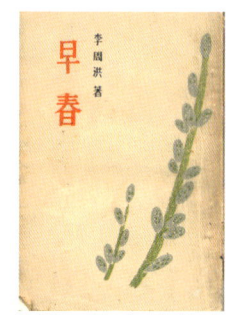

조춘

음악과 시

신소년

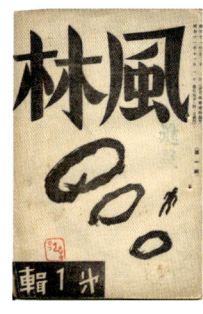

풍림

신세기

영화 연극

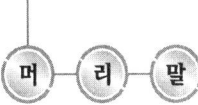

　향파 이주홍은 1906년 경남 합천에서 태어나 1987년 부산에서 작고하기까지 아동문학, 소설, 시, 희곡, 시나리오, 수필, 번역, 만문만화 등 문학의 전분야에 걸쳐 엄청난 분량의 작품을 발표한 작가이다. 또한 향파는 작품 창작뿐만 아니라 연극 연출, 잡지 편집·제본, 잡지 표지화, 컷, 작사, 작곡, 만화, 회화, 서예 등에도 상당한 조예가 있을 정도로 다재다능한 예술가의 삶과 배재중학교, 동래중학교, 부산수산대학교의 교사와 교수로서의 삶을 살아왔다. 향파가 살다 간 80여 년은 외세의 침략과 식민지 지배, 해방기의 좌·우익의 사상적 대립과 한국 전쟁, 근대화와 군사독재라는 고난의 한국 근대사와 마주한 삶이었다.

　향파의 문학활동은 1928년 아동잡지『신소년』5월호에 투고한 동화「배암색기의 무도」가 독자란이 아닌 본문에 실리고, 1929년『조선일보』신춘문예에 단편소설「가난과 사랑」이 선외가작으로 입선하고, 1929년 여성종합지『여성지우』12월호에 단편소설「결혼전날」이 당선되면서 시작되었는데, 1987년 작고하기까지 60여 년을 일관되게 작품활동을 해

왔다.

　향파의 문학활동이 60여 년에 이르고, 그가 남긴 작품집만 200여 권이고, 그가 작고한 지도 15년이나 되었음에도 불구하고 아직까지 향파의 생애나 문학 활동에 대한 전모는 완전히 밝혀져 있지 않다. 일제강점기나 해방 공간에서의 향파의 프로문학 활동은 최근에 이르러서야 조금씩 밝혀지기 시작하였고, 일본 유학 당시의 흔적은 향파 자신의 기술에만 의존하고 있을 뿐이다. 이보다 더 큰 문제는 그의 문학 작품 목록조차도 정리되어 있지 않다는 점이다. 그 중에서도 일제강점기의 아동문학 작품이나 해방 이후부터 1960년대까지의 희곡 작품들의 경우는 문제가 심각한 지경이다.

　우리 근대아동문학사에서는 향파를 1930년대의 주요 작가로, 또는 카프문학운동시기를 대표하는 일급작가로 기술하고 있으나, 우리 근대문학사나 소설사에서는 언급조차 되지 않고 있다. 이러한 사실은 작품의 질적 수준의 문제에 있다기보다는 그가 문학의 전 장르에 걸쳐 너무 오랫동안 작품활동을 하였다는 점, 광복 후 거의 부산에 살면서 창작활동을 해 왔고, 일제 강점기의 문학활동이 밝혀져 있지 않았고, 또한 그의 후기 소설의 작품세계가 1960-70년대의 비판적 리얼리즘에서 비껴나 있다는 점 등이 중요한 원인일 것이다. 또한 소설가로서보다는 오히려 아동문학가로서 널리 알려져 있다는 점도 많이 작용했을 것이다. 다행히 최근에 이르러서야 향파의 잊혀진 자료들이 발굴되고 향파의 생애와 작품들이 평론적인 접근에서 벗어나 학술논문으로 발표되기 시작하였다. 이것은 2002년 이주홍 문학관의 개관이 큰 자극이 되었음은 말할 필요가 없다.

향파는 일반적으로 김정한과 더불어 부산문학의 터를 다진 작가이며, 특히 부산소설문학과 아동문학 그리고 희곡문학에 지대한 영향을 끼친 부산문단의 거목이자 대부로 알려져 있다. 그러나 향파 소설은 리얼리즘을 지향하지만 김정한과는 달리 문제 제시적이고 유연하면서도 다양성을 지녔다고 평가되고 있다. 그런데 김정한에 비해 그에 대한 연구는 미미한 편이고, 그간의 연구도 부산지역의 학자나 평론가들을 중심으로 이루어졌을 뿐이다.

편자는 평소부터 향파의 문학 작품들이 올바르게 평가되고, 나아가 그의 문학이 우리 근대 문학사나 소설사에서 온당하게 자리매김되어야 한다고 생각해 왔다. 이 책을 펴내는 이유도 이와 같은 생각에서 비롯된 것이다. 향파의 삶과 문학을 널리 알려, 앞으로의 향파 연구의 초석을 다지고 우리 근대문학사에 올바르게 자리매김하는데 있는 것이다. 이 책에서 일제강점기의 작품만을 다룬 것은 일제강점기가 지금까지의 향파 연구에서 가장 미진한 부분에 속하기 때문이다.

그러나 한 분야의 연구만으로 향파의 진면목은 밝혀지지 않는다. 앞에서 말한 바와 같이 향파는 문학의 전 분야에 걸쳐 작품 활동을 하였기 때문에 이들에 대한 총체적인 연구만이 그의 문학적 업적과 성과가 올바르게 드러날 수 있는 것이다. 이 책에 수록된 논문과 평론들 역시 그가 발표한 문학 작품 전반을 다루었고, 또한 그의 초기 문학 활동과 깊은 관련이 있는 『신소년(新少年)』에 수록된 작품들과 아울러 프로문학 활동도 연구하였다. 이 책을 엮으면서 한 가지 아쉬운 점은 향파의 만화에 대한 연구가 빠져있다는 것이다. 향파는 일제강점기에 만화가로 널리 활동하였는데, 만화는 그의 사상적 궤적을 파악하는 중요한 단서가 될 수 있고, 그 중에서 특히 문단만화는 당대 문인들의 특성뿐 아니라 생활상을 드러내는 중요한 자료로 여겨지기 때문이다.

그리고 부록으로 일제강점기 향파의 자서전에 해당되는 「이 세상 태어나서 - 청춘은 아름다와라」라는 글과 이주홍 연보, 일제강점기의 작품 목록, 그리고 연구 서지를 붙여 연구자들과 일반 독자들의 이해를 돕고자 하였다.

향파의 해방 이후 작고하기까지의 문학활동과 작품에 대한 연구성과는 다른 자리를 빌어 엮어볼 생각이다. 그리고 일제강점기의 작품집도 이 책과 함께 펴내야 함에도 불구하고 여력이 미치지 못하여 다음 기회로 미루기로 한다.

이 책을 펴내는데 많은 분들의 도움을 받았다. 논문의 재수록을 흔쾌히 허락해 주신 박태일, 이재복, 박경수 교수님과 새로이 원고를 써 주신 정봉석 교수님의 정성에 감사드린다. 다음으로 향파 선생의 많은 자료를 살펴볼 수 있도록 도와주신 향파선생의 미망인 박무연 여사님과 조카인 시인 정영일 선생님, 그리고 책을 펴내는데 많은 격려와 성원을 해 주신 이주홍문학재단의 이사장 강남주 부경대 총장님과 이주홍문학 관장인 김영 부산문화방송 사장님께 진심으로 고마움을 전한다. 끝으로 어려운 출판 사정에도 불구하고 책을 내어주신 국학자료원의 정찬용 사장님께도 감사의 말씀을 전하고 싶다.

2004년 2월 20일
우암동 연구실에서

# 차 례

# 일제 강점기 이주홍의 동시 연구

박경수

## 1. 서 론

최근 들어 향파(向破) 이주홍(李周洪: 1906~1987)의 문학에 관한 논의가 활발하게 이루어지면서, 그의 문학이 갖는 값어치와 자리를 올바로 파악하는 데 큰 진전을 이룩했다. 특히 아동문학가로서, 그리고 소설가로서 이주홍이 갖는 면모는 새로운 자료의 발굴, 소개[1] 등을 통해 한층 우뚝 선 자리에서 조명을 받는 상황이 되었다.

이주홍의 문학에 관한 연구가 이렇게 활발하게 이루어지게 된 까닭은 2002년 10월에 '이주홍문학관'이 개관된 것을 계기로 그의 생전 장서가 연구자와 일반에 공개되었기 때문이다. 『신소년』, 『별나라』 등 많은 문학 관련 잡지, 그리고 원고 뭉치와 인쇄 자료로 남겨진 숱한 작품

---

[1] 근래에 들어 이주홍의 아동문학에 관해서는 박태일이, 소설에 관해서는 류종렬이 집중 연구하고 있다. 이중 이주홍의 문학 작품들을 새롭게 발굴, 소개하면서, 그의 문학세계를 한층 폭넓게 보는 데 기여한 글을 보이면 다음과 같다.
박태일, 「이주홍의 초기 아동문학과 『신소년』」, 『현대문학이론연구』 제18집(현대문학이론학회, 2002. 12).
류종렬, 「〈결혼전날〉에 대한 소고 -이주홍 문단 당선작의 의미」, 『오늘의 문예비평』 2003년 봄호(2003. 3)
류종렬, 「이주홍의 미완의 장편소설 〈야화〉 연구」, 『한국문학논총』 제33집(한국문학회, 2003. 4).

들은 특히 이주홍 문학 연구에서 매우 중요한 디딤돌 구실을 했다.

그러나 이주홍의 문학, 좀더 넓게는 예술 전반에 관한 연구는 이제 비로소 제 방향을 잡고 출발을 했다고 해도 지나친 말이 아니다. 그의 업적이 시, 동시, 동화, 아동극, 소설, 희곡, 문학론, 수필, 만화, 그림, 서화, 작곡 등 예술 전반에 걸쳐 있으면서, 이들 각 분야의 성과가 자료를 뒤지면 뒤질수록 계속 새롭게 발견되기 때문이다 따라서 그의 문학과 예술 세계에 대한 종합적인 이해를 도모하기 위해서는 이제부터라도 그의 업적을 꼼꼼하게 찾는 서지 작업을 서둘러 진행해야 하며, 동시에 이를 토대로 한 장르별 논의가 폭을 넓히고 깊이를 더해야 한다.

이 글은 바로 이주홍의 문학업적 중에서 일제 강점기에 발표한 동시 작품을 가능한 대로 폭넓게 조사하여, 좀더 충실한 작품 서지를 만들고, 이를 바탕으로 당대 그의 동시가 어떤 작품세계의 특징을 보여주는가를 고찰하기 위한 목적에서 쓰여지는 것이다. 이를 위해 기존의 연구[2]를 통해 찾아진 일제 강점기 이주홍의 동시 작품 목록을 거듭 확인하는 작업을 거치면서, 혹시 살피지 못했거나 실수로 빠뜨린 작품들을 찾는 작업부터 진행하게 되었다. 그 결과 14편의 동시 작품들을 새롭게 추가

---

2) 이주홍의 시와 동시를 연구한 대표적인 논의를 들면 다음과 같다. 이중에서 ③~⑤의 글이 일제 강점기 이주홍의 시와 동시를 대상으로 한 것이다.
① 송명희, 「이주홍의 시적 지향과 정신적 높이」, 『나그네의 수첩』(그루, 1990).
② 곽홍란, 「이주홍 동시 특성 연구」, 영남대 대학원 석사학위논문(1999).
③ 김지은, 「이주홍 시 연구」, 『지역문학연구』 제7집(경남지역문학회, 2001. 10. 31)
④ 박태일, 「이주홍의 초기 아동문학과 『신소년』」, 『현대문학이론연구』 제18집 (현대문학이론학회, 2002. 12)
⑤ 신현득, 「향파 이주홍의 동시 세계」, 『2003 이주홍문학제 이주홍문학세미나』 (이주홍문학재단, 2003. 5. 31)

할 수 있었다. 앞으로 자료 조사를 확대하면 목록에 드는 작품이 좀더 늘어날 것이지만, 일단 지금까지 이들 작품들의 발굴과 관련된 문학 서지를 구체적으로 밝힌 다음, 이들 작품들을 대상으로 한 본격적인 논의에 들어가고자 한다.

그런데 이주홍의 동시 세계는 성인시의 세계를 포괄시켜 논의하는 것이 바람직할 수 있다. 그의 시 세계를 파악하는 데 동시와 성인시가 유사한 사정을 보이면서도 상호 보완적일 것이라고 예상되기 때문이다.[3] 그렇지만 성인시의 세계를 고려하되 동시만을 대상으로 논의하는 것이 논지를 분명하게 하는 이점이 있다는 생각에서 이 글에서는 동시만을 논의하기로 한다.


## 2. 이주홍의 동시 찾기

### 1) 이미 찾아진 이주홍의 동시

이주홍은 사실 동화나 소설 작가로 더 잘 알려져 있다. 따라서 이주홍의 문학에 관한 연구는 대부분 동화나 소설 작품들을 대상으로 한 것이었다. 그가 시집 『풍경』(보리밭, 1984)과 동시집 『현이네 집』(보리밭, 1983)을 남기는 등 시와 동시 분야에도 상당한 업적을 남겼음에도, 그에게 시와 동시는 여기(餘技) 정도일 것이라 생각한 탓도 있으면서 동화

---

3) 일제 강점기 이주홍의 성인시를 대상으로 한 논의는 졸고, 「일제 강점기 이주홍의 시 연구」, 『우리말글』 제29집(우리말글학회, 2003. 12)에서 했다.

와 소설의 풍성한 업적에 가린 탓에 오랫동안 제대로 빛을 보지 못했다. 더구나 일제 강점기에 발표한 시와 동시는 21세기를 맞고서야 비로소 조사되어 논의되기 시작했다. 물론 이렇게 된 데에는 이주홍 자신에게 문제될 수 있는 저간의 사정이 작용되었을 개연성이 많다. 그것은 일제 강점기에 발표한 시와 동시의 대부분이 당시 계급의식에 입각한 사회주의 사상에 깊이 경도되어 있었던 면모를 보여준다는 점인데, 그러한 문학적 경사를 남북분단의 상황과 자신의 문학관 변모 등을 고려할 때 굳이 소상하게 밝히고 싶지 않았으리라는 생각을 하게 된다.[4]

그런데 시인이 작고한 한 지 2003년 현재 15년이 지났다. 이제 그가 남긴 문학은 어떠한 것이었든 더 이상 가리거나 쉬쉬할 이유가 없게 되었다고 생각한다.[5] 그의 문학활동을 온전하게 파악하기 위해서, 그리고 정당하게 해석, 평가하기 위해서 그가 남긴 문학성과들을 오히려 적극적으로 찾아서 공개해야 한다. 더구나 남북한의 통일을 지향하는 문학 연구와 문학사 서술의 과제가 우리에게 부여되어 있는 상황이다. 따라서 일제 강점기와 해방기에 사회주의에 경도되면서 이루어졌던 이주홍의 문학은 어떤 선입관에 따라 배제하거나 폄하하려는 태도는 온당하

---

4) 이 점과 관련하여 이주홍이 남긴 다음 글을 고려해볼 만하다.
"잘못을 깨달아 행동에 옮겨 고치는 데는 무엇보다도 용기가 필요하다. 그런데 나는 숨김없이 고백해서 지금의 이 순간에도 그런 용기가 나지 않는다. 죽은 뒤에 발표할 遺稿라면 모르겠으나 現世에선 나의 부끄러운 결함이 남에게 주는 교훈이 되기보다 앞서서 우선 당장 그것으로 말미암아 내가 오늘과 내일의 생활에서 입어야 할 화살의 아픔을 감당해내기가 어려워서다. 그만큼 이 참회기록도 깊은 상처는 감추어두는 채로 스쳐가게 될 것임을 먼저 용서바라고 싶다." 이주홍, 「다시 난들 어쩌리 -나의 懺悔錄」, 『격랑을 타고』(삼성출판사, 1976. 7), p.115.

5) 최근 박태일이 이주홍이 교육자로서 걸었던 길을 관련 자료와 주변 자료들을 꼼꼼하게 살펴보았다. 박태일, 「이주홍론 -교육자로서 걸었던 길」, 『소설시대』 제6호(한국작가교수회, 2003. 10).

지 못하며, 해당 작품들을 적극적으로 찾아서 공개하는 동시에 학문적 논의의 장에서 객관적으로 검토되고 엄정한 평가를 받도록 해야 한다.

여기에 먼저 김지은이 일제 강점기와 해방기에 쓴 이주홍의 시를 폭넓게 찾는 일을 해서 시 17편(11편은 해방기 이후 작품임), 동시 9편을 목록에 추가하는 성과를 거두는 한편, 그의 시의 전반적 전개과정을 개관하면서 시 세계의 특징을 밝히고자 했다.[6] 그런데 충분한 서지 확인을 하지 못한 채 작품을 목록에 올리다 보니, 미처 찾지 못한 작품들도 많았고 다시 서지 사항을 확인해야 하는 작품들도 있었다.

이후 박태일은 이주홍의 초기 아동문학을 전반적으로 고찰하는 일환으로, 당시 문학활동의 중심이 되었던 아동잡지 『신소년』을 폭넓고도 꼼꼼하게 살피는 일을 했다.[7] 여기서 이주홍이 『신소년』에 발표했던 동시 작품들 중에 김지은이 찾지 못한 작품들을 상당수 추가로 밝혀내게 되었다. 그것들이 「벌소제」, 「벽」(이상 1932. 11), 「염불긔도」(1932. 12), 「연」(1933. 5), 「풀쑥」(1933. 7), 「자리짜기」(1934. 7) 등 6편이다.

한편 신현득은 기존의 김지은, 박태일이 이룬 성과를 보지 않고 독자적으로 『신소년』과 『별나라』를 조사해서 이주홍의 동시를 8편 찾아냈다.[8] 그러나 이중 『별나라』에 발표한 「엄마」(1934. 12)의 1편을 제외하고 나머지 7편은 이미 조사해서 밝혀진 작품들이었다. 기존 연구를 제대로 파악하지 않고 글을 쓴 한계를 보여준 셈이다.

이상에서 김지은, 박태일, 신현득이 찾아낸 일제 강점기 이주홍의 시

---

6) 김지은, 앞의 글.
7) 박태일, 앞의 글.
8) 신현득, 앞의 글.

와 동시 작품들은 모두 22편인데, 시가 7편, 동시가 15편이다. 그런데 이들 작품들은 이주홍의 본명으로 발표된 것이거나 '이향파(李香波 또는 李向破)' '향파(香波 또는 向破)'란 필명으로 발표된 것들이다. 이주홍이 『신소년』에 작품을 본격 발표하기 시작했던 1930년 이전에는 대체로 '李香波', '香波'의 필명을 주로 사용했으며, 그 이후에는 '李向破', '向破'를 주로 썼던 것으로 나타난다.[9]

그런데 필자의 확인 결과, 이주홍은 일시적이지만 '여인초(旅人草)'와 '방화산(芳華山)'이란 필명을 써서 여러 편의 동시 작품을 발표했다. 그리고 1931년 3월에 간행된 8인의 공동 동시집인 『불별』이 찾아짐으로써, 여기에 수록된 작품들을 새롭게 볼 수 있게 되었다.[10] 이뿐만 아니라 그동안 충분히 조사되지 못했던 신문에서 이주홍의 동시 작품을 1편 더 확인할 수 있었다.


## 2) 새로 찾은 이주홍의 동시

### ① '여인초(旅人草)'와 '방화산(芳華山)'으로 발표된 작품

이주홍의 또 다른 필명으로 보이는 '여인초(旅人草)'의 경우를 보자. '여인초'가 이주홍의 필명임을 확인할 수 있는 자료는 『음악과 시』 창간호(1930. 8)이다. 이 잡지의 목차에는 '旅人草'로 되어 있으나 본문

---

9) 박태일은 이주홍이 망월암(望月庵)이란 필명을 사용하기도 했다고 한 바 있다. 이 필명이 구체적으로 쓰인 예를 밝히지 않아 아쉽다. 박태일, 앞의 글(「이주홍론 -교육자로서 걸었던 길」), 각주 3).

10) 『불별』의 서지와 성격, 그리고 동시 작품을 실은 8인의 시작품들에 관한 논의를 필자가 한 바 있다. 졸고,「계급주의 동시 이해의 밑거름 -프롤레타리아동요집 『불별』에 대하여」,『지역문학연구』 제8집(경남지역문학회, 2003. 9).

에는 '李周洪'으로 표시한 「음악운동(音樂運動)의 임무(任務)와 실제(實際)」가 있다. 여기서 '여인초'가 이주홍의 필명이라고 쉽게 단정할 수 있으나, '여인초'가 이주홍과 다른 사람일 개연성도 있기 때문에 좀더 신중한 고려를 필요로 한다.

우선 『음악과 시』의 창간호를 통해 여인초를 이주홍의 필명으로 본 전례가 있다. 박태일이 경남지역 계급주의 시문학을 살피는 가운에 『음악과 시』에 게재된 글을 각주에서 소개하면서 위의 「음악운동의 임무와 실제」를 바로 이주홍의 글로 나타낸 적이 있는데,[11] 이후에 이주홍의 등단작 시비에 관하여 쓰면서 "이주홍이 쓰고 있는 여러 이름들, 곧 이주홍·향파·이향파·주홍·홍·여인초로 된 작품들은 1929년 이전에는 아직까지 발견하지 못한 탓이다"[12]라고 한 것을 보면, 여인초를 이주홍의 필명으로 보았음에 틀림없다. 그렇지만 박태일은 여인초가 이주홍의 필명인 까닭을 구체적으로 해명하지 않았으며, 여인초로 발표된 다른 작품들에 관해서는 어떤 언급도 하지 않았다.

여인초가 이주홍의 필명인 점을 좀더 분명히 하기 위해서는 『음악과 시』의 편집과 제작의 특성을 살필 필요가 있다. 『음악과 시』는, 비록 창간호밖에 없지만, 경남 함안 출신인 양우정이 편집 겸 발행인으로 낸 종합 문예지이면서, 당시 계급주의 문학의 판도와 성격을 파악하는 데 매우 중요한 잡지이다. 그런데 이 잡지의 편집과 발행은 양우정과 이주홍의 공동 노력에 의해 이루어졌다고 말할 수 있다. 이 잡지에 글을 발

---

11) 박태일, 「경남지역 계급주의 시문학 연구」, 『어문학』 제80집(한국어문학회, 2003. 6), p.301.

12) 박태일, 「이주홍의 등단작 시비에 관하여」, 『2003 이주홍 문학제 이주홍문학세미나』(이주홍문학재단, 2003. 5. 31), p.8.

표한 이는 모두 17명[13]인데, 이 중에서 2편 이상 글이 올라 있으면서 글쓴이의 표시를 달리 하고 있는 이가 양우정과 이주홍이다. 여기서 필명과 본명으로 글쓴이를 달리 하면서 여러 편의 글을 올린 양우정과 이주홍을 이 잡지의 편집과 발간에 주도적 역할을 했다고 생각하는 것은 자연스럽다. 먼저 양우정은 필명과 본명〔양창준(梁昌俊)〕으로 각각 동시(「알롱아 달롱아」)와 민요론(「민요소고」)을 발표했으며, 「편즙을 맛치고」를 썼다. 여기다 판권 부분에 편집 겸 발행인으로 양우정의 이름이 분명히 표시되어 있다. 양우정이 이 잡지의 편집과 제작에 깊이 관여했음은 의심할 나위가 없다.

그러면 이주홍의 경우는 어떠한가. 이주홍은 이 잡지의 판권 부분에서 '인쇄인'으로 표시되어 있다. 거기다 목차에서 표지와 컷을 그린 이를 '쥬홍'이라 표시했고, 동시 「편싸움노리」(요·곡)는 '李向破', 시 「새벽」은 '李周洪', 그리고 음악평론인 「음악운동의 임무와 실제」는 본문에서 이주홍, 목차에는 '旅人草'로 표시하면서 총 3편의 글을 발표했다. 이는 이주홍이 『음악과 시』에서 가장 많은 글을 발표하면서 실질적으로 이 잡지의 편집과 발행에 적극적인 역할을 했음을 보여주는 것이다. 말하자면 이주홍은 양우정과 함께 그들과 친분이 있는 문학인들의 글을 받아서 잡지를 편집하면서, 자신의 여러 글을 한 가지 이름으로만 올릴 수 없었기 때문에 여러 필명을 사용했던 것으로 생각된다. 따라서 '여인초'란 필명은 이주홍이 『신소년』의 편집 기술상 글쓴이를 다양하

---

13) 『음악과 시』 창간호(1930. 8)의 필진은 양우정, 이주홍, 김병호, 엄흥섭, 신고송, 손풍산, 이구월, 박세영, 박아지, 권환, 김창술, 김해강, 이일성, 박철, 김광균, 허수만, 여항산인(艅航山人)으로 모두 17명이다.

게 보이려고 한 의도에 따라 쓰여진 것으로 본다. 다음 글은 바로 이러한 사정을 그대로 보여준다.

> 혼자서 여러 다른 이름으로 작품을 메워 넣어야 하기도 했고 표지에서부터 삽화까지 혼자 도맡아서 하는 一人多役을 했다.[14]

'여인초'란 필명은, 위에서 보듯, 『신소년』을 편집하면서 "혼자서 여러 다른 이름으로 작품을 메워 넣어야" 했던 때에 쓰여진 여러 필명 중 한 가지인 것이다. 그리고 『신소년』에서 '여인초'란 필명으로 된 작품을 찾아보면, 『음악과 시』보다 약간 앞선 시기부터 발표된 것임을 알 수 있다. 『신소년』에서 '여인초'란 필명으로 발표된 작품은 총 4편인데, 「질날애비」(1930. 2), 「봄날」(1930. 3), 「서울 가는 나븨」(1930. 4), 「호박꽃」(1930. 7)으로 모두 동시 작품들이다. 이밖에 여인초란 필명은 엄흥섭의 동시 「제비」(1930. 5)에 곡을 붙인 이로 나타나는데, 이 역시 동시의 작곡을 주로 맡았던 이주홍이 여인초임을 알게 하는 한 증거가 된다.

'방화산(芳華山)'의 경우는 어떠한가? '방화산'으로 발표된 작품들도 『신소년』에서 '여인초'란 필명을 사용했던 시기와 같은 시기에 찾을 수 있다. 이들 작품 역시 현재까지 4편을 찾을 수 있었는데, 「풀각시」(1930. 3), 「잉크ㅅ병」(1930. 4), 「수박」(1930. 7), 「폭풍우」(1930. 8)로 모두 동시 작품들이다.

그런데 '방화산'이란 필명이 어떻게 이주홍의 필명임을 확정할 수 있는가? 이를 알 수 있는 결정적인 단서를 김병호의 「최근동요평(最近童

---

14) 이주홍, 「맨발의 편집장」, 앞의 책(『격랑을 타고』), pp.284~285.

謠評)」에서 찾을 수 있다.

① 李周洪 君(發表名 芳華山)의 「수박」 대단히 조타. 意識을 가지고 잇는 피오니—르는 自然의 現狀 우박 떨어지는 것만 보아도 부르조와에게 對한 戰鬪心이 촉발되는 것이다.[15)

② 李周洪 君(發表名 芳華山)의 「폭풍우」는 썩 잘 되엿다. 簡單한 몃 마디에서 더 만흔 效果를 엿보여 준다. 精進해주기를 바란다.[16)

위의 글을 쓴 김병호(金炳昊: 1904~1959)[17)는 경남 하동에서 태어나 진주 등지에서 교사로 지내면서 시와 동시를 주로 썼던 시인으로, 이주홍보다 2년 연상이지만 사회주의 의식에 입각한 계급주의문학을 추구했던 사정 등에서 서로 친교가 깊었던 사이로 알려져 있다. 그리고 이주홍이 『신소년』 편집을 담당할 당시에 거의 매호마다 동시나 과학 관계 글을 발표하고 있었던 사정을 감안하면, 김병호와 이주홍은 서로 잘 알고 지내는 사이였음을 충분히 알 수 있다. 따라서 위의 글에서 김병호가 '방화산'이란 필명으로 발표된 동시를 평하면서 그 필명이 바로 이주홍임을 나타낸 것은 의심할 나위가 없다고 본다.

이에 더하여 방화산이 이주홍과 깊은 관계가 있는 지명임을 다음 글에서 알 수 있다.

---

15) 김병호, 「최근동요평(最近童謠評)」, 『중외일보』(1930. 9. 26).
16) 김병호, 위의 글, 『중외일보』(1930. 9. 28).
17) 김병호의 생애와 시 세계에 관해서 필자가 논의한 바 있다. 졸고, 「잊혀진 시인, 김병호의 시 세계」, 『현대시학연구』 제8집(현대시학회, 2003. 11). 여기서 시인의 생몰년도에 관해서 1906년에 태어나서 1961년에 작고한 것으로 조사되었으나, 이후 호적 확인과 유족들의 증언을 토대로 1904년생으로 1959년에 작고한 것으로 파악되었기에 정정했다.

우리가 소 먹이러 다니던 가까운 산은 東西로 나뉘어져 있는 芳華山과 梅南山이었다. 내 고향 땅인 합천읍에서 시오리 거리쯤 되는 山골 마을에 있는 크게 높지 않은 山들이이다.[18]

위의 글에서 방화산은 이주홍의 고향인 합천읍에서 그리 멀지 않은 곳에 있는 산으로, 이주홍이 유년시절 자주 소를 먹이러 다녔던 산이었음을 확인할 수 있다. 이쯤 되면 '방화산'이 이주홍의 필명임을 한층 분명히 알게 된다.

지금까지 여인초와 방화산이 이주홍의 또 다른 필명임을 밝혔다. 이로써 여인초로 발표된 4편, 방화산으로 발표된 4편이 이주홍의 동시 작품으로 새롭게 추가됨으로써 그의 동시 세계를 좀더 폭넓게 살필 수 있게 되었다.

② 『불별』에 발표된 작품

『불별』은 '푸로레타리아童謠集'이라는 부제가 붙여진 채 1931년 3월 5일자로 신소년사 인쇄부(新少年社 印刷部)에서 인쇄하여 1931년 3월 10일자로 경성부(京城府) 경운동(慶雲洞) 96번지 소재 중앙인서관(中央印書館)에서 발행된 동시집이다. 속표지 다음에 당시 카프의 핵심 맹원들인 권환(權煥)과 윤기정(尹基鼎)의 서문을 붙여서 카프(KAPF)의 핵심부로부터 지지 내지 후원을 받고 이 동시집이 간행되었음을 은근히 내세우고 있다. 따라서 이 동시집은 카프의 공식 출판물은 아니지만, 카프 조직에서 발행된 것이나 다름없는 최초의 프롤레타리아동시집에 해당

---

18) 이주홍, 「산에의 향수」, 앞의 책(『격랑을 타고』), p.53.

된다.

다음 표에서 보듯이, 8명의 시인들 중 이주홍은 모두 6편의 동시 작품을 『불별』에 올리고 있다. 7편의 동시 작품을 올린 이구월(李久月: 1904~?) 다음으로 양우정과 함께 많은 작품을 게재한 시인이다. 작품의 게재 편수가 시인의 위상을 바로 뜻하는 것은 아니지만, 당시에 동시 작품을 그만큼 활발하게 발표하고 있었다는 사실을 보여주는 것으로 파악된다.

| 순서 | 시인명 | 작품명 | 작품수 |
|---|---|---|---|
| 1 | 彈 金炳昊 | 가을바람(畵), 退學(曲), 모숨기, 바다의 아버지, 더운 날 | 5 |
| 2 | 雨庭 梁昌俊 | 따로 잇다(畵), 망아지(曲), 대목장 압날 밤, 비밀상자, 씨름, 새총 | 6 |
| 3 | 久月 李錫鳳 | 게떼(畵), 새 쫓는 노래(曲), 소작료, 어듸 보자, 조심하서요, 중놈, 자동차 소리 | 7 |
| 4 | 向破 李周洪 | 벌꿀(畵), 편싸홈 노리(曲), 모긔, 장아치 아저씨, 방귀, 박쥐·고양이 | 6 |
| 5 | 血海 朴世永 | 길(畵), 대장간(曲), 손님의 말, 단풍, 할아버지 헌 時計 | 5 |
| 6 | 楓山 孫在奉 | 낫(畵), 거머리(曲), 물총, 불칼, 물맴이 | 5 |
| 7 | 孤松 申末贊 | 우는 꼴 보기 실허(畵), 미럭과 장승(曲), 껍질 먹는 신세, 기다림, 도야지 | 5 |
| 8 | 響 嚴興燮 | 어머니(畵), 인쇄긔게(曲), 夜學 노래, 제사 | 4 |
| 소계 | 8명 | | 43 |

그런데 『불별』에 실린 이주홍의 동시 작품들은 다른 시인들의 동시 작품들과 약간 구별되는 점이 있다. 그것은 다른 시인들의 경우, 『불별』

에 실린 동시 작품들의 대부분이 이미 다른 지면에 발표된 것들인데 비하여, 이주홍의 경우는『음악과 시』창간호(1930. 8)에 발표된「편싸움노리」이외에는 모두 새로운 작품들로 파악되기 때문이다. 이에 대해 이주홍의 다음 글을 볼 필요가 있다.

> 그냥 지내버릴 수 업는 것은 아즉 檢閱局에 드러잇슬 新興童謠八人集『불별』에는 이 해의 作으로 誌上에 發表치 안흔 것이 만히 잇스니 이것은 三〇年의 큰 文獻的 業績이라 아니 할 수 업다.[19)]

『불별』이 간행된 때보다 1개월 앞서 발표한 글이다. 우선『불별』이 1931년 2월 당시 검열 과정에 있다는 점, 그리고『불별』에 수록된 작품들이 대부분 1930년에 쓰여진 작품들이면서 "지상에 발표치 안흔 것이 만히 잇"다고 한 점 등을 미루어 볼 때, 이주홍이『불별』의 편집과 발간 과정을 잘 알고 있는 위치에 있었음을 알 수 있다. 이는『불별』이 인쇄된 곳이 다름아닌 신소년사 인쇄부였으며, 저작 겸 발행인이『신소년』의 저작 겸 발행인과 동일한 신명균(申明均)으로 되어 있고, 또한 이주홍이 당시『신소년』의 편집일을 보고 있었다는 상황을 고려하면 넉넉히 헤아릴 수 있는 일이다.

그런데 다른 시인들이『불별』에 발표한 작품들은 대부분 이 동시집이 간행되기 이전에『신소년』,『별나라』등의 지면에 이미 발표한 작품들이었다. 이에 비해 이주홍의 경우는 6편 중 5편이 현재까지 다른 지면에 발표된 적이 없는 작품들로 확인되어서 주목된다. 이들 작품들이 바로「벌꿀」,「모긔」,「장아치 아저씨」,「방귀」,「박쥐·고양이」등이다.

---

19) 이주홍,「아동문학운동 1년간(2)」,『조선일보』(1930. 2. 14).

이들 5편의 작품들을 앞서 언급한 '여인초'와 '방화산'으로 발표한 작품 8편에 더하면 모두 13편이 되며, 기존에 조사된 14편에 더하면 일제 강점기 이주홍의 동시는 모두 27편으로 늘어난다.

③ 신문에 발표된 작품

이주홍은 잡지 『신소년』의 편집 일을 보기 이전에 신문지상에 작품을 투고했다고 회고한 바 있다.

> 일개 두메산골인 「배암골」의 草野에 묻혀 手工業的인 私製 잡지 『新少年』을 만들고 있었던 僭稱 無名 編輯者가 일약 대도시 서울에서 발행하는 大企業의 진짜 『新少年』의 편집자로 등단을 했으니 말이다.
> 이에 앞서 詩作品도 朝鮮日報 같은 대신문에 투고했더니 面마다 친절히 게재해 주고는 했다.[20]

위에서 이주홍은 『신소년』의 편집 일을 보기 이전에 시작품을 "조선일보 같은 대신문에 투고"했다는 것이다. 그런데 『신소년』의 편집 일을 보았을 것으로 여겨지는 1929년 말 이전에 조선일보의 문예란을 아무리 살펴도 이주홍의 시작품을 작품을 찾을 수 없었다. 아마도 오랜 세월이 흐른 다음 당시를 회고하는 글이다 보니, 시작품을 발표한 신문의 이름을 정확하게 기억하지 못한 것으로 생각된다. 실제 이주홍의 시작품은 『중외일보』와 『동아일보』에서 찾을 수 있기 때문이다.

이주홍의 시 또는 동시는 『중외일보』나 『동아일보』 지상에 드문드문 발표되었다. 현재까지 『중외일보』에서 시 「살구꽃」(1928. 4. 8)이 찾아

---

20) 이주홍, 「촌뜨기 상경기」, 앞의 책, p.282.

졌고, 『동아일보』에서 동시 「쌀간부채」(1929. 7. 7), 시 「舊曆 설날」(1930. 2. 4), 동시 「꿩」(1936. 3. 1)이 조사되었다.[21] 여기에 당시 신문을 좀더 자세히 보면, 『중외일보』에서 시 「고향의 동무들이여」(1928. 3. 30), 『동아일보』에서 동시 「녀름밤」(1929. 7. 8)을 더 확보할 수 있다.

이로써 『중외일보』와 『동아일보』에서 각각 이주홍의 시와 동시를 1편씩 더 찾은 셈인데, 이들 작품들은 지금까지 이주홍의 첫 활자화된 작품이면서 문단 데뷔작으로 알려진 동화 「배암색기의 무도(舞蹈)」(『신소년』 1928년 5월호)보다 먼저 활자화된 작품들이라는 점에서 주목을 끈다. 그런데 이상의 시와 동시 작품들은 문단 데뷔작과 같은 의의를 가질 수는 없으나, 이주홍의 시 습작 과정뿐만 아니라 문단에 등장하는 과정을 파악할 수 있다는 점에서 가볍게 볼 사항만은 아니다. 물론 1930년 이전에 신문지상에 발표된 이주홍의 시나 동시 작품들은 독자 투고에 의해 게재된 것으로, 기성 문인의 대우를 받으며 발표된 작품은 아니다. 그렇지만 이들 작품의 발굴을 통해 이주홍이 문학활동의 초기에 시와 동시 창작에 적극적이었다는 사실을 확인할 수 있다.

## 3. 이주홍의 동시 세계

### 1) 아동 생활과 자연 대상의 동심 표현

일제 강점기에 발표한 이주홍의 동시는 현재까지 29편의 목록을 얻

---

21) 김지은, 앞의 글, pp.109~113의 작품목록에 이들 작품이 들어 있다.

을 수 있는데, 가장 빠른 작품이 『동아일보』 지상에 1929년 7월 7일자로 투고하여 발표된 「빨간부채」이고, 가장 늦은 작품이 역시 같은 신문에 1936년 3월 1일자로 발표된 「꿩」이다. 이렇게 보면 그의 동시는 채 6년이 되지 않는 기간에 집중적으로 발표되었음을 알 수 있는데, 이들 작품들은 1930년 중반을 경계로 전기와 후기로 편의상 구분할 수 있다. 여기서 전기 동시와 후기 동시의 변별은 계급적 관점의 사회주의 의식이 드러나지 않느냐 드러나느냐의 차이를 기준으로 한다.[22]

그러면 전기 동시는 구체적으로 어떤 작품 세계를 보여주는지 검토해 보자. 우선 여기에 드는 작품들은 『동아일보』에 독자 투고한 「빨간부채」, 「녀름밤」(1929. 7. 8)과 『신소년』에 '여인초(旅人草)'와 '방화산(芳華山)'의 필명으로 발표한 「질날애비」(1930. 2), 「봄날」(1930. 3), 「서울 가는 나븨」(1930. 4), 「호박꼿」(1930. 7), 「풀각시」(1930. 3), 「잉크ㅅ병」(1930. 4) 등이다.

    一. 빨간부채
       족으마케 에쌘부채
       우로래비 공부할제
       서울가서 사왓다네
    二. 앵도가튼 빨간부채
       조개가튼 에쌘부채
       사다준정 고마워서
       자나째나 쥐고잇네
         ― 「빨간부채」 전문[23]

---

22) 일제 강점기 이주홍의 마지막 동시 「꿩」은 시기상의 구분에서 후기 동시에 속하지만, 사회주의 의식이 전혀 드러나지 않는다는 점에서 전기 동시와 맥락을 같이 하는 작품이다.

동요나 민요로 불리는 「부채노래」는 비싼 돈이나 물건을 주고 샀더니 여름이 빨리 지나버려서 허망하다고 푸념하는 노래이거나 부채를 사라고 부채 자랑을 하는 노래이다. 이 동시도 이러한 동요나 민요에 깃들인 생각을 살려서 쓴 동요시 작품이다. 제1연에서 오빠가 사준 예쁜 부채를 자랑하는 표현을 하고, 제2연에서는 부채를 사준 오빠의 정에 대한 고마운 마음을 표현했다. 시상의 전개는 자연스럽고, 노래로 불릴 수 있는 요소를 갖추었다 하겠으나, 각 연을 4·4조 2음보 4행씩 짝을 맞춘 율격이 아직 동시를 지나치게 규범적으로 생각하는 한계를 보여준다.

① 질날애비 아가씨는 엡븐아가씨
　　질눅질눅 질눅질눅 팔을버리고
　　우리동생 춤잘추는 흉내낸다네

　　제가무슨 춤을추나 질날애비가
　　눈도코도 업는것이 무슨춤을춰
　　춤잘추는 우리동생 심술부리네
　　　　　　　　　　— 「질날애비」에서[24]

② 가시꼿핀 덤불미치 놀기좃타네
　　가시꼿핀 덤불미치 놀기좃타네
　　빨간잔듸 쓰러모아 잘리쌀고서
　　비당캐를 쓰드서 각시맨드세

　　황토흙을 쩌어서 썩을맨들고

23) 『동아일보』(1929. 7. 7)
24) 『신소년』 제8권 제2호(1930. 2).

나시랭이 쮜여서 적을맨들고
수숫대기 가마에다 각시실고서
오날은 풀각시가 시집간다오
— 「풀각시」에서[25]

①은 '여인초'로 발표된 작품이다. 제목으로 삼은 '질날애비'는 잠자리를 말하는 경상도 방언이다. 동요로 불리는 「잠자리 노래」는 대체로 잠자리를 잡기 위해 잠자리를 멀리 도망가지 못하도록 놀리는 사설을 짤막하게 부르는 것이다. 이 동시는 이런 전승동요에서 그 풍소적(諷笑的) 성격을 살리되 '질날래비'의 방언을 의태어로 살려 쓰면서, 잠자리의 멋진 춤과 이를 흉내내는 동생을 대조시켜 표현하고 있다. 여기서 "눈도코도 업는것이 무슨춤을춰/춤잘추는 우리동생 심술부리네"와 같은 표현은 사물을 흥미롭게 바라보는 동심의 묘미를 잘 살리고 있다고 하겠다. 그러나 역시 4·4·5조로 음절수의 정형을 지킨 율격이 동시의 생동감을 저해하는 구실을 한다.

다음 '방화산'으로 발표된 동시 ②는 풀을 뜯어 각시 인형을 만들어 소꿉장난을 하는 풀각시놀이를 소재로 했다. 특히 ②는 실제 풀각시놀이에서 불려졌던 전승동요[26]와 비교할 때, 전승동요의 자연스러운 시상을 잘 살리고 있는 패러디시라고 할 수 있다. 전승동요에서도 풀, 꽃, 흙 등을 이용하여 풀각시를 만들어 시집보내는 소꿉장난을 하는 과정을

---

25) 『신소년』 제8권 제3호(1930. 3).

26) 임동권 편, 『한국민요집 Ⅰ』(집문당, 1966), p.494에 경남 고성에서 채록된 「각씨놀이요」는 다음과 같다. "앞산에는 빨간꽃요/뒷산에는 노랑꽃요/빨간꽃은 초마짓고/노랑꽃은 저고리짓고/풀꺾거 머리허고/그이딱지 솔을거러/흙가루로 밥을짓고/솔잎을낭 국수지어/풀각시를 절시키네/풀각시가 절을하면/망근을쓴 신랑을랑/꼭지꼭지 흔들면서/밤줏것에 물마시네."

노래하는데, 이 동시는 이러한 동요의 시상 전개를 자연스럽게 활용하고 있다. 그러면서 율격은 음절수의 정형을 지키는 규범성에서 다소 벗어남으로써 한층 생동감을 얻고 있다.

1
꼬츨속츨 썩거설랑 두손에쥐고
나물나물 캐여설랑 머리에이고
앗실뱃실 짠손노코 도라가면은
마을사람 얩브다고 칭찬한다오

2
꼬츤꼬츤 역거설랑 요를만들고
나물나물 쪄어설랑 죽을쑤어서
병드러신 어머님끠 공양하면은
우리딸이 효자라고 칭찬한다오

— 「봄날」 전문27)

위 「봄날」은 산에 나물을 캐러 가서 부르는 「고사리 노래」와 비교되는 동요시 작품이다. 「고사리 노래」는 부드럽고 단 고사리를 꺾어 와서 맑은 물에 헹구고 잘 데쳐내어 낭군과 함께 맛있게 먹자는 사설을 부른다. 그런데 이 「봄날」의 제1연에서는 나물을 캐는 어린 처자의 맵시를 자랑한 다음, 제2연에서는 '낭군'이 아닌 병든 어머니를 봉양하는 효심을 나타내고 있다. 여기서 어린 처자를 시의 화자로 삼고, 산에서 캔 나물을 맛있게 조리한다는 시상은 전승동요의 경우와 닮아 있으나, 남녀

---

27) 『신소년』 제8권 제3호(1930. 3).

의 관계를 모자의 관계로 전환시키면서 부모에 대한 효심을 나타내는 교훈적인 노래로 탈바꿈을 시켰다.

이상에서 보았듯이, 이주홍의 초기 동시는 대체로 아이들의 전승동요를 바탕으로 창작한 동요시의 성격을 지니며, 아이들의 실제 생활과 밀착된 동심의 세계를 주로 노래하는 작품들이었다. 그리고 시의 형태면에서 아직 동요 리듬의 생동감을 충분히 살리지 못한 규범적 율격의식의 한계를 보여주고 있었다. 이와 같은 이주홍의 초기 동시는 아직 사회주의나 사회주의 문학이념에 감염되기 이전에 쓴 작품들로, 자연과 벗삼아 놀았던 아이들의 순수한 동심을 포착하여 그에 호소하는 작품들이었다고 말할 수 있다.


## 2) 계급적 세계인식과 사회현실의 풍자

1930년 중반 이후에 발표한 이주홍의 동시는 그 전의 동시와는 상당히 다른 시 세계를 보여준다. 이주홍이 어떤 과정을 통해 사회주의 의식을 갖게 되었는지 구체적으로 말하기는 어렵지만, 일본 체류 기간을 통해 사회주의 문학을 접했을 개연성이 많으며, 보다 직접적으로는 귀국 후 『신소년』, 『음악과 시』 등의 편집을 맡으면서 당시 카프 소속 문학인들과 교유하는 동안 사회주의 문학에 한층 밀착해 갔던 것으로 보인다.[28]

---

28) 류종렬은 「이주홍의 프로문학 연구 -일제 강점기를 중심으로」, 『비교문화연구』 제14집(부산외국어대학교 비교문화연구소, 2003. 9)에서 이주홍이 사회주의 문학으로 나아가는데 일본 체류 시 전목남랑(槇木南郎)과의 만남과 그로부터의 영향 관계를 주목한 바 있다. 앞으로 이 점을 좀더 분명하게 말하기 위해서는 전목남

어떻든 1930년 중반 이후에 쓰여진 이주홍의 후기 동시는 계급적 세계인식을 바탕으로 당대의 사회현실을 풍자하는 작품들이 주류를 이룬다. 여기에 '방화산'이란 필명으로 『신소년』에 발표한 「수박」(1930. 7), 「폭풍우」(1930. 8)와 『불별』에 수록된 6편의 동시 작품들, 그리고 1930년대 중반까지 『신소년』과 『별나라』에 발표한 12편의 동시 작품들이 속한다. 이들 작품들이 일제 강점기 이주홍의 동시 작품들 중에서 가장 많은 편수를 차지하는 만큼 그 당시의 동시를 대표한다고 해도 지나친 말이 아니다.

'방화산'으로 발표된 「수박」과 「폭풍우」는 사실 계급적 관점의 세계인식이 매우 엷게 나타난다. 「수박」에서는 우박이 자기네 밭 수박에는 내리지 말고 '뒷골샌님'의 밭에 있는 수박에만 내려달라고 하면서, "쨘반쨘들 이마쨱이/동-동- 써서가네"라고 하며 '뒷골샌님'의 우박이 깨어져 떠내려가는 모습을 해학적으로 노래하고 있는 정도이다. 그리고 「폭풍우」에서도 인력거를 타고 가던 양복장이 '영감'이 폭풍우에 우산이 뒤집히고 인력거가 넘어지는 상황을 묘사하면서 비를 맞은 쥐처럼 모습이 망가졌다고 풍자를 했다. 이들 작품에서 '뒷골샌님'과 양복장이 '영감'을 부르주아 계급의 전형으로 삼아서 풍자하고 있으나, 그것이 프롤레타리아 계급의 상대적 모순을 드러내면서 계급적 적개심을 나타내거나 공격적 태도를 취하는 쪽이 아니다.

그러나 『불별』에 발표된 동시에서는 사정이 달라진다. 「편싸움노리」

---

랑의 소개로 일본 잡지에 발표했다는 이주홍의 동시와 만화 등을 찾아서, 발표 잡지와 작품의 성격을 파악하고, 두 사람의 문학관을 좀더 폭넓게 비교 검토할 필요가 있다.

와 「벌꿀」을 보자.

① 굵은애도 나오라
　버슨애도 나오라
　한테엉켜 가지고
　편쌈하러 나가자

　짤닐대로 짤엿다
　밟힐대로 밟헛다
　장그럴줄 알어도
　인제인제 못참네
　　　　　　— 「편사흠노리」에서29)

② 벌들아 동무야 이러나라
　꿀고방에 범놈이 또드러왓다
　　놀고서 먹는놈 미운놈이다
　　침주자! 침주자! 침주자!

　우리땀 우리피 모워둔걸
　네놈이 엇젯다 먹을려드니
　　놀고서 먹는놈 미운놈이다
　　쏘아라! 쏘아라! 쏘아라!

　언제나 그러케 질줄아나
　왕벌떼 침맛을 보고가게
　　놀고서 먹는놈 미운놈이다

---

29)『음악과 시』창간호(1930. 8).『불별』(중앙인서관, 1931. 3. 10), p.15에 재수록. 이하
　각주에서『불별』에 게재된 작품을 인용할 경우는 책명과 페이지만을 표시하는 것
　으로 한다.

엉겨라! 엉겨라! 엉겨라!
　　　　　　　—「벌꿀」 전문30)

　위의 두 작품은 계급적 대립을 뚜렷이 드러내고 있다. ①에서는 '굵
은 애', '벗은 애'와 이들과 편싸움을 하는 상대의 대립이, ②에서는 벌
들과 '범놈'의 대립이 그것이다. 그리고 각 시에서 전자는 굵고 벗었다
는 점에서, 그리고 피땀 흘리며 노동한다는 점에서 프롤레타리아 계급
을 대신하고, 후자는 이들과 처지가 상반되는 "놀고서 먹는 놈"들로 표
현된 부르주아 계급을 나타낸다. 이들 작품은 바로 이러한 계급적 대립
과 모순을 바탕으로 프롤레타리아 계급의 집단적 투쟁을 그리려고 했
다. 그것이 ①에서는 편싸움의 형태로, ②에서는 벌떼의 집단 공격으로
구체화되어 있다. 특히 ②에서는 집단투쟁의 공격성을 효과적으로 나타
내기 위해 "침주자!", "쏘아라!", "엉겨라!"와 같이 공격적 의미를 강하
게 가지는 어휘를 의도적으로 큰 글자로 썼다.

　그런데 이주홍의 동시 작품들은 계급적 모순과 대립을 기본적인 구
도로 삼으면서도, 전승동요의 형식과 수사법을 잘 활용하는 가운데, 특
히 풍자와 해학의 수사적 기법을 효과적으로 사용함으로써 시적 성취
도를 높이고 있다. 이 점이 당대 다른 시인들의 동시와 차별화되는 이
주홍 동시의 특징적인 면모라 할 수 있다. 몇 작품을 더 보자.

　① 모긔 앵앵앵
　　물고 앵앵앵
　　빨고 앵앵앵

_____

30) 『불별』, p.5.

조코 앵앵앵

모긔 앵앵앵
맛고 앵앵앵
떨고 앵앵앵
죽고 앵앵앵
          ―「모긔」전문31)

② 통삼베 중우에 방귀가 뽕
　네놈들 못먹던 보리방귀다
　고기만 처먹든 가즌코끄테
　우리네 냄새도 마터보아라.

　일하다 쉬다가 방귀가 뽕
　아츰에 보리밥 다삭나보다
　약한놈 ×땀만 빼아서갈네
　맛조흔 방귀로 아서가거라.
          ―「방귀」전문32)

　　동시 ①에서 모기 소리를 반복적인 여음으로 잘 활용하고 있는 것이
나, 1연과 2연을 병치(parallelism)시켜 의미상의 대조를 이루게 하는 기
법은 전승동요에서 볼 수 있는 기법상의 특징이기도 하다. 그러면서 이
시는 간명한 어휘와 수사를 보인다는 점에서 아이들의 단순한 사고에
도 잘 호소되는 성질을 지닌다. 이 동시는 또한 단순한 구성에도 불구
하고 나타내고자 하는 의미를 쉽게 드러내지 않았다. 겉으로는 모기를
시적 대상으로 삼아 풍자하는 것 같으나, 실상은 모기에 상응하는 착취

---

31) 『불별』, 38쪽.
32) 『불별』, 40쪽.

계급을 풍자하는 알레고리(allegory)의 시이면서 아이러니(irony)의 상황을 담고 있기 때문이다. 그것은 1, 2연의 대조에서 모기가 '물고/빨고/조코'의 상황이 결국은 '맞고/떨고/죽고'의 상황으로 역전되는 아이러니를 통해 착취계급에 대한 효과적인 풍자를 거두고 있기 때문이다.

동시 ②는 해학적 소재와 표현을 통해 풍자적 효과를 추구한 작품이다. 우선 시적 소재부터가 '방귀'라 하여 관심을 끌게 하면서 웃음을 자아내게 한다. 민요나 동요에서 불리는 「방귀 노래」나 「방귀 뀌는 아이 놀리는 노래」는 모두 풍소유희요(諷笑遊戱謠)로 한결같이 웃음을 동반한다. 이와 마찬가지로 ②의 동시도 각 연의 1행에서 "통삼베 중우에 방귀가 뽕", "일하다 쉬다가 방귀가 뽕"이라 하여 처음부터 웃음을 유발하는 표현을 앞세우고 있다. 그런데 이러한 웃음은 연속되는 행의 사설로 넘어가면서 점차 의미심장함으로 새겨지게 된다. 그것은 부자와 가난한 자 사이의 모순을 날카롭게 풍자하는 목소리로 전환되기 때문이다.

이주홍 동시는 이처럼 효과적인 풍자와 해학의 기법을 통해 동심에 잘 호소될 수 있는 시적 발성과 수사를 확보하고 있다. 다음의 「가나다 노래」나 「천자(千字)푸리」도 언어유희를 통한 풍자적 효과를 잘 살린 작품들이다.

① 가난하다고 가ㅅ자
　나락심은다고 나ㅅ자
　다빼앗긴다고 다ㅅ자
　라팔불고모힌다고 라ㅅ자
　마치를울너멘다고 마ㅅ자

바수어ㅅ대린다고 바ㅅ자
…(중 략)…
파업단이익엿다고 파ㅅ자
하하하웃는다고 하ㅅ자
　　　　— 「가나다 노래」에서33)

② 한울千 짜-지(地)
일하는 사람만 살-거(居)
놀고먹는 부자부(富)
지구밧그로 찰 축(蹴)
　　　　— 「천자(千字)푸리」 전문34)

　동요로 불리는 「한글풀이 노래」는 '가갸거겨…'로 이어지는 한글의
순서에 짝을 맞추어 한글을 외기 쉽도록 한 노래이며, 「천자풀이 노래」
는 과거 서당 아이를 놀리며 부르던 노래였는데 천자문을 해학적으로
풀어서 부르는 짧은 동요이다. 이들 동요는 민요의 유희요 중에서도 언
어유희요(言語遊戱謠)에 해당하는데, 노래의 사설 자체를 유희의 대상
으로 삼는다는 특징을 지닌다.35) 위의 두 동시는 이러한 특징을 가진
동요 「한글풀이 노래」와 「천자풀이 노래」와 각각 상호텍스트의 관계를
지니는 작품이다.
　먼저 ①은 '가'부터 '하'까지 한글 가나다라의 첫 글자를 순서대로
잡아서 사설을 붙이고 그 끝에 다시 가나다라의 글자로 맺으면서 서로
짝을 이루도록 한 동시이다. 기본적으로 동요 「한글풀이 노래」와 같이

---

33) 『별나라』 통권 50호(1931. 5).
34) 『별나라』 통권 53호(1931. 9).
35) 박경수, 「한국 민요의 기능별 분류체계」, 『한국 민요의 유형과 성격』(국학자료원,
　　1998. 6), pp.133~135.

사설을 연이어 붙이는 방식은 유사하다. 그러나 가장 큰 차이는 사설을 통해 환기하는 의미에 있다. 동요로 부르는 사설은 아이들의 일상을 소재로 엮어서 흥미롭게 부르는데, 이 시에서는 농민들이 지주의 착취에 항거하여 소작쟁의를 일으키고 결국은 성공하여 웃음을 웃게 된다는 내용의 사설을 연결시키고 있다. 그러면서 특히 작품의 제목 아래에 "동생들이 언문 배울 때 이러케 긔억하도록"이라는 단서를 붙이고 있어서, 이 작품의 작시 목적이 계급투쟁의 의식 고취에 있었음을 알 수 있다.

②의 시도 동요로 불리는 「천자풀이 노래」의 사설 구성 방식을 잘 활용해서 지은 작품이다. 그렇지만 일 하는 사람만 살고, 놀고먹는 부자들은 지구 밖으로 몰아내자고 하는 사설을 재치 있게 짜 넣어서 계급투쟁의 의미가 노래로 부르는 가운데 자연스럽게 익혀지도록 했다. 이들 언어유희의 동요시를 통해 시인의 시적 재능이 남달랐음을 확인할 수 있다.

이상과 같은 언어유희의 동요시 이외에도 언어를 재치 있게 활용하는 솜씨를 보여주는 작품들이 많다. 다음 작품들을 보자.

① 산꼴중놈 목탁은
   밤낫업시 토―ㄱ탁
   말도못하는 부처한테
   잘되게 해달나고 염불염불
       부처가 움즉이나
       손바닥이 부르키나
       오늘도 홀닥
       해가 빠젓다

어리바리 예수꾼
자나새나 아—멘
눈도업는 하눌한테
구원해달나고 긔도긔도
　　하늘이 말을하나
　　목구녕이 쇠여빠지나
　　말나부튼 배창자가
　　꼬로록
　　　　　— 「염불긔도」 전문36)


② 오로치고 꼽　박
　외로치고 꼽　박
　바듸치는 아버지
　목아지가 꼽　박
　어서짜야 빗을갑지
　화가난다 쿵닥쿵
　　　　— 「자리짜기」중에서37)


　　위에서 ①은 중이 아무리 염불을 해도, 교인이 아무리 기도를 해도
궁핍을 면할 수 없다는 현실풍자의 시이다. 그런데 이러한 현실풍자는
"톡-ㄱ탁", "홀닥", "꼬로록" 같은 의성어와 의태어의 활용뿐만 아니라
"염불염불", "긔도긔도"와 같이 일반명사를 반복 사용하여 의성어나 의
태어처럼 활용함으로써 시적 효과를 높이고 있다. 이 점은 ②에서도
"꼽박", "쿵닥쿵"과 같은 어휘의 활용에서도 마찬가지이다. 이들 어휘
가 베틀에 바디로 베를 짜면서 나는 소리를 나타내는 의성어이기도 하

36)『신소년』제10권 제11호(1932. 12).
37)『신소년』제12권 제3호(1934. 3).

지만, 밤을 '꼬박' 세우다시피 베를 자야 하는 아버지의 처지와 그렇게 일을 해도 빚을 갚지 못하는 현실에 분노하는 아버지의 마음을 정서적으로 느끼게 하기 때문이다.

일제 강점기 이주홍의 동시에서 나타나는 이러한 언어적 활용의 특징은 광복기 이후의 동시에서도 보편적으로 나타나는 특징이다. 이미 연구된 바와 같이, 이주홍의 동시는 의성어 즉 소리상징의 다양한 활용을 통해 시적 효과를 거두고, 토속어의 활용을 통해 신선함과 리듬감을 창출하고 있다는 점이 밝혀졌다.[38] 이런 점이 일제 강점기의 동시에서는 계급적 세계인식을 통해 현실을 풍자하는 데 유용하게 이용되면서도, 시의 정서적 효과를 묘미 있게 창출하는 데 기여함으로써, 해당 작품들이 선전·선동에 의한 관념적인 시로 떨어지지 않고 수준 있는 작품으로 시적 성취를 거두고 있다고 평가할 수 있는 근거가 된다.


## 4. 결 론

이 글은 지금까지 일제 강점기에 이주홍이 발표한 동시를 가능한 폭넓은 자료 조사를 통해 찾아서 그 목록을 작성하고, 이를 바탕으로 그의 동시가 보여주는 시 세계의 특징을 고찰했다. 그 결과를 종합하여 제시하면 다음과 같다.

---

38) 곽홍란, 앞의 글(「이주홍 동시 특성 연구」). 필자가 참고한 글은 이주홍아동문학상 운영위원회 편, 『이주홍 문학연구 -학위논문 모음』(도서출판 대산, 2000. 11)에 재수록된 글이다.

첫째, 일제 강점기에 발표한 이주홍의 동시 작품을 조사한 결과, 이미 서지 사항이 분명히 확인된 15편 외에 14편의 작품을 새롭게 발굴하는 성과를 거두었다.

둘째, 새로 찾아진 이주홍의 동시는 '여인초(旅人草)'란 필명으로 발표된 작품 4편, '방화산(芳華山)'이란 필명으로 발표된 작품 4편, 8인의 프롤레타리아동요집으로 발간된 『불별』에 게재된 작품 5편, 그리고 『동아일보』에 발표된 1편이었다.

셋째, 이주홍의 동시는 크게 두 시기로 구분하여 고찰했다. 첫째 시기의 동시는, 그의 성인시의 경우와 같이, 1930년 중반 이전에 쓰여진 작품들로 실제 아이들의 생활과 밀착된 동심의 세계를 보여주었다. 둘째 시기의 동시는 1930년대 전반기의 작품들로 사회주의 의식에 토대를 둔 계급적 현실인식을 통해 현실을 풍자하고 있었다. 그런데 이 시기의 동시가 이주홍 동시에서 가장 큰 비중을 차지하고 있을 뿐만 아니라 다른 시인들과 구별되는 시 세계를 보여주었다고 말할 수 있다. 그것은 전승동요의 시상과 수사법을 잘 활용하여 계급 모순의 현실을 풍자하는 데 그치지 않고 시적 정서를 효과적으로 창출하고 있었던 점에서 찾을 수 있었다.

이주홍의 동시 연구는 앞으로 광복기 이후의 작품들을 포함하여 한층 포괄적인 시야 속에서 진행되어야 할 것이다. 이를 위해 광복기 동시에 관한 자료 조사 작업이 치밀하게 이루어질 필요가 있다. 뿐만 아니라 동시와 함께 병행된 동화, 비평론 등의 아동문학, 그리고 시와 소설 등의 장르에 관해서도 전체적인 이해에 이를 수 있도록 하는 연구가 요청된다.

# 웃음 속에 배어 있는 고통스런 현실

- 이주홍의 동화

이재복

방정환이 세상을 떠난 해가 1931년이다. 방정환은 세상을 떠나면서 자기가 온 몸을 바쳐 만들었던 『어린이』에 의해 자신이 그렇게 혹독하게 비판받으리라고는 미처 생각하지 못했을 것이다.

방정환이 세상을 떠난 후 1932년에 나온 『어린이』에 발표된 「소년문학과 현실성」이란 글에서 빈강어부는 "조선에 소년문예운동이 일어난 지 여기에 10년이라는 세월을 지냈다. 대개는 초기의 그 운동이 막연한 관념주의에서 출발하여 동심 그대로 발전시키자는 주장 밑에서 그의 작품이라는 것은 거의 번역적 작품이요, 또는 조선 아동의 처지나 환경을 무시하고 겨우 말한댔자 4천년간 억눌리고 꺼눌리어 불쌍하게 살아오는 그들을 부모의 학대 밑에서, 어른의 푸대접 밑에서 해방시키자는 소리가 나왔을 뿐이고 그나마도 그렇다 하여 거기에 대한 무슨 구체안이나 암시조차 별로 볼 수가 없었던 것이다."라고 말하고 있다. 이 말은 한마디로 방정환이 1920년대 초 아동문학운동을 벌인 후 10년간의 과정에 대한 비판인 것이다.

이러한 말을 하면서 빈강어부는 1930년 이후 "2,3년 내의 아동문학에 대한 발전은 비상한 진보적 현상으로 과거 6,7년간의 발전보다도 오히려 월등한 수확을 얻게 되었다."고 말한다. 그는 그동안 소년문예운동에는 확실한 변화가 있었는데, 그 변화를 한마디로 요약하면 방정환이 중심이 되었던 초기 아동문학은 '관념주의', 그리고 후기 아동문학은 '사실주의' 경향을 보인 것이 확실한 차이라고 한다.

그러면 실제 카프 아동문학 기관지였던 『별나라』나 『신소년』에 실렸던 계급주의 동화는 어떤 세계를 담고 있는지 한번 살펴보자.

지금 우리 어린이들이 읽을 수 있게 나온 계급주의 아동문학가들의 작품만을 모아 놓은 작품집은 거의 없다. 『한국근대동화선집』(교육문예창작회 엮음, 1993. 창비)을 엮으면서 계급주의 아동문학가들이 쓴 동화들을 될 수 있으면 많이 실어 보려고 노력했으나, 아쉽게도 요즘 아이들의 정서에 맞을만한 작품을 발견하기가 그리 쉽지 않았다. 물론 자료의 부족도 한 원인이었고, 한편으로 계급주의 동화가 너무 첨예한 계급 갈등의 문제에만 집착하고 있어 요즘 아이들이 그것을 쉽게 받아들이기 힘들 거라는 생각이 들었기 때문이다.

계급주의 동화는 시중에 나와 있는 작품집이 없어 실제로 참고하기가 쉽지 않기 때문에 조금 무리가 따르지만 한 작품을 전재하기로 하겠다.

이주홍이 1930년 『신소년』 4월호에 발표한 「청어뼉다귀」란 소년소설을 한번 감상해보자.

　　동리 가운데서도 제일 가련한 가정, 순덕이의 어머니는 작년 팔월부터 무단히 병이 들어서 시들시들 지금까지도 일어나지 못하고 거미같이 빼빼 말라서 밤낮 구들목에서 떨어져 나올 수가 없었다. 그리고 순덕이는 얼마 전에 치도부역 나갔다가 첫날에 어깨가 퉁퉁 부었던 것이 물이 고이고 고름이 생기더니 지금은 거의 능금만큼이나 커져서 바늘 끝으로 푹푹 쑤시는 것같이 밤으로도 잠 한숨 이루지 못하고 앓고 드러누웠다. 그 중에도 이 집안에 비참한 일이 하나 생겼다. 세 살 먹은 동생, 제법 말을 또박또박 하고 장난칠 줄 알고 절할 줄, 창가할 줄, 옛이야기도 흉내낼 줄, 아저씨가 오면 인사할 줄까지 알던 똑똑하고 영리한 종덕이가 태독을 앓다가 며칠이 못 되어서 죽어 버렸다. 그후로 순덕이 어머니는 병이 더한 것 같고, 순덕이 아버지는 일이 손에 잡히지 않고, 앓고 드러 누웠는 순덕이의 가슴도 문득문득 녹아내리는 것 같았다.

순덕이네 집에서는 김부자네 집 논 서마지기를 병작하고 있었다. 그것이 작년 수해 바람에 죄다 개천이 되고 말았다.

봄이 되었으니 다른 사람들은 모두 묻혀진 논을 개간하고 있다. 그러나 순덕이 아버지는 사홀을 채 다 못 채워서 가래를 꽂아 둔 채로 그냥 두어 버렸다.

첫째에 여러 날 굶든 몸이라 꿈적일 수가 없었다. 더구나 종덕이를 잃어버리게 되고 또 순덕이와 그 어머니 다 같이 드러누워서 밥 한 술 구경 못하고 끙끙 앓는 것을 볼 때에 그는 만사가 귀찮았다. 양식 꿀 데는 없고 돈 취할 데도 없고 배는 자꾸 고파 오고 어찌해야 좋을지 마치 죽음만 기다리는 모양으로 멍하게 그냥 방 안에서 며칠인가 날을 보냈다.

오늘 골목에서 개짖는 소리가 요란하게 나더니 지주 김부자가 찾아왔다. 순덕이 아버지는 옆 방에다 멍석자리를 깔고 지주를 공손히 맞아들였다.

"그래 이 사람 자네는 농사가 짓기 싫으면 진작 그냥 둔다고나 하지 그게 무슨 심사인고? 글쎄 아무리 미련키로서니 그래 천금같은 남의 땅을 그 모양을 시킨단 말인가! 남을 망쳐도 분수가 있지……"

김부자는 목에 시퍼런 힘줄이 불끈불끈 튀어 나오도록 열이 난 것 같았다.

"글쎄요. 어쩌다가 그렇게 되었습니다. 저도 진작 시작하기는 시작했습니다만, 그 동안에 가환도 있고 해서……"

머리를 숙이고 있는 순덕이 아버지의 말소리는 어느 솔짓한 구멍으로 숨어 버리는 것 같았다. 순덕이는 옆엣방에서 이 두 사람의 말소리를 듣고 또

그들의 동작을 상상하여 볼 때에 어쩐지 온 몸이 쐐하고 아팠다. 피가 쉬고
숨통이 콱 막히는 것 같아 또 어느 사이 왠지 눈물이 왼편 귀 밑으로 스르륵
흘러 내려감을 깨달았다. 네댓이나 나이 적은 사람한테 이 사람 저 사람 소리
듣는 것도 분하거니와 그래도 자기 집안에서는 제일 어른이고 제일 거룩해서
도저히 다른 것으로는 비할 수 없으리만한 높고도 위대한 자기의 아버지가
그 김부자의 앞에서는 너무나 적어진 것이었다. 그것을 생각할 때에 순덕이
는 가슴을 좍좍 긁고 싶도록 분하고 원통하였다. 얼마 동안 불안한 두 말소리
가 순덕이의 귀밑을 스쳐 지나갔다. 그러나 순덕이는 이것 저것 다른 것이 생
각해지는 사이에 그들의 이때까지 한 말이 무엇인지는 잘 몰랐다. 퉁탕퉁탕
하더니 순덕이 아버지는 이쪽 방으로 건너와서 정신없이 누운 순덕 어머니를
툭툭 깨워 일으킨다.

순덕 어머니는 할 수 없이 일어나서 나가더니 얼마 후에 그래도 어떤 죽을
애를 썼던지 시키는 대로 쌀 한 홉과 청어 한 토막을 가지고 들어왔다.

고소한 밥 익는 냄새, 코 끝을 간질거리는 청어 굽히는 냄새…… 순덕이는
우선 다른 생각은 다 집어치워 버리고 누를 수 없는 식욕이 동했다. 옆방 지
주에게 점심을 차려 주고 온 어머니는 꼴깍하고 순덕이의 침 넘어가는 소리
를 듣고는,

"가만 있거라. 상 물려 나오거든 너도 밥하고 청어하고 줄게, 응"

하고 어깨의 종점터를 가볍게 만져 보고는 다시 곤드러져 드러눕는다.

무엇에 흥분되었던 순덕이는 누구엔지 모르게 반항하는 목소리로

"옙다 다 먹으면 어쩌는디……"

하고 돌아 누웠다.

"엥…… 어데 점잖은 이가 다 먹는가, 남겨 주니라, 남겨 주어……"

순덕이는 밥은 반만이나 먹고 청어는 젓가락만 대이다가 만 밥상이 나올
것을 그려 보고는 다시 침을 삼켰다.

밥상이 물러 나왔다. 밥 식기 반찬 접시 모두 씻은 듯이 말갛게 비었다. 접
시 밑으로 등골뼈다귀가 마치 비오는 날 개 날구지똥처럼 밥낟과 함께 꾸역
꾸역 씹히어 있었다.

순덕이는 자기의 기대가 영위 꺽이어 버림을 직각할 때에 응응 울고 싶었
다. 식기 반찬 접시를 동댕이치고 판다리를 분질러 버리고 싶도록 참을 수 없

이 섭섭하여 못 견뎠다. 순덕이는 눈물이 흐르든 자국에 또 새 눈물이 쪼로록 흘렀다.

"어머니… 아버지…, 모두 올해에 청어 맛조차 못 본 불행한 사람들…"

하고 순덕이는 몹시 슬펐다.

"에라 홧김에 이거나 먹어 봐라."

하고 순덕이는 청어 뼈다귀를 입에 넣고 울음을 씹었다.

여물어서 잘 씹혀지지 않는다. 캑캑캑 목에 걸렸다.

지주가 가고 난 뒤에 순덕이 아버지는 이쪽 방으로 와서 머리카락을 잡아 뽑으면서 응응 운다. 순덕이는 눈알이 뻘겋게 허리를 움칠거리면서 기침을 하여 보았다. 그러나 걸려진 뼈다귀는 좀처럼 내려가지 않는다. 손가락을 넣어서 후벼내어 보려면 볼수록 가시는 염염 깊이 박혀지는 것 같았다. 할 수 없이 "응애……"하고 울었다. 가뜩이나 화가 나서 못 견디고 울고 있던 그 아버지는 악이 나는 바람에

"이놈의 자식 너까지 사람을 죽이려고 드니? 병작을 떼었다. 오늘 김부자가 병작을 떼었다."

하고 순덕이를 보고 힘차게 갈겼다. 순덕이의 어깨 종점이 툭하고 터졌다. 까만 피 노란 고름이 웬 방 안에 뿜어졌다. 순덕이는 천지가 무너지는 듯이 "으악"하고 울었다.

어머니도 일어났다. 아무것도 느끼지 못하던 아버지는 큰 고름뭉치가 자기의 볼에 부딪힐 때에 비로소 깨달았다. 미친 듯이 순덕이의 어깨를 입술로 빨면서

"순덕아, 아프지?"

하고 응응 울었다.

"순덕아, 순덕아, 내가 잘못했다. 응!"

하고 순덕이를 안고 볼을 부비면서 울부짖는 그의 형상은 마치 미친 듯이도 보였다. 아버지, 어머니, 순덕이 한데 어울려서 울었다. 나란히 맞대인 볼은 불에 익은 듯이 뜨거웠다.

"아버지! 아버지! 괜찮아요. 아프지 않아요. 네! 자꾸 때려 주세요. 네! 아버지의 손이 닿으니까 단박 낫는 것 같아요. 네 아버지! 아버지! 내가 잘못했어요. 네."

하고 순덕이도 무엇인지 모르게 흥분되어서 아버지 어머니를 힘있게 안았
다.
　고맙고 따습고 거룩하고 사랑스러워서 사랑스러워서 못 견딜 것 같았다.
　그러나 그와 함께 누구엔지 없이 그 어느 모퉁이에서는 주먹이 쥐어지고
이가 갈리고 살이 벌벌 떨림을 느꼈다.

　이주홍의 동화는 이렇게 절망에서부터 시작한다. 순덕이네는 이제
더 이상 빛이라곤 들어올 데가 없는 삶의 고통 속에 빠져 있다. 뭔가 빠
져나갈 삶의 희망이 없는 것이다. 온갖 생명의 빛이 막히고, 이제 어둠
뿐인 삶 속에서 순덕이네는 모두가 절망하고 있다. 모두가 힘을 잃고
쓰러져 있는 것이다. 그나마 소작마저 떼이어 이제 더 이상 헤어날 구
멍이 없어져 버렸다.
　그러나 노신이 말하듯 ‘절망의 허망함은 바로 희망과 같은 것’이 아
닐까. 더 이상 빠져 내릴 수 없는 가장 낮은 곳에서 절망하고 있는 사람
만이 오히려 세상을 변혁할 수 있는 움직임을 보이는 것이 아닐까. 이
제는 더 이상 빼앗길 것이 없는 사람이 오히려 세상의 변화를 추구하는
것이다.
　새로운 변화를 찾아가는 긴 삶의 과정에서 아이들도 분명히 자기 삶
을 찾아가는 주체이며, 어른들과 함께 삶의 파도를 넘어가는 개척자이
다. 아이들은 어른들이 겪는 격전의 삶에서 결코 한 발 물러서 있는 존
재가 아닌 것이다. 그렇기 때문에 어느 시대든 아이들은 항상 어려운
현실의 중심에 같이 휩쓸려 있지, 아이들이라고 ‘꽃방석을 타고 환상의
세계 속에 분리되어’ 있는 것은 아니다.
　위 작품에서 순덕이는 현실과 떨어져 있는 존재가 아니라, 분명히 현

실 속에 들어가 고통받는 존재이다. 순덕이는 분명 일제시대 식민지 백성에게 주는 고통을 어른들과 똑같은 무게로 느끼고 있다.

「청어 뼉다귀」에서 순덕이는 자기가 겪고 있는 이 고통이 꼭 아버지한테만 원인이 있는 것이 아니고, 이렇게 살기가 어려운 데 청어를 사다가 구워 먹어야만 하는 지주와 아버지의 관계에 있다는 점을 어렴풋이나마 느끼기 시작하였다. 그래서 밖으로 쫓겨나온 순덕이는 누구에겐지 할 것 없이 어느 틈엔가 주먹이 쥐어지는 것이다. 「청어 뼉다귀」에서 순덕이는 식민지 어린이의 전형적인 자화상이다. 이 식민지 어린이들은 그들이 왜 배고파야 하는지, 그들의 고통이 어디로부터 오는 지에 대해 점점 구체적으로 느끼고 있다.

아이들은 현실을 그냥 무감각하게 받아들이는 존재가 아니라, 현실의 고통을 누구보다도 민감하게 받아들이고 가슴속에 간직하는 열린 존재들이다. 아이들은 세상을 분명히 느끼고 있다. 단지 그 세상의 모순을 구조적으로 파악하지 못하고, 논리적으로 표현하지 못할 뿐이다. 분명 식민지 조선의 현실이 잘못된 방향으로 흘러가고 있으며 그 현실에 뭔가 새로운 변화가 와야 한다는 사실을 아이들은 어른들만큼이나 민감하게 느끼고 있다.

계급주의 아동문학가들은 아이들을 아무것도 모르는 존재가 아니라, 아이들도 세상을 보는 지혜가 있고 세상을 보는 독창적인 눈이 있으며, 그들 나름의 경험을 통해 뭔가 세상 속에 숨겨져 있는 비밀과 모순의 벽을 느낄 줄 안다는 생각에서 출발하였다. 아이들도 그들 나름의 세계를 창조할 수 있는 주인으로 생각한 것이다.

이렇게 식민지 현실의 중심에 존재하는 아이들이야말로 식민지의 어둠을 몰아낼 주인이다. 해방은 바로 현실의 삶 속에서 고통받으며 울부 짖는, 고통의 근원이 어디로부터 오는지를 아는 아이들로부터 시작되는 것이다.

그러나 계급주의 아동문학가들은 너무 해방에 대한 의지, 계급의식 만을 앞세우다 보니 한계 또한 없지 않았다. 계급주의 아동문학가들은 그들이 쓰는 동화를 통해 어린이들에게 해방에 대한 의지를 심어 주어 식민지 억압으로부터 해방되는 인간으로 새롭게 태어나게 한다는 목적 의식에 너무 치우친 나머지, 그만 자기들이 만들어내는 그 이야기가 어 린이들에게 맞는 내용인지 아닌지는 따져볼 여유를 갖지 못하였다.

송완순은 1946년『신세대』제 2호에 발표한「아동문학시론」에서 방 정환을 중심으로 한 동심천사주의 문학에 대한 비판을 한 후에 이어서 계급주의 동화에 대한 비판을 하고 있는데, 상당히 재치있게 방정환의 동심천사주의 문학과 계급주의 동화를 비교하고 있다.

송완순은 "요컨대 방씨 일파는 아동의 단순성과 사회의 현상을 너무 지나치게 오해한 나머지 신비로운 천사주의를 설정함으로써 아동의 현 실적 존재가치를 거세해버렸다."고 비판을 한 다음에, "이러한 견해를 극복지양하고 아동문학을 새로운 견지에서 계승하려고 등장한 것이 1930년대 전후의 젊은 아동문학가들"이었다고 말한다. 그런데 이 젊은 아동문학가들은 "계급적 아동문학의 봉화를 높이 들고 방씨 일파가 고 심, 조성해 놓은 천사의 화원을 거치른 발길로 무자비하게 볼품없이 짓 밟아 그 속에 몽유하고 있던 다수한 아동들을 흔들어 깨워서 현실의 십 자로에 꺼내 세우기를 조금도 주저하지 않았다"고 한다.

그런데 송완순은 이런 계급주의 아동문학가들이 자기도 모르는 사이에 큰 잘못을 범하게 되었다고 지적하고 있다. "그러나 분마와 같은 젊은이들의 기승은 스스로도 모르는 동안에 중대한 오류를 범하게 하였으니, 그것은 즉 천사적 아동을 인간적 아동으로 환원시킨데 까지는 좋았으나 거기서 다시 일보를 내디디어 청년적 아동을 만들어 버린 것이다. 그리하여 방씨 등의 아동이 실체 잃은 유령이었다면 30년대의 계급적 아동은 수염난 총각이었다고 할 수 있는 구실을 남겨 놓았다."고 한다.

송완순은 이러한 실수를 범하게 된 것에 대해 방정환이 너무 어린이들의 단순성에 매달린 반면에 계급주의 아동문학가들은 "아동의 단순성을 무시 혹은 망각한 결과"라고 지적한다.

불행하게도 1930년대 중반에 들어서면서 아동문학에 대한 일제의 탄압은 점점 거세지기 시작하였다. 1934년에는 『신소년』이 폐간되고, 이어서 『어린이』도 그 생명이 끊기고 말았다. 카프의 공식 기관지였던 『별나라』도 더 이상 나오지를 못했다.

송완순은 「아동문학시론」에서 "그런데 불행히도 총각적 아동을 만들어 놓은 30년대의 아동문학은 그것을 시정하지 못하고 말았다. 1935년 전후로부터 극심해진 제국주의 일본의 식민지 조선에 대한 전율할 포악으로 말미암아 계급적 아동문학은 그 소여된 임무를 다 하기 전에 부득이 요절하지 않을 수 없었다."고 말하고 있다.

그러면 계급주의 아동문학의 어떤 가능성을 제시하는 전형이 될 만한 작품, 그러니까 청년적 아동을 만들었다거나 도식적이라는 비판에서 벗어나면서도 그 당시 일제시대의 현실문제를 감동적으로 반영하고 있는 동화나 소년소설은 없을까.

비록 자료의 한계로 인해 제한된 범위내에서나마 그 당시 계급주의 아동문학가들의 작품을 개관해 볼 때, 우리는 어렵지 않게 아주 재치가 뛰어나고 기지와 해학이 넘치는 한 작가를 발견해 낼 수 있다. 바로『신소년』의 편집책임을 맡았던 이주홍이다.

　　계급주의 아동문학가들이 쓴 동화나 소년소설을 보면 아이들의 관심을 끌만한 특별한 형식에 대한 연구가 보이지 않는다. 이들은 오로지 식민지 조선의 현실을 계급적인 갈등관계와 일제의 탄압이라는 두 가지 이념의 잣대를 가지고 보면서 그러한 갈등 관계와 탄압에 시달리는 인물들을 도식적으로 만들어냈다. 사실 방정환의 동심천사주의 문학에 대해 관념주의 문학이라고 비판을 가하지만, 냉정하게 따져보면 계급주의 아동문학가들이 만들어낸 동화들도 너무 도식적으로 인과관계를 만들어냄으로써 결국 또 다른 형식의 관념주의라는 비판을 받을 수 있다.

　　그런데 이주홍은 다른 계급주의 아동문학가들과는 조금 달랐다. 그가 만들어내는 이야기에는 아이들을 끌어들일만한 독특한 기지, 해학, 풍자의 맛이 있었다.

　　「청어뼈다귀」에서 이주홍은 한 가난한 소작인의 집에 초점을 맞추어 이야기를 끌어나가고 있다. 청어 뼈다귀를 놓고 순덕이가 거는 기대가 실망으로 이어지는 과정이 가슴에 찡한 울림을 준다.

　　계급주의 동화는 주제의식은 강한데 그 주제를 풀어나가는 형상화의 능력은 부족했다. 그런데 이주홍이 1930년『신소년』5월호에 발표한 「개구리와 두꺼비」는 조금 다르다. 「개구리와 두꺼비」에서는 다른 계급주의 작품과는 달리 이야기꾼의 냄새가 물씬 풍긴다. 강한 주제의식이 드러나면서도 아이들을 이야기 속에 끌어들이는 구수한 입말의 맛이 살아 있다.

이주홍은 다른 계급주의 아동문학가들과는 달리 어린이들에게 일제시대 사회의 일반적인 갈등관계를 보여주더라도 조급하게 어린이들에게 강요하지 않고, 어린이들의 삶 속에서 어린이들이 흥미를 끌만한 상황을 연구하고 제시하는데 상당한 관심을 보이고 있다.

1930년 『신소년』 7월호에 발표한 「우체통」도 이주홍의 이러한 뚜렷한 의지를 엿보이게 한다. 이 작품에는 숙희라는 아이가 나오는데, 숙희는 자기 집 앞에 있는 우체통에 관심이 많다. 우체통이 무슨 일을 하는지를 잘 몰랐는데, 하루는 보니까 우체통에서 편지가 나왔다.

숙희는 먹을 양식이 떨어져서 엄마가 외갓집으로 양식을 얻으러 간사이에 일본에 있는 아버지에게 자기가 먹고 있는 개떡을 싸서 우체통에 집어 넣었다. 숙희는 그 우체통에 편지를 넣으면 땅 속으로 다 연결이 되어서 아버지에게까지 가는 줄로만 알았다. 나중에 우체부가 와서 그 꾸러미를 꺼내 숙희에게 돌려주고서야 숙희는 어머니에게 그렇게 해서는 아버지에게 떡을 보낼 수가 없다는 자세한 이야기를 듣게 되었다.

숙희란 아이가 어떻게 편지가 전달되는지를 잘 모르고 일으킨 우스운 생활 이야기 한 토막이긴 하지만, 이주홍은 다른 계급주의 작가들과는 달리 목소리를 높이지 않고 그 작고 가벼운 숙희의 행동을 통해 일제시대 당시 한 가난한 집안의 단면을 그려내고 있다. 역시 다른 계급주의 작가들과는 달리 순박하고 따뜻한 맛을 느끼게 해준다.

이주홍이 1930년 『신소년』 8월호에 발표한 「돼지 콧구멍」은 또 다른 흥미를 준다. 「돼지 콧구멍」이란 제목부터가 이주홍다운 재치와 해학이 엿보인다고 할 수 있다. 이 작품에서 이주홍은 일제시대 모순구조로 인해 생기는 갈등관계에서 어린이들이 눌려만 살게 아니라 그들 삶의 주인으로 거듭나야 한다는, 계급주의 문학작가라면 누구나 추구하고 있던 어린이의 전형적인 모습을 보여주려고 하였다.

「돼지 콧구멍」에서 종규는 자꾸만 자기네가 소작을 하고 있는 호박밭으로 주사영감네 돼지가 와서 호박을 망쳐 놓는 바람에 화가 났다. 종규의 아버지는 주사 영감에게 제대로 따지지도 못했다. 종규는 그런 아버지를 이해할 수가 없었다. 그 호박은 주사영감에게야 하찮게 보이는 농사일지 모르지만 종규네 집에는 생계가 걸려 있는 밭인 것이다. 그래서 종규는 호박밭에서 쫓아도 자꾸만 들어오고, 좀 그만 오게 해 달라고 말해도 들은 체도 안하는 주사영감에게 당할 수만은 없다고 생각하여 돼지콧구멍에다 대고 화살을 쏘고 말았다. 화살을 맞고 돼지는 호박밭에서 쫓겨났는데 이 일을 두고 주사영감은 종규 아버지를 불러 화를 냈다. 이 일로 인해 종규는 아버지에게 혼이 나는데, 그러나 혼이 나면서도 자신의 의지를 굽히지 않고 다시 화살촉을 빼족하게 다듬는다.

「돼지 콧구멍」에서 보는 바와 같이 이주홍은 될 수 있으면 어린이들의 흥미를 끌만한 사물이라든가, 인물이라든가, 이야기 구조를 발견하여 그것을 재치있게 보여주고 있다. 계급주의 아동문학가들이 갖고 있던 강한 이념을 그대로 유지하면서 그 목적의식을 해학과 기지와 풍자의 기발한 착상을 통해 아이들에게 전달하고 있는 것이다.

이주홍 문학에 나타나는 이러한 빛이 되는 특성은 해방 이후에도 그대로 이어지고 있다. 이러한 특성은 해방 이후 계몽의 요구만을 지나치게 내세우는 작품 속에서 이주홍의 문학이 아이들이 간절히 바라는 재미의 요구에 귀기울이는 문학으로 나가는데 하나의 길을 열어 주고 있다. 이주홍의 문학이 오늘날에도 계속 읽히는 이유가 여기에 있고, 또 아동문학을 하는 사람들에게 늘 선생의 자리에 있는 이유 또한 여기에 있다 하겠다.*

---

* 이 글은 『우리 동화 바로 읽기』(한길사, 1995)에서 계급주의 아동문학에 관한 이야기 가운데 이주홍 문학 부분만 발췌해서 요약한 것입니다.

# 이주홍의 초기소설 연구

– 「결혼전날」·「치질과 이혼」·「그 놈을 그대로 두엇나」를 중심으로 –

류종렬

## 1. 서론

이 글은 일제강점기의 여성 잡지 『여성지우』에 실려 있는 향파 이주홍(1906-1987)의 초기소설 「결혼전(結婚前)날」(1929), 「치질(痔疾)과 이혼(離婚)」(1930), 「그 놈을 그대로 두엇나」(1930) 등 3편을 구체적으로 분석하여 의미를 파악하고, 나아가 이들 작품이 이주홍 문학에서 가지는 의의를 살펴보기 위하여 쓰여졌다.

이 작품들은 이주홍 문학관에 소장되어 있는 것을 필자가 찾아낸 것이다. 「결혼전날」은 1929년 12월호에 실려 있는데, 작품의 제목 밑에 괄호를 치고, '당선(當選)'이라 적혀 있다. 향파가 이 잡지에 투고하여 당선된 작품인데, 선자는 알 수 없다. 「치질과 이혼」은 1930년 4월호에, 「그 놈을 그대로 두엇나」는 1930년 10월호에 실려 있다. 이들 작품들은 〈이주홍 연보〉에만 언급되어 왔던1) 것을 필자가 발굴하여 「결혼

---

1) 향파가 직접 작성한 것으로 여겨지는 〈이주홍 연보〉에는 "1929년 단편 「결혼전날」이 〈여성지우〉지에 당선, 1930년 단편 「치질과 이혼」「그대로 두엇나」를 ≪여성지우≫에 발표"라 적혀 있다. 이주홍 중편소설선, 『깃발이 가는 곳을 향하여』(태화출판사, 1984. 9), 364쪽. 그런데 이 연보에서는 「그 놈을 그대로 두엇나」는 제목조차 바르게 적혀 있지 않다.

전날」은 원문을 소개하고 해설을 쓴 바 있고, 나머지 두 작품은 작품의 내용만 간략하게 언급하였다.[2] 그러므로 필자의 해설을 제외하고는 전혀 연구된 바가 없다.

널리 알려진 바와 같이, 향파의 문학활동은 1928년 아동문학잡지 『신소년』5월호에 투고한 동화「배암색기의 무도」가 독자란이 아닌 본문에 실리고, 1929년 『조선일보』신춘문예에 단편소설「가난과 사랑」이 선외가작으로 입선하고, 1929년 『여성지우』12월호에 단편소설「결혼전날」이 당선되면서 시작되었는데, 1987년 작고하기까지 60여 년을 일관되게 작품활동을 해왔다. 우리 근대 문학사에서 시, 소설, 희곡, 시나리오, 아동문학, 수필, 만문만화, 번역 등 문학의 전 장르에 걸쳐 60년 동안 작품 활동을 하였고, 펴낸 책만 200권이 넘는 작가는 향파 이외는 없다고 해도 과언이 아닐 것이다.

그러함에도 불구하고 그의 문학은 아동문학사를 제외하고는[3] 우리 근대문학사나 소설사에서 언급되지 않고 있으며, 그의 소설에 대한 연구도 소루한 감이 없지 않다. 그 원인은 작품의 질적 수준의 문제에 있다기보다는 그가 문학의 전 장르에 걸쳐 너무 오랫동안 작품활동을 하

---

2) 류종렬,「〈결혼전날〉에 대한 소고」,『오늘의 문예비평』2003년 봄호, 통권 48호, 2003. 3. 268-275쪽 ;「이주홍과 부산지역문학」,『현대소설연구』제19호(한국현대소설학회, 2003. 9.), 61-62쪽.

3) 이재철은 향파를 1930년대의 주요 작가로 다루고 있고(『한국현대아동문학사』, 일지사, 1978), 원종찬은 근대아동문학사를 작품의 주인공을 중심으로 살펴, 주된 흐름을 방정환→마해송→이주홍→현덕으로 이어지는 것으로 파악하면서 이주홍을 카프문학 운동시기를 대표하는 일급작가로 다루었으며, 또한 20세기 한국아동문학의 계보를 방정환-마해송-이주홍-이원수-현덕-권태응-이오덕-권정생으로 설정하였다.(원종찬,「한국아동문학이 창조한 주인공-근대아동문학사 연구의 반성」,『창작과 비평』, 1999년 봄호;「한일 아동문학의 기원과 성격 비교」,『한국학 연구』11집, 인하대학교, 2000.)

였다는 점, 광복 후 거의 부산에 살면서 창작활동을 해 왔고, 일제 강점기의 문학활동이 밝혀져 있지 않았고, 또한 그의 후기 소설의 작품세계가 1960-70년대의 비판적 리얼리즘에서 비껴나 있다는 점 등이 중요한 원인일 것이다. 또한 소설가로서보다는 오히려 아동문학가로서 널리 알려져 있다는 점도 많이 작용했을 것이다.[4]

「결혼전날」은 향파의 실질적인 문단 당선작이자 처음으로 지면에 발표된 소설이란 점에서 그의 처녀작에 해당된다. 처녀작인 만큼 앞으로의 그의 작품세계를 살펴보는데 매우 중요한 작품이다. 작가론에 있어 처녀작을 중시하지 않을 수 없는 점은 그것이 작가로서의 출발점이 되기 때문이다. 다시 말하면 처녀작은 한 작가의 문학적 인생의 출발점이 되는 것이며, 상상구조의 원형을 담아 가지고 있기 때문이다.[5] 그리고 「치질과 이혼」, 「그 놈을 그대로 두었나」는 경향소설로 프로문학 연구에서도 지금까지 알려진 바가 없었고, 당시의 작품들을 정리한 소설집에도 실려 있지 않았다.[6]

필자는 향파의 문학 작품들을 올바르게 평가하고, 나아가 그의 문학을 우리 근대 문학사나 소설사에서 온당하게 자리매김하기 위한 일련의 작업을 진행해가고 있으며[7] 이 글도 이러한 작업의 과정으로 이루

4) 류종렬, 「이주홍과 부산지역문학」, 49-51쪽 참조.
5) 김용성 · 우한용 공편, 『한국근대작가연구』(삼지원, 1985. 9), 20쪽 참조.
6) 김성수 편, 『카프 대표소설선』 Ⅰ · Ⅱ(사계절, 1988. 6.)와 주종연 · 이정은 편, 『1920-1930년대 민중문학선』 제 1 · 2부(탑출판사. 1990. 11.)에도 실려 있지 않다.
7) 「위식된 삶의 풍자-이주홍의 소설세계」, 『부산문화』 13호(부산문화회, 1987. 3.), 『갈숲』 제25량 (태화출판사. 1987. 6.) ; 「이주홍의 역사소설 연구-〈어머니〉를 중심으로」, 『외대논총』 18집 1호(부산외국어대학교, 1998. 2.) ; 「이주홍의 〈아버지〉 연구」, 『비교문화연구』 10집(부산외국어대학교 비교문화연구소, 1999. 2.) ; 「이주홍 소설 연구의 현황과 방향」, 『우암어문논집』 10호(부산외국어대학교 우암어문

어진 것이다.[8]


## 2. 변환기의 연애 풍속도와 「결혼전날」[9]

「결혼전날」은 당대 신청년들을 열병처럼 휩쌌던 새로운 애정 형태인 '연애'를 주된 테마로 설정하여 전개된다. '연애'는 이광수의 『무정』을 비롯하여 김동인의 「약한 자의 슬픔」, 나도향의 『환희』에 이르기까지 신청년들의 의식을 다룬 모든 작품들에서 한결같이 등장하는 테마다. '연애'는 "남녀상호의 개성의 이해와 존경"[10]에 기반하여 평등하고 자유로운 남녀 관계 형성을 지향하고 있다는 점에서, 남녀차별, 강압결혼 등의 구습 타파를 그 내부에 폭발적으로 잠재시킨 근대적 의식이었다고 할 수 있다. 끊임없이 자유연애를 부르짖으면서도 연애의 의미를 제대로 이해하지 못했던 이광수의 『무정』의 두 주인공을 비롯하여 연애

학회, 2000. 2.) ; 「이주홍 초기소설의 작품세계 연구」, 『현대소설연구』 15호(한국현대소설학회, 2001. 12.) ; 「이주홍의 소설집 서지 연구」 ; 『외대논총』 26집(부산외국어대학교, 2003. 2.) ; 「〈결혼전날〉에 대한 소고」(2003. 3.) ; 「이주홍의 미완의 장편소설 '야화(夜花)' 연구」, 『한국문학논총』 제33집(한국문학회, 2003. 4.) ; 「이주홍 소설의 서지적 연구」, 『한국문학논총』 제34집(한국문학회, 2003 .8.) ; 「이주홍과 부산지역문학」(2003. 9.). ; 「이주홍의 프로문학 연구-일제강점기를 중심으로」, 『비교문화연구』 제14집, 부산외국어대학교 비교문화연구소, 2003. 9.

8) 이들 작품이 실려 있는 『여성지우』는 1929년 1월 창간되어 폐간연대는 분명하지 않다. 그러나 최소한 1930년 10월 초까지는 발간된 것으로 여겨진다. 잡지의 성격은 분명하지 않지만 여성종합교양지이면서 사회주의 진영과 연계된 잡지가 아닌가 여겨진다. 류종렬, 「〈결혼전날〉에 대한 소고」, 268-275쪽 참조.

9) 「결혼전날」의 분석은 필자의 앞의 논문(2003. 3.)을 근간으로 부족한 부분을 보충한 것이다.

10) 이광수, 「혼인에 대한 관견」, 『학지광(學之光)』, (1917. 4.) 376쪽.

를 테마로 다룬 김동인·나도향 등의 소설 주인공들은 자신들의 사랑을 달성하지 못하고 비극적 결말에 다다른다. 이것은 당대의 보수적 상황을 우회적으로 드러낸 것으로서,[11] 이주홍의 「결혼전날」에서도 동일하게 나타난다.

먼저 이 작품의 플롯의 전개를 간단히 요약하면 다음과 같다.

> 1) '나'는 그가 아프다는 말을 듣고 결혼 전날 수종이를 데리고 그를 찾아간다.
> 2) 그를 좋아하지만 한번도 '오빠'라고 부르지 못하고 '선생님'이라고만 불러왔는데, '나'는 그가 내가 결혼을 하고 나서도 자주 놀러와 줄까, 그전처럼 대해줄까 하고 걱정한다.
> 3) 우리 집에서 하숙을 할 때, 그는 그림을 잘 그리는 취미마저 나와 비슷하여 친밀감이 더욱 두터워졌고 '나'는 그를 존경하기까지 한다. (회상)
> 4) 작년 여름 개울 건너에서 그의 그림 모델을 서고 있던 중 폭우가 쏟아져 고립되고 마는데, 그가 물에 빠진 '나'의 목숨을 건졌고, 그것으로 인해 그를 사랑한다는 것을 알았다. 이후 둘 사이에 좋지 않은 소문이 나고, 우리집이 하숙 영업을 그만둔 후 그는 다른 집에서 지냈다.(회상)
> 5) 그의 집에 도착하여 그에게 내일 결혼을 한다는 것을 말하자 그는 눈물을 흘리고 만다.
> 6) 집으로 돌아오는 길에 그의 일기를 생각하며 그가 눈물을 흘리는 이유를 생각하였다.

이처럼 「결혼전날」은 1인칭 주인공 시점으로, 결혼을 하루 앞 둔 여주인공의 은밀한 애정 고백을 다루고 있는 작품으로, 화자의 내면심리

---

11) 정혜영, 「근대를 향한 시선 - 이광수의 〈무정〉에 나타난 '연애'의 성립과정을 중심으로 -」, 『여성문학연구』 제3호 (한국여성문학학회, 2000. 6.)
———, 「김동인 소설과 평양이라는 도시공간」, 『현대소설연구』 제13호 (한국현대소설학회, 2000. 12.)
———, 「나도향의 '환희'」, 『한국문학논총』 제32집 (한국문학회, 2002. 12) 참조.

가 잘 드러나 있다. 여기서 '나'는 결혼 전날 밤 오랜 기간 흠모해온 한 남자의 병문안을 가면서, 그에 대한 자신의 애정의 흐름을 회상기의 형식으로 서술해 간다. '나'와 그의 만남과 연애 등의 과정이 결혼 전날 밤의 짧은 서술시간 속에서 회상을 통해 진행된다. 즉 현재→과거→현재의 회상의 서술구조를 통해 '나'의 예전의 삶의 모습이 제시되는 것이다. 작품을 통하여 '오빠'라는 호칭으로 불려지고 있는 그는 일가 친척도 없는 어려운 상황에서 친구의 도움을 받으며 우연찮게 하숙을 하는 '나'의 집에 있으면서 학교에 다니게 된다. 하숙집, 여학생, 청년회 등 전근대적 삶의 양식과는 이질적인 새로운 삶의 형태 속에서 '나'와 그는 '보은(報恩)'이라는 고소설의 전통적 남녀관계나 강압결혼과 같은 전근대적 남녀 관계의 틀을 넘어 새로운 남녀의 애정 관계를 형성해 간다. 예를 들면, 어린 시절부터 한 집에서 크면서 애정을 키워 가는 이들 두 주인공의 독특한 경험은 교회당을 제외하고는 남녀 교제의 기회를 거의 가질 수 없었던 당대의 보수적 분위기를 반영해주는 한편, "전신전영(全身全靈)의 결합"[12]을 지향했던 '연애'가 지니는 정신성 중시의 태도를 나타내기에 충분하다고 할 수 있다. 이 점에서 '나'가 그에 대하여 연모의 정을 키워 가는 과정에 대한 서술을 주의 깊게 살펴볼 필요가 있다.

　　그러나 그럴사록 나는 마음이 불쾌하여 못 견뎟다. 그러나 지금 『옵바』라고 부르는 그이만은 마음에 조왓다 모든 것이 묵중하고 침착하고 점잔해서 말하면 어데로 보든지 신사다운 점을 갓추갓추 가지고 잇섯다 더구나 그이와 사괴인 지가 오래인 만큼 더욱 친밀과 애착을 늣기게 하엿다 내가 아주 어릴

---

12) 이광수, 앞의 글, 378쪽.

째 친척도 별로이 업는 그는 어느 친구의 도움으로 우리 집에서 밥을 먹으면서 학교에 다녓다 그러다가 내가 서울로 올나가서 공부할 째에는 그이는 졸업을 맛고 청년회에서 일을 보앗고 내가 부득이 중도에서 학교를 그만두고 내리올 때에는 낫설은 여러 학생들도 여러 사람 들어잇고 그이는 청년회에도 그만두고 주의가 되어 잇섯다

형사가 자주 오고 경철서에도 각금 불니어감으로 아버지는 혹 그가 무슨 협잡이나 음모나 하는가 하고 다른 집으로 보낼라든 것도 내가 여러 가지로 설명을 하여서 리해하게 되엿다 나는 개렴덕으로나마 그의 주의와 사상에 공명되엿다 그리고 만흔 친구들이 그를 차저춤으로 나는 더욱 그를 영웅숭배덕 긔분으로 존경하엿다 그리고 그밧게도 그가 그림 잘 글이는데까지 왼통 나의 취미와 주장이 관통되는 점으로서 그이와의 친밀은 가속도로 두퉈워젓다[13]

작품을 통해 오빠로 호명되고 있음에도 불구하고 실제로는 그를 한 번도 오빠라고 부르지 못한 채 '선생님'으로 불렀던 '나'의 태도는 그와 나의 관계를 형성하고 있는 끈이 무엇인지를 설명해준다. "그의 주의와 사상에 공명"되고 "영웅숭배덕 긔분으로 존경"한다는 언급에서도 나타나듯 '나'와 그는 정신적 스승과 제자의 관계를 형성하고 있다. 이는 "옵바는 내가 모든 미지(未知)를 차저내는 스승이"라고 단언하는 나의 태도나, "옵바와 친해진 후로부터 나는 먹고 자고 일하고 하는 일생에도 그 우에 무엇이 달리 잇고 죽이고 싸우고 웃고 하는 인생으로만 보는 것을 그 우에 다시 무엇이 잇는 것을 배웟다"고 언급하는 것에서도 충분히 드러나고 있다. 말하자면 그는 나에게 있어 단순한 육체적 욕망의 대상이기보다는 "인생이란 견줄 수 업는 큰 의의(意義)를 가지고 잇는" 것을 가르쳐준 정신적 스승이었던 것이다. 그래서 '나'는 급기야는 그를 향해 '거룩한'이라는 형용사까지 사용하게되는 것이다.

13) 『여성지우』, 1929년 12월호, 108쪽.

이처럼 '나'는 그와의 관계 속에서 끊임없는 정신의 성장을 이룩하게 되는데, 이 점은 이 두 사람의 애정을 근대적 의식인 '연애'의 범주에 포함시키는 중요한 요인으로 작용한다. 1917년 발표된 최초의 자유연애 소설『무정』에서는 두 주인공 선형과 형식사이에 낭만적 애정의 연계가 형성되고 있지 않다. 그럼에도 불구하고 이들의 관계를 근대적 남녀 관계인 '연애'의 제 범주 속에 포함시킬 수 있었던 것은 이들이 정신적 스승과 제자의 관계를 형성하고, 그 속에서 미약하나마 애정의 감정을 형성시켜간다는 점이다. 이처럼 정신적 스승과 제자로서의 두 남녀의 관계가 당대 연애소설에서 부각되었던 것은, 여성을 남성의 예속물로서 간주한 전근대적 남녀관계의 망과의 철저한 결별을 의미한 것이었다고 할 수 있다.

이주홍이「결혼전날」을 발표하기 십년 전에 이광수가「혼인에 대한 관견」이라는 글에서 이미 밝히고 있듯, 남녀의 정신적 애정관계 형성을 위해서는, 무엇보다 "남자와 평행할만한 여자의 교육이"[14] 필수불가결한 요소였으며, 이는 곧 평등한 남녀관계의 실현을 의미하는 것이기도 했던 것이다. 신학문을 공부한 여학생이 당대의 히로인으로서 각광을 받았다는 것은 바로 이와 같은 의미가 내재되어 있음을 드러낸 것이다. 「결혼전날」에서도 '나'의 경력 즉 서울서 공부를 하다가 내려왔다는 심상치 않은 경력은 바로 이것을 의미하는 것이다. 이처럼「결혼전날」이 신학문을 습득한 두 남녀간의 애정을 통해 남녀평등의 근대적 세계로의 지향을 다소간 보이고는 있다고 해도, 의식의 측면에서 상당부분 미

---

14) 이광수, 앞의 글, 379쪽.

흡함을 노출시키고 있는 것은 부인할 수 없는 사실이다. 여기에는 그를 '영웅숭배덕 기분'으로 존경하고 그의 사상과 주의를 '개렴덕으로'밖에 이해할 수 없었던 '나'의 의식의 미숙성이 중요한 요인으로 자리하고 있다.

작품을 통해 여러 번 언급되고 있듯, 그에 대한 나의 연모의 정은 그의 정신적 부분에 대한 깊은 감화, 취미의 공통성, 그로부터 연유된 양자간의 대화의 가능함 등 모든 부분이 정신적 공감대를 형성한다는 점에서 유래되고 있다. 그래서 '나'는 그를 가리켜 '존경', 혹은 '거룩한', '스승'과 같은 용어를 사용하고 있는 것이다. 이처럼 정신성에 대한 과다한 편중이 '연애'와 더불어 서양으로부터 이입된 근대적 사랑의 독특한 의식 중의 하나였다고 한다면, 「결혼전날」의 '나'가 겪는 사랑의 비극은 이 점에 기인한 바 크다고 할 수 있다. 이는 "쓰지못할 체면" 때문에 "한번이나마 옵바를""옵바라고 불너보지 못하고 그냥 「선생님」이라고만 불너"왔음을 "일평생의 큰 원한으로" 삼을 만큼 그를 사랑했던 '나'가, 어쩔 수 없이 그와의 거리를 가지게 된 한 사건에서 충분하게 드러나고 있다.

그 사건은 결혼 전날 그와의 사랑을 회상하면서, "애꾸즌 절믄 날의 로맨쓰" 혹은 "옵바와의 추억을 롱후하게하기 위해서" 라는 '나'의 수식어 속에 등장한다. 그것은 '나'가 어머니, 그와 더불어 놀러갔던 여름의 강가를 배경으로 발생한다. 그가 포플라 나무를 배경으로 '나'를 모델로 하여 그림을 그리고 있던 중 갑작스레 내린 소나기로 개울물이 불어나게 되고, '나'와 그는 고립되게 된다. 그 와중에 그가 잠시 물에 빠져 실신했던 나를 구해내고, 순간 그에게 안긴 자신을 발견한 나는 "나

의 몸을 엇더케 써야 또 그의 몸을 엇드케 대접하여야 조흘지 몰"라서
그냥 "그에게 껴안겨 소리내여" 우는 것으로 상황을 무마해버린다. 이
사건으로부터 '나'는 그와의 관계를 갈등하고 고민하게 되는데 그 고민
의 실체는 그 빗속에서 나의 몸과 그의 몸이 "라테나 다름업는" 상태로
되어버렸다는 나의 언급에서 다소간 드러나고 있다. 그 상황 속에서
'나'가 일으키는 다음과 같은 자책은 그 점에서 흥미롭다.

> 그러나 왜 그럴가? 내가 그이에게는 옵바로 사랑하여 왔고 쏘 나도 장차는
> 어데로든지 시집갈 것임은 별로 이상한 일도 아니엇것만 지금 이 소리를 듯
> 고나서의 나의 심리덕 변화로 보아서는 나도 모르는 가운데『그를 옵바 아닌
> 사람으로 사랑하여 왓구나』한 것을 발견하엿다
> 아니다 그것은 나의 죄악이다 그시그는 나의 옵바이다 하고 어젯날까지의
> 나를 도리켜 차저 내고져 하엿스나『옵바로서의 사랑』을 다토고만다 서로 다
> 으는 곳엔 매운 불꼿이 이러난다 아니다 옵바는 나를 영원히 누의동생으로
> 사랑한다고 안햇느냐 하고 나는 작구 움터오르는 그릇된 생각을 억지로 배를
> 처눌럿다
> 하여간 그동안 옵바가 한 번 오리라 그때에는 무슨 말이든지 하리라 그리
> 고 역시 그의 거룩한 말 아래에는 나의 이 철업는 생각이 껴거저 버리리라 하
> 고 기두럿다[15]

그에 대한 사랑을 그처럼 절실하게 되뇌었던 '나'가 갑작스레 영원한
누이동생과 오빠의 관계 운운하며 오빠로서의 사랑을 들고 나오는 등
이율배반적 태도를 급격하게 드러내는 것은 상당히 관능적이라 할 수
있는 빗속의 경험이 결정적 요인으로 작용하고 있다. 즉 반라의 몸으로
서로가 포옹한 상태, 다시 말하자면 상호간에 일어나는 육체적 욕망의

---

15)『여성지우』, 1929년 12월호, 114쪽.

격렬한 경험이 그에 대한 '나'의 사랑의 갈등의 밑바닥에 놓여 있었던 것이다. 물론 여기에는 자유연애가 사회적으로 유행하고 있었다고는 해도 교회당을 제외하고는 남녀간의 교제의 기회를 쉽게 얻을 수 없었던 보수적인 당대 조선 사회의 분위기가 하나의 요인으로 지적될 수 있다. 그와 더불어, '연애'가 이끌고 들어온 사랑의 정신성에 대한 과다한 편중의 태도가 또다른 요인으로 제시될 수 있다. 이 작품보다 4년 앞서 발표된 이광수의 『재생』(1925)에서는 육체적 욕망을 경험한 여주인공 김순영이 예수 앞에 엎드려 자신의 불순함에 대하여 용서를 구한다. 이와 같이 비정상적이라고 할 수 있을 정도의 육체적 욕망에 대한 멸시와 정신성에 대한 강렬한 집착 등 과다한 청교도적 태도가 「결혼전날」의 '나'의 의식에 동일하게 형성되고 있는 것이다. 빗속에서 이루어진 피치 못할 포옹 이후 '나'를 괴롭히는 죄의식은 바로 이에 대한 좋은 예가 될 수 있다.

그러므로 '나'가 그에 대한 자신의 사랑을 갑작스레 오빠와 동생의 사랑 운운하며 들고나올 때 그 오빠의 사랑이란 바로 육체적 욕망이 개입되지 않은 정신적 사랑, 말 그대로의 플라토닉 러브였다고 할 수 있다. 아버지가 '나'의 결혼을 결정하였다 하더라도, '나'가 그에 대한 사랑을 포기하게 되는 것에는 바로 남녀간의 사랑에 대한 '나'의 이와 같은 청결한 소녀적 감성, 말하자면 진실한 사랑 = 정신적 사랑으로 결론 내릴 수밖에 없었던 의식의 미숙성이 상당 부분 자리를 차지하고 있었던 것이다. 그리고 이는 곧 근대적 애정 형식인 '연애'가 이입된 1910년대 중반에서 불과 십 년이 지났을 뿐인, 남녀간의 사랑의 감정에 아직은 미숙하고 익숙하지 않았던 근대 초기 조선의 의식의 한계이기도 했

다.[16)

향파가 「결혼전날」에서 남녀간의 애정관계를 통해 변환기 조선의 한 풍경을 그려내고 있기는 하나, 그의 관심이 단지 사랑의 풍속도를 그려내는 것에 한정되었던 것은 아닌 듯하다.

'나'가 오빠나 선생님으로 호명하고 있는 '김군(김선생)'이라는 그의 사회계층과 삶의 모습을 주목할 필요가 있다. 그의 출신내력이나 인물에 대한 정보는 극히 제한되어 있고, '나'의 언급과 동네의 소문을 통해서만 드러나고 있다. 그는 '나'의 집의 하숙생 중 한 명으로, "모든 것이 묵중하고 침착하고 점잔해서 말하면 어데로 보든지 신사다운 점을 갓추갓추 가지고 잇섯다"[17)고 여길 정도로 '나'가 좋아하며 "친밀과 애착을" 느낄 사람이었다.

> 내가 아주 어릴때 친척도 별로이 업는 그는 어느 친구의 도움으로 우리 집에서 밥을 먹으면서 학교에 다녓다 그리다가 내가 서울로 올나가서 공부할 째에는 그이는 졸업을 맞고 청년회에서 일을 보앗고 내가 부득이 중도에서 학교를 그만두고 내리올 째에는 낫설은 여러 학생들도 여러 사람 들어잇고 그이는 청년회에도 그만두고 주의가 되여 잇섯다.
> 형사가 자주 오고 경찰서에도 각금 불니어감으로……(후략)[18)

> 더구나 예술가인 체 곤쟁하다니 컬컬하게 사내답지 못하다니 제 따위가 무슨 주의자라너니 하고 옵바를 조와하지 안는 학생들은 더둑이 그러한 풍설을 지어내기를 조와하엿다[19)

---

16) 이는 '나'에 대한 감정을 적은 일기에서 그가 자신의 감정을 서술함에 있어서 "나는 요새 그를 사랑하는 것 갓기도 하다 퍽 렬렬한 것도 갓다"(116쪽)라고 불분명하고 모호한 어휘를 사용한 것에서도 충분히 드러난다.

17) 『여성지우』, 1929년 12월호, 108쪽.

18) 『여성지우』, 1929년 12월호, 108쪽.

이상에서 살펴보았듯이, 그는 가난한 집안의 자식으로 신교육(그림)까지 받은 신청년으로, 청년회 운동을 한 '사회주의자'이다. 사회주의자로서 '그'는 다른 사람의 평판에도 불구하고 "그의 내덕생활은 얼마나 힘이 잇느냐 얼마나 렬이 잇느냐 옵바는 자긔의 주위에는 모든 것에 굴복치 안는다"[20] 고 '나'는 굳게 믿고 있을 만큼 신념에 가득 차 있는 인물이다. 여기서 우리는 당대의 카프소설에 흔히 보이는 '주의자에 대한 담론'이 은밀히 내재하고 있음을 발견할 수 있다.[21] 그러나 신교육을 받고, '참사람'의 삶을 얻기 위해 자신의 인생을 헌신했음에도 불구하고, 그는 지금은 하는 일 없이 그림이나 그리면서 소일하고 있다. 이러한 그의 모습은 사랑을 빼앗기면서도 별다른 포즈조차도 취하지 못하는 무기력한 삶의 태도와 연결되어, 의지력을 상실한 일제강점기의 젊은이의 삶을 반영해주고 있다. 특히 알 수 없는 몸살로 드러누워 누운 자리에서 연정을 품었던 여인의 결혼 소식을 듣고 눈물을 흘릴 뿐 아무런 제어도 하지 못하는 그의 모습에는, 1930년대를 전후한 암울한 식민지 조선의 모습이 그대로 묻어나고 있는 것이다.

그러나 '나'의 존경과 사랑을 한 몸에 받는 이상적 모습의 그가 사회주의자라는 점 그리고 그로부터 사회주의 이념을 배우면서 의식의 급격한 성장을 보이는 '나'의 모습은, 그의 사상적 영향 덕에 참사람의 의미를 깨달았다는 '나'의 언급과 연결되어 이주홍이 향후 선택해나갈 정치적 노선 및 사회주의적 신념을 은밀하게 보여주는 것이다. 즉 열악해

---

19) 『여성지우』, 1929년 12월호, 112쪽.
20) 『여성지우』, 1929년 12월호, 112쪽.
21) 현순영, 「염상섭의 <삼대>, '주의자에 대한 담론'의 반영과 해부」, 『현대소설연구』 제19호, 한국현대소설학회, 241-262쪽 참조.

지는 시대적 상황 속에서 자신의 신념을 내재화시키기는 하나 결코 포기하지 않았던 이주홍의 정치적 신념이 「결혼전날」의 한 부분을 이루고 있는 것이다.


## 3. 사회주의 이념의 구현과 「치질과 이혼」·「그 놈을 그 대로 두었나」

앞서 살펴본 바와 같이, 「결혼전날」은 근대적 애정 형태인 '연애'를 테마로 하여 변혁기 조선의 한 풍경을 드러내고 있다. 여기서 신여성인 여자 주인공은 사회주의자인 상대 남성을 남몰래 연모하면서 그를 통해 사회주의 사상을 점진적으로 수용해가게 된다. 「결혼전날」을 통해 은밀하게 드러났던 향파의 이와 같은 사회주의적 신념은, 「결혼전날」에 이어 잇달아 발표된 「치질과 이혼」, 「그 놈을 그대로 두었나」에서도 반복되어 나타난다. 이 두 작품이 발표된 1930년은 조선프로예맹의 제 2차 방향전환을 이웃한 시기로서, 예술운동의 볼세비키화에 대한 논의가 본격화되기 시작하였다.

그런 점을 염두에 둘 때 「치질과 이혼」, 「그 놈을 그대로 두었나」는 '노동자 농민의 생활을 그려라'[22]고 주장한 카프 이론가들의 논지를 다시금 생각케 하는 작품으로, 당대 카프소설에 흔히 보이는 '주의자에

---

22) 권환, 「무산 예술 운동의 별고와 장래의 타개책」, 『중외일보』, 1930. 1.1.-31.
　　권환, 「평범하고도 긴급한 문제」, 『중외일보』, 1930. 4. 10-18.
　　안막, 「조선프로예가의 당면한 긴급한 임무」, 『중외일보』, 1930. 8. 16.-22.
　　권환, 「조선 예술 운동의 당면한 구체적 과정」, 『중외일보』, 1930. 9. 2. -16.

대한 담론'이 본격적으로 드러나 있다. 특히 「그 놈을 그대로 두었나」는 소작농 아내인 최성녀가 그를 강압적으로 겁탈하려는 악덕 지주 박참봉을 결국 가위로 찌르고 이를 기회로 억압받던 농민들이 단합하여 항거한다는 내용으로, 카프 소설이 내건 도식적 구도를 그대로 답습하고 있는 작품이라고 할 수 있다. 이에 반해 「치질과 이혼」은 화려한 외관을 지닌 신여성과 노동자 출신의 사회주의자 남성과의 결혼이라는 다소 부조화스러운 형태를 띤 남녀간의 애정관계를 통해 사회주의적 이데올로기를 훨씬 섬세하고 세련되게 표명해가는 작품이다.

먼저, 「치질과 이혼」의 플롯의 전개를 간단히 요약하면서 작품을 분석하기로 한다.

1) '나'는 올케와 함께 잠자리에 누워 지난날의 잘못을 반성한다.
2) 사치와 허영에 빠져있던 '나'는 프로문단에서 상당한 지위에 있던 문사를 만나 연애를 하게 된다.(회상)
3) '나'는 동무들의 반대를 무릅쓰고 부모에게도 알리지 않고 결혼을 하게 된다.(회상)
4) '나'는 그가 치질로 고생하고 있으며, 그의 직업이 공장 직공임을 알고 매우 실망하고 가난으로 고통을 겪으며 치질 걸린 남편과 늘 싸운다.(회상)
5) 그가 동맹파업으로 월급도 받지 못하자 또 다시 크게 싸우고 '나'는 친정으로 간다.(회상)
6) 친정에는 오빠가 xx당 사건으로 붙잡혀갔고, 경제 사정도 그리 좋은 것만은 아니라는 것을 알게되고 다시 그가 걱정되어 집으로 돌아가나, 그 역시 xx당 사건으로 붙들려 갔음을 알고 또 다시 친정으로 돌아온다.(회상)
7) 친정에서 친정의 현실적 어려움을 깨닫게 되고, 남편의 책들과 작품을 읽어보고 그를 존경하게 되어 나의 생활을 반성하고 올케와 함께 서울

에 와서 공장노동자 생활을 한다.(회상)

8) '나'는 번민으로 밤을 새우다가 아침을 맞게 된다.

이처럼 「치질과 이혼」은 사치와 허영에 빠져있던 신여성이 노동자 출신의 프로문사와 연애 끝에 결혼하면서 겪게되는 심리적 갈등을, 여성 화자의 시점을 통해 세밀하게 그려내고 있는 1인칭 주인공 시점의 작품이다. 여기서 흥미로운 것은 연애, 결혼, 갈등과 같은 주인공이 겪는 긴 시간의 심리의 여정이 전날 저녁부터 다음날 새벽까지의 짧은 서술 시간 속에서 회상을 통해 진행되고 있다는 점이다. 현재→과거→현재로 이어지는 회상의 서술 구조는 주인공이 일으키는 심리의 변화를 설명함에 있어 결정적 요소로 작용하고 있다.

올케와 잠자리에 누워 지난날을 더듬는 '나'의 회상에 따르자면, '나'는 당대 사회의 히로인으로 부각되던 말 그대로 '신여성'이다. '나'는 '피아노'를 전공하는 '음악가'이며, 문사와의 연애를 즐기고, 애정의 상대는 물론 결혼 역시 '나'의 의지에 따라 자유롭게 선택한다. 이러한 '나'의 모습은 외견상으로 볼 때는 불경이부의 전근대적 윤리에 따라 자신의 삶을 이어가던 전근대적 시대의 여성과는 확실히 차별화되고 있다. 특히 신여성으로서의 '나'를 드러내는 중요한 지표로서 '음악' 즉 '피아노'가 사용되고 있다. 이러한 점은 이광수의 『무정』이나 『재생』의 신여성들이 필수적으로 구비하는 요소가 음악이었다는 점을 고려할 때 '나'가 일반적이고 상식적 수준에서 신여성의 외형을 착실히 구비하고 있음을 의미하는 것이기도 하다.23)

---

23) 피아노가 '나'의 주된 전공이 되고 있음은, 이 악기가 서양 악기라는 점, 그래서 신여성으로서의 자격과 의미를 명확히 드러내는 데 도움이 된다는 점과 아울러,

그러나 '나'가 외형뿐만이 아니라 진실로 새로운 시대 의식을 자각한 '신여성'으로서의 자질을 함유하고 있는가 하는 점을 살펴볼 필요가 있다. 이는 당대의 일반적 신여성들의 의미를 살펴볼 수 있는 중요한 단서가 되는 동시에 바로 「치질과 이혼」이 시작되는 부분이기도 하다. 작품을 통해 볼 때, '나'의 행위와 행위를 이루는 의식의 정도는 상당히 부박하다. '연애'의 자율성 운운하며 대담하게 혼전동거로 나가는 등 상당히 자율적이고 독립적 행위를 보이는 듯 하지만, 실제로 '나'와 남편 간의 애정관계는 나 스스로도 인정하듯 "문사라는 허영에 끌려서" 이루어진 것, 말하자면 일종의 소녀적 허영에 다름 아니었던 것이다. 이는 박람회장의 '어린이 나라'에 들어가서 남들도 타는 것이기 때문에 비행기를 타는 '나'의 성숙되지 않은 소녀와 같은 행위에서도 충분히 드러나고 있다.

이처럼 '나'의 행위가 일종의 이미지에 이끌려 형성된 무자각적인 성향을 띠고 있음은 결국 '나'가 독립적 내면의 형성이 결여된 인물이라는 점으로까지 확대 해석될 수 있다. 결혼후 비로소 남편이 공장 직공임을 알게되는 '나'의 모습에는 분명히 화려한 연애 소설의 세계에 빠져 환영과 현실의 경계가 쉽게 서지 않는 사춘기적 소녀의 모습이 강하게 드러나고 있는 것이다. 결혼마저도 "소설갓흔데서 볼 때마다 한 업시 부러윗"던 "센치멘탈한 문사의 생활"에 대한 동경 속에서 형성시키고 있는 '나'의 모습이 바로 이에 대한 중요한 예로서 제시될 수 있다.

---

이화학당의 교육 이념 중 영어와 풍금이 중요시 되고 있다는 점에서 유래한 바도 크다고 하겠다.(김활란은 그 자서전에서 그녀의 스승 프라이는 영어, 풍금, 국한문 성경을 읽을 줄 아는 능력을 이화인의 필수적 자질로서 제시했다고 한다. 이화여자대학교 한국여성사편찬위원회, 『한국여성사』, 이대출판부, 1972, 504쪽)

이는 곧 신여성으로서의 '나'의 자율성과 혁신성을 상징하는 모든 행위들, 예를 들자면 혼전 동거를 행한다든지 정조를 쉽게 버린다든지하는 파격적 행위들이, 낡은 구 시대의 질서에 대한 반항 혹은 내면적 욕망의 성취와 같은 것과는 무관하게 단지 시대의 풍조를 무자각적으로 추수해 가는 의식의 부박함에서 비롯되고 있음을 의미한다고 할 수 있다. 그런 점에서 그와의 혼전 동거로 학교에서 퇴학당한 후 '나'가 그와의 결혼을 결정하게 되는 과정에서 친구들과 나누는 다음의 대화와 내면 심리의 변화는 중요하다.

> 『정조? 얘 그까진 빌어먹을 정조가 다 무어냐? 그런건 다쓰러기통에 지버 넛코 지금이라두 마음을 고처먹어 응! 괘-ㄴ이 우물쭈물 하다가는 참 신세버린다 흥』그들을 모다 눈을 까라빗시고 입을 재줄거린다 나도 앗차 지금부터 이라도? 생각하여는 보앗스나 사실로 말하자면 몸을 한번 허락하면 반드시 그 사나히를 딸은다는 종래의 도덕관에서 쉽게 빠저나올 용긔를 엇지 못하엿다. 어느 위대한 또 신성불가침할 책임감? 의무감?을 버서 던지기에는 너머도 약하엿다 가장 잘난체로 엄벙덤벙 풍을 떨엇지만은 실제 일에 당면하여서는 그야말로 참아보지못하게 비겁하고 어리석엇다.
> 『괜찬어 …… 그러기에 사랑은 자유라고 그러지안틔? 그러치 사랑이란 참으로 자유로라야 …… 』억지로 내 주장을 올케 만드러가면서 변해 하다가 맛츰내 결혼식을 치르고 말엇다.[24]

여기서 보듯 '나'는 그에 대해 별반 사랑의 감정을 지니고 있지 않을 뿐 아니라 오히려 그와의 결혼을 꺼릴 정도이다. 그럼에도 '나' 스스로도 '억지로' 주장을 만들어 결혼을 감행한다고 언급하고 있듯이 '나'가 그렇게 내키지 않는 그와의 결혼을 결정하는 것에는 불경이부의 전통

---

24) 『여성지우』, 1930년 4월호, 127쪽.

적인 도덕관이 중요하게 자리하고 있다. "몸을 한 번 허락하면 반드시 그 사나히를 딸은다는 종래의 도덕관에서 쉽게 빠져 나올 용긔를 엇지 못하였다."는 '나'의 고백은, 사랑의 자유를 주창하며 혼전 동거에 이르는 '나'의 행위가 얼마나 큰 허위를 내포하고 있는가를 드러내기에 충분한 것이다. 이주홍은 전통적 도덕관에 얽매인 내면과 자율적인 근대적 애정관을 숭상하는 외형과, 그리고 이 사이에서 발생되는 끊임없는 의식의 혼란과 허위의 와중에 당대 신여성들이 서있다고 보고 있는 것이다. 그렇다고 해서, 이주홍에게 있어서 신여성이란 존재가 새로운 의상을 입듯 그렇게 새로운 애정 관계를 무자각적으로 쫓아가는 부박함이나 시류에 휘둘리는 가벼움과 같은 이러한 것들만으로 정의되지는 않는다. 공장직공 출신의 프로 문사인 '그'와의 결혼 생활을 통해 '나'가 일으키는 심리적 변화의 과정은 신여성을 바라보는 이주홍의 시선뿐 아니라, 이주홍의 정치적 신념을 읽을 수 있다는 점에서 중요하다.

앞에서 말한 바와 같이 「치질과 이혼」에서 '나'와 남편의 애정 관계는 프로문사와의 연애에 대한 소녀적 감성 혹은 일종의 센티멘탈적 기분이나 허영에서 비롯되고 있다. 이는 결혼의 결정에서도 동일하게 작용하고 있다. 말하자면 연애에서 결혼에 이르기까지 '나'의 의식의 정도라는 것은, 박람회의 어린이관에서 남들을 따라 비행기를 타는 것과 같은 수준의 미성숙함, 무자각성, 시류추수적인 성향에서 마감되고 있다. 이처럼 내면의 형성이 결여되어 있는 '나'는 결혼을 기점으로 미미하게 생성되어가는 남편에 대한 이해를 통해 오히려 자신의 내면을 형성시켜가게 된다. 여기에서 이주홍은 놀랍게도 치질이라는 하나의 기묘한 장치를 고안해내고 있다.

'나'는 결혼과 더불어 "콧구멍만이나한 남의 행낭방에서 밥 지어먹고 잠자고 하든 것은 어린애들 속곱사리도 아니고 아무것도 아니"라는 말 그대로 차가운 현실과 대면하게 된다. 특히 공장 직공 출신의 프로문 사와의 결혼이 얼마나 많은 자기 희생과 삶을 견디는 강인한 인내심을 필요로 하는지를 '나'가 스스로 느끼게 되면서 생활의 고통은 가중되는 것이다. '커다란 집, 남들과 같은 사치, 피아노'를 가질 수 있는 결혼생 활을 이상으로 삼았던 '나'로서는 '양식' 걱정을 해야하는 현실의 결혼 생활이란 결코 쉽게 적응할 상황은 아니었다고 할 수 있다. 문제는 이 지점에서 '나'가 이혼이라는 방법 대신에 노동자 출신인 프로 문사의 아내로서의 역할을 받아들이는 쪽으로 자신을 변모시켜 간다는 점이다. 이 변화가 결혼의 결정에서 '나'에게 잠시 드러났던 전통적 도덕관, 말 하자면 불경이부의 사상에서 연유된 것이 아니라는 점은 남편의 세계 를 점차 이해해 가는 '나'의 의식의 변모에서 드러난다. 이 의식의 변모 를 일으키는 중요한 매개 역할을 하는 것이 바로 남편의 치질이다.

적이한 남자갓흐면 내가 그러케 도리방정을 떨 때에 그냥 잇지는 안을 것 이다. 그러나 그는 남들이 보면 정신병자라고도 할 만큼 밤낮 우슴뿐이엇다. 지금 곳 저녁꺼리가 떠러저도 걱정 한 번 해 보는 일이 업섯다. 갓득이나 나 는 그 생활 가운데서 만족이라고는 틔끌만치도 업시 공연히 악이나서 못 결 딜 때 그 소가지 미련한 꼴을 보노하면 그 웃는 입술을 꼭-집어 뱃틀고십도록 역정이 낫다. 그 중에도 안되는 놈은 일일이 재수가 업시 발서 오년ㅅ재나 난 다는 치질이 드러서 얼마나 싸홈을 일으키고 나의 눈물을 쏫앗는지 모른 다. 저녁마둥 잘 때에는 꼭 약을 발느고 그 우에다 반창고를 발러두어야 한 다. 『이거 발너도 소용 업시 금방 떨어지고 금방 떨어지고………더구나 점도 록 가래질을 하자니 그 놈이 그냥부터 잇서야지』하고 수건으로 휘휘 둘너둔 다. 『아이구 병두 더러운 병이야………하하하 하필 궁둥이에 이거 무슨 꼴이

우………』하고 나도 마음이 좀 싹싹해 질 때엔 그 우에다 다시 보들보들한 솜을 싸서 정성드려 간호해 주엇다.[25]

'나'가 경제적 문제로 남편과 심한 언쟁을 한 후 무작정 집을 가출하여 친정을 향하면서 지속적으로 떠올리는 것은 의외로 남편의 병 즉 치질이다. 그 결과 싸움 끝에 발생한 '나'의 가출이 어느새 남편의 치질약을 구하러 떠나는 기묘한 형상을 띠게되는 것이다. 부모들에게 통보하지 않고 일방적으로 결혼식을 올린 후 처음으로 친정을 찾아가는 주된 이유가 남편의 치질약을 구하기 위해서라는 점은, 남편의 병 엄밀히 말하자면 남편에 대한 '나'의 애정의 깊이를 말해주는 것이라 할 수 있다. 이는 친정에 도착하여 친정 부모의 냉대 속에서도 지속적으로 "피를 흘니고 드러누엇든 그이가 눈에 삼삼거려서 일초ㅅ동안이라도 마음을 놀수 업"는가 하면 어머니에게 의논드려 기어코 치질약을 구해 돌아가는 '나'의 행위에서도 드러나고 있다. 즉 치질은 '나'와 남편의 관계를 연결시키는 결정적 요소로 작용하고 있는 것이다.

여기에는 치질이 지닌 은밀한 특성, 앞의 인용문에서도 알 수 있듯 병의 깊이에 상관없이 발생 부위의 특성으로 인해 지극히 친밀한 관계가 아니면 치료를 부탁할 수 없다는 점이 중요한 요인으로 제시될 수 있다. 그래서 '나'는 가출한 상황에서도 남편의 치질을 걱정할 수 밖에 없는 것이다. 치질이라는 질병이 지닌 이와 같은 은밀한 특성은 '나'와 남편간에 일종의 기묘한 연대감을 형성시킨다. 사치와 허영에 젖어 있던 겉 멋든 신여성인 '나'가 가난한 프로문사인 남편의 세계로 젖어드

---

25) 『여성지우』, 1930년 4월호, 129쪽.

는데는 치질이 결정적 역할을 하고 있는 것이다. 남편이 지닌 치질이라는 은밀하고도 난처한 질병을 치료해주면서, 어느 틈엔가 남편의 은밀한 내적 세계를 이해해갈 뿐 아니라 그 세계에 동화되어가는 '나'의 모습을 기술한 다음의 장면은 그 점에서 중요하다.

> 그러나 나의 처지를 나보담 못한 사람에게다 견주어볼 때에 나는 완연히 딴사람이 되엿다. 그것은 나의 남편이란 사람까지 나와 가튼 불상한 동무로 보여지는 것이엇다. 내 신세가 그러케 불행한 동시에 그도 역시 불상한 신세가 아닌 것은 아니엿다. 쿠룩쿠룩 달게 자는 잠을 깨워 이르켜서 밥상을 드러노으면 자든 입이라 반그릇도 못먹고 이러선다. 기름이 문덕문덕 흐를듯한 일ㅅ복 꽁문이에 다 변또를 뀌어차고 비틀거리며서 나가는 양을 보노라면 나도 눈물이 아니 고일 수가 업섯다. 몸에 병은 잇서서 몸도 올케 꿈즉이지 못하고 쓰라림 꿍꿍알음 빗에 깨이기 구박, 압박, 멸시- 밤으로 늣도록 책을 보고 잇다가 담배가 먹고 십흔지 침배앗타 꺼버린 담배 갯터리를 뒤지는 꼴을 볼 때에는 나는 한데 껴안고 실컷 우럿스면 십게 안타까웟다. 집 안사주고 고기 안사주고 옷감 아떠주는 것이 모두 남편의 잘못인줄 알엇든 나는 그때에사 미운 놈은 남편밧게 어느 구석엔지 숨어 잇슴을 깨달엇다. 글쓰는 사람이면 아모라도 고지듯지 안을만큼 응그림이 턱턱 갈너진 솔발 출입할 옷이 업서서 친구들이 놀러 가자고 불느러와도 꼼작도 못하는 양 참으로 내게 비하면 보다보다 더 가련한 사람이엇다.[26]

이처럼 치질은 '나'가 남편에 대해 깊은 애정과 연민, 엄밀히 말하자면 남편의 세계를 깊이 이해케 되는 하나의 상징적 매개물로서 작용하고 있다. 치질에 걸린 남편의 은밀한 환부를 치료하면서 '나'는 비로소 피곤하고 힘든 남편의 생활을 이해하게 되고, 다시 그를 통해서 사회주의라는 남편의 정치적 신념을 센티멘털한 기분에서가 아니라 자신의

---

26) 『여성지우』, 1930년 4월호, 131쪽.

신념으로서 자각적으로 수용하게 되는 것이다. 남편이 "읽다남은 책들을 처음으로 읽어보고 또 그가 쓴 작품들을 처음으로 들처일거"보는 것과 같은 정신적 자각, 즉 남편의 세계에 대한 깊은 이해와 수용이 '나'의 의식 속에서 발생됨에는 이처럼 치질을 매개로 한 양자간의 깊은 일체감이 결정적 배경으로 자리해 있었다고 할 수 있다. '나'의 도움이 없으면 '거울을 땅바닥에 노코' 혼자서 환부를 치료할 수밖에 없는 치질이라는 낯부끄러운 병을 작품의 테마로 취한 이주홍의 의도는 바로 여기에 있었던 것이다.

치질을 매개로 변화되어가는 이와 같은 '나'의 의식의 변화는 사회주의자로서의 이주홍의 정치적 신념과 아울러 여성의 역할에 대한 그의 태도를 함께 보여주고 있다. "경제덕으로 스스로 독립덕 각성을 갓"는 것이 여성 해방의 제일 첫 번째 원칙임을 깨닫고 공장직공으로 취업하는 '나'의 변화는 허영에 찬 당대 일부 신여성들의 문제점을 해소시키는 것이라고 할 수 있다. "학력을 무기삼아 가장 화려하고 안락한 생활을 꿈꾸려"[27]는 일부 신여성의 행태에 대한 당대 언론의 비난에서도 나타나듯, 편안함을 위해 부유층의 첩도 불사하는 신여성들의 무자각적 행위가 '나'의 의식의 각성을 통해 강력히 부정되고 있는 것이다. 뿐만 아니라, 공장노동자로 취업하여 직접 생활의 장을 경험하면서 밤에는 "동모들을 모아노코 책을 보기 시작"하는 등 사회주의에 대한 자신의 신념을 전파시켜가는 '나'의 모습은 신여성들이 확보한 지식의 향방이 어디로 향해야하는지를 보여준다는 점에서 중요하다. 이는 곧 1920년대

---

27) 『동아일보』, 1924. 7. 4. 기사.

『인형의 집』에 대한 열광으로 대변되는 여성해방운동 즉 "여자도 배워야겠다는 각성으로 인형의 가(家)를 탈주한 가정부인"[28]들의 삶의 방향을 일깨워주는 것이기도 하다. 이러한 점들을 통해 볼 때, 이 작품은 여성이 사회주의자인 남성을 만나 '주의자'가 되는 과정에 대한 담론이 잘 반영되어 있는 프로소설로서[29] 당대의 작품으로는 뛰어난 수준을 유지하고 있다.

이처럼 「치질과 이혼」은 교육을 습득한 인텔리 여성들의 각성을 촉구하고 있다. 그러나 「그 놈을 그대로 두엇나」는 여성을 주인공으로 하고 있되 교육의 습득이 전무한 농촌 여성의 삶을 그리고 있다는 점에서 이전의 작품들과는 다소 궤를 달리 한다. 간략하게 플롯의 전개를 요약하면 다음과 같다.

1) 최성녀는 물을 길러가다가 벽에 붙은 씨름 광고를 보고, 그 곳에서 떡장사를 하여 빚을 갚기로 한다.
2) 최성녀는 동네 지주인 박참봉에게 돈을 빌린 이후로 그가 통정하기를 청하나 거절을 하지만, 돈을 갚을 방도가 없어 다소 막연한 상태가 된다.
3) 이른 아침부터 박참봉이 와서 빚독촉을 하며 희롱을 하고 통정을 다시 제안하나 시숙 때문에 할 수 없이 돌아간다.
4) 최성녀는 어린아이가 아파서 떡을 팔러 가지 못해 초조해 하는데, 점심때 그가 와서 강제로 욕보이려고 하는 사이에 어린애는 죽고 최성녀는 가위로 박참봉의 이마를 찢어 놓는다.
5) 박참봉의 고함에 동리 사람들이 몰려오고, 마름에게 끌려나온 최성녀를 향해 동리 사람들은 욕을 퍼붓는다.

---

28) 『동아일보』, 1922. 6. 22. 기사.
29) 현순영, 앞의 논문, 250-252쪽 참조.

6) 최성녀는 그들에게 그간을 사정을 이야기하게 되고, 이 이야기를 듣고 동리 사람들은 잡혀가는 최성녀의 뒤를 따라가면서 XX서 앞에서 '그 놈을 죽여라'고 구호를 외친다.

이상의 내용에서 살펴보듯, 「그 놈을 그대로 두엇나」는 지식인들을 주인공으로 설정하여 침착하게 그들의 의식의 변모과정을 살펴가던 이전의 두 작품과는 상당히 다른 방향으로 전개된다. 앞의 두 작품이 계급적 갈등의 급격한 노출보다는 주로 변혁의 전위적 존재로서의 지식인의 의식의 각성을 촉구함에 무게 중심을 두고 있었다면, 「그 놈을 그대로 두엇나」는 처음부터 지주와 소작인이라는 계급적 대립구조에서 시작되고 있다. 물론 그 때문에 노동자 출신의 프로 문사를 주된 인물로 설정하여 작품을 전개시켜가면서도 별다른 전망을 보여주지 못했던 「치질과 이혼」에 비해 지주에 대항하는 민중의 모습을 구체적으로 묘사함으로써 당대 카프 소설의 주된 요소였던 전망의 제시가 가능하게 된다. 그러나 문제는 박참봉을 향한 소작농들의 항거와 대항이 의식의 자각에 기초한 조직적 움직임을 띠지 못하고 있다는 점이다. 이와 같은 문제의 핵심을 보여주는 인물이 바로 여주인공 최성녀이다.

박참봉과 최성녀는 지주와 소작농의 관계로서, 박참봉이 지주라는 자신의 지위와 돈을 매개로 최성녀의 정조를 유린하려 한다는 점에서 카프 문학이 내어건 계급적 대립의 구도를 상징하기에 충분하다. 그러나 이와 같은 구도는 최성녀가 지닌 의식의 무자각성 때문에 별반 효과를 달성치 못하고 있다. 사회주의자 남성을 연모하면서 사회주의 의식을 조금씩 내적으로 수용해가던 「결혼전날」의 '나'와 노동자 출신의 프로문사를 남편으로 맞아 그와의 관계 속에서 의식의 허위를 탈피 굳건

한 투쟁가로 변모해가는 「치질과 이혼」의 신여성 '나'의 자각의 과정이 「그 놈을 그대로 두엇나」의 최성녀에게서는 발견되지 않고 있는 것이다. 돈벌러 일본 간 남편, 파업통에 직장을 잃은 시숙, 중풍으로 드러누운 시어머니, 태독으로 앓고 있는 젖먹이 아이. 이처럼 최성녀가 처한 현실적 정황이라는 것은 1920·30년대 조선이 처한 문제적 상황들을 빠짐없이 모아놓고 있다. 그럼에도 최성녀를 둘러싼 이와 같은 상황들은 일제강점기 조선의 경제적 모순을 대변하는 전형적 상황으로 연결되지 못한다. 말하자면 현실적 상황의 참담함은 파편화되어 참담함 이상의 의미를 확보치 못하는 것이다. 이를 위해 최성녀와 박참봉의 관계를 다시 한번 세밀하게 검토해볼 필요가 있다.

최성녀와 박참봉의 채무 관계는 생활고에 시달리던 최성녀가 박참봉에게 돈을 빌리면서 시작된다. 그러나 박참봉이 최성녀에게 빌려준 돈의 변제를 미끼로 성(性)을 요구하는 음탕함을 끊임없이 내비치기는 하지만, 그 음탕함이 계급적 대립의 문제까지 드러낼 정도로는 구체적으로 형상화되고 있지는 않다. 여자를 밝히는 색마로서의 박참봉의 인물 설정이 박참봉 개인이 지닌 자질의 부족함 이상의 의미를 확보치 못하고 있는 것이다. 이처럼 박참봉의 비도덕성이 시대적 문제로 연결되지 못하고 있음은, 이에 대항하는 최성녀의 행동 방식 역시 개인적 분노 표출의 수준을 넘어서지 못할 것임을 충분히 예견케 한다.

실제로 박참봉과 최성녀의 관계에는 "일제의 식민지 지배에 의한 농민 생활의 파탄과 가정의 붕괴"[30]와의 연관성을 찾을 만한 별다른 징후

---

30) 역사문제연구소 문학사연구 모임, 『카프문학운동연구』, 역사비평사, 1989, 160쪽.

가 발견되지 않는다. 빌려준 돈을 매개로 동침을 요구하는 박참봉과 그를 거부하는 최성녀간의 기묘한 남녀관계 속에서 지주라는 박참봉의 사회적 지위는 사소한 보조물의 역할 이상의 의미를 확보치 못하고, 가해를 당하는 최성녀의 입장 역시 마찬가지다. 말하자면 지속적으로 박참봉에게 반항하는 최성녀의 모습에는 루카치가 말한 바 있는 '훼손된 사회'에서 '진정한 가치를 추구'해 가는 '문제적 인물'로서의 역량이 상당 부분 부재한 것이다. 이에 근거할 때 자신을 강간하려한 박참봉을 향해 다듬방망이와 가위를 집어던지는 것과 같은 최성녀의 분노가 개인적 분노를 넘어 계급적 각성으로까지 이어질 수 없음은 당연한 일이라고 할 수 있다. 이는 "썩은 개가치 유치장에 모라너인 최성녀"가 아무런 의식을 지니지 못한 상태로 묘사되는 마지막 장면에서도 충분히 감지되고 있다. 또한 뒤늦게 최성녀의 결백을 확인하고 박참봉에 대항해 가는 분노에 찬 마을 사람들의 모습이 변혁에의 열망보다는 제어되지 못한 감정의 순간적 폭발로 여겨지는 것도 바로 이 때문이라고 할 수 있다.

## 4. 세 작품의 이주홍 문학에서의 의의

지금까지의 향파의 프로문학 활동은 아동문학 작품에만 국한되어 언급되어 왔는데, 이들 작품을 통해서 소설에서도 이러한 사실을 확인할 수 있었다는 점에서 이 세 작품의 의의를 우선적으로 찾을 수 있다.

다음으로 이 세 작품이 이주홍 문학에서 차지하는 위상과 의의를 살펴보기로 한다. 앞에서 말한 바와 같이 「결혼전날」은 향파의 처녀작으로, 그의 문학적 상상구조의 원형을 담고 있다. 즉 남녀간의 연애와 사회주의 이데올로기의 소설적 형상화라는 테마는 이후 이주홍 문학세계의 단초를 보여 주고 있다. 그리고 잇달아 발표된 「치질과 이혼」, 「그놈을 그대로 두엇나」 역시 이 두 가지 주제를 드러내고 있다. 그런데 이 두 가지 주제가 당시대와 이후의 향파의 작품 속에 반복적으로 나타나고 있다는 점에서 이 세 소설은 그의 문학에서 주목해야 할 작품이다. 더욱이 이들 소설이 지금까지 그의 아동문학 작품에서만 보였던 사회주의 이념이 은밀하게 그리고 직접적으로 드러나 있기 때문에 중요한 의미를 지니는 것이다.

먼저 사회주의 이념의 구현이라는 주제를 드러내는 작품들을 살펴보자. 이것은 1935년 조선프로예맹 해산 이전의 아동문학 작품에 잘 드러나고 있다.[31] 이들 중에서 사회주의 이념이 드러나는 작품은 다음과 같다.[32]

첫째, 동화나 소년소설을 살펴보면, 소년소설 「청어쎅다귀」(『신소년』, 1930. 4), 「회치」(『신소년』, 1933. 7), 동화 「개고리와 둑겁이」(『신소년』, 1930. 5), 「잉어와 윤첨지」(『신소년』, 1930. 6), 「돼지 코쑤멍」(『신소년』, 1930. 8), 「천당」(『신소년』, 1933. 5), 「고동이」(『조선일보』, 1933. 9. 16), 「호랑이 이야기」(『신소년』, 1934. 2), 「군밤」(『신소년』, 1934. 2) 등

---

31) 향파 문학에서 1928년부터 1935년까지는 아동문학시기라 할 정도로 향파는 이 시기에 아동문학운동과 아동문학 작품활동에 매진하였다. 특히 『신소년』, 『음악과 시』, 『별나라』, 『우리들』 등의 프로문학 잡지를 중심으로 프로아동문학 작품을 많이 발표하였다.

32) 류종렬, 「이주홍의 프로문학연구-일제강점기를 중심으로」 참조.

이 있으며, 「물싸홈」(『신소년』, 1930. 7)은 검열로 삭제되었다.

둘째, 동요 또는 동시로는 「수박」(『신소년』, 1930. 7), 「폭풍우」(『신소년』, 1930. 8), 「편싸홈노리」(『음악과 시』, 1930. 8), 「벌꿀」(『불별』, 1931. 3), 「장아치 아저씨」(『불별』, 1931. 3), 「방귀」(『불별』, 1931. 3), 「모긔」(『불별』, 1931. 3), 「박쥐·고양이」(『불별』, 1931. 3), 「가나다 노래」(『별나라』, 1931. 5), 「천자푸리」(『별나라』, 1931. 9), 「벌소제」(『신소년』, 1932. 11), 「벽」(『신소년』, 1932. 11), 「염불긔도」(『신소년』, 1932. 12), 「개똥」(『별나라』, 1933. 2), 「호작질」(『별나라』, 1933. 5), 「연」(『신소년』, 1933. 5), 「풀쑥」(『신소년』, 1933. 7), 「기관차」(『별나라』, 1933. 12), 「자리짜기」(『신소년』, 1934. 3), 「엄마」(『별나라』, 1934. 12) 등이 있다.

셋째, 아동극으로는 「톡기눈알」(『신소년』, 1930. 2), 「개떡」(『신소년』, 1934. 3)이 있으며, 「팥밧」(『신소년』, 1930. 3)과 「낙동강 봄빗」(『신소년』, 1934. 4)은 검열로 삭제되었다.

그밖에, 프로시에는 「새벽」(『음악과 시』, 1930. 8), 「너의들의 얼골」(『우리들』, 1933. 7), 「적막한 아츰」(『우리들』, 1934. 2) 등이 있다.

이들 작품은 아동극 「톡기눈알」(1930. 2)을 제외하고는 모두 소설 「결혼전날」(1929. 12)과 「치질과 이혼」(1930. 4) 이후에 발표된 작품이며, 소년소설 「청어뼉다귀」(1930. 4)만이 「치질과 이혼」과 같은 때에 발표되었다.

이주홍은 이들 동화·소년소설에서 계급모순의 인식과 투쟁이라는 사회주의 이념을 강하게 드러내지만, 될 수 있으면 어린이들의 흥미를 끌만한 사물이라든가, 인물이라든가, 이야기 구조를 발견하여 그것을 해학과 기지와 풍자의 기발한 착상을 통해 아이들에게 전달하고 있다.[33] 동요나 동시에서는 그것의 장르적 특성으로 인하여 사회주의 이념을 구체적으로 드러내기는 곤란하지만, 전승 동요의 형식과 수사법을 잘 활용하고 있으며 해학적 소재와 표현을 통한 풍자적 효과를 통해, 계급의식을 직접·간접으로 드러내고 있다.[34] 아동극에서는 생경한 계급적 관념의 표출이 없는 것은 아니지만, 동물 우화의 형식과 노래극의 형식으로 아동들에게 민족의식과 계급의식을 고취시키고 있다. 프로시역시 계급적 대립구조를 보이면서 직설적으로 모순된 현실을 비판하기도 하고, 체험에 바탕을 두면서 사회주의 이념을 드러내기도 한다.

그런데 소설에 있어서는 이러한 정치적 신념이나 사회주의자인 주인공의 모습은 「남의(南醫)」(『우리들』, 1934. 3)에서 다시 한 번 보이고 「여운」(1936)과 「완구상」(1937)이라는 일종의 전향소설에서 부분적으로 나타나고, 해방 이후 「명암」(1946)에서 감옥에 갇힌 사상범들(사회주의자)의 모습에서 다시 구체적으로 드러난다. 「남의」는 농촌의 어느 날 밤을 배경으로, 일상사 속에 농촌수탈의 모습이 제시되고, 감옥에 간 마을청년 이야기, 해산 후 죽은 마을사람 이야기 등과 더불어 '남의'라고 불리는 한의사가 사회주의자로 의식화되어 가는 과정이 은밀하게 드러나고 있다. 「명암」은 해방공간에서 일제말기의 유치장에 갇혀 있는 사상범들의 고통을 다루고 있는 작품으로, 일제의 만행에 대한 비판과 민족독립에 대한 향파의 신념이 잘 드러나고 있다.

그러나 남녀간의 애정문제는 일제강점기의 「하이네의 안해」(1936),

---

33) 이재복, 「웃음 속에 배어 있는 고통스런 현실·이주홍 이야기」, 『우리 동화 바로 읽기』, 한길사, 2001. 163-164쪽.

34) 박경수, 「계급주의 동시 이해의 밑거름 - '푸로레타리아 동요집' 『불별』에 대하여」, 『지역문학연구』제8호, 경남·부산지역문학회, 2003. 9. 219-221쪽 참조.

「하숙 매담」(1937), 「동연」(1938-1939), 「비각있는 외딴집」(1939) 등에서,[35] 그리고 해방 후에도 「거문고」(1946), 「가족」(1946-1948), 「종차와 여왕」(1952), 「희문」(1952), 「배필」(1953), 「방파제」(1953), 「철조망」(1953), 「분화구」(1965), 「햇빛과 나뭇잎과」(1966), 「낙엽기」(1969), 「풍마」(1972), 「쪼다전」(1975), 「달밤」(1980) 등에서 중심적인 주제로 계속 다루어진다.

## 5. 결론

이 글은 일제 강점기의 여성 잡지 『여성지우』에 실려 있는 이주홍의 초기소설 「결혼전날」(1929), 「치질과 이혼」(1930), 「그 놈을 그대로 두엇나」(1930) 등 3편을 구체적으로 분석하여 의미를 파악하고, 나아가 이들 작품이 이주홍 문학에서 가지는 의의를 살펴보기 위하여 쓰여졌다. 지금까지 살펴본 바를 요약하여 결론으로 삼는다.

첫째, 「결혼전날」은 향파의 실질적인 문단 당선작이다. 처음으로 지면에 발표된 소설로, 그의 문학적 상상구조의 원형을 담고 있다. 이 작품은 결혼을 하루 앞둔 여주인공의 은밀한 애정 고백을 다루고 있는 작품으로, 당대 신청년들의 새로운 애정 형태인 '연애'를 주된 테마로 하여 변환기 조선의 한 풍경을 드러내고 있다. 여성 화자가 오랜 기간 흠모해온 한 남자의 병문안을 가면서 그에 따라 자신의 애정의 흐름을 회상기의 형식으로 서술해 가는데, 여기서 남 주인공은 사회주의자로 여

---

35) 류종렬, 「이주홍 초기소설의 작품세계 연구」, 194-198쪽 참조.

주인공은 그를 통해 사회주의를 받아들이고 정신적으로 성숙해진다는 점에서 이주홍의 사회주의적 신념이 은밀하게 드러나고 있다.

둘째, 「치질과 이혼」은 사치와 허영에 빠져 있던 신여성이 노동자 출신의 프로문사와 연애 끝에 결혼하면서 겪게 되는 심리적 갈등을 여성 화자의 회상을 통해 세밀하게 그려내고 있다. 여주인공은 사회주의자인 남편을 통해 현실을 자각하고 내면적 성숙을 이루어간다. 여기에 '치질'은 부부간의 기묘한 연대감을 형성시키는 장치로서, 여주인공의 의식의 변화를 불러일으키는 상징적 매개물이다. 아울러 이 작품은 여주인공의 각성을 통해 여성의 사회적 역할에 대한 깨우침도 아울러 드러내고 있다. 이 작품은 이주홍의 사회주의적 신념이 잘 형상화된 작품으로 프로 문학 작품 중에서도 우수작으로 여겨진다.

「그 놈을 그대로 두엇나」는 지주인 박참봉과 소작인 최성녀라는 인물을 등장시켜 계급적 대립 구조를 통해 사회주의 이념을 구현하고자 한 작품이다. 그러나 최성녀의 행동 방식이나 마지막 장면의 마을 사람의 데모 모습이 개인적 분노를 넘어 계급적 각성으로까지는 나아가지 못한다.

셋째, 지금까지 아동문학에서만 논의되던 향파의 사회주의 이념의 문학적 형상화가 이 세 소설에서도 나타나고 있다는 점에서 우선적으로 그 의의가 있다고 하겠다. 더욱이 이 세 작품이 '연애'와 '사회주의 이념'의 소설적 형상화라는 점에서 이후 이주홍 문학의 작품 세계의 단초를 보여주고 있기에, 이들 작품은 중요한 의의를 지니는 것이다. 이 두 가지 주제는 이후의 향파의 작품 속에서 계속하여 반복되어 나타나고 있기 때문이다. 먼저, 사회주의 이념의 구현이라는 주제는 1934년까지의 아동문학 작품에서 집중적으로 드러나며, 소설에서는 「남의」 (1934)와 「명암」(1946)에서 다시 구체적으로 드러난다. 다음으로 남녀간의 애정문제는 일제 강점기의 소설뿐만 아니라 해방 이후 1980년대까지의 많은 소설에서 중심적인 주제로 다루어진다.

# 이주홍 초기소설의 작품세계 연구

류종렬

## 1. 서론

향파 이주홍(1906-1987)은 1928년『신소년』지에 동화「뱀새끼의 무도」와 1929년『조선일보』신춘문예에 단편「가난과 사랑」으로 문단에 데뷔하여 작고하기까지 60여 년을 일관되게 작품활동을 해왔다. 우리 근대 문학사에서 시, 소설, 수필, 희곡, 시나리오, 아동문학, 번역 등 문학의 전 장르에 걸쳐 60년 동안 작품 활동을 한 작가는 향파 이외는 없다고 해도 과언이 아닐 것이다. 필자가 조사한 바에 의하면, 향파는 90여 편의 소설을 발표하였는데, 장편소설이「야화」(1936-37, 미완),『탈선춘향전』(1952),「영웅」(1969-71) 등 3편이었고, 중편소설이「동연」(1938-39),「가족」(1946),「경대승」(1976),「어머니」(1977),「아버지」(1981) 등 5편이었으며, 나머지는 단편소설이었다. 발표시기별로 살펴보면, 일제강점기에 21편, 해방공간과 한국전쟁 전후에 22편, 그리고 7년 정도의 공백기를 거쳐 1965년부터 1984년까지 49편을 발표하였다.

그러함에도 불구하고 그의 문학은 아동문학사를 제외하고는 우리 근대 문학사나 소설사에서 언급되지 않고 있으며, 그의 소설에 대한 연구도 소루한 감이 없지 않다.[1] 뿐만 아니라 그의 생애나 작품의 연보조차 명확하게 정리되어 있지 않다.[2] 그 원인은 작품의 질적 수준의 문제에 있다기보다는 그가 문학의 전 장르에 걸쳐 작품활동을 하였다는 점, 광복 후 거의 부산에서만 창작활동을 해 왔고, 그의 작품세계가 1960-70년대의 비판적 리얼리즘에서 비껴나 있다는 점 등이 중요한 원인일 것이다. 또한 소설가로서보다는 오히려 아동문학가로서 널리 알려져 있다는 점도 많이 작용했을 것이다.

이 글은 향파의 소설을 한국 근대문학사나 소설사에서 온당하게 자리매김하기 위한 작업의 일환으로 그의 초기소설을 살펴보고자 하는데 그 목적이 있다. 이것은 지금까지 초기 소설에 대한 연구가 몇 작품의 간단한 해설을 제외하고는 전혀 이루어지지 않았기 때문에, 자료 정리부터 시작하여 작품세계를 전반적으로 검토하는 작업이 선행되어야 하기 때문이다. 그러므로 우선 내용적 측면을 중심으로 초기 소설의 작품 세계를 살펴보고, 서술구조나 문학사적 의의에 대한 검토는 차후로 미루기로 한다. 여기서 초기소설이라 함은 일제 강점기에 발표된 소설을 말한다. 필자는 향파의 소설세계를 잠정적으로 통시적인 관점에서 첫째, 일제 강점기의 초기소설, 둘째, 해방공간과 한국전쟁 전후의 중기소설, 셋째, 60년대 이후의 후기 소설 등의 세 시기로 구분한다. 대상 작품

---

1) 향파 소설에 대한 연구성과는 필자의 논문,「이주홍 소설 연구의 현황과 방향」,『우암어문논집』10호, 우암어문학회, 2000. 2. 127-164쪽을 참조할 것. 최근 이주홍 아동문학상 운영위원회(강남주)에서 펴낸『이주홍 문학 연구』1·2권(대산, 2000. 11.)과『이주홍 아동문학상 수상작품집』(대산, 2000. 11)과『이주홍의 문학과 인생』(세한, 2001. 5.)에서 지금까지의 연구 성과가 집대성되어 있어 앞으로의 향파문학 연구에 크게 기여하리라 여겨진다.

2) 작가의 생애와 문학활동에 관하여서는 한국현대소설학회 제 17회 학술발표대회 발표 책자에 수록된 필자의 발표 논문,「향파 이주홍의 초기소설 연구」, 143-146쪽을 참고하기 바란다. 또한 작품연보는 필자의 논문(2000.2) '부록'에 제시되어 있다.

은 일제 강점기에 발표된 21편 중 필자가 구해 본 14편으로 한다.3)


## 2. 하층민의 궁핍한 삶과 인간애

　1930년대 한국 농촌은 일제의 끈질긴 수탈과 착취로 인해 상당한 어려움을 겪었다. 농업을 주된 산업으로 해왔던 우리 민족의 경제 토대를 일본이 무너뜨리면서 많은 농민들이 토지를 수탈당하거나 소작인으로 전락하고 또한 고향을 떠나 유이민이 되거나 일본의 저임금 공장 노무자가 되었다. 농민의 전락은 일제의 계속되는 착취와 극도의 가난 때문에 가정생활의 붕괴로 이어지면서 가족간의 결속력은 물론이고 생활의 인정조차 찾을 수가 없게 되었다. 살아남느냐 죽어 없어지느냐 하는, 생존 그 자체가 눈앞에 닥친 삶의 조건 앞에서 일상적인 윤리의식은 일단

---

　3) 21편의 서지 사항은 다음과 같다.「가난과 사랑」(조선일보, 1929.1),「결혼전날」(여성지우(女性之友), 1929),「치질과 이혼」(여성지우, 1930),「그 놈을 그대로 두었나」(여성지우, 1930),「남의(南醫)」(우리들, 1934),「산가(山家)」(비판 31호 4권 6호, 1936.9.),「여운(餘韻)」(조선문학 9호 2권 4호, 1936.9.),「야화(夜花)」(사해공론, 1936.10~1937.5. 장편소설 미완),「하이네의 안해」(풍림 1호 1권 1호, 1936.12.),「화원(花園)」(중외시보, 1937. 연재 미완),「완구상(玩具商)」(조선문학 3권 1호, 1937.1.),「하숙(下宿) 매담」(비판 35호 7권 2호, 1937.2.),「제수(弟嫂)」(풍림 4호 2권 3호, 1937.3.),「제과공장(製菓工場)」(조선문학 14호, 1937.8.),「동연(冬燕)」(비판 48호, 1938~1939.2. 중편소설),「화방도(花房圖)」(광업조선 3권 10호.),「한 사람의 관객(觀客)」(조선문학 17호 4권 4호, 1939.4.),「비각(碑閣)있는 외딴집」(광업조선, 1939.7.),「내 산(山)아」(야담 92호, 1943.8.),「지옥 안내(地獄案內)」(동양지광, 1943.12.~1944.1.),「청일(晴日)」(야담 100호 10권 4호, 1944.4). 이 중에서「가난과 사랑」은 신춘문예 입선작이기 때문에『조선일보』에 실려있지 않고,「결혼전날」,「치질과 이혼」,「그 놈을 그대로 두었나」,「남의」,「화원」,「지옥 안내」등 6편은 구하지 못하여서, 이 글에서 제외하였다.

모두 해체될 수밖에 없었을 것이다. 향파는 「산가」(1936), 「야화」(1936-1937), 「화방도」(1937), 「한 사람의 관객」(1939) 등에서 농촌의 붕괴와 가족의 해체에 따른 농민의 궁핍상을, 「제수」(1937)에서 농촌의 붕괴로 인한 도시의 취업난을, 「제과공장」(1937)에서는 일본 노동이민의 실상을 보여준다. 작가 역시 경남 합천의 산골마을에서 태어나 어릴 적부터 가난의 고통을 직접 경험하였으며, 1924년 일본에 건너가 탄광, 토목, 철물, 문구, 제과 공장 등을 전전하며 막노동을 한 실제 체험이 작품에 반영된 듯하다.[4]

「산가」(1936)는 농사를 짓다 홍수로 집을 잃고 산골로 들어온 명원이네의 비극적 삶을 일인칭 화자의 시점으로 서술한 소설이다. 화자인 나는 요양차 이 산골의 외딴집인 명원이집에 방을 얻고 등산과 독서 등으로 소일한다. 이 곳에서 나는 명원의 가족사를 알게 되고 그의 어린 누이동생의 혼사를 경험한다. 농민인 명원은 홍수를 만나 집을 잃고 고향으로 돌아와 산골 외딴 집에서 다섯 가족을 거느리고 겨우 생활하는 당대의 하층민이다. 생활은 아주 곤궁하지만 그들은 유순하고 착한 사람들이다. 그러나 그의 형 자원은 가족들과는 다른 인물이다. 그는 장남임에도 동생에게 모친을 맡기고 직업도 없이 떠돌아다니며 사기나 치는 건달같은 인물로서, 화자도 그가 집에 올 때마다 고초를 당하고, 돈도 떼이기도 한다. 그런데 그가 누이동생을 결혼시키고자 한다. 누이는 산골에서 자라서 세상 물정을 모르는 철없는 어린아이다. 처음에는 명원이와 그의 어머니도 반대를 하였으나 가난 때문에 결혼이라는 미명 아

---

4) 이주홍, 「청춘은 아름다와라 - 내 고장 명사들의 인생비망록」, 『국제신보』, 1974. 8. 31~10. 2. 참조.

래 어쩔 수 없이 동생을 팔게 된 것이다. 그것도 나중에 알게 되었지만 애꾸눈이요, 나이가 서른 여섯인 재취하는 인물에게 속아서 팔려간 것이다. 이것은 이른바 인신매매의 매춘에 다름 아니다. 산골의 농민에게 가족의 생계가 유지되지 않는 극한 상황에서 가난의 타개책으로 누이 동생을 매매한 것이기 때문이다. 이는 일종의 후진국 인신매매에 속하는 것으로 영아나 나이 어린 처녀가 보호자나 본인의 잠정적 동의와 강제적 조건 아래 매매되는 경우다.[5] 그러나 누이를 팔더라도 돈이 되는 것이 아니다. 선금 40원 받은 것을 자원이 10원을 잘라먹었기에, 명원은 벼 한 섬을 팔아서 결혼식 준비를 해야 하였다. 결국은 어려운 봄을 살아가기 위해 가족의 입이나 하나 덜어야 한다는 것이다. 이처럼 「산가」는 가난으로 누이까지 팔아야 하는 산촌 가족의 비극적인 현실을 보여주는 작품이다.

「야화」(1936-1937)는 7회 연재하다가 중단된 미완의 장편소설로, 식민지 농촌의 궁핍한 생활을 소작농도 아니고, 떠돌이 머슴살이를 하는 최하층민의 삶을 잘 보여주는 농민소설이다. 미완이지만 그의 작품세계를 잘 보여주는 중요한 작품이기에 연재된 부분만으로 작품을 검토하기로 한다. 이 작품의 주인공은 윤서라는 떠돌이 머슴이다. 머슴은 중세 봉건사회의 노예에 지나지 않는 신분으로, 엄밀하게는 농민이랄 수도 없는 농민이다. 더구나 떠돌이 머슴은 한 집에 오랫동안 있는 것이 아니라 주인의 뜻에 따라, 이 집 저 집 떠돌아다닐 수밖에 없는 최하층,

---

5) 선진국형 인신매매는 성산업의 초과 수요를 메우려는 폭력집단과 유흥업주의 강제와 유인에 의해 이루어지는 인신매매를 말한다. 김홍석, 「폭로된 성과 은폐된 제도」, 김정자 외 공저, 『한국 현대문학의 성과 매춘 연구』, 태학사, 1996, 326쪽 참조.

「야화」의 선전문구처럼 '조선현실의 지하층'에 속하는 계층이다. 이러한 인물의 설정만으로도 이 작품은 1930년대 후반의 농민소설로서 그 의의를 가질 수 있을 것이다. 윤서는 그의 아버지 때는 산지기와 소작농으로 비교적 괜찮게 살았으나, 그가 죽자 가족들이 머슴살이, 일본 노동 이민, 방물장수 등으로 겨우 살아가게 된다. 가족이 가난으로 해체되기에 이른 것이다. 그는 머슴살이가 너무 힘들어 다른 일들을 해보려고 하나 마땅히 할 일이 없어 결국은 머슴살이를 다시 하게 된다. 이런 그에게 유일한 희망은 집 한 칸을 마련하는 것이다. 그에게 집이 있기도 하지만, 넓지도 않은 단칸방에 일곱 식구가 같이 자기 때문에 그는 방 한 칸이라도 더 있는 집을 마련하고 싶은 것이다. 늙고 눈 먼 모친을 단 하루라도 편하게 지내도록 해 주고, 아내와도 딴 방에서 거처하고 싶은 것이었다. 현재의 그는 자식이 보고 싶고 아내와 부부관계도 가지고 싶어도 자기 집에 가지 못하고 이 집 저 집의 모중방에 기거하는 것이다. 이처럼 그에게 집은 극한적인 궁핍 속에서 최소한의 생존을 위한 것이었다.

그런데 이 작품에서 주목할 인물은 그가 새로 머슴살이하러 간 집의 주인인 박치준과 작년에 그가 머슴살이하던 집주인인 이상칠이다. 박치준은 읍내에 제일 큰 포목상을 하는 박치삼의 형인데 어릴 때부터 오입장이로 부모가 물려준 재산을 탕진하고 돌아다니다가 요즘은 대구에서 금광일을 하는 인물이다. 그에게 박치삼은 이 마을에 토지와 집을 사주고 농사를 짓게 한 것이다. 그러나 그는 금광에 빠져 집에 있지 않는다. 그는 일확천금을 꿈꾸던 당시 금광 풍속도를 어느 정도 보여주는 인물이며, 아울러 일종의 부재지주에 해당된다고 볼 수 있다. 그리고 이상칠은 마을에서 돈놀이도 하는 악덕 지주로 묘사되어 있다. 그는 윤서가 머슴살이를 할 때, 일하다가 화상을 입어 쉬고 있을 때도 머슴이 일 안 한다고 핀잔을 주고, 약값으로 빌려간 돈을 장리를 쳐서 받고, 또 여름에 도적솔을 몇 짐 한 것을 군청에 밀고할 것처럼 위협하여 술을 얻어 먹고, 일본 도항권을 얻기 위해 부탁을 할 때도 자신의 이익만 챙기던 인물이다. 심지어 윤서가 마을에서 발견한 금줄을 알아내어 채굴 허가까지 내려고 하는 인물이다. 이 두 인물은 당시의 농촌에서 수탈과 착취를 일삼은 부정적 인물의 전형이다.

사건의 전개는 윤서가 유두날 새벽 물을 길러 가다가 가려지지 않는 방장 안에 자고 있는 여주인의 발가벗은 모습을 보고는 밤만 되면 그 방에 뛰어들어가 욕망을 채우고자 하는 것으로 시작된다. 이러한 여주인에 대한 애정갈등이 윤서의 머슴살이의 고통이나 지주와의 관계에서 오는 갈등보다 더 강조되어 있는 듯하다. 그러나 이것은 아내와 부부관계를 가질 공간조차 없는 윤서에게 원초적 본능으로 작용하는 것으로 보면 좋을 듯하고, 이 부분이 장편소설의 앞부분이라는 점과 연재소설로서 독자를 염두에 둔 구성이라 보여진다. 그러나 여주인과 상칠의 불륜현장을 목격하고는 자신의 몽상적이고 무모한 행동을 반성하고 복수할 것을 결심한다. 여름에 가뭄이 들어 물대기에 고초를 겪는 농촌 현실과 머슴살이의 어려움 가운데 또 한편으로 어린애가 병이 드나 약도 먹이지 못해 결국 아이가 죽게 되는 과정이 리얼하게 묘사되고 있다. 그리고 자식의 죽음으로 술과 계집에 빠져 일년여를 방탕한 생활을 하다가, 자신을 반성하고 가족들을 걱정한다. 그때 일본에 간 용호가 와서 큰 딸과 혼인하겠다고 하자 선금 30원을 받고 결혼을 준비한다. 이는 앞의 「산가」와 마찬가지로 인신매매의 매춘에 다름 아니다. 그에게 약간의 빚도 있고, 용호덕을 보아 일본으로 가서 노동을 하면 집안 형편이 나아질 것 같아 딸을 팔게 된 것이다.[6] 여기에서 농촌 현실의 궁핍상이 더욱 핍진하게 드러나는 것이다. 이뿐 아니라 농촌의 붕괴로 인한 가족간의 혈연의식의 붕괴도 동생 윤홍을 통해서 잘 드러난다. 윤서는 자신의 어린애가 죽어갈 때도 그에게 돈을 변통할 수 없을 만큼, 윤홍은 '고초가루'라는 별명이 말해주듯 수전노에 가까운 인물이다. 그는 일본에 가서 공장 노동을 하고 돌아와 사방공사 감독, 면서기 등을 하다가 장가를 잘 들어 처가덕을 보아 지금은 부자로 살고 있다. 그런 그는 늙은 모친을 내치고 오직 자기 아내와 장모만을 위하는 부정적 인물로서, 가족 관계의 붕괴상을 극명하게 보여준다. 이처럼 「야화」는 미완일지라도, 농촌의 최하층민인 머슴을 통해 당시 농촌의 궁핍상과 지주와 부재지주의 착취와 수탈, 금광 개발의 세태 풍속 등을 잘 보여주는 뛰어난 농민 소설이라 하겠다.

「화방도」(1938)는 농촌을 배경으로 유서방이란 인물의 불행한 결혼 생활과 가난한 농민의 삶을 삼인칭 시점으로 드러낸 소설이다. 유서방은 첫 아내가 병으로 죽고 재취를 맞이하는데, 그녀는 일 잘하고 부지런하기는 하지만, 방랑기와 난봉기가 있어 다른 사내와 눈이 맞아 그를 떠났다. 삼십이 넘은 그가 세 번째 장가를 가게 된다. 중매한 친구가 말하기를, 자신의 육촌동생인 처녀는 열여섯인데, 돈 10원을 전해주면 아

---

6) 제7회의 마지막 장면에서 윤서가 사위될 용호와 술을 마시면서 취해서 하는 말은 어린애가 아파도 약 한 첩 지어 먹일 수 없는 당대의 농촌 현실을 직접적으로 비판하고 있다. 아울러 당시의 민족주의 운동이나 사회주의 운동이 농민의 궁핍한 삶, 즉 생존의 문제를 해결하는데 직접 도움이 되지 않음도 비판하고 있다.

무엇도 필요 없고, 자네 처지를 생각하여 결혼식을 올리지 않고 집으로 그냥 보내겠다고 하였다. 여기까지만 살펴보면, 한 인물의 불행한 결혼 생활을 다룬 세태적인 내용이다. 하지만 그가 첫날밤을 보내면서 결혼의 이면이 밝혀진다. 신부가 겨우 열한두 살밖에 안 되는 어린애이고 신랑이 논마지기나 가지고 있으니까, 색시부모와 친구가 아이의 배고픔을 면하게 하려고 결혼시킨 것이다. 이 역시 「산가」와 마찬가지로 결혼이란 미명하에 어린아이를 판 인신매매의 매춘에 해당되는 것이다. 이 작품은 이러한 인신매매를 통해 가난한 농촌 현실을 보여준다.

「한 사람의 관객」(1939)은 해방 후 「조춘」으로 제목이 바뀐 작품으로, 농촌에서 머슴살이로 일생을 보낸 불우한 노인의 삶의 역정을 다루고 있다. 이 소설은 회갑인 김노인이 언덕에 누워 아들에게 버림받고 소외된 삶을 살아온 자신의 인생을 돌이켜 보는데서 시작된다. 그는 젊을 적에 별감집 머슴으로 있었는데, 그 집 종인 삼월이와 눈이 맞아 아들 학수를 낳았다. 그런데 삼월이가 날품팔이 감독과 달아나는 바람에 날품팔이와 머슴살이를 전전하며 어렵게 학수를 키운다. 그는 아들을 일본에 유학까지 보냈으나, 아들은 아버지를 버렸다. 14년만에 소식을 듣고 부산으로 찾아갔으나 자신을 자식이라 생각 말라며, 돌아가라는 소리를 듣는다. 이후 그는 방랑생활을 하기도 하고, 읍내 음식점에서 일하기도 하나, '반미치기'라고 사람들의 조롱을 듣는다. 다행히 박참봉네 머슴으로 들어가나 늙어서 일도 못한다고 병신 취급을 받는다. 젊은 시절부터 지금까지 열심히 살아왔으나, 그의 평생이 짐승보다도 못하고, 기생충과 같이 남을 위해서만 살아온 것에 지나지 않는다고 스스로 생각한다. 단 하나의 희망인 자식마저도 그를 버렸기 때문이다. 식민지 농촌의 현실은 성실한 그를 가난에서 벗어나지 못하고 끝까지 현실에서 소외된 기구한 삶으로 마감하게 하는 것이다.

소설의 사건은 이후부터 전개된다. 작년부터 마을의 산골짜기에 사방공사일이 생기고, 사방공사의 십장격인 사이상이 농부인 송서방에게 권유하여 뒷돈을 대고 그의 아내인 분이네가 술집을 차리게 된다. 본래 송서방 부부는 굶기를 밥먹듯 하던 가난한 농민이었다. 사방공사란 바로 농촌의 근대화를 상징적으로 보여주지만, 이것은 또한 농촌의 해체를 가져오고 농민의 삶과 정신을 황폐화시킨다. 농민의 아내인 분네는 '술장사 계집'으로 바뀌며, 아울러 송서방은 장사는 아내에게 맡겨 놓고, 술이나 먹고 노름에 빠진다. 어느 날 사이상 일행이 구장과 술을 마시러 오고, 송서방은 여전히 노름을 하러 나간다. 구장은 먼저 가고 사이상은 방안에서 술이 취해 누워 있다가 평소부터 기회를 넘보던 분네를 겁탈하려 한다. 이때 송서방이 집으로 돌아오고, 사이상은 도망간다. 평소 남편이 은인이라 여기던 사이상의 속셈이 결국 밝혀진 것이다. 김노인은 분네를 삼월이로 믿을 만큼 좋아했고, 분네도 그를 친정부모처럼 여겨 종종 공술을 주기도 하였다. 그래서 그는 평소부터 그녀를 지켜주고 싶은 생각을 가지고 있었다. 이날도 김노인은 언덕에서 그녀의 집을 지켜보고 있었던 것이다. 이 김노인이 도둑이 되어 송서방에게 두들겨 맞고 끌려간다. 죄 없는 김노인이 간부나 도둑이 되어 버리고, 송서방네는 가정이 파괴된 것이다. 이 작품 역시 농촌의 머슴으로 환갑이 되도록 가족도 없이 혼자 살아가는 김노인의 일생과 분이네 가족의 붕괴를 통해 식민지 농촌 현실을 핍진하게 드러낸다.

「제수」(1937)는 취직을 위해 상경했으나, 취직도 못하고 차비가 없어 시골로 다시 내려가지도 못하는 주인공의 내적 갈등을 일인칭 시점으로 서술한 작품이다. 화자인 내가 가난으로 인해 농촌에서 살지 못하고 취직을 위해 친구가 있는 서울로 올라와 동생집에서 지내는데, 취직도 못하고 폐만 끼치게 되자 제수는 나를 원수처럼 대하고 동생도 점차 나를 무시한다. 차비가 없어 고향으로도 내려가지 못하는 나는 현실에서도 소외되고, 가족에게도 소외된 삶을 살아가면서 도둑질까지 하려고 하는 등 돈에 대한 강한 집착을 드러내기도 한다. 이 작품은 겉으로는 도시의 취업난을 다루었지만, 이면의 실상은 농촌의 붕괴로 인해, 일자리를 잃은 농민이 도시에 나가 취업하려고 하는 이농의 현실을 보여주며, 나아가 이로 인해 형제간의 우애도 파탄 지경에 이르는 당대의 현실을 드러내고자 한 것이다.

「제과공장」(1937)은 한국인의 일본 노동 이민을 다룬 작품으로, 일본에서 제과공장에 취직한 성주라는 인물의 노동자 생활을 삼인칭 시점으로 서술하였다. 향파는 1924년 일본으로 건너가 온갖 직업을 전전하였는데, 제과공장에서도 직접 노동을 하였다는 점에서 이 작품은 자전적 체험이 반영된 것이라 할 수 있다. 이 작품에서 일제의 농민수탈 정책에 의해 야기된 노동 이민에 대한 직접적인 비판이 드러나 있지는 않다. 오로지 돈을 모으는 데에 삶의 목적이 있는 과자공장 노동자인 강성주의 이기적인 삶과 비정한 인간관계에 초점이 맞춰져 있다. 성주는 돈만 모으면 그만이라고 생각하고 술도 끊고 담배도 아껴 피우며, 동료 직공이 병이 났거나 죽어도 기부금 한 푼 낸 일이 없고, 감독에게 잘 보이려고 아첨하고 동료를 고자질하여 쫓겨가게 만든다. 더욱이 이로 인하여 그는 성격마저 자학적인 것으로 변하여 버린다. 즉 그는 돈을 모으기 위해서는 일체의 인간관계를 단절하고, 성격까지 파탄하는 부정적 인물인 것이다. 그러나 작가는 주인공의 이러한 태도를 비판하는 입장에 서있기 보다는 그렇게 살 수밖에 없는 타락한 현실 상황을 제시하는 입장에 서 있다.[7] 즉 이러한 부정적 인간상의 제시는 보여주기의 수법을 통한 일제에 대한 간접적 비판이요 저항인 것이다. 이는 마지막 장면에서 성주가 감독 때문에 심하게 다쳤을 때, 공장직공들에 의해 병원으로 옮겨지고, 그들의 간호를 받으면서, '돈 모으는 향락 그것 보담은 한결 다른 꿈을 그들의 얼골 속에서 발견'하고, '사람이란 돈만 가지고도 살 수 없이 그 무슨 유구하고도 깊은 리상을 가지고 있음'을 깨닫고 스스로 부끄러움을 느끼게 되는 데에서 잘 드러난다. 성주의 극단적인 배금주의는 일본에까지 와서 노동을 해야 하는 생존을 위한 어쩔 수 없는 선택인 것이다. 이처럼 「제과공장」은 한 인간의 극단적인 이기적 행위를 통해 일제의 극악한 수탈을 역으로 비판하고 있다.


## 3. 지식인의 전향과 소시민적 삶

1935년 카프의 해체 이후 많은 작가들이 전향하게 되고 전향 후의 생활을 담은 전향소설을 발표하게 된다. 「여운」(1936)과 「완구상」(1937)은 이러한 '주의자'의 후일담을 서술한 일종의 전향소설이다.

「여운」(1936)은 옛날 사회주의 운동을 하였으나 전향하여 현재는 큰

---

7) 민현기, 「일본 노동 이민과 일제하 한국소설」,『한국 근대 소설과 민족현실』, 문학과 지성사, 1989, 349~350쪽 참조.

잡화상을 하는 화자와, 지금도 계속 사회주의 운동을 하는 정군의 대비를 통해 일제 강점기 지식인의 삶의 태도를 제시한 소설이다. 정군이 밤에 담배를 사러와서 며칠 동안 화자의 집에 머무르면서 이야기는 시작된다. 나와 그는 빈촌의 야학 선생으로 만나 사회주의 운동의 동지로서 허교를 하는 사이였다. 그런데 '나'는 전향하여 가족과 더불어 소시민적 삶을 살아가고, 그는 전향하지 않고 여전히 감옥을 오가며 사회주의 운동을 계속하고 있다. 예전의 '나'는 그의 뜻에 찬동하며 운동에 가담하게 되고, 스스로 인간으로서의 희망과 이상을 가진 인물이 되었다고 생각했다. 그러다가 감옥에 가게 되었는데, 이 사실에 대해 처음에는 영웅이 된 것처럼 느꼈으나 나중에는 인간적인 나약함으로 감옥의 현실을 견디지 못하고 전향하여 소시민적 생활 속에 묻혀 살게 된 것이다. 내가 전향한 동기는 물론 일제의 강압 때문이다. 그러나 전향 전후의 내면심리나 사상적 갈등에 대해서는 거의 언급되어 있지 않다. 애초부터 '나'에게는 사회주의 이념의 선택이 다분히 시류에 편승한 것이기 때문에, 상황이 변할 때 그것을 자연스럽게 버리게 되는 것이다. 이런 점에서 이 작품은 전향의 문제를 본격적으로 다룬 작품은 아니다. 이 점은 야학 학생이었던 봉희와의 관계에서 더 분명해진다. 그가 고민하는 것은 정군이 사랑하던 봉희를 그가 감옥에 간 사이에 거짓말로 속여 결혼까지 한 것이기 때문이다. 그를 만나게 되자 나는 양심의 가책을 견디지 못하고 그에게 그간의 사정을 솔직하게 이야기한다. 이야기를 듣고 난 뒤 그는 "당신한테 더 신세 끼칠 필요 없다." "사람 집으로 가오."라며 집을 떠난다. 결국 나는 '사람'이 아닌 셈이 되고, 그는 '사람'으로 여전히 주의자의 활동을 계속하면서 감옥을 드나드는 것이다. 즉,

나의 고민과 불안은 사상적 갈등이 아니라 봉희를 빼앗은 양심의 가책에서 비롯된 것이다. 그러나 그는 예전부터 자기 자신을 희생시키면서 야학 학생들을 가르쳤고, 그것이 자기 공부보다는 '더 큰 공부'라고 하면서 '자라난 사람들을 위해서 수고를 무릅쓰고 일함은 곧 양심 있는 사람으로서 큰 사회적 공헌을 하는 것이라고 생각'하였다. 작품 속에서 구체적으로 드러나 있진 않지만, 그는 사회주의운동을 하면서 계속 감옥을 드나들고 있었다. 이러한 그의 행적을 통해 일제에 대한 저항적 삶을 보여줌으로써 현실에 안주하면서 불안하게 살아가는 화자를 비하시키는 것이다. 이처럼 「여운」은 이념을 버리고 전향한 지식인의 소시민적인 안락한 삶을 비판하면서 이와 대비되는 전향하지 않고 이념대로 행동하는 지식인을 통해 일제에 대한 간접적인 저항적 삶의 모습을 보여준다.

「완구상」(1937)은 젊었을 때 야학선생도 하며, 사회주의 운동을 하던 지식인 주인공이 전향하여 시골읍내에서 완구상을 하다가 실패하고 마을을 떠나는 삼인칭 서술의 소설이다. 작품의 서두는 완구상이 파산지경이 되어 그만두게 되면서 이삿짐을 싸는 장면으로 시작된다. 주인공은 이러한 현실에 대해 스스로 자책하고 위로해 줄 사람도 없음을 아쉬워한다. 또한 아내가 사소한 일로 주인집 여자와 싸움을 벌이는 것을 괴로워하면서 자신의 과거를 회상한다. 작품 속에서 구체적으로 서술되어 있지는 않지만, 주인공은 사회주의 운동을 하였고 감옥에도 갔다왔다. 여기서 주인공의 전향이 일제의 강압 때문임은 틀림없지만, 「여운」과는 달리 집안을 건사해야 한다는 의무와, 당시의 시대조류에 대한 맹목적인 추종에 대한 반성과 자신의 개성을 찾아야 한다는 개인적 자각에서 이루어진 것이다. 그렇지만 「여운」과 마찬가지로 전향에 대한 내적 심리와 사상적 갈등은 보이지 않는다. 전향 후의 생활만이 집중적으로 서술되고 있을 뿐이다. 처음에는 장사가 잘 되어 그는 '직업관념을 떠나서 새로운 향기'를 느끼기까지 한다. 장난감은 어린이들에게 '예술의 세계'가 아닌가 생각하고 여기서 '새로운 진리'를 캐내려고 노력하기도 하며, '예술은 현실의 다음인가' 하며 '환멸'을 느끼기도 한다. 이것은 전향 소설에서 개성의 발견 이후에 새로운 모랄을 추구하려는 노력과 비슷한 것이라고 여겨진다. 그러나 그 이후의 그의 모습은 소시민적 안락을 추구하기 위한 돈에 대한 집착을 보인다. 즉 외상은 사절하기로 하고 독한 마음을 먹고 남이나 마을 사람들의 비난과 조소를 들으면서도 악착스레 장사를 하였다. 그런데 결국 망하게 되자, '돈 잃고 인심 잃고 남은 것이라곤 지금 어린것이 불고 있는 귀떨어진 나무피리뿐이라고나 할까'라고 할 정도로 파탄의 모습을 보여준다. 그러나 마을을 떠나는 중 통학생 아이들을 만나는데, 그 중 외상을 자주 달라던 아이가 자신의 아들 덕이에게 감을 주고 장난을 치는 것을 보며 자신의 인정 없음을 반성하게 된다. 현실에서 패배하여 마을을 떠나는 그가 그래도 따뜻한 마음을 가진 인간적인 모습으로 돌아오는 것이다. 이처럼 「완구상」은 주의자에서 전향하여 현실적 생활을 찾았지만 그것도 파산하는 지식인의 궁핍한 현실적 삶과 그 속에서도 따뜻한 인간애를 드러낸 작품이다.

## 4. 낭만적 사랑과 애욕의 파탄

향파는 순수한 사랑과 성적 욕망, 잘못된 결혼이라는 1930년대 후반
의 남녀간의 애정문제에 대해「하이네의 안해」(1936),「하숙 매담」(1937),
「동연」(1938-1939),「비각 있는 외딴집」(1939) 등에서 다양하게 접근하
고 있다. 여기서 다양하다는 것은 네 작품이 하나의 일관된 성격을 띠
는 것이 아니라 각기 다른 모습을 보인다는 것이다. 그리고 이들 작품
에는「하숙매담」의 첫머리에 나오는 '신년초 원고를 검열 드러보내 놓
고'라는 문장이나「동연」에서 일부 농촌 현실의 묘사를 제외하고는 식
민지 현실의 궁핍상을 직접적으로 드러내지는 않는다. 즉, 변동하는 시
대상을 남녀의 애정과 결혼의 문제로 접근하는 것이다.

「하이네의 안해」(1936)는 작가 지망생인 병구라는 인물이 K고을로
내려와 하숙을 하면서, 금련이란 처녀와 순수한 사랑을 하게 되지만 그
와 동시에 그녀의 어머니인 여주인과 육체관계를 가지게 된다는 비교
적 단순한 스토리이고, 통속적인 성격도 띠고 있다. 이 작품에는 통속소
설 또는 대중소설이 지니고 있는 삼각 관계에 의한 애정갈등의 공식성
이 나타나 있는데, 병구를 중심으로 순정의 대상은 금련이고, 애욕의 대
상은 그녀의 어머니다. 그러나 1930년대 대중적 연애소설에 나타나는
보편적인 삼각관계인 순정적 여인과 이들을 방해하는 인물 사이의 대
립으로 구성되어 있지는 않다.8) 뿐만 아니라 '사랑의 선택'에 의해 애욕

---

8) 순정적 인물은 연약하고 가련한 여성으로 제시되는 반면, 여성인물을 위협하는
인물은 성적 욕망을 추구하는 탐욕스러운 남성이다. 가련한 여성은 가난하지만
뛰어난 미모와 심약한 심성을 지닌 인물로서, 쉽게 부자이면서 탐욕적 남성의 표
적이 된다. 이에 따라 독자의 관심은 이 연약하고 가련한 여성이 탐욕에 가득 찬

적인 삶이 순정적인 삶을 이기다가 결국에 가서는 역전되는 통속적 애정소설의 상투적 구성을 취하지도 않는다.[9] 단지 병구라는 작가 지망생이 정신적 사랑과 성적 욕망 속에서 갈등을 겪지만, 엉뚱하게 그것을 자신의 소설 창작 문제와 결부짓기도 하며, 또한 여주인의 유혹도 있었지만 스스로 '감각적 욕망'에 빠져 불륜관계를 계속하는 것이다. 그리고 금련이 집을 나가자 그 역시 자기 집으로 돌아온다. 금련의 경우도 처음에는 어머니와의 관계를 모르고 혼자서만 고민하다가, 나중에 이를 눈치채고, 스스로 집을 나가기 때문에, 삼각관계에 따른 질투심이나 애정의 대립이 없었다. 그러므로 이 작품은 남녀 사이의 애정 갈등의 삼각 관계를 한 젊은 남자와 모녀 사이에 둠으로써, 순수한 사랑이 아닌 육체적 애욕의 파탄을 보여주는 통속적인 애정소설에 지나지 않는다.

「하숙 매담」(1937)은 화자인 '나'의 누이동생의 친구인 고향 여자가 M이라는 연하의 사내와 연애하는 이야기와 '나'가 유부녀인 하숙집 마담 채봉과 연애한 이야기를 대비적으로 서술한 소설이다. 여기서 고향여자는 동생처럼 지내던 네 살 아래의 M을 사랑하게 되고, 둘이 결혼을 하고자 하나 집안의 반대로 헤어진다. 그녀는 자신은 그후 서울로 와서 공장에 다니는데 동경으로 떠난 M이 다시 돌아와 지금은 동거하고 있다면서 결혼 문제 등으로 고민이 되어 나에게 의논하려 찾아왔다. '나'는 그녀에게 사랑을 위해 각오를 단단히 해야 된다고 말한다. 그러나 '나' 자신은 전직 기생이면서 남편 있는 하숙집 마담인 채봉과 깊은 관

---

남성이 지배하는 이 험한 세상에서 어떻게 살아갈 것인가에 쏠리게 된다. 이정옥, 『1930년대 한국대중소설의 이해』, 국학자료원, 2000, 153쪽.
9) 김강호, 「1930년대 한국 통속소설 연구」, 부산대 대학원 박사논문, 1994. 8. 51쪽 참조.

계를 가지게 되고, 앞날까지 약속하였다. 그러나 소문이 나고 첩과 같이 사는 남편이 행패를 부리면서 마음을 잡고 다시 살자고 하자, 그녀는 이를 뿌리치지 못하고 그대로 주저앉게 된다. 이에 나는 하숙을 옮기고 그녀를 떠나게 된다. 즉, 그녀는 애정 없는 남편과 헤어지지 못하고, 나 역시 그녀를 사랑하지만 헤어지게 된다. 그들의 애정은 순수했지만 현실적 상황 속에서 파탄으로 끝나고 만다. 고향여자나 화자나 모두에게 있어서 그들의 사랑을 방해하는 것은 당대의 인습과 사회적 규범이다. 고향여자는 상대가 가난하다는 이유로, 화자는 자식 있는 유부녀라는 이유로 결혼에 이르지 못하는 것이다. 이 점에 있어, 이 작품은 당대의 사회적 규범에서 자유로울 수 없는 사랑의 비극을 드러내는 것이다. 이는 채봉이 사랑 없는 결혼 생활에도 불구하고 인습과 자식이라는 가족의 굴레에서 벗어나지 못한 것으로 더욱 강조되는 것이다. 그러므로 이 작품은 사회적 변동상에도 불구하고 일제강점기의 강고한 사회적 규범과 모성의 울타리 속에서 주체적 삶을 선택할 수 없는 결혼 풍속도를 보여주는 세태소설이다.

「동연」(1938-1939)은 잘못된 결혼으로 고통의 삶을 살아가는 한 인텔리 신여성의 이야기를 그린 중편소설이다. 소설의 서두는 주인물인 용이엄마와 남편 강필구가 부부싸움을 하고, 남편이 나가자 옆집 문이 엄마가 건너와 위로하는 장면으로 시작된다. 그녀는 현재의 삶을 후회하면서 서울에서 시골 시댁으로 옮겨오기 전의 과거를 회상한다. 그 가운데 여고시절과 남편과의 연애와 결혼 과정, 남편의 처가살이, 가난한 시골 생활과 야학, 남편의 양계 사업의 실패와 신문지국 운영과 술집 여급과의 연애, 그리고 결혼 생활의 불행 등이 서술된다. 결말에 남편이 그의 신문지국 인수에 도움을 준 이종헌이란 인물이 그 술집 여급과 정분이 난 것을 알고 그를 칼로 찌르는 상해 사건을 일으키고 남편은 체포되고, 남겨진 그녀는 절망한다는 것이 이 소설의 간단한 스토리이다.

당대의 인텔리 여성인 주인공이 현실감각을 갖지 못하고 낭만적 사랑에 빠져 연애를 하면서부터 사실상의 불행은 잉태되고 있었다. 말하자면 이상적 남성에 대해 주인공의 친구들은 여고생이 지닌 즉흥적이고 낭만적 생각에 따른 발언으로만 그쳤다면, 주인공에게는 그것이 현실적 선택이 되었다는 데에 문제가 있었다. 낭만과 현실이 전도된 것이다. 그만큼 그녀의 사랑에 대한 생각은 순정적이지만 현실과 동떨어진 낭만적인 것이었다. 이상(낭만)과 현실의 괴리가 큰 것은 현상과 실제가 다른 그녀의 남편의 경우에 있어도 마찬가지이다. 그의 전성기는 학교 시절의 멋있고 인기 있는 응원 단장으로 맹렬히 활동하던 과거의 '모습'에서 그치고 있는데, 그것은 가상(假像)에 지나지 않는다. 현실감각이 없다는 점에서 둘은 닮아 있다.

두 인물이 자신들의 삶을 위하여 한 일은, 그녀가 야학을 한 것이고 남편이 양계 사업을 벌인 것이다. 이것은 이들의 삶이 비현실적인 성격을 띠고 있음을 나타낸다. 지독하게 궁핍한 현실 속에서 '정신적 만족'만을 위해 그녀가 야학을 하는 것과 자기 자본 한 푼 없이 처가 돈으로 겁없이 사업을 벌인 남편의 황당함은 비현실적이라는 점에서 닮아있다. 그들의 순수함과 그것을 용인하지 않고 무화시키는 거대한 현실의 논리 앞에서 둘은 서로에게서 삶의 허위와 허영을 읽어낼 수밖에 없는 존재로 규정된다. 따라서 둘은 함께 울타리를 틀고 행복한 삶을 전망할 수 없는 인물인 것이다. 그녀가 새로운 삶을 위해 행한 행동은 친정 엄마를 멀리하고 시어머니를 섬기고 받아들이는 것이다. 작품에 빈번히 언급되는 '동화(同化)'라는 단어는 그것을 의미한다. 이 소설은 독특한 관계 구도를 보이고 있다는 점에서 주목된다. 그 하나는 딸과 친정엄마 사이가 불화하고 시어머니와 며느리 사이가 별 갈등을 보이고 있지 않다는 것이다. 오히려 시어머니의 순박함은 남편의 허물을 덮을 수 있는 '모성의 수액'으로 작용한다. 이것은 보잘 것 없는 남편을 얻은 자책감과 그로 인해 상처받은 자존심에서 기인한 것이다. 주인공은 이같은 상황을 자신을 잘 아는 친정 식구들로부터 친구에게 이르기까지 모든 관계를 단절함으로써 위로와 평안을 구하려 한다. 말하자면 그녀에게 친숙한 삶의 패턴을 끊어 버림으로써 새로운 삶의 공간과 남편을 사랑하고 이해하려고 애쓰는 것이다. 그녀가 친정엄마를 적대적으로 대하는 것은, 처음에는 감정적인 것이었으나 나중엔 의도적으로 행한 것이다. 친정의 부유함과 친정 식구들의 정상적이고도 행복한 결혼 생활은 자신의 울을 지키는 데 방해가 되기 때문이다. 이는 나아가 자신의 여고 동기들과도 인간적 관계를 끊어 버리려 몸부림치는 것으로 나타난다. 친구의 행복한 결혼생활을 보며 부러워하고, 자신의 잘못된 결혼 생활을 청산하려 하는 용기와 결단을 보이기도 하였으나 그것은 잠시 뿐이었다. 작품에서 자주 언급되는 이웃 문이엄마 부부의 동물적인 삶의 방식, 죽으라고 싸우고 노골적으로 애정을 표현하는 방식을 그녀는 처음엔 경멸하였으나 나중엔 그렇게라도 살지 못하는 자신을 점점 초라하게 느끼는 것으로 나타난다. 급기야 자신보다 하나도 나을게 없는 문이엄마가 "여자 소용있는기요"라는 충고 아닌 충고까지 듣게 되는 처지에 놓인다. 그녀는 신여성답게 무엇인가 결혼에 대해 결단을 내려야 하지만, 오히려 출가외인의 유교적 질서를 본의 아니게 고수하게 된다. 그것은 "여성특유의"와 같은 여성비하적인 발언과 더불어 화자에 의해 의도된 것으로 보인다. 즉 친정식구들을 멀리하고 시어머니를 받드는 시댁중심 사고는 결국 자신의 결혼 생활을 유지하기 위해 어쩔 수 없이 받아들이는 것으로 당대와 현재의 결혼 제도를 공고히 하는 논리에 잘 부합하는 것이기도 하다. 그러나 주인공의 불행한 처지에 대하여 화자가 냉담한 것은 비판의 여지를 남긴다. 즉 문이엄마 내외가 폭력을 동반하나 서로에게 거리낄 것 없는 진실한 관계를 유지하고 있는 반면에 그녀의 경우는 남편의 구타는 곧 애정 없음과 관계의 파탄으로 이어지기 때문이다. 이는 부부지간의 불균형적인 권력관계를 드러내는 것이라 볼수 있다. 결국 이 소설은 아내와 자식을 남기고 감옥에 간 무책임한 남편을 기다리며 시어머니처럼 모성의 덕으로 자신을 추스려야 하는 여인의 선택만을 끝없이 강요하는 것으로 끝난다. 그러므로 이 소설은 낭만적인 생각으로 불행한 결혼을 한 신여성이 당대의 인습과 불행한 현실적 삶에서 벗어나지 못하고 잘못 찾아든 겨울 제비처럼 지낼 수밖에 없는 1930년대 후반의 결혼 풍속의 세태를 보여주는 작품이라 할 수 있다.

「비각 있는 외딴집」(1939)은 앞의 작품들과는 달리, 나이 어린 시골 총각과 처녀의 순수한 사랑을 보여주는 작품이다. 이 작품의 줄거리는 다음과 같다. 주인물 영수와 정란은 같은 마을에 살고 있는데, 영수가 어제 큰집에 제사지내러 간 정란을 만나려고 마을에서 떨어진 봉우재로 간다. 가슴에 품고 있던 감정을 오늘밤에 꼭 정란에게 이야기하고자 용기를 낸 것이다. 소나기가 와서 열녀 비각의 처마 밑에 피해 있다가 정란을 만난다. 날도 어두워졌고 비도 그치지 않자 그녀를 업고 개울을 건너려 하나 급류 때문에 포기한다. 마침 젊은 아낙의 도움으로 그녀의 외딴집 옆방에 같이 있게 된다. 영수는 오위장집의 첩의 자식으로 태어나 식구들에게 인간 대접도 받지 못하던 그를 따뜻하게 위로해 준 어릴 적의 정란을 생각한다. 그러나 그날 밤 그들은 서로의 애틋한 마음도 고백하지 못한 채 아침을 맞는다. 이상과 같이 저녁에서 다음날 아침까지의 하루밤 사이에 일어난 별다른 사건도 없는 단순한 스토리로 황순원의 「소나기」를 연상시키는 작품이다. 그들 사이에 첩의 자식이라는 신분계층에 대한 갈등이 심각하게 전개되지도 않고, 본능적인 성적 욕망도 드러나지 않는다. 어릴 적 기억을 가슴에 안고 끝내 좋아한다는 말 한 마디 못하고 하룻밤을 보내는 주인공의 순진무구한 사랑을 보여 주는 것이다.

## 5. 현실과 자연에 대한 순응

1940년대 전반에 향파는 「내 산아」(1943), 「청일」(1944) 등의 작품을 발표하였다. 이 시기는 소위 암흑기라 불리는 시기로서, 1941년 일제가 태평양 전쟁을 일으킴으로써 우리나라는 완전히 일제의 침략전쟁의 보급기지로 전락하였다. 문단에서도 1939년 조선문인협회가 결성되고, 많은 문인들이 내선일체의 실천과 전쟁의 승리를 위해 일본에 봉사하는 친일 작품들을 발표하였다. 향파는 이들 작품에서 시대적 현실 문제에서 벗어나 현실과 자연에 순응하여 살아가는 인물들을 다룬다.

「내 산아」(1943)는 사립학교 교원인 주인공이 겨울 방학에 화전민을 연구하겠다고 지리산을 찾아가 야학을 하고, 개학이 다가와 산을 내려오는 가운데 혜련이라는 젊은 여자를 만나 가까워졌다는 단순한 스토리의 소설이다. 이 작품에 대해 신희교는 "이 시기에 발표된 이주홍의 「내 산아」와 장혁주의 「새로운 출발」, 그리고 김용제의 「장정」은 전선의 후방에서 활동하는 사람들, 즉 사립학교 교사와 선반공 양성소의 공원 그리고 '총후문인'을 통하여 징병제를 선전한 소설이다."라고 설명한다.[10] 즉, 전선의 후방에서 사립학교 교사가 징병제를 선전한 소설이라는 것이다. 그는 이 작품에 대해 구체적인 분석은 하지 않았지만, 이러한 설명은 작품의 47쪽에서 48쪽에 걸친 200자 원고지 3장 분량의 친일적 문장 때문이다. 이것은 주인공이 용이라는 학생과 어느 날 등산을 가다가 예전에 야학을 하던 빈 창고를 발견하는 장면이다. 여기서 주인공은 화전민의 시국인식에 감격하고, 자신의 화전민 연구의 욕망이 시대와 무관한 낭만적인 것임을 깨닫고, 지원병으로 출전한 마을 청년의 뒤를 이어 야학 선생으로 나서게 된다는 내용이다.[11] 신희교의 관점에서 보면 주인공이 야학을 하는 것은 지원병을 나간 청년의 뜻을 이어가는 것이고 혜련이 주인공의 뜻을 따라 야학을 하려는 것도 마찬가지라는 것이 된다. 그러나 이러한 해석은 비약적인 것으로 보인다. 설령 이렇게 보더라도 이 작품을 징병제를 선전한 소설이라고 보기는 무리가 있다. 야학을 하는 것이 징병제를 선전한 것은 아니기 때문이다. 그러므로 이 작품을 단순히 친일적 작품으로 해석하기는 곤란하다. 부분적으

---

10) 신희교, 『일제말기소설연구』, 국학자료원, 1996, 69-70쪽.

11) 이외에도 명호와 혜련의 대화 중에 일제말의 시국적 현실을 드러내는 '이 세기의 진실'(53쪽), '그네들을 연성(錬成)하는데'(55쪽) 등의 용어를 사용하고 있다.

로 친일적인 성격을 띠고 있지만, 이러한 부분이 소설 전체의 내용이나 구성과 동떨어져 있기 때문이다. 다시 말하면 이 부분을 빼버리면 이 작품은 주인공이 야학을 통해 산골 사람들의 문맹을 깨우치려는 것이고, 이 가운데 병든 젊은 여자에 대한 애틋한 사랑을 보여주고, 그 여자로 하여금 용기와 희망을 갖게 하는 내용이다. 또한 이것은 이 작품이 발표된 시기를 고려할 때, 작품의 구성이나 의미와 논리적 인과관계를 갖지 않는 친일적 내용을 일제의 검열을 통과하기 위해 부분적으로 삽입하였다고 볼 수 있기 때문이다. 그리고 이러한 점은 이 소설의 제목처럼 '내 산아'라고 늘 산에 올라가 산을 부르는 혜련이라는 젊은 여자의 지난 삶과 그녀의 산에 대한 태도를 살펴보면 친일적 작품이라는 지적은 무리한 해석이라는 점을 알 수 있다. 그녀는 고아로 태어나 어떤 젊은 실업가의 호의로 서울의 여학교를 다녔는데, 사업에 실패한 사내가 그녀와 동거를 요구하였다. 그는 본처가 있고 그녀보다 스물이나 더 많은 사내였으므로 괴로운 부부생활이 계속된다. 사내의 탄광사업이 어려워 그녀가 여급생활을 하면서 그 사내를 도왔으나, 금광 경기가 좋아질 만하자, 다른 계집을 탐한 사내는 자신을 내쳐버리고자 한다. 그녀는 술과 무절제한 타락된 생활로 인해 직장에서 내쫓기고 인생의 희망까지 빼앗기게 되어 정신병을 앓게 된다. 그래서 병 치료차 지리산에 있는 그의 친척인 안주인의 집에 기거하는 것이다. 이곳에서 그녀는 산을 부르는 것이다. 그녀에 의하면, 산에는 '문답할 수 잇는 혼'이 숨어있어 그녀에게 대답을 한다면서, 그것은 정답고 반가운 것이며, 또한 '저승에서 들려오는 어머니 소리' 같다고 한다. 그리고 자연은 인간의 하소연이 슬프면 슬플수록 너무도 인자해진다고 말한다. 또한 "그냥 그 속에

풍덩 빠지고만 싶어요. 커-다란 가슴속에 얼굴을 파묻고서 어린애처럼 소록소록 잠이 들고만 싶어요."라고 말하기까지 한다. 말하자면 그녀는 산에서 자연의 거룩함과 신성함을 발견하고 그 속에서 자신의 지난 삶의 고통과 슬픔을 치유하고자 한다. 즉, 자연에 동화되고 순응하여 살아가고자 하는 것이다. 여기서 산은 바로 자연이며, 자연은 문명과 대립되는 것이다. 즉 다소 지나친 해석일 수 있지만, 이는 일제라는 문명화된 제국주의에서 벗어나 오염되지 않은 자연 속에서 살아가고자 하는 작가의 의식을 보여주는 것이 아닐까 여겨진다. 그러므로 이 작품은 부분적으로 친일적인 문장이 있지만, 일제 말기의 시대적 상황 속에서 한 사립교원이 방학동안 야학을 통해 문맹을 타파하고, 현실적 고난을 겪은 젊은 여인이 자연에 동화되고 순응하는 삶을 살아가는 이야기로 보는 것이 좋겠다. 이것은 향파가 일제 말기 친일적 행위를 한 바가 없으며, 오히려 일경의 요시찰 인물로 감시를 받고 감옥에 투옥되었다가 광복 후 출소했다는 전기적 사실을 통해서도 어느 정도 타당성이 있을 것이다.[12]

「청일」(1944)은 산골을 배경으로, 아내를 잃은 운초라는 인물이 전처 소생까지 둔 사십이 넘은 중년의 나이에 이십 미만의 처녀와 재혼을 하게 되는 어느 날 아침의 이야기이다. 젊은 날의 운초는 농민조합운동의 간부로서 감옥살이도 서너번 하였다. 농민조합 운동이 불가능하게 되고 나서는 신문지국과 잡지사 등을 하기도 하였으나, 한 가지도 뜻대로 되는 일이 없어 단신으로 친구의 광산을 맡아 산골로 들어가나 이도 실패

---

12) 이주홍, 앞의 글 (1974. 10. 2.) 참조.

하고, 마차조합 사업으로 생활이 안정되자 서서히 산골생활에서 정신적인 위안을 얻으며 가정적 삶을 살아가게 된다. 이렇게 본다면 이 작품은 전향소설에 포함될 수 있는 듯하다. 그러나 "그는 무척 현실적인 인간이었다. 농민조합운동의 투사로서 감옥살이도 삼사차를 했다."는 표현만 있고, 이러한 내용은 그의 과거 행적을 독자에게 알려주는 기능만 할 따름이다. 이는 이후의 그의 모습에서도 더욱 분명해진다. 아내의 죽음 이후 그는 세상의 이치를 깨닫고 자연에 순응하며 자연과 더불어 살아가게 되면서 아내의 죽음이라는 비극적 상황도 오히려 순응하고 받아 들여 아내가 자연으로 돌아가 자신과 항상 살아 숨쉰다고 생각하고, 자신의 재혼에 대해서도 죽은 아내에게 미안해 하기는 커녕 오히려 죽은 아내도 기뻐하리라 여기고 즐거워한다. 이처럼 「청일」은 젊은 날에는 '주의자'로 활동했으나 식민지 현실에 좌절하고 소시민적 생활인으로 변신한 인물이 자연에 순응하여 살아가는 모습을 보여주는 일제말의 세태소설이다.


## 6. 결론

이 글은 이주홍의 소설을 한국 근대문학사나 소설사에서 온당하게 자리매김하기 위한 작업의 일환으로 그의 초기 소설의 작품세계를 살펴본 것이다. 초기소설의 작품세계는 하층민의 궁핍한 삶과 인간애, 지식인의 전향과 소시민적 삶, 낭만적 사랑과 애욕의 파탄, 현실과 자연에 대한 순응 등의 네 항목으로 나눌 수 있었다. 이를 요약하여 결론으로 삼는다.

첫째, '하층민의 궁핍한 삶과 인간애'를 다룬 작품으로, 「산가」(1936),
「야화」(1936-1937), 「화방도」(1937), 「한 사람의 관객」(1939), 「제수」
(1937), 「제과공장」(1937) 등이 있다. 이 작품들은 1930년대 후반의 농촌
붕괴 현상과 이로 인한 가정의 파탄과 인간성의 상실을 드러내고 있다.
여기서 향파는 농민 중에서도 최하층인 머슴이라든지, 산골의 소작농
민, 취직차 도시로 간 농민, 일본으로 노동이민한 농민 등이 겪는 궁핍
한 삶을 통해, 1930년대 후반의 식민지 농촌의 실상을 핍진하게 보여준
다. 그러나 작가는 그러한 인물에 대해서는 따뜻한 인간애를 보인다.

둘째, '지식인의 전향과 소시민적 삶'을 다룬 작품으로, 「여운」(1936)
과 「완구상」(1937) 등이 있다. 「여운」은 이념을 버리고 전향한 주인공의
소시민적 삶을 비판하면서, 이와 대비되는 전향하지 않고 이념대로 행
동하는 인물을 통해 일제에 대한 간접적 저항의 모습을 보여준다. 「완
구상」은 '주의자'에서 전향하여 현실적 생활을 찾았지만, 그것도 파산
하는 지식인의 궁핍한 현실적 삶과 그 속에서도 따뜻한 인간애를 드러
낸 작품이다.

셋째, '낭만적 사랑과 애욕의 파탄'을 다룬 작품으로 「하이네의 안해」
(1936), 「하숙 매담」(1937), 「동연」(1938-1939), 「비각 있는 외딴집」(1939)
등이 있다. 이들은 대개 남녀간의 사랑과 성적 욕망, 결혼이라는 1930년
대 후반 남녀의 애정문제를 다룬 것이다. 「하이네의 안해」는 육체적 애
욕의 파탄을, 「하숙 매담」은 사회 변동상에도 불구하고 강고한 사회적
규범과 모성이라는 이름 아래 주체적 삶을 선택할 수 없는 결혼 풍속도
를 보여준다. 또한 「동연」은 낭만적 연애와 결혼, 이상과 현실 사이의

괴리를 통해 신여성이 처한 상황의 모순과 인습의 굴레를 보여준다. 「비각있는 외딴집」은 이들과는 동떨어진, 나이 어린 시골 청년과 처녀의 순박한 사랑을 보여주는 다소 특이한 작품이다.

넷째, 일제말 암흑기에 발표된 「내 산아」(1943)와 「청일」(1944) 등은 현실과 자연에 대한 순응을 보여주는 작품이다. 「내 산아」는 부분적으로 친일적인 색채가 있지만, 한 사립학교 교원이 방학동안 야학을 하는 것과 현실적 고난을 겪은 젊은 여인이 자연에 동화되고 순응하는 삶을 보여주며, 「청일」은 '주의자'로 활동한 주인공이 소시민적 생활인으로 자연에 순응하여 살아가는 모습을 보여준다.

# 일제 강점기 이주홍의 국문학 연구

정봉석

## 1. 극작의 전사(前史)

향파(向破) 이주홍(1906~1987)은 일반적으로 아동문학가 및 소설가로 잘 알려져 있다. 반면 그가 해방 이후 황무지와 다름없었던 부산 연극의 현장을 주도적으로 개척하였던 극작가이자 연극인으로서의 선구적 업적에 대해서는 잘 알려지지 않은 사실이다. 그 보다도 특히 그가 1930년대 전반기에 이미 아동극의 영역을 선구적으로 개척하면서 그를 통해 일제와 계급모순에 저항하였던 사실은 안타깝게도 전혀 알려진 바 없다.

그러므로 이 글은 비록 부분적이고 표피적일지라도 아직까지 한국 극문학계에 제대로 보고되지 않은 향파의 극문학 세계를 발굴, 조명함으로써 그 가치를 알리고자 하는 첫 시도가 될 것이다.

향파의 문학적 전기(biography of literature) 중 하나인 「나의 연극 노우트」에 의하면, 그의 극작가로서의 면모가 드러나기 시작한 때는 일본 히로시마(廣島)에서 고학을 하던 시기인 1924년~1926년으로 거슬러 올라간다.

일본의 광도서 교포친구들과 그곳 공회당을 빌려 했던 것으로, 각본은 물론 내가 쓴 것이었으나 내용도 제목도 지금은 까맣고, 내 기억 속에 남아 있는 것으로는 연기 도중에 가발과 수염이 떨어져서 웃음을 샀던 일과, 내용이 불온하다해서 임석 경관이 광도에서 떠나가라고 추방명령을 했던 두 가지 일이 있을 뿐이다.[1]

이 회고록의 대목에 의하면 향파의 초기 극작가로서의 의식은 히로시마에서의 '추방명령'을 받을 정도로 경향성을 띠는 것이었음을 추측하게 한다. 이러한 경향의식은 귀국 후 아동문학지 『신소년』의 편집을 맡으면서 본격적으로 펼쳤던 창작활동을 통해 구체화된다.

『신소년』지와의 인연은 향파로 하여금 동화와 동요의 갈래에서 아동극으로까지 그 창작의 영역을 확대하게 하는 계기가 되었으며, 또한 이는 해방 이후 학생극과 성인극 창작으로까지 나아가게 되는 토대가 되는 것이므로 매우 중요한 전환점을 이루는 것이다.

이에 잠시 극작가로서의 향파의 세계를 조명하기 전에 그가 『신소년』지에서 활동하기까지의 과정을 간략히 살펴보면 다음과 같다.

1906년 5월 20일, 경남 합천에서 태어난 향파 이주홍은 1918년 합천보통학교를 졸업하고, 1921년 4월에서 1924년 3월에 이르는 동안 서울 한성중학원을 졸업했다. 1924년 히로시마(廣島)로 건너간 향파는 고된 노동 속에서 독학을 하다가, 1926년 4월부터 1928년 3월까지 토오쿄오(東京)의 정칙영어학교를 수료한다. 졸업과 동시에 히로시마로 돌아온 그는 1928년 4월부터 재일 한국인을 위한 '근영학원(槿英學院)'의 설립에 참가하여, 교무주임으로 한국 이주민 아이들을 가르치면서 교육자로

---

1) 이주홍, 「나의 연극 노우트」, 『뒷골목의 낙서』, 을유문화사, 1966, 265-266쪽.

서의 첫발을 디딘다.[2]

그러다가 1929년 『조선일보』 신춘문예에 「가난과 사랑」이 선외 가작
으로 입선되는 것을 계기로 그 해 봄 귀국, 상경하여 『신소년』 편집기
자로서 본격적인 문단활동을 전개하게 된다. 향파와 아동문예지 『신소
년』과의 인연은 열여덟 무렵인 1923년부터 여러 차례 독자란에 투고하
는 가운데 표지, 그림까지 그려 보내는 열성으로 맺어졌다.[3] 그가 귀국
후 『신소년』에 입사하게 된 동기도 그러한 열정을 인정받았기 때문이
다.

입사 후 그는 이미 1925년에 투고하였던 동화 「뱀새끼의 무도」가 독
자 투고란이 아니라 정식 지면으로 발표되었었다는 사실을 뒤늦게 알
게 된다.[4] 이것이 향파의 등단작으로 알려져 왔으나 지금까지 그 실체
가 확인되지 않던 중, 나까무라 오사무와 박태일에 의해 「뱀새끼의 무

---

2) 박태일, 「교육자로서 걸었던 길」, 『소설시대』 6, 평민사, 2003. 9, 89쪽.
　류종렬, 「이주홍의 생애와 소설세계」, 제3회 경남 작고문인 문학심포지엄, 경남문
　학관, 2003. 11. 15, 14-15쪽.

3) "우연한 기회에 신문을 봤더니만 서울서 내는 동명의 「신소년」이란 잡지 광고가
　나 있는 것이었다……아름다운 소년잡지였다……권말에 독자투고란이 있기에 나
　도 즉시 그 규정에 따라 대담하게도 44조의 동요 한 편을 가명으로 보냈더니 그
　작품이 선평과 함께 다음 달 잡지에 버젓이 나있는 것이었다. 활자라는 괴물로
　변형된 나의 생후 최초로 등장한 작품! 이제는 「배암골」 사제 잡지 신문의 주필
　겸 편집국장만이 아니니 당당한 문사가 된 셈이었다……그래서 계속해 투고를
　하는 일방, 문예작품뿐 아니라 표지, 그림까지도 있는 재주를 다해 그려 보냈는
　데……"
　이주홍, 「이 세상 태어나서」, 『격랑을 타고』, 삼성출판사, 1976, 281-282쪽.

4) "이미 4년전에 투고만 해 놓고 일본에 가서 있느라고 까맣게 잊고 있었던 내 동화
　「뱀새끼의 무도」가 진작 1925년도 『신소년』에 나 있었던 사실을 처음으로 발견
　해 낸 일이었다. 발표를 한 것도 기성대우를 해 당당히 유명작가의 예에 끼워 놓
　은 것이었다. 만일에 이 작품을 발견 못했더라면 그만큼 내 작품년보는 줄어졌을
　것이었다."
　이주홍, 앞의 글, 285쪽.

도」는 『신소년』 1928년 5월호에 실린 「배암새끼의 무도」를 향파의 착오에 의해 1925년으로 기록된 것이라며 그 등단연도와 작품의 제목을 수정해야한다는 주장이 제기되었다.[5]

이와 같이 『신소년』지는 향파 문학의 출발지로서의 의의를 지니고 있다. 거기에 아동문학으로서는 드물게 아동극 작품이 더불어 창작되었다는 사실은 특기할만한 사실이 아닐 수 없다.


## 2. 카프 시기 아동극의 세계

향파는 『신소년』을 통해 실로 다양한 갈래(동요, 동화, 소년소녀소설, 아동극, 야학가극)의 아동문학을 발표하고 있다. 그 중에서도 특히 『신소년』에 발표된 아동극(야학가극 포함)은 향파의 초기 작가의식을 확인할 수 있는 귀중한 자료라 할 수 있다.

아래의 표에서 확인할 수 있듯이 향파는 1930년 1월에서 1934년 4월 사이에 다음과 같이 7편의 아동극을 발표하고 있다.

| 번호 | 작품명 | 발표지 | 연대 | 갈래 | 비고 |
|------|--------|--------|------|------|------|
| 1 | 뱀사람·말사람 | 신소년 | 1930. 1. | 아동극 | |
| 2 | 톡기눈알 | 신소년 | 1930. 2. | 아동극 | |
| 3 | 팔밧 | 신소년 | 1930. 3. | 아동극 | 검열로 전문 삭제 |

---

5) 나까무사 오사무(仲村修), 「새로 발굴된 《신소년》」, 『이주홍 문학의 밤 유인물』, 2002. 5. 22. 박태일, 「이주홍의 초기 아동문학과 『신소년』」, 『현대문학이론연구』 18, 현대문학이론학회, 2002, 148-153쪽 참조.

| 번호 | 작품명 | 발표지 | 연대 | 갈래 | 비고 |
|------|--------|--------|------|------|------|
| 4 | 젊은 통장사 | 신소년 | 1930. 4. | 아동극·희극 | |
| 5 | 도화시간(圖畵時間) | 신소년 | 1930. 8. | 아동극 | |
| 6 | 개떡 | 신소년 | 1934. 3. | 야학가극 | 검열로 15행 삭제 |
| 7 | 낙동강 봄빛 | 신소년 | 1934. 4. | 아동극 | 검열로 전문 삭제 |

향파는 귀국 후부터 일제말 부일(附日)문학기 직전까지(1929. 12～1939.
7) 무려 50여 편에 이르는 아동문학을 발표하고 있다. 그런데 주로 그
갈래가 동화와 동요를 중심으로 이루어지는 가운데 유독 이와 같이
1930년대 전반기에만 아동극이 집중적으로 발표되고 있는 사실은 매우
의미심장한 것이다. 아동극 창작은 이후 카프의 해체와 함께 중단되었
다가 해방 이후에야 다시 보이는데, 그것도 「토끼의 가정」(1947), 「승전
고」(1952), 「똘이의 재판」(1954) 등 세 편에 불과하다.

향파의 아동극이 집중적으로 발표되었던 1930년대 전반기는 알다시
피 카프가 목적의식기에서 볼세비키적 대중화로 방향을 전환하여 가면
서 가장 맹렬하게 저항문학을 펼쳐나갔던 시기이다. 카프의 목적의식과
볼세비키적 대중화의 방침이 강력하게 문단을 주도하던 시기에 향파의
아동극이 집중적으로 창작되었다는 사실에서 그의 작가의식은 짐작된
다. 연극은 현장에서 관객과의 직접적인 소통을 지향하는 까닭에 그 어
느 예술 갈래보다도 선전·선동력이 뛰어나다. 일제의 지배 하에 고통
받는 민족의 시련을 극복할 수 있는 지혜와 용기, 그리고 인간소외의
모순을 낳는 자본주의를 극복하기 위한 계급의식과 저항의지를 식민지
아동들에게 심어주기 위하여 향파는 보다 적극적이고 직접적인 소통을

지향하는 극문학의 갈래를 선택하였던 것이다.

위 7편의 아동극 중 2편이 검열로 인해 전문 삭제되었다는 사실6)에서 향파의 그러한 갈래선택의 의지를 충분히 짐작하고도 남음이 있다. 그러나 그 전문이 삭제됨으로써 당시의 아동들에게 수용되지 못했던 사실이나, 그리하여 오늘날 그 실체를 확인할 수 없게 되었음은 참 안타까운 일이라 할 수 있다.

그래도 지면을 확보한 5편의 아동극 중 「톡기눈알」과 「개떡」은 극작가로서의 향파의 민족의식과 계급의식의 면모를 확인할 수 있는 작품들이다. 「개떡」은 비록 부분적으로 삭제된 대목들이 있지만, 이 두 작품은 그래도 자신의 저항적 구조 의지를 선명하게 세우고 있기 때문이다.

「톡기눈알」은 아직 극예술 학계에 보고되지 않은 작품으로서, 향파의 민족의식이 표현된 작품이다. 무대는 깊은 산 속의 소년토끼의 집 마당과 단칸방이다. 막이 오르면 소년토끼의 독백을 통해 몇 천 년 동안이나 평화롭게 지내온 토끼 마을을 범이 침략한 이야기를 한다. 왕의 행세를 하는 범에게 하루에 토끼 한 마리씩 잡아바치는 가운데 어머니가 희생되고, 애걸하며 따라갔던 아버지마저 범에게 목을 물려 앓고 있으며, 그나마 오늘은 아버지마저 잡혀가기로 되었다는 개막 전 사연이 전달된다. 이러한 도입부를 지나 전개부에 이르면 외상 빵 값을 받으러 온 곰으로 인해 갈등이 상승되다가, 범이 원숭이를 앞세우고 등장하면서 극의 위기는 절정에 이른다. 그러나 전환부에 이르러 소년토끼의 진

---

6) 일제강점기 동안 전문이 삭제된 아동문학을 찾아보면, 총15편이 발표된 동화 갈래에서는 삭제된 작품이 없으며, 총 18편의 동요(동시) 갈래에서 「새벽」(『신소년』 1933. 2) 한 편이 전문 삭제되었으며, 총 9편의 소년소녀소설 갈래에서도 「물싸홈」 (『신소년』 1930. 8) 한 편이 검열로 전문 삭제되어 있다.

정 어린 설득에 원숭이가 앞잡이로서의 삶을 반성하게 되고, 해결부로 이어지면서 의사인 사슴과 함께 기지를 발휘하여 독약을 토끼눈알인 것처럼 속여 범에게 먹인다. 그리고 마지막으로 사슴이 자신의 사향을 아버지 토끼에게 먹여 살림으로써 행복한 결말로 막이 내린다.

「톡기눈알」은 이처럼 갈등의 도입→전개→절정→전환→해결의 순서에 따라 극의 구성도 발단→상승→정점→하강→종결되는 전형적인 피라미드 구조를 이루고 있다. 그리하여 한편의 잘 짜여진 아동극을 완성시키고 있는데, 이외에도 이 작품에서 두드러지는 극적 특징을 정리하면 다음과 같다.

첫째, 향파는 등장인물들을 동물들로 의인화하여 우유(寓喩)적 표현을 시도하고 있다. 이는 인간세상을 동물에 빗댐으로써 그 알레고리적 의미를 강화시키고자 하는 의도 외에도, 일제의 검열을 통과하려는 하나의 수단으로 사용된 것이기도 하다. 그러한 의도는 교묘하게 설정된 비유적 관계에서 확인할 수 있다. 사실 향파는 범을 직접 일제로 설정하지는 않는다. 그러나 곰을 청인복(淸人服)을 입은 상인으로 설정함으로써 자연스레 범은 일본제국임을 유추하게 하였던 것이다.

> 빵장사곰, (방안에서 누가 나오기를 기두리며 혼자말로) 이거 무어해 얼는 나와 이살남이 낫븐살남이 우리 물건갑 잘 안주어 우리 청국사는 곰이 우리 청국서 요새 왓서 우리 이 부자살남이 만이 사는동니 빵장사하러 왓서 이살남 톡기살남이 아주안돼 발서 세 번거짓말이하고 우리 빵떡 가저갓서서 돈 안주어 오날밤 돈 안주면 모다 잡아가 이리 오너라 얼는나와.
> (소년톡기 마지못해 나온다)[7]

물론 토끼는 식민지로 전락하였으나 선량하고 지혜 있는 우리나라를 의미하는 관습적 비유이다. 그리고 또 하나의 외세(러시아)로써 대화 중에 사자의 존재도 거론되는데, 이러한 범 곰, 사자 등의 맹수는 모두 조선을 둘러싸고 있는 주위 강대국들의 환유적 기표들이다.

> 소년톡기, 애 떠나면 엇더케 하늬 지금은 사방에서 범이 드르몰늬는 판이란
>        다 우리는 아모래도 죽네 그저 오즉 살길은 그놈들을 죽여업새는
>        것 밧게는 업네
> 원숭이,   죽여? 그 힘센놈을 엇더케 죽여! 애- 이러케하면 되지안켓나 범보다
>        무서운놈이 사자라늬 사자를 청해다가 그놈들을 잡혀먹히자
> 소년톡기, 안야 사자들놈 역시 강한놈이늬 내종은 우리들까지 잡어먹지안켓늬?
>        그저 엇더케든지 죽여야지[8]

향파는 조선을 둘러싼 국제적 정세의 위기를 이처럼 의인법을 통하여 묘사한 다음, 그것을 극복하기 위하여 위와 같이 소년토끼의 입을 빌려 주체적 독립투쟁의 중요성을 강조하고 있는 것이다.

둘째, 독백을 통한 전사(前史)의 간접적 보고 형식을 선보이고 있다. 이는 극의 주된 갈등으로 나아가기 위한 하나의 효율적인 장치로써, 형식은 독백이라는 극적 형식을 쓰지만, 그 내용은 전사를 전달하기 위한 간접적인 문체를 구사하는 독특한 방식이라 할 수 있다. 이러한 방식은 V. 클로츠가 정리한 폐쇄형식의 희곡이 보이는 사건진행의 특징들[9]을 효과적으로 활용한 예라 볼 수 있다.

---

7) 이주홍, 「톡기눈알」, 『신소년』, 1930. 2. 17쪽.
8) 같은 글, 21쪽.
9) Volker Klotz, 『현대희곡론 -개방희곡과 폐쇄희곡-』, 탑출판사, 1981, 2-20쪽 참조.

소년톡기, … 글세 그놈이 엇절려고 우리동니에 왔단말고. 멧철년동안이나
평화롭게 지내는 우리동리를 아니 그놈이 왜와서 제보다 약하다고
우리를 맨탕잡아먹나 그래가지고 제라서 자칭 임금님임네하고 가
만이 안저서 하로에 우리동니백성 한사람씩을 잡아밧치라니 이걸
엇잔단말가 어머니가 잡혀가든날밤에 아버지는 애걸복걸하면서
따러갓더니 어머니를 돌여보내주기는 커녕 이놈 너도 잡아먹겟다
고 아버지의 목을 담방 물겠지 그리고 오늘밤엔 아버지 잡아먹을
차례라고 기어코 온다는구면 아이그 이걸 엇겨면 조아 …10)

　이를 통해 극은 주된 줄거리를 향해 단도직입적으로 전진하게 된다.
이는 전진적 모티브로 이루어지는 극의 구성방식을 따른 것으로서, 당
시 카프계열의 프로극(proletariat theatre) 작가들이 목적의식을 드러내기
위한 데에 치중하여 형식적인 완성도에는 무신경하였던 것에 비하면
매우 뛰어난 극작술을 구사한 것이라고 볼 수 있다.
　셋째, 위기의 점층적 구성과 희극적 이완(comic relief)의 활용이다. 이
는 극의 주된 정서인 긴장을 고조시키기 위한 중요한 극적 장치로써,
주된 갈등과 위기를 낳는 반동인물인 범이 등장하기 전에 먼저 곰을 등
장시켜 작은 위기로부터 큰 위기로 발전하는 점층적인 방식을 구사한
극적 방식이다. 또한 주된 위기에 앞서 사전 위기인 곰을 퇴치하는 데
에 의사인 사슴이 침을 놓는 장면은 이 작품의 주요 대상인 아동들의
눈높이를 맞춘 유쾌한 설정이다. 이는 뒤이어 닥쳐올 주된 위기(아버지
의 죽음)의 상황 속으로 아동들의 정서를 더 크게 몰입시키는 희극적
이완으로서의 극적 효과가 아울러 발생하는 것이다.

---

10) 이주홍, 앞의 글, 14-15쪽.

빵장사곰, (골이 밧작나서) 우리 물건갑 밧어 단신 무슨일이잇서? 침? 단신 그
　　리침 잘주어 우리 침 안무서워 침 주어봐!
의사사슴, 엣- 할수업다 그저 이런놈은 실제로 맛을 보여야 알지 (주머니를끌
　　너 침을 내여서 곰의 궁등이에다가 꼭-찔는다 곰은 엇더케나 압헛
　　던지 궁등이를 쥐고 펄펄뛰면서) 아이쿠 쏘아 쏘아 쏘아 단신 침이
　　참 압하 쏘아 쏘아(하면서 꽁지가 빠지도록 다라난다 형제톡기는
　　우수워서 입을 가린다)[11]

이러한 코믹 릴리프는 극의 후반부에서 곰이 어처구니없게도 춤추다
가 우물에 빠져 죽는 장면으로 다시 한 번 반복됨으로써, 반복의 원리
로 이루어지는 웃음의 비판과 풍자 효과를 강화시킨다.

넷째, 행복한 해결을 위한 최후의 긴장의 요소를 활용하고 있다는 점
이다. 독약을 토끼눈알로 속이는 기지로써 범을 물리치는 것으로 극의
중대한 위기를 극복하고 난 뒤, 향파는 그 동안 관객들의 주의에서 벗
어난 아버지의 절대절명의 순간을 환기시킨다. 그럼으로써 관객들은 불
현듯 최후의 위기를 맞게 되는데, 이러한 최후의 긴장 요소 끝에 그것
을 자신의 목숨만큼 소중한 사향을 내놓는 사슴의 의로운 행위로써 극
복함으로써 아동들의 감동을 이끌어내는 행복한 결말을 완성시키는 것
이다.

의사사슴, 애 애 애야 다행히범은 죽엇나보다만……지금 너의아버지가 곳
　　　　죽겟고나 응 이걸 엇저나
소년톡기, 네?네? 아버지가 죽어요 아니 아니 아버지가 죽겟서요? (발을 동
　　　　동 그리면서 아우와갓치 부르짓는다)
의사사슴, (죽어가는 아버지를부르며 안타깝게 부르짓는 그들의 양을바라

---

11) 같은 글, 19쪽.

보다가 결심한드시) 애들아 걱정마라 내가 살여닐테다 행복이란
결코 나한사람의 것만이 아니다. 우리들의 찻는 행복이란것은
우리여러무리가 다가치 가질수잇는것이라야 비로소 뜻이잇고
또 빗을 엇는것이다. 자- 내배속에는 목숨과가치 중한 약이 드
러잇다. 이게 이게 사향이란 약이다. 이거 먹으면 당장 낫는
다.[12]

다섯째, 극을 닫는 노래(final song)를 통한 선전 선동의 강화이다. 재
미와 감동으로 이어지는 결말을 극적으로 이끌어낸 향파는 마지막 장
면을 힘찬 합창으로 맺음으로써 행복한 결말이 낳는 기쁨을 한껏 고조
시키는 동시에, 그 속에 민족해방과 노동해방을 향한 작가의 의식을 극
적으로 고취시켜낸다. 이러한 방식은 작가의 목적의식을 생경하게 드러
내던 목적의식기의 프로문예물에 비하면 지극히 자연스러운 극적 리듬
에 따른 것이므로 그 완성도가 돋보인다.

> 노인톡기, (…) 자-자 인제 날이 밝구나 해가 뜨는구나 자 모두들 자유스럽
> 게 일하려나가자 아 깁브다. 자-우리들 다가치 아츰일터로 나가
> 자
> (다가치모다 각각 일할도구를 울너메고 밧그로 나간다 마당가
> 운데 쓰러저잇는 범의시테를 찍어미러낸다 또 우물속에 곰의시
> 테를 찍어올닌다 다가치 소리를 마초아서)
> 에이라야-초-호-
> 범놀이죽엇네 에이라야 초-호-
> 우리는또다시 에이라야 초-호-
> 평화의세상왓네 에이라야 초-호-
> 일하고먹고사는 에이라야 초-호-

---

12) 같은 글, 23-24쪽.

죄업는일꾼일세 에이라야 초-호-
아츰에 뜨는해도 우리들 것이고
일한끗헤 남는밤은 모도다 우리껠세
힘-찬노래로 에이라야 초-호-
일터로 나가세 에이라야 초-호-
(범과곰의 시테가 사룹문밧을 굴너나갈때 막이나린다)[13]

「개떡」은 야학가극(夜學歌劇)이란 갈래명칭이 제두(題頭)에 걸린 작
품으로서, 아동보다는 야학 소년 소녀들을 대상으로 창작한 노래극 형
식의 작품이다. 봄을 맞아 산언덕에 꽃놀이를 나온 영숙 일행들이 서로
의 부를 자랑하는 가운데, 나물 캐러온 영달이 사온 개떡을 보고 노골
적으로 무시하고 으시대다 간다. 역시 나물 캐러온 같은 야학 친구들은
봉달로부터 부잣집 아이들에게 무안 당한 사연을 전해듣고는 분개한다.
야학에서 배운 동화연습을 하던 이들 일행 앞으로 영숙이가 다시 등장
한다. 군데군데 삭제되어 정확한 복원은 어렵지만, 영숙이 다시 이들을
깔보는 발언을 하고, 이를 들은 분악이 일어나 영숙에게 통쾌한 복수를
한다. 그리고 주위에 나무 하러온 남학생들과 합세하여 야학 연극연습
의 일환으로 노래를 합창하는 가운데 막이 내린다.

「개떡」에서 두드러지는 극적 특징을 정리하면 다음과 같다.

첫째, 앞의 「톡기눈알」이 목적의식기(1927.9-1930.3)의 끝에 쓰여진
작품임에 비해, 「개떡」은 볼셰비키적 대중화를 주장한 제2차 방향전환
시기(1930.4-1934.5)의 끝에 이루어진 작품이다. 그러므로 극적 구성보다
는 계급모순을 보다 직접적으로 드러내고 그것을 극복하고자 하는 투

---

13) 같은 글, 24쪽.

쟁의식을 고취시키려는 목적이 더 앞서있음이 특징이다. 작품의 곳곳에서 대사가 검열로 삭제된 기록들이 보이는 것을 보아, 그 생경한 의식들이 표출되고 있음을 짐작할 수 있다. 특히 유산자 계급의 선민의식을 극단적으로 드러내어 그 비인간적 모습을 부각시키려한 대목들에선 그 의도가 뚜렷하게 노출된다.

영숙  좀 보자! 좀보자! (세아희 달겨드러 볼랴한다)
봉달  내보여주마 개떡이다……좀 먹어보련? 그래두애 맛이잇너니라 어머니가 어제 상동댁 방아찌어주고 어더온게란다 (세아희 놀니면서 더럽고 추접다는듯이 웃는다)
영숙  오냐 고맙다 내먹을게 (버리는입에 봉달이가 개떡을 너어줄랴니까 혀끗만 내면서) 으애! (하고 놀닌다 두아희 왁작 웃는다)
영숙  (이러서면서) 애들아 재수도업다 다른데로 가잣구나! (참 그러타 하면서 두 아희도 이러서면서 작자꿍이 노래불너 손벽맞추면서 나간다)[14]

둘째, 이 작품은 제2차 방향전환에 따른 연극 대중화의 한 방안으로 제시된 이동식 극장을 위한 소인극(素人劇) 대본[15]으로서의 가치가 충분히 있다. 특히 야학 학생들을 위한 대본으로서 그 수용 대상과 형식이 '야학가극'이라고 명확히 제시됨으로써 얼마든지 야학의 현장에서 이동식 연극으로나 소인극으로 활용할 수 있는 성격을 충족시키고 있

14) 이주홍, 「개떡」, 『신소년』, 1934. 3, 10쪽.
15) "첫째, 필요한 자금을 만들기에 노력하여 이동극장의 준비를 하여 기술원 양성에 힘쓸 것은 물론이요, 지방의 소위 '소인(素人)극단'에서 상연할 것을 제공하는 의미에서 각본 제작을 힘써야 할 것이다."
김기진, 「예술의 대중화에 대하여」, 『조선일보』 1930. 1. 8.
팔봉의 이러한 제안 외에도 제2차 방향전환 시기에는 연극의 대중화를 위하여 이동극론과 야외극론 활발히 개진되고 그 운동 또한 활발하게 전개되었다.
정봉석, 『일제강점기 선전극 연구』, 월인, 1998, 167-191쪽 참조.

는 것이다.

셋째, 야학가극이란 갈래명칭에서도 알 수 있듯이 노래극이라는 아주 독창적인 형식의 연극을 선보이고 있다는 점이다.

박태일은 이를 "그 무렵 유행했던 이른바 합창극, 곧 '슈프레히 콜' 형식을 따랐다"[16]고 언급하고 있으나, 이는 엄밀히 말해 슈프레히콜 (sprechchor)[17]과는 다른 형식을 실험한 것으로 보아야 할 것이다. 슈프레히콜은 노래가 아니라 낭송 형식으로 이루어진 대본으로서, 그 형식도 극적 구성력을 갖추지 않은 것이 특징이다. 주로 역사적 사건이나 혁명적 감격을 독송과 합송으로 번갈아 가며 격앙된 어조로 낭독함으로서 선전선동의 효과를 노리는 양식이다.

그러나 「개떡」은 비록 동요 형식으로 이루어지긴 하였으되 주된 줄거리를 전진시키는 부분적인 역할을 수행하고 있으며, 또한 전체 줄거리가 극적으로 구성되어있다. 다만 야학 학생들을 대상으로 하는 소박한 수준이긴 하나, 명실공히 가극의 양식으로 이루어져 있다. 이는 당시 기성극계에서는 찾아보기 힘든 형식으로서[18] 그 가치가 귀중하다 않을

---

16) 박태일, 앞의 글, 188쪽.

17) 낭송합창(슈프레히콜)은 바이마르 공화국의 제1기 노동연극 전 기간(1918-1923) 동안 노동자 대중으로부터 열광적인 호응을 받았던 양식이다. 이러한 반응은 당의 행사에 적합한 희곡 창작이 빈곤했던 상황에서 극적 구성력 없어도 쉽게 창작할 수 있는 양식이라는 점과, 혁명적 감격에 대한 집단적 정서를 체험할 수 있었다는 데에 그 원인을 찾을 수 있다.
박광수, 「독일 바이마르공화국 시기의 노동연극」, 『민족극과 예술운동』, 1992. 여름, 민족극연구회, 114쪽 참조.
신고송은 슈프레히콜의 특징을 ①노동자의 생각과 감정을 생활 그대로 표현할 수 있다. ②저급한 예술이 아니며 통속화도 아니다. ③무대적 조건을 그다지 요구치 않음으로 어떠한 장소에도 자유로이 가지고 나갈 수 있다. ④그것이 대중의 소리요 대중의 감정의 절규임으로 (아지)프로적 효과가 크다는 것으로 설명하고 있다.
신고송, 「슈프렛히 콜」, 『조선일보』, 1932. 3. 6.-9.

수 없다. 특히 앞의 「톡기눈알」에서와 같이 극의 마지막에 부르는 합창 (final song)은 비장미마저 느끼게 하는 것으로, 마지막 4행이 삭제된 것을 감안하더라도 당시에는 대단한 선전선동력을 발휘하였을 것으로 짐작된다.

여(女)일동    오 동지섯달/ 어럼짱을 깨고/ 서답빨내 할적엔/ 손이 뿔거오오/ 고
           비가튼 두손이 꽁꽁얼어서/ 칠팔월 고초가치/ 뿔거뿔거오오
남(男)일동    흑자갈을 처부치는/ 살바람을 타고/ 깔비나무 할적엔/ 손이구더오
           오/ 게발가치 억센손이/ 꽁꽁더어러서/ 땅에무든 생강가치/ 구더
           구더오오
        …(이하 4행략)…19)

「도화시간」은 아직 극예술 학계에 보고되지 않은 작품으로서, 교사의 무능을 비판하는 일종의 풍자소극이다. 보통학교 3학년의 도화시간에 들어온 선생은 학생들이 칠판에 자신의 큰 코를 망치로 때려 불이 반짝 나는 그림이 그려진 것을 발견한다. 괘씸한 마음에 추궁하지만 아무도 나서지 않자, 하는 수 없이 자유로이 그림을 그리게 한다. 마칠 때가 되어 그림을 거두어 확인하던 선생은 학생들이 모두 똑같이 칠판에 있던 그림을 그린 것을 보고, 화가 나서 주모자는 손을 들라고 호통친

---

18) 박태일의 "그 무렵 유행했던 합창극, 곧 '슈프레히 콜' 형식을 따랐다"라는 발언
   은 갈래에 대한 인식 착오도 문제이겠거니와, 그리고 '슈프레히콜' 양식이 당시에
   성행하였다는 것도 잘못된 정보이다. 이에 대해 김재석은 슈프레히콜이 '독립된
   공연물이 아니라, 노동자와 농민의 대중집회 장소에서 선전선동을 위해 사용되는
   것'이어서 "1930년대 식민지 조선의 상황에서 노동자와 농민들의 대중적 집회는
   거의 불가능한 상황이었으므로, 노동쟁의나 소작쟁의에서 공연되었을 가능성을
   생각해 볼 수 있다"고 추측하는 정도이다.
   김재석, 『일제강점기 사회극 연구』, 태학사, 1995, 168쪽.
19) 이주홍, 앞의 글, 13쪽.

다. 그러자 학생들은 일제히 손을 들고, 교사는 더욱 다그친다. 그때 아주 어린 생도가 일어서서 벌은 우리 모두가 질 테니 선생님도 수업시간에 매번 똑같은 수업을 하지 말고 좀 다른 이야기를 해달라고 한다. 이에 격분한 선생이 단체 벌을 세우려하는데 하교 종소리가 들리고, 급장은 학생들은 규율을 지켜야한다는 선생의 말을 흉내내며 다음은 체조시간이니 모두 책보를 쌀 것을 명령한다. 책보를 싼 학생들은 퉁탕퉁탕 뛰어나가고, 홀로 남은 선생도 코를 킥킥 쥐고 흔들면서 나간다.

이 작품의 특징은 그 장르가 풍자소극이라는 것이다. 특히 도화지와 크레파스도 챙겨오지 못할 만큼 가난한 학생들을 보살피기는커녕 윽박지르기만 하고, 똑같은 내용의 수업을 반복하는 무능한 선생의 기만적인 허위의식(alazoneia)을 풍자하기 위하여, 향파는 제대로 발음도 안 되는 아주 어린 생도를 내세운다. 이는 자기기만자인 알라존의 허위의식을 보다 극대화시켜 폭로하는 방식으로서, 자기비하적 인물인 에이런(eiron)을 등장시킴으로써 그 사이에서 발생하는 아이러니(irony)[20]를 극대화시키는 극적 기법을 실행하고 있는 것이다.

> 박선생, 응! 얼는 손드러 꼭한놈이…
> 　　(잠 간 침묵했다가)
> 생도1, (아주 어린생도 하나이 이러서서) 쩐쟁님 벌은 우리가 모다 다가치 쩌
> 　　겟줍니다……쩐쟁님도 이뒤부쩜은 하나지까다찌간 에나 쭈진찌간에

---

20) 사실 아이러니란 용어는 에이런에서 유래된 것이다. 그 어원은 '에이로네이아(eironeia)'로서, 플라톤은 『공화국』에서 '사람들을 속이는, 매끄러운 비열한 방법'이라는 부정적인 의미로 사용하였으나, 아리스토텔레스는 『윤리학』에서 이를 '자기 경시(輕視)의 허위'의 뜻으로 풀이하여 그 반대어인 '알라조네이아(alazoneia)' 즉 '자만심이 강한 허위'보다도 더욱 높이 평가하였다.
D. C. Muecke, 문상득 역, 『아이러니』, 서울대출판부, 1980, 29-30쪽 참조.

는 뜻기찌른 꼭 까뜬 말만 하지말구 좀 달는이약이를 해주집찌
요……(안는다)

(일동웃는다)

박선생, 무엇이 엇재? (코를 잡어떼는듯게 쥐어뜻고는) 그래  이놈들 이코가
무슨 죄가 잇다고 그러니?…21)

　　이러한 장면은 어른의 시각에서 볼 때는 터무니없는 이야기로 치부
될 진 몰라도, 아동들의 눈높이에서 보기엔 매우 우스꽝스러운 장면이
아닐 수 없다.22)

　　「뱀사람·말사람」은 섣달 그믐날밤을 지새며 새해를 맞는 동안23) 가
는 뱀띠 해를 상징하는 뱀사람과 오는 말띠 해를 상징하는 말사람이 각
각 등장하여 그 의미를 풀이하는 일종의 세시풍속극이며,「젊은 통장사」
는 보통학교를 마치고 궁여지책으로 통장사로 나선 삼만이와 계명이의
우여곡절을 그린 가벼운 희극으로서, 자신을 따르는 계명이 앞에 통 메
우는 일을 배운지 7년이나 되었다고 큰소리치던 삼만이는 그러나 통을

---

21) 이주홍,「도화시간」,『신소년』, 1930. 8, 29쪽.
22) 다음의 동화관을 보면 얼마만큼 향파가 아동의 입장에서 아동문학을 쓰고자 하였
　　나를 짐작할 수 있다.
　　"첫째는 오늘에 생산되고 있는 아동문학이 아동과 얼마만큼 밀착이 되어 있는가
　　하는 문제가 앞서지 않을 수 없다. 외치는 것은 어른의 목소리 뿐이고 정작이 그
　　사들일 편의 아동들은 그 앞을 지나쳐 버리고 마는 그런 작품들이 많은 것은 아
　　닐까?"
　　"아동문학에 학문적 예술적 이해를 위시해 주제의 설정이나 소재의 선택에 있어
　　서 아동이 요구하는 게 무엇인가를 깊이 성찰하면서 그들이 즐겨서 받아들일 수
　　있을 만한 형식상의 심리적 배려를 십이분하고 있다고 자부할 수 있는가?"
　　이주홍,「나의 동화·소년소설관」,『이주홍 문학 연구』, 대산, 2000, 17쪽과 18쪽.
23) 집안 곳곳에 등촉(잔등)을 밝히고서 자지 않고 밤을 새우는 세모 풍습으로서 해지
　　킴, 수세(守歲) 또는 별세(別歲)라 한다. 이날 자면 눈썹이 하얗게 센다거나 굼벵
　　이가 된다고 하여, 자는 아이의 눈썹에 밀가루를 묻혀두어 놀리기도 한다. 이는
　　새해를 밝고 맑은 정신으로 맞이하려는 뜻이 담긴 세시풍습이다.

전혀 고치지 못하고 망신만 당하다가 결국 계명이의 도움으로 훌륭하게 통을 고치게 되는 이야기이다.


## 3. 일제말기의 시나리오 세계

1940년대로 접어드는 일제 말기에는 아동극 활동은 보이지 않는다. 대신 이 시기에는 집중적으로 몇 편의 시나리오를 발표하고 있는 것이 특징이다.

1940년 1월에는 시나리오 「전원회상곡」을 『영화연극』 제2집에 발표하고 있다. 이 작품은 전편과 후편으로 나누어 청탁된 것으로서 『영화연극』 2집엔 그 전편이 실려있다. 그런데 아쉬운 것은 『영화연극』지가 제3집부터는 보이지 않아 아마 제2집으로 종간된 듯한 사실이다.

작품의 내용은 가야산 해인사가 있는 합천의 기룡이 사는 마을에 5년 전에 이사갔던 안서기네가 다시 이사를 오면서 옛 동무 사이였던 기룡과 정란(안서기의 동생, 17세)이 연정을 쌓아 가는 과정을 그리고 있다. 그런데 그 사이에 기룡의 친구 세갑이 끼여들면서 내러티브는 새로운 국면을 맞이하려 하는 가운데 전편이 끝난다.

그 부기(附記)를 보면 "지면관계로 우선여기서 「전편」이라하고 끊어둡니다만 실상은 좀더 나가서 전편의끝이 될것입니다. 정작 이사건의 전개는 이댐으로부터 시작되는데 다음달의 후편과 아울러보아주시면 고맙겠습니다"[24]라고 하여 아쉬운 여운을 남기고 있다.

그런데 다시 『영화연극』지의 편집후기를 보면 "난봉만피우고 놀다가 약속한 씨나리오를 하루밤사이에 썼다. 검열시간까지 쓰다가봐도내가 끊을려든 「前篇의 終」은 아직도 수삼십매를 써야 하겠으나 할수없는 일이다. 엉터리의 견본쯤으로 보면 되리라. (…) 내가맡은 잡문기사도 하나도 못썼다. 그대신와리쓰께 교정이나 잘보아야겠다. 다음호에는 정 말잘쓰런다"[25]라고 고백하고 있어 이 작품이 향파의 머리 속에 구상된 상태에서『영화연극』지의 종간으로 인해 아쉽게도 그만 집필되지 못한 것이 아닌가 여겨진다.

한편 위의 편집후기를 보면, 향파는 이때『영화연극』의 편집을 맡아 표지와 컷 및 교정 등의 일을 보고 있었음을 알 수 있다. 그리고『영화 연극』의 제1집이 1939년 11월에 출판된 것으로 보아 격월간으로 기획 되었음을 추측할 수 있다. 향파는 이 1집에 「영화횡수설」이라는 제목으 로 당시 영화계의 유치한 수준을 반성하는 평론을 싣고 있다.

이후 향파는 윤봉춘씨가 관계하던 '한양영화사'에 적을 두고 여러 편 의 시나리오를 집필하였으나 회사의 운영난으로 영화화되진 못하였다. 이때 쓴 시나리오의 하나인 「동학당」을 희곡 「여명」으로 각색하여 1943년에 가명으로『매일신보』현상모집에 응모하여 당선된다. 또 마찬 가지로 그때의 시나리오 중 「장미의 풍속」을 '조선영화회사'의 3백 원 현상모집에 역시 가명으로 응모하여 당선된다.[26]

그리고 1944년에는 역시 조선영화주식회사 시나리오 공모에 「춘향」 이 당선된다.

---

24) 이주홍, 「전원회상곡」,『영화연극』2, 1940. 1, 168쪽.
25) 같은 책, 169쪽.
26) 이주홍, 「이 세상 태어나서」, 앞의 책(1976), 291-293쪽.

현재 이들 작품들 중 일부는 향파문학관에 소장되어 있는 것으로 알고 있으나, 아직 일반에 공개되지 못한 관계로 현재로선 그 내용을 확인할 수가 없음이 안타까울 따름이다.


## 4. 이주홍 극문학의 가치

이상으로 향파 이주홍의 극문학 세계를 1930년대 전반기 카프시기와 일제말기의 두 시기로 나누어 각각 아동극과 시나리오의 세계를 살펴보았다. 그러는 가운데 밝힐 수 있었던 향파 극문학의 가치를 다시 한 번 정리하여보면 다음과 같다.

먼저 카프시기의 아동극 작품들은 향파의 초기 작가의식을 살펴볼 수 있는 소중한 자료라는 사실과, 아울러 카프 계열의 아동극 양식의 특징을 밝힐 수 있는 귀중한 자료라는 사실을 밝힐 수 있었다. 그 의의를 다시 정리하면 다음과 같다.

첫째, 일제강점기에 쓰여진 향파의 아동극은 한국 아동극의 지경을 개척한 선구적 작품이라는 의의를 지닌다.

둘째, 그들 아동극은 다시 동물우화극, 야학가극, 풍자소극, 세시풍속극, 희극 등의 다양한 갈래로서 실험됨으로써 아동극의 영역을 확장하고 있다는 의의를 지닌다.

셋째, 그러한 각각의 하위 갈래들은 다시 극적 알레고리, 독백을 통한 전사의 보고, 위기의 점층식 구성, 희극적 이완, 최후의 긴장, 노래를 통한 힘찬 피날레, 에이런을 통한 풍자 등등의 다양한 극적 기법들을 구사함으로써 아동극의 수준을 높이고 있다는 의의를 지닌다.

넷째, 가벼운 계몽주의에서부터 민족모순, 계급모순을 극복하고자 한 작품에 이르기까지 다양한 주제의식을 표출하고 있다는 의의가 있다. 특히 「톡기눈알」과 「개떡」을 통해서는 초기 향파 문학이 견지하였던 민족의식과 계급의식을 확인할 수 있었다는 의의를 지닌다. 그 중에서도 「톡기눈알」은 다양하고도 치밀한 극적 기법에 의한 구성을 완성시킴으로서 매우 뛰어난 아동극의 수준을 보이고 있다. 아직 향파의 여타 동화 작품들과는 비교할 기회를 가지지 못하였지만은 아동극으로서는 이 작품을 대표작으로 손꼽을 만하다.

다섯째, 아동극을 포함하여 향파의 희곡은 아직 한국 극예술 학계에 한 번도 보고된 바가 없으며, 이 글을 통해 최초로 보고된다는 의의를 지닌다.

이어 일제말기에는 여타의 갈래에서 벗어나 시나리오 창작에 집중하였던 특징이 있다. 「전원회상곡」이 순정영화의 내용으로 전개된 사실로 보나, 아직 그 이외의 작품들의 구체적인 내용은 확인할 수 없으나 그 정황으로 볼 때 이는 아마도 태평양전쟁에 혈안이 된 일제의 국민문학 동원령으로부터 벗어나기 위한 행보가 아니었나 여겨진다.

이와 같은 일제강점기의 극문학 창작 활동은 해방이후 본격적인 성인극의 창작활동으로 이어지게 되는 원동력이 된다. 왕성하게 이루어졌던 극작 활동은 부산의 학생극과 성인극을 출범시켰던 토대가 되었다. 선구적이고 독보적인 창작극의 세계를 구축하는 가운데, 그를 중심으로 부산의 연극이 학생극, 대학극, 성인극으로 나아가는 동안 점차적으로 부산의 연극 인프라가 구축되는 계기가 되었다. 이처럼 향파의 희곡은 부산의 연극을 성장시키는 중요한 의미를 지니는데 비해, 그의 희곡에 대한 연구는 전무한 실정이다. 이러한 사실은 부산의 문학사에 있어 중대한 손실이 아닐 수 없으며, 희곡학계에선 적극적으로 이를 발굴하고 조명하는 일에 관심을 기울여야 할 것이다.

향후 향파의 극문학에 대한 발굴 작업과 전문적인 연구를 통해 그 가치를 밝히는 작업들이 활발하게 전개되길 바라는 마음으로 부족한 이 글을 마친다.

# 일제 강점기 이주홍의 시 연구

박경수

## 1. 서 론

최근 들어 향파(向破) 이주홍(李周洪: 1906~1987)의 문학에 관한 논의가 활발하게 이루어지면서, 그의 문학적 위치와 성격을 올바로 파악하는 데 큰 진전을 이룩했다. 특히 아동문학가로서, 그리고 소설가로서 이주홍이 갖는 면모는 새로운 자료의 발굴, 소개[1] 등을 통해 한층 우뚝 선 자리에서 조명을 받는 상황이 되었다.

이주홍의 문학에 관한 연구가 이렇게 활발하게 이루어지게 된 까닭은 2002년 10월에 '이주홍문학관'이 개관된 것을 계기로 그의 생전 장서가 연구자와 일반에 공개되었기 때문이다. 『신소년』, 『별나라』등 많은 문학 관련 잡지, 그리고 원고 뭉치와 인쇄 자료로 남겨진 숱한 작품

---

[1] 근래에 들어 이주홍의 아동문학에 관해서는 박태일이, 소설에 관해서는 류종렬이 집중 연구하고 있다. 이중 이주홍의 문학 작품들을 새롭게 발굴, 소개하면서, 그의 문학세계를 한층 폭넓게 보는 데 기여한 글을 보이면 다음과 같다.

박태일, 「이주홍의 초기 아동문학과 『신소년』」, 『현대문학이론연구』 제18집(현대문학이론학회, 2002. 12).

류종렬, 「〈결혼전날〉에 대한 소고 -이주홍 문단 당선작의 의미」, 『오늘의 문예비평』 2003년 봄호(2003. 3)

류종렬, 「이주홍의 미완의 장편소설 〈야화〉 연구」, 『한국문학논총』 제33집(한국문학회, 2003. 4).

들은 특히 이주홍 문학 연구에서 매우 중요한 디딤돌 구실을 했다.

그러나 이주홍의 문학, 좀더 넓게는 예술 전반에 관한 연구는 이제 비로소 제 방향을 잡고 출발을 했다고 해도 지나친 말이 아니다. 그의 업적이 시, 동시, 동화, 아동극, 소설, 희곡, 문학론, 수필, 만화, 그림, 서화, 작곡 등 예술 전반에 걸쳐 있으면서, 이들 각 분야의 성과가 자료를 뒤지면 뒤질수록 계속 새롭게 발견되기 때문이다. 따라서 그의 문학과 예술 세계에 대한 종합적인 이해를 도모하기 위해서는 이제부터라도 그의 업적을 꼼꼼하게 찾는 서지 작업을 서둘러 진행해야 하며, 동시에 이를 토대로 한 장르별 논의가 폭을 넓히고 깊이를 더해야 한다.

이주홍은 사실 동화나 소설 작가로 더 잘 알려져 있다. 따라서 이주홍의 문학에 관한 연구는 대부분 동화나 소설 작품들을 대상으로 한 것이었다. 그가 시집 『풍경』(보리밭, 1984)과 동시집 『현이네 집』(보리밭, 1983)을 남기는 등 시와 동시 분야에도 상당한 업적을 남겼음에도, 그에게 시와 동시는 여기(餘技) 정도일 것이라 생각한 탓도 있으면서 동화와 소설의 풍성한 업적에 가린 탓에 오랫동안 제대로 빛을 보지 못했다. 더구나 일제 강점기에 발표한 시와 동시는 21세기를 맞고서야 비로소 조사되어 논의되기 시작했다. 물론 이렇게 된 데에는 이주홍 자신에게 문제될 수 있는 저간의 사정이 작용되었을 개연성이 많다. 그것은 일제 강점기에 발표한 시와 동시의 대부분이 당시 계급의식에 입각한 사회주의 사상에 깊이 경도되어 있었던 면모를 보여준다는 점인데, 그러한 문학적 경사를 남북분단의 상황과 자신의 문학관 변모 등을 고려할 때 군이 소상하게 밝히고 싶지 않았으리라는 생각을 하게 된다.[2]

그런데 시인이 작고한 한 지 2003년 현재 15년이 지났다. 이제 그가 남긴 문학은 어떠한 것이었든 더 이상 가리거나 쉬쉬할 이유가 없게 되었다고 생각한다.[3] 그의 문학활동을 온전하게 파악하기 위해서, 그리고 정당하게 해석, 평가하기 위해서 그가 남긴 문학성과들을 오히려 적극적으로 찾아서 공개해야 한다. 더구나 남북한의 통일을 지향하는 문학 연구와 문학사 서술의 과제가 우리에게 부여되어 있는 상황이다. 따라서 일제 강점기와 해방기에 사회주의에 경도되면서 이루어졌던 이주홍의 문학은 어떤 선입관에 따라 배제하거나 폄하하려는 태도는 온당하지 못하며, 해당 작품들을 적극적으로 찾아서 공개하는 동시에 학문적 논의의 장에서 객관적으로 검토되고 엄정한 평가를 받도록 해야 한다.

이 글은 바로 이주홍의 문학업적 중에서 일제 강점기에 발표한 시를 가능한 대로 폭넓게 조사하여, 좀더 충실한 작품 서지를 만들고, 이를 바탕으로 당대 그의 시가 어떤 작품세계의 특징을 보여주는가를 고찰하기 위한 목적에서 쓰여지는 것이다. 이를 위해 이주홍의 시와 동시에 관한 기존의 연구[4]를 통해 찾아진 일제 강점기 이주홍의 시작품 목록

---

2) 이 점과 관련하여 이주홍이 남긴 다음 글을 고려해볼 만하다.
"잘못을 깨달아 행동에 옮겨 고치는 데는 무엇보다도 용기가 필요하다. 그런데 나는 숨김없이 고백해서 지금의 이 순간에도 그런 용기가 나지 않는다. 죽은 뒤에 발표할 遺稿라면 모르겠으나 現世에선 나의 부끄러운 결함이 남에게 주는 교훈이 되기보다 앞서서 우선 당장 그것으로 말미암아 내가 오늘과 내일의 생활에서 입어야 할 화살의 아픔을 감당해내기가 어려워서다. 그만큼 이 참회기록도 깊은 상처는 감추어두는 채로 스쳐가게 될 것임을 먼저 용서바라고 싶다." 이주홍, 「다시 난들 어쩌리 -나의 懺悔錄」, 『격랑을 타고』(삼성출판사, 1976. 7), p.115.

3) 최근 박태일이 이주홍이 교육자로서 걸었던 길을 관련 자료와 주변 자료들을 꼼꼼하게 살펴보았다. 박태일, 「이주홍론 -교육자로서 걸었던 길」, 『소설시대』 제6호(한국작가교수회, 2003. 10).

4) 이주홍의 시와 동시를 연구한 대표적인 논의를 들면 다음과 같다. 이중에서 ①은 광복기 이후의 시만을 대상으로 한 것이고, ②는 광복기 이후의 동시만을 다루었다. 그리고 ④~⑤의 글은 일제 강점기 이주홍의 동시만를 대상으로 한 것이다.

을 거듭 확인하는 작업을 거치면서, 혹시 살피지 못했거나 실수로 빠뜨린 작품들을 찾는 작업부터 진행하게 되었다.

일제 강점기에 발표한 이주홍의 시를 조사하고 연구한 이는 지금까지 김지은뿐이다. 그만큼 그의 시에 관한 연구가 부족했음을 알 수 있다. 김지은은 일제 강점기와 해방기에 쓴 이주홍의 시를 폭넓게 찾는 일을 해서 시 17편(11편은 해방기 이후 작품임), 동시 9편을 목록에 추가하는 성과를 거두는 한편, 그의 시의 전반적 전개과정을 개관하면서 그 두드러진 특징을 밝히고자 했다.5) 그런데 충분한 서지 확인을 하지 못한 채 작품을 목록에 올리다 보니, 미처 찾지 못한 작품들도 많았고 다시 서지 사항을 확인해야 하는 작품들도 있었다.6)

---

③은 일제 강점기의 시를 유일하게 다룬 글이면서 동시를 포함하여 그의 시 전반을 다룬 글로도 유일하다.

① 송명희, 「이주홍의 시적 지향과 정신적 높이」, 『나그네의 수첩』(그루, 1990).

② 곽흥란, 「이주홍 동시 특성 연구」, 영남대 대학원 석사학위논문(1999).

③ 김지은, 「이주홍 시 연구」, 『지역문학연구』 제7집(경남지역문학회, 2001. 10. 31).

④ 박태일, 「이주홍의 초기 아동문학과 『신소년』」, 『현대문학이론연구』 제18집 (현대문학이론학회, 2002. 12).

⑤ 신현득, 「향파 이주홍의 동시 세계」, 『2003 이주홍문학제 이주홍문학세미나』 (이주홍문학재단, 2003. 5. 31).

5) 김지은, 앞의 글.

6) 김지은이 찾은 이주홍의 시와 동시 작품들은 거의 그의 본명으로 발표된 것이거나 '이향파(李香波 또는 李向破)' '향파(香波, 向破, 向波)'란 필명으로 발표된 것들이다. 이 외에 박태일은 이주홍이 여인초(旅人草), 망월암(望月庵)이란 필명을 사용하기도 했다고 한 바 있으나, 이를 구체적으로 밝히는 실증 작업을 하지 않았다. 박태일, 앞의 글(「이주홍론 -교육자로서 걸었던 길」), 각주 3). 필자는 일제 강점기 이주홍의 동시를 연구하면서 이주홍이 일시적이지만 '여인초(旅人草)'와 '방화산(芳華山)'이란 필명을 써서 여러 편의 동시 작품을 발표했음을 구체적으로 밝힌 바 있다. 졸고, 「일제 강점기 이주홍의 동시 연구」, 『한국문학논총』 제35집 (한국문학회, 2003. 12). 그리고 1931년 3월에 간행된 8인의 공동 동시집인 『불별』을 찾아서 이의 서지와 성격, 그리고 동시 작품을 실은 8인의 시작품들에 관한 논의를 한 바 있다. 이 『불별』에 이주홍의 동시 6편이 게재되어 있는데, 이중 5편이

필자는 일제 강점기 이주홍의 시작품을 조사한 결과 3편의 시작품을 새롭게 추가하고, 기존에 불명확했던 4편의 작품 서지를 분명하게 확인함으로써 현재까지 모두 10편의 작품 목록을 만들 수 있었다. 앞으로 자료 조사를 확대하면 목록에 드는 작품이 좀더 늘어날 것이지만, 일단 지금까지 이들 작품들의 발굴과 관련된 문학 서지를 구체적으로 밝힌 다음, 이들 작품들을 대상으로 시 세계의 특징을 파악하는 본격적인 논의에 들어가고자 한다.

## 2. 이주홍 시의 서지적 고찰

이주홍은 잡지 『신소년』의 편집 일을 보기 이전에 신문지상에 작품을 투고했다고 회고한 바 있다.

> 일개 두메산골인 「배암골」의 草野에 묻혀 手工業的인 私製 잡지 『新少年』을 만들고 있었던 僭稱 無名 編輯者가 일약 대도시 서울에서 발행하는 大企業의 진짜 『新少年』의 편집자로 등단을 했으니 말이다.
> 이에 앞서 詩作品도 朝鮮 H 報 같은 대신문에 투고했더니 面마다 친절히 게재해 주고는 했다.[7]

위에서 이주홍은 『신소년』의 편집 일을 보기 이전에 시작품을 "조선

---

새로 찾아진 작품이다. 졸고, 「계급주의 동시 이해의 밑거름 프롤레타리아동요집 『불별』에 대하여」, 『지역문학연구』 제8집(경남지역문학회, 2003. 9). 이뿐만 아니라 그동안 충분히 조사되지 못했던 신문, 잡지 등에서 이주홍의 시작품들을 몇 편 더 확인할 수 있었다.

7) 이주홍, 「촌뜨기 상경기」, 앞의 책, p.282.

일보 같은 대신문에 투고"했다는 것이다. 그런데『신소년』의 편집 일을 보았을 것으로 여겨지는 1929년 말 이전에 조선일보의 문예란을 아무리 살펴도 이주홍의 시작품을 작품을 찾을 수 없었다. 아마도 오랜 세월이 흐른 다음 당시를 회고하는 글이다 보니, 시작품을 발표한 신문의 이름을 정확하게 기억하지 못한 것으로 생각된다. 실제 이주홍의 시작품은『중외일보』와『동아일보』에서 찾을 수 있기 때문이다.

이주홍의 시 또는 동시는『중외일보』나『동아일보』지상에 드문드문 발표되었다. 현재까지『중외일보』에서 시「살구꽃」(1928. 4. 8)이 찾아졌고,『동아일보』에서 동시「빨간부채」(1929. 7. 7), 시「舊曆 설날」(1930. 2. 4), 동시「꿩」(1936. 3. 1)이 조사되었다.[8] 여기에 당시 신문을 좀더 자세히 보면,『중외일보』에서 시「고향의 동무들이여」(1928. 3. 30),『동아일보』에서 동시「녀름밤」(1929. 7. 8)을 더 확보할 수 있다.

이로써『중외일보』와『동아일보』에서 각각 이주홍의 시와 동시를 1편씩을 더 찾은 셈인데, 특히 시「고향의 동무들이여」는 현재까지 찾아진 그의 글 중에서 가장 먼저 활자화된 작품이라는 의의를 가진다.[9] 지

---

8) 김지은, 앞의 글, pp.109~113의 작품목록에 이들 작품이 들어 있다.

9) 이주홍은 다음과 같은 기록을 남기고 있다.

"나는 신춘문예에 응모하기 전에도 외종인 姜義範 형이 다니던 廣島高師의 우리 나라 학생그룹이 내는 잡지에 소설을 한 편 얻어 실은 적이 있었으나, 그것은 어느 쪽이냐 하면 「다다」같은 다분히 난해한 내용의 소설이었었다"(이주홍, 「촌뜨기 상경기(上京記)」, 앞의 책, p.283). 여기서 말한 광도고사에서 발간한 잡지를 현재까지 찾지 못하고 있어서 구체적으로 언제 이 작품이 발표되었는지 말하기 어렵다. 다만 그가 1928년 4월 이후에 '광도사립근영학원'에서 교무주임으로 한국 이주민 아이들을 교육하기 시작했다고 한 언급을 참고하면, 그의 다다풍 소설은 1928년 3월 30일에 발표한 「고향의 동무들이여」보다는 늦게 발표된 것으로 보인다. 이주홍의 일본 생활에 관해서는 박태일, 앞의 글(「이주홍론 -교육자로서 걸었던 길」)에서 구체적으로 파악한 바 있다.

금까지 이주홍의 첫 활자화된 작품이면서 문단 데뷔작은 『신소년』 1928년 5월호에 발표된 동화 「배암색기의 무도(舞蹈)」로 알려져 왔다. 그런데 이상의 시와 동시 작품들은 문단 데뷔작과 같은 의의를 가질 수는 없으나, 이주홍의 시 습작 과정뿐만 아니라 문단에 등장하는 과정을 파악할 수 있다는 점에서 가볍게 볼 사항만은 아니다. 물론 1930년 이전에 신문지상에 발표된 이주홍의 시나 동시 작품들은 독자 투고에 의해 게재된 것으로, 기성 문인의 대우를 받으며 발표된 작품은 아니다. 그렇지만 이들 작품의 발굴을 통해 이주홍이 문학활동의 초기에 시 창작에 적극적이었다는 사실을 확인할 수 있다.

한편, 1930년대 전반기에 발행된 '사회과학계몽' 잡지 『우리들』에서 이주홍의 시를 2편 찾을 수 있다. 잡지 『우리들』에 관한 구체적인 서지 사항이 현재까지 알려진 바는 없지만, 『신소년』을 발행했던 중앙인서관에서 성인을 대상으로 사회주의 사상의 계몽을 목적으로 발간했던 월간 잡지 『아등(我等)』10)의 후속으로 1932년부터 발행된 잡지이다.11) 현재 『우리들』은 제4권 제5호(1934. 5)까지 간행된 것으로 확인되고 있는데, 사회주의에 대한 정치적 탄압이 점점 심해졌던 당시의 상황을 고려할 때 얼마 가지 않아 폐간되지 않았나 생각된다.

---

10) 『아등』은 1931년 4월에 제1권 1호로 간행된 후 1932년 2월호로 제2권 2호까지 나온 것까지 확인되는데, 이후 1932년 6월호(1932. 6)로 발간된 『우리들』은 이 『아등』이 개제된 것임을 나타내고 있다. 이를 통해 『아등』은 1932년 3월호와 5월호 사이에서 『우리들』로 개제되어 발행되었음을 알 수 있다.

11) 『아등(我等)』과 『우리들』의 잡지 발간과 관련하여 이주홍의 다음 기록을 참고할 만하다. "그때 新少年의 母體가 되는 中央引書館에서는 나중에 잡지 「我等」 「우리들」 등도 발간했지만, 그 당시의 社會的 潮流에 따라 내용은 짙은 사회주의의 색채를 띠고 있었는데 …(하 략)…." 이주홍, 「맨발의 편집장」, 앞의 책, p.286.

그런데 이『우리들』제3권 제7호(1933. 7)에 이주홍의 시「너희들의 얼골」이 게재되었으며,[12] 제4권 제2호(1934. 2)에「적막(寂寞)한 아츰」이 발표된 것으로 조사되었다. 여기서 시「적막한 아츰」은 이미 김지은이 찾은 바 있으나,[13] 시「너희들의 얼골」은 처음 조사되는 것인데, 아쉽게도 이 작품의 실체를 보지 못한 단계에 있다. 그렇지만『우리들』이 사회주의 사상의 전파를 위한 계몽 잡지였던 만큼, 여기에 수록된 작품의 성격도 그에 상응하는 작품일 것이라는 점을 쉽게 짐작할 수 있다. 앞으로『아등』과『우리들』잡지에 대한 면밀한 조사가 이루어진다면, 이주홍을 비롯한 당시 사회주의 문학의 면모를 한층 폭넓게 살필 수 있을 것으로 생각된다.

이주홍은 1930년대 후반 이후에는 작품의 성격을 사뭇 달리 하는 작품을 발표했다. 이런 면모를 알 수 있는 시가『시학』에 발표된 작품들이다.

> 陸史와는「風林」에서 말고도 一九三九年 尹崑崗이 주간해 낸「詩學」사 등에서 종종 만나 酒談으로 즐기곤 했는데 …(중 략)…. 그때에 나는 그「詩學」에 시「榴卯集」「死都의 노래」등을 발표하고 있었고, 동시에 표지와 컷을 그리고 있었다.[14]

『풍림』과『시학』이 간행되던 1939년이면 더 이상 사회주의 색채를 지닌 작품을 발표하기는 불가능했던 시기이다. 이 시기에 이주홍은, 뒤

---

12) 이 사실은『신소년』제11권 제7호(1933. 7)의 판권 부분에 붙은 광고를 통해 확인한 것이다.

13) 김지은, 앞의 글, pp.94~95. 그런데 시「적막한 아츰」의 서지가『우리들』1934년 5월호(1934. 5)로 되어 있으나, 확인 결과 1934년 2월호(1934. 2)였다.

14) 이주홍,「「풍림」시대」, 앞의 책, pp.286~287.

에서 구체적으로 논의하겠지만, 자의식의 내면적 갈등을 심하게 나타내는 시작품을 『시학』에 발표했는데, 그것들이 「유란집(榴卵集)」(제2집, 1939. 5), 「사도(死都)의 노래」(제4집, 1939. 10), 「밤의 年譜」(제5집, 1939. 12) 등이다.15)

그리고 이주홍은 일제 강점기 말기에 『동양지광(東洋之光)』 제6권 제5호(1944. 5)에 일본어로 쓴 시 「전원에서(田園にて)」를 발표한 바 있다.16) 작품의 발표지는 친일잡지이지만, 작품 자체가 친일적인 성격을 지니고 있지는 않다. 그런데 이주홍은 당시 『동양지광』에 시작품 외에 수필, 콩트, 단평, 만화 등을 남기고 있어서,17) 이들 글을 종합적으로 살펴서 이주홍의 문학활동을 신중하게 평가할 필요가 있다.


## 3. 이주홍 시 세계의 특징과 양상

### 1) 고향의식과 객수(客愁)의 서정

일제 강점기 이주홍의 시작품으로 현재까지 10편이 조사되었다. 이

---

15) 김지은이 이주홍의 회고 글을 통해 세 작품이 1939년도에 『시학』에 발표된 것으로 표시한 바 있으나, 실제 『시학』을 보지 못해 구체적인 발표시기를 확인하지 못했다.

16) 대촌익부(大村益夫)·포대민박(布袋敏博) 편, 『조선문학관계일본어문헌목록 -1882. 4~1945. 8-』(동경: 대촌연구실, 1997. 1)에 이주홍의 시 「전원에서(田園にて)」를 목록에 올린 바 있으며, 역시 공동 편찬한 『근대조선문학일본어작품집(1939~ 1945)』 창작편 6(동경: 녹음서방, 2001. 12)에 해당 작품의 원문을 찾아서 게재한 바 있다.

17) 박태일, 「경남 지역문학과 부왜활동」, 『한국문학논총』 제30집(한국문학회, 2002. 6), p.345에서 이주홍이 일제 강점기 말기에 일본어로 발표한 글을 간략하게 살핀 바 있다.

러한 작품 편수는 동시를 포함한 전체 작품에서 4분의 1 정도에 해당한다. 이주홍이 성인 대상의 시보다 동시에 주력한 결과이다. 그런데 10편에 불과한 작품이지만, 이들 작품이 이주홍 시 세계의 중요한 단계를 보여준다는 점에서 별도로 고찰될 필요가 있다.

일제 강점기 이주홍의 시는 시작품의 경향을 중심으로 크게 3단계로 구분할 수 있다. 첫 단계는 1930년 중반 이전에 쓴 시들로, 이주홍이 아직 작품을 통해 계급적 관점의 사회주의 의식을 뚜렷이 드러내지 않은 시기의 작품들이다. 두번째 단계는 1930년 중반 이후부터 1935년경까지의 시기에 해당하는데, 이 시기의 작품들은 사회주의 의식을 뚜렷이 작품을 통해 구현하고 있다. 세번째 단계는 1935년 이후부터 광복까지의 시기를 포괄하는데, 급격히 변화하는 역사 현실을 대면하면서 겪는 자아의 내면적인 갈등을 심각하게 드러내고 있는 작품들이 해당된다.

그러면 첫번째 단계의 시작품을 보자. 이 단계에 드는 작품으로는 「고향의 동무들이여」(1928. 3. 30), 「살구꽃」(1928. 4. 8), 「구력(舊曆) 설날」(1930. 2. 4)이 있다. 먼저 「고향의 동무들이여」를 보자.

동무들아이젓느냐푸른넷날을
발가벗고노든째의낡은記憶을
살구나무밋헤서꼿싸움하고
썰네썩거속곱짓든어린그째를

순악이가쓰더온째째쟁이로
국쓰리고흙밥짓고놀앗더니만
그는발서시집가서어머니가되엇다지
이내의턱밋헤도수염낫이감실감실

나물갱죽먹기실른이봄이다시오니
구차차게사러가는父母님이뵈고십다
붉은핏줄한가닥씩끌고가는이봄을
몸부림칠멋날을쏘어이넘기나

그리운고향의동무들이여
넷날의흙손목다시한번쥐고십다
나그내의선짜에벗의생각간절코나
버들가지썩거서피리나부러보자

— 「고향의 동무들이여」 전문[18]

이 작품은 제목 자체가 고향의식을 나타내고 있음을 드러낸다. 이 작품을 발표한 1928년에는 이주홍은 일본 동경에 있었다. 그의 자필 이력서[19]에 따르면, 그는 1925년 4월부터 1928년 3월까지 일본 동경에 있는 정칙영어학교를 다녔으며, 그해 4월부터 1930년 1월 말까지 광도(廣島; 히로시마)에 있는 광도사립근영학원에서 교무주임을 맡아서 한국 교포의 자녀 교육을 맡고 있었다.[20] 이주홍은 바로 이 기간에 외종형인 강의범(姜義範)이 다니던 광도고사의 유학생이 발간한 잡지에 소설을 투고한 바 있으며,[21] 신문 등에도 시작품을 투고하기도 한 것이다. 이렇게

---

18) 『중외일보』(1928. 3. 30)

19) 이 이력서는 이주홍은 재직했던 국립부산수산대학교(현 부경대학교)에 남아 있는 자필 이력서로 1961년 2월에 작성된 것이다.

20) 박태일은 이주홍의 자필 이력서 기록에 기억상의 오류가 있을 수도 있다고 판단했는지, 이주홍의 일본 동경 정치학교에서의 수학기간을 1926년 4월부터 1928년 3월까지 2년으로 잡고 있고, 이주홍의 자필 연보에 따라 1929년 봄에 일본 생활을 마무리하고 서울로 올라갔다고 했다. 이주홍이 대학 재직시 작성했던 이력서의 기록과는 1년 정도의 오차가 있다. 앞으로 그의 정확한 이력을 파악하는 작업이 필요하다. 박태일, 앞의 글(「이주홍론 -교육자로서 걸었던 길」 참조.

21) 이주홍, 「촌뜨기 상경기(上京記)」, 앞의 책, p.283.

보면, 위 작품은 이주홍이 동경정칙영어학교를 졸업할 무렵에 투고한 작품이다.

위의 시는 이상의 전기적 사실에 기초해서 보면, 어린 시절 고향에서 겪었던 일들을 먼 일본 땅에서 아련히 떠올리고 있는 작품이다. 그리고 이 시는 이주홍의 문학에서 가장 먼저 활자화된 작품이지만, 상당히 짜임새 있는 구성을 보여주고 있다. 제1연에서는 "푸른넷날" 또는 "어린 그때" 친구들과 지냈던 추억을 환기시킨 다음, 제2연에서는 현재로 돌아온 시점에서 개인적으로 느끼는 세월의 거리감을 나타냈다.[22] 그리고 제3연에서는 가족사의 현실을 역사 현실의 문제로 시야를 넓히면서 "나물갱죽먹기실튼이봄", "붉은핏줄한가닥씩끌고가는이봄"과 같이 가난한 현실을 진지하게 성찰한 다음, 제4연에서는 그럼에도 불구하고 고향에 대한 간절한 그리움을 "넷날의흙손목다시한번쥐고십다"고 하여 미래적 소망으로 전환시키면서 객지에서 느끼는 시름을 극복하고자 했다. 이처럼 이 시는 기승전결의 짜임새를 갖추고 있으면서 고향의식을 근간으로 한 개인사와 역사 현실의 인식을 포괄하고 있는 작품이다.

다음의 시 「살구꽃」 역시 고향의식을 바탕으로 하면서, 개인사와 연관된 추억을 한층 은밀한 부분까지 떠올리고 있다.

복실복실살구꽃을보니
처가ㅅ집소식이듯고십허라
×
살구꽃두고글지어라하는先生님이
지금도어대서살아계실가

---

22) 제2연에 나타나는 '순악(順岳)'은 이주홍의 바로 아래 여동생이다.

×
南江푸른물우에배씌워놀음할제
살구꼿던저주든장난꾼색씨도잇섯드니만
×
사랑도아니면서사랑에갓가운
녯날의情熱을記憶하노니
살구꼿숨켜다가주든순희도어릴째―

― 「살구꼿」 전문[23)

위의 시는 각 연마다 작품의 제재인 살구꽃에 얽힌 유년시절의 개인
사를 추억하고 있다. 제1연에서는 살구꽃이 피어 있던 처갓집, 제2연에
서는 살구꽃을 시제(詩題)로 주었던 서당 선생님, 제3연에서는 남강 뱃
놀이에서 살구꽃을 던져 주었던 어떤 색씨, 제4연에서는 자신에게 살구
꽃을 몰래 내밀었던 어린 시절 '순희'를 떠올리고 있다.[24) 이 시는 이런
점에서 개인적인 체험을 은밀하게 독백하고 있는 고백시로서의 성격을
지닌다.

이주홍의 시는 거의가 개인적 체험의 장을 바탕으로 형상화된 특징
을 보여준다. 위에 언급된 두 시도 그렇지만, 다음의 시 「구력 설날」도
이점에서 마찬가지이다.

내 턱에수염이나니 모두들어른이라고 손가락질하네
나희먹고 허터진 인생이라고
아이들이 모다 손짓을하네
『여게는 못들어온다』고다리를 쩍벌리고서

---

23) 『중외일보』(1928. 4. 8).
24) 시 「살구꽃」에 형상화된 살구꽃에 얽힌 개인적 일화를 다음 글에서 찾을 수 있다.
　　이주홍, 「살구꽃 정화(情話)」, 앞의 책, pp.268~270.

솟곱터에서나를모라내네
수염이 나도 주럼이저도
그래도 내 가슴속에는아즉도
파릇파릇싹이 돗는듯지만

사람들은 모두다 설이깃브다하나나는하나도깃분것업네
해마다 한번씩 이곳에서 다리를 쉬어가건만
쉬일째 마다 마음이 서럽네
치마ㅅ폭의주름가티 해마다
접히는이주럼살이
사람의 목숨을 달어올리네
자꾸자꾸끌어올리네
제절로오는설맛기야맛는다만
이설이 다가면 나는어대로
가는고 나는 어대로 가는고
새옷빗가티 사람들은 마음속
부터째끗하게 깃버하지만
내 이설이 서러워 이아즘에
내홀로 서른노래 부르고잇네

— 「구력(舊曆) 설날」에서[25]

　이 시는 제목처럼 설날의 풍속을 제재로 한 일종의 풍속시다. 그런데
설날의 풍속 자체가 갖는 의미를 새기기보다 고향을 떠나 객지에서 느
끼는 세월의 무상함과 고독감을 노래했다. 세월이 바뀌어도 마음은 "파
릇파릇싹이 돗는듯지만", "치마ㅅ폭의주름가티 해마다/접히는이주럼살
이/사람의 목숨을 달어올리네"라고 했듯이, 세월의 무상함에서 느끼는
허전함과 서러운 감정을 객지에서 맞는 설날을 통해 더욱 강렬하게 느

　25) 『동아일보』(1930. 2. 4).

낀다는 것이다.

이상에서처럼, 첫번째 단계의 시는 고향의식을 매개로 유년시절의 즐거웠던 경험들을 추억하면서 향수의 심정을 노래하는가 하면, 먼 객지에서 느끼는 고독감과 삶의 허무감을 나타내는 시작품들이다. 부분적으로 개인의 가족사를 포함하여 일제 강점기의 역사현실에 대한 성찰을 보여주고 있기는 하지만, 그러한 성찰이 계급적 관점의 사회주의 의식과 연결되어 있는 단계는 아니다. 이런 점에서 첫번째 단계의 시는 다분히 개인적 경험에 기초한 주관주의적 정서를 형상화하는 작품들이다.


## 2) 계급적 현실인식과 삶의 비극성

이주홍은 1930년에 들면서 점차 역사현실을 계급적 관점에서 파악하는 사회주의 의식을 작품을 통해 나타내게 된다. 그리고 이러한 작품 경향은 1930년대 중반까지 지속되는 것으로 파악된다. 이주홍의 시에서 두번째 단계에 해당하는 이 시기의 작품들이 시 「새벽」(1930. 8), 「너의들의 얼골」(1933. 7), 「적막(寂寞)한 아츰」(1934. 2) 등이다.

> 지금막 첫잠드른 남편의얼골 털치면엇지노
> 그래도 새벽밥지어야 쏘남편을 일터로보내지
> 어느놈이 밤에잠자라고는 마련해노코
> 어느×할놈이 쏘 밤에잠도 못자게하노
> 한달에 보름식을 저꼴로만드는구나
> 말너가는저얼골 못보겟고나 악이나는구나 이가쏘독쏘독 갈니는구나
> 우리가 얼마나 밥을쑤시먹는다고

밤에까지 잠을못자야되나
그래도 너희들은 자는구나
그래도 너희들은 잘 잠바저서 자는구나
비단이불 깔고덥고 큰게집 작은게집 이리씨고 저리씨고
잘자는구나 쿠룩쿠룩 ××를 잘자는구나

      ×

…(중 략)…

      ×

밤새도록 술먹고 유성긔틀고 지랄하고
왜 무슨늣잠이냐 왜 쿠룩쿠룩 달게자느냐
아이구 심술나죽겟네 조놈의낫싼대기 꼬집어 비트리고십허라

      ×

그래도나는 쌀채쭉 쌀쌀 글거가지고 부억간으로 나가네 래일 네놈의 ××
×을×일 우리남편의배를
싼싼히할려고 그래야힘차게×우지 배가튼튼해야 무섭게 긔운이나지

      ×

소핑경 쌩—
동대문에서 쌩—
너도 나무팔너왓나 너도밤잠 못잣구나

                           — 「새벽」에서[26]

   이 시는 공장 노동자인 남편을 둔 아내를 시의 화자로 삼으면서, 자
신들과 너무나 상반된 삶을 살아가는 집주인을 계급적 관점에서 대립
시켜 놓고 있다. 여기서 공장 노동자인 남편과 나무장사를 하는 아내는
프롤레타리아 계급의 전형이며, "비단이불 깔고덥고 큰게집 작은게집
이리씨고 저리씨고" "밤새도록 술먹고 유성긔틀고 지랄하"는 집 주인은
유한계급(有閑階級)이자 유산계급(有産階級)인 부르주아의 전형으로 설

---

26) 『음악과 시』 창간호(1930. 8. 15).

정된 것은 물론이다. 이 시는 바로 이러한 계급적 대립 구도와 그 모순 상황을 적실하게 나타내고자 '새벽'의 시간을 설정하고 있다. '새벽'은 공장 노동자인 남편에게, "어느×할놈이 쏘 밤에잠도 못자게하노/한달에 보름식을 저꼴로만드는구나/말너가는저얼골 못보겟고나"라고 했듯이, 노동의 피곤함으로 지쳐서 곤히 자는 시간이면서 얼마 후 다시 노동 현장으로 가야 할 정도로 생존의 절박함과 연결된 시간이지만, 집주인에게는 늦잠을 달게 자는 시간으로 휴식과 여유를 갖는 시간이다. 이처럼 새벽이란 동일한 시간적 상황임에도 불구하고 계급적 차이에 따라 모순되는 상황에 처할 수밖에 없는 현실에 대하여 시의 화자는 분노와 야유를 표시하면서도 "아이구 심술나죽겟네 조놈의낫싼대기 쏘집어 비트리고십허라"고 했듯이, 상대 계급에 대해서는 부러움이 섞인 심술을 나타내고 있다. 여기에서 인간이 흔히 갖는 심리적 이중성을 드러낸다는 점에서 인간적 진솔함이 있다고 볼 수 있으나, 이 시가 아직도 계급적 세계관을 명확하게 정립하지 못한 단계에서 쓰여진 작품이라고 말할 수 있는 근거를 찾을 수 있다. 이런 점에서 이 시는 계급적 대립 구도를 공식화하고 있기는 하지만, 그것이 추상적 관념에서 지나치게 작위적으로 설정된 한계를 보여준다.

위 「새벽」에 비해 시 「적막한 아츰」은 비슷한 시간을 시적 서술의 배경으로 삼고 있으면서도, 시적 상황이 작위적으로 설정되지 않고 시인의 체험적인 사실에 바탕을 두고 있다는 점에서 추상적 관념의 한계에서 벗어나고 있는 작품이다.

　　枯야!

구태여 이렇게 가고는 말것을
모진 목숨은 너를 이날까지 괴롭혓나니
찬바람이 窓밖 호박닢을 흔드는 인제는 제법 서늘해진 七月의 이날 아츰에
너는 찬 돌과같이 숨을 그치고 드러누엇다

아즉도 자식의사랑에는 철이없는 절믄 네애비가
없어지는 너를 이러케도 애태울일은 없기야하다
또 이런 넓은 天地에 하필 나만이 자식을 업새는것은 아니엇만은
오— 너는 이저도 이저도 아모래도 잇처지지못할
너무도 悲慘한 아조 조그만 푸로레타리아이엇다
그것이 그것이 나를 뚜다려치는구나


…(중 략)…


그렇나 祜야!
우리는 끗끗내 너를 한번도 大邱에도 晉州에도 못보내보고
듣기가싫도록 꿍꿍알는 해참스러운 너를 그냥
그냥! 오뉴월 파리끌는 두덱이우에만 눕혀둘수밧게는 없엇더니라

돈만 있엇든덜 정말 돈만잇엇든덜 고까짓 病쯤이야 의심없이 쪼처버릴것을
호야 긔어코 너를 보내버리지안코는 어쩔수없든 우리는
너를 일부러 죽엿다는 죄를 써도 달게 더달게 받는다
그렇다 어데까지라도 싹싹한 同志이어하는 또 너는
나보다 더큰 죄가 딴군데 잇다는것을 잇지는않으리라


…(중 략)…


한줌의 불근 황토밑에서 가마귀 밥이되고
주린여호떼에게 너의살을 씻기어보내드래도
호야! 너는 어데까지도 붓그럼없는 푸로레타리아이라

흙속으로! 다못 흙속이 너의 가는곳이다
그것이 이세상 唯物論者의 저들에 대한 큰 영예인것이다.
— 「적막(寂寞)한 아츰」에서[27]

위의 시는 첫 아들 호(祜)를 잃고 쓴 작품이다. 자식을 잃은 애절한 심정을 감정적 여과 없이 구구절절 쓰다 보니 상당히 긴 작품이 되었지만, 작품의 곳곳에서 자식을 잃게 된 상황적 현실을 계급적 관점에서 파악하고 있다. 위 인용시에서도 '호'를 "조그만 프로레타리아"로 규정하고 있을 뿐만 아니라, "돈만 있엇든덜 정말 돈만잇엇든덜 고까짓 病쯤이야 의심없이 쪼처버릴것을"이라고 한탄하면서 '호'의 죽음이 "나보다 더큰 죄"인 가난의 현실에서 비롯되었음을 말하고 있다. 그리고 '호'가 "붓그럼없는 푸로레타라아"로 살다 갔다고 하면서 "그것이 이세상 唯物論者의 저들에 대한 큰 영예인것이다"라고 했다. 여기다 이 작품이 발표된 잡지 『우리들』이 사회주의 사상의 계몽을 목적으로 발간한 카프(KAPF)의 기관지였다는 점을 감안하면, 이 작품은 사회주의 의식을 뚜렷이 드러내고 있는 셈이다. 그렇다면 이 단계에서 이주홍은 자식의 비극적인 죽음까지도 사회주의 의식으로 무장된 시각에서 형상화하고 있는 철저함을 보여주었다고 말할 수 있다. 하지만 이 시는 자식의 안타까운 죽음 자체가 갖는 비극성, 자식의 주검을 대면한 부모의 애절한 심정과 자책감, 그리고 사회주의 의식을 서로 융합함으로써 관념적 도식성에서 벗어나지 못한 선전·선동시와는 구별되며, 경험적 현실을 구체적으로 형상화함으로써 시적 리얼리티를 일정하게 확보하고 있는 작

---

27) 『우리들』 제4권 제2호(1934. 2).

품으로 평가된다.


### 3) 자책과 자학의 내면적 갈등

일제의 탄압에 의한 카프의 해체는 이주홍의 문학활동 전반에 상당한 영향을 주었을 것으로 짐작된다. 1935년 카프 해체 이후 그의 문학 작품이 보여주는 경향이 상당히 달라지고 있기 때문이다. 소설의 경우, 이 시기 작품들 중에 일부 하층민의 궁핍한 삶을 다루고 있기는 하나, 그것은 사회주의적 관점보다는 인간애를 중시하는 휴머니즘의 관점을 취하고 있고, 다른 대부분의 작품들도 지식인의 전향과 소시민적인 삶, 낭만적 사랑과 애욕의 파탄, 현실과 자연에 대한 순응 등을 보여준다는 것이다.[28] 시의 경우에도 이 시기의 작품이 몇 작품 되지 않지만, 사정은 비슷하게 나타난다. 『시학』에 발표된 「유란집(榴卵集)」(1939. 5), 「사도(死都)의 노래」(1939. 10), 「밤의 연보(年譜)」(1939. 12)와 『동양지광』에 발표한 일어시 「전원에서(田園にて)」(1944. 5)가 이 시기에 드는 작품들이다.

먼저 『시학』에 발표한 작품들을 보자.


① 싫것 울고싶으나
   사람이 성가시어
   내 오늘도
   어둠을 기다리다.

---

28) 류종렬, 「이주홍 초기 소설의 작품세계 연구」, 『현대소설연구』 제15호(한국현대소설학회, 2001. 12).

옆에 앉지도 말고
제발 혼자 두렴아
네 구린내나는 文學論엔
뒹굴어 發狂이라도 하고싶다.

—「유란집(榴卵集)」에서[29]

② 불꺼진 거리처럼
내 가슴은 사철 어두어
智慧의 새는 해마다 가고
靑春이 鬼神인양 울도다.

娼女의 經帶보다도
너 더러운 나의 心臟이여
煒煌한 僞善의 꽃다발에
貪慾은 번처럼 짓드리라.

…(중 략)…

가자 쓰레기통으로 내心臟아, 너는
雨比(傘)가 없어 남의집 첨아밑에 섯너니
良心의門은 굳게 닫처
거미줄이 네 알범을 쫓지않는가.

—「사도(死都)의 노래」에서[30]

③ 소같이 미런하기에
벌레같이 어리석기에
오늘도 썩은 胴體를 지고서
너는 산쵸(동키호-테의 從者)처럼 잘도 섬기다.

---

29) 『시학』제2집(1939. 5. 20).
30) 『시학』제4집(1939. 10).

오, 一生을 내 거짓에바친 어리석은 발이여
이제는 그마저 따르질 못하리니
人生의 그믐은 물결처럼 밀려와
金蓮의 깨소링수레가 너를 맞이러 올께다.

참새야 울지마라
가위로 잘른 네날개가 地上三尺을 못날지언정
너는 포독여 喬木의 洞窟을 찾어
살구꽃마냥 옛노래나 쪼으라.

— 「발의 연보(年譜)」에서[31]

이상 세 작품은 상당한 수준의 시적 성취를 보여주는 작품들인데, 모두 심각한 내면적 갈등을 표출하고 있다는 점에서 공통된다.

①에서 "싫것 울고싶으나/사람이 성가시어" 또는 "옆에 앉지도 말고/제발 혼자 두렴아"라고 했듯이, 시적 화자의 정신적 충격은 대인 관계를 기피하는 자폐증의 심리마저 보인다. 이러한 심리는 철저히 사회와 상호작용을 하지 않으려는 '사회적 무관심'의 표현이다. 그런데 이 시에서 왜 이러한 정신적 충격이 일어났는지에 대한 단서는 찾기 어렵다. 다만 "네 구린내나는 文學論엔/뒹굴어 發狂이라도 하고싶다"라고 한 것을 보면, 시적 화자가 과거에 몰입했던 문학태도와 어떤 관련이 있을 것으로 유추할 수 있다. 여기서 "구린내나는 문학론"이 시인이 한때 경도되었던 사회주의 이념에 바탕을 둔 계급주의 문학론을 지칭한다면, 그는 1939년 당시 역사적 현실의 변화가 주는 엄청난 중압감을 이기지 못하고 과거의 문학적 신념을 포기할 수밖에 없는 어떤 운명적 상황을

---

31) 『시학』 제5집(1939. 12).

맞이했던 것이리라.

②의 시는 시인의 이러한 자기 번민과 갈등을 한층 구체적으로 보여 준다. "智慧의 새는 해마다 가고/靑春이 鬼神인양 울도다"라고 했듯이, 지성의 칼날을 날카롭게 세웠던 젊은 시절은 이미 돌이킬 수 없는 과거가 되었다. 이제 시인은 스스로 "娼女의 經帶보다도/너 더러운 나의 心臟"으로 비하하고 모멸을 한다. 그리고 이러한 자기비하와 모멸이 "煇煌한 僞善의 꽃다발"과 "貪慾"에 물들었기 때문이라고 표명하며, "良心의門이 굳게 닫"친 자아를 비판하면서 결국 "가자 쓰레기통으로 내心臟아"라고 하는 상태의 자기부정에 이르게 된다.

③의 시도 자학과 자기부정의 심각한 내면적 갈등을 표출하고 있다. 시적 자아 스스로 "소같이 미련하"고 "벌레같이 어리석"다고 자기비하를 하면서 "一生을 내 거짓에바친 어리석은 발이여"라는 하며, 자학에 가까운 회한의 심정을 드러내고 있다. 그러면서 스스로의 존재를 가위에 날개가 잘린 '참새'의 처지와 동일시하면서, "살구꽃마냥 내 옛노래나 쪼으라"고 하며 동심의 세계를 노래했던 과거로 회귀하고자 한다.

이상의 작품들에서 보았듯이, 일제 강점기 말기에 쓰여진 이주홍의 시는 자기 번민과 좌절, 그리고 자폐와 자학의 심각한 내면적 갈등을 표출하면서 역사현실이나 사회현실과 마주하려는 자세는 더 이상 취하지 않는다. 오히려 '양심의 문'을 닫고 탐욕의 꽃다발에 유혹되기도 하며 현실과 타협하는 소시민적 인간상을 보여주거나, 역사현실을 등진 채 철저히 자기 고립적인 과거의 세계로 퇴행하는 자아의 모습을 나타내게 된다.

일제 강점기에 가장 늦게 쓰여진 일어시 「전원에서(田園にて)」도 이

러한 자기 고립적이고 소시민적인 자아상을 보여주기는 마찬가지이다.

어둠 속을
동굴 안을
나는 가만히
아이들의 숨소리를 듣는다.
옆에 놓인 라디오에서는
소리가 들리기 시작했다.
전쟁상황을 들으려고
귀를 가까이 세우는데
아이들의 숨소리가
더 높아진다.

늙은이에게
행복이 있으라고 기도하면
댕-
댕- 소리에
아버지가 일어난다.

재털이를 치는
그리운
금속 소리

닭은 또 울려고
멍석을 치는 소리가 나자
날개를 치기 시작했다.

— 「전원에서(田園にて)」에서[32]

---

32) 『동양지광』 제6권 제5호(1944. 5).

이 시가 쓰여진 1944년 5월이면 태평양전쟁이 막바지로 접어드는 때로 일본의 패색이 여기저기서 드러나기 시작했던 때이다. 1943년 이미 징병제가 실시되어 한국인들이 전쟁의 희생양으로 강제 동원되었고, 내선일체의 황국사관과 전시 참여를 위한 국민정신을 선동·고무하기에 여념이 없었던 당시에, 일어로 쓰여진 위의 시는 다행이 이런 시대적 조류에 휩쓸리지 않는 모습을 보여준다. 비록 일어로 쓰여진 한계는 있으나, 이 시는 소박한 소시민적 일상을 담담하게 묘사하는 데 그치고 있다. 이 시의 화자는 라디오를 통해 전쟁상황에 조용히 귀 기울이면서도 특별히 심각한 역사현실의 문제로 받아들이지 않는다. 그저 "늙은이에게/행복이 있으리고 기도하"는 것이 전부이며, 그러다 닭이 홰를 치는 소리를 들으며 아무렇지도 않게 새날이 찾아온 것을 일상의 일로 평범하게 받아들일 뿐이다.

이주홍의 일제 강점기 시는 바로 이 단계에서 마감된다. 그러나 광복을 맞이하면서 그는 사회현실과 치열하게 대면했던 과거의 자아를 다시 되찾으면서 역사의 격랑을 타게 된다.


## 4. 결 론

이 글은 지금까지 일제 강점기에 이주홍이 발표한 시를 가능한 폭넓은 자료 조사를 통해 찾아서 그 목록을 작성하고, 이를 바탕으로 그의 시가 보여주는 작품세계의 특징을 고찰했다. 그 결과를 간략하게 요약하여 제시하면 다음과 같다.

첫째, 일제 강점기에 발표한 이주홍의 시작품으로 3편을 새롭게 발굴하고 4편의 작품 서지를 분명하게 확인하는 성과를 거두었다.

둘째, 새로 찾아진 이주홍의 시는 『중외일보』에 발표된 1편, 『우리들』에 발표된 시 1편, 그리고 『동양지광』에 게재된 시 1편이었다. 그리고 작품의 서지사항을 분명하게 확인한 작품이 『우리들』에 발표한 1편과 『시학』에 발표된 3편으로 모두 4편이었다.

셋째, 이주홍의 시 세계는 크게 세 시기로 구분하여 파악했다. 첫번째 시기의 시는 1930년 중반 이전의 작품들로 고향을 떠나 객지에서 느끼는 향수를 노래했으며, 두번째 시기의 시는 1930년 중반 이후부터 1930년대 중반까지에 발표된 작품들로 계급적 관점의 사회주의 의식에 기초하여 계급 모순의 현실을 비판하거나 삶의 비극성을 구체화하고 있었다. 그리고 세번째 시기의 시는 1930년대 중반 이후부터 광복까지의 시기에 발표한 작품들로 자폐와 자학의 심각한 내면갈등을 표출하거나 현실과 타협한 소시민적 인간상을 보여주었다.

이주홍의 시 연구는 그 범위가 확대되어야 할 것은 물론이다. 앞으로 광복기 이후의 작품들에 관해서도 좀더 치밀한 자료 조사 작업이 필요하고, 이를 토대로 이주홍의 시와 동시에 관한 전체적인 이해에 이를 수 있도록 하는 연구가 요청된다. 그동안 이주홍의 문학에 관한 연구가 동화나 소설 중심으로 진행되어온 나머지, 시나 동시 분야의 연구가 소원했다는 반성과 함께 그의 시문학에 관한 종합적이고 체계적인 논의가 진행되기를 기대한다.

# 이주홍의 초기 아동문학과 『신소년』

박태일

## 1. 들머리

향파 이주홍(1906-1987)은 우리 근대문학사에서 대가다운 풍모를 보여준 몇 되지 않는 작가 가운데 한 사람이다. 여러 문학·예술 갈래에 걸쳐 다재다능했던 역량, 1920년대 중반에서 시작하여 임종에 이르기까지 예순 해를 넘도록 한결같았던 문필활동은 예사 작가들이 넘보기 힘든 경우였다. 그럼에도 불구하고 그에 대한 연구는 이제까지 제대로 이루어지지 않았다.[1] 부분적인 연구가 적지 않은 터이지만, 그를 제대로 드러내는 일에는 턱없이 못 미쳤다.

일이 이렇게 된 까닭은 크게 둘로 보인다. 첫째, 시·소설·아동문

---

[1] 이주홍에 대한 언급은 활동 초기 무렵에도 그리 많지 않았다. 비교적 꼼꼼하게 초창기 근대 문인과 문단 사정을 갈무리하고 있는 백 철에서도 소극적이었다. 이주홍의 「玩具商」(1937년도 『조선문학』 2월)을 두고 "그 시기를 반영한 것"이라 한 차례 이름을 올렸을 따름이다. 이주홍의 문학적 생애는 한참 뒤인 1974년 신동한에 이르러서야 본격적으로 다루어지고 알려졌다. 그 사이 여러 차례 일반인을 상대로 마련된 문학사전류에서도 그의 이름을 찾기는 쉽지 않다. 그에 대한 비평계나 학계의 관심이 많지 않았던 탓이다. 비록 단편적인 것들이나마 그를 다룬 주요 업적은 이즈음 들어 『이주홍 문학 연구』로 묶여 그 흐름을 쉬 알도록 했다.
백　철, 『조선신문학사조사 현대편』, 백양당, 1950, 269쪽.
신동한, 「향파 이주홍론」, 『재부작가론·작품집』, 한국문인협회 부산지부, 1974.
이주홍아동문학상 운영위원회 엮음, 『이주홍 문학 연구』 1권·2권 대산, 2000.

학・수필・시나리오・희곡・연출・번역・편집・출판・만화・서화・음악에 걸치는 그의 다양한 예능활동은 본격적인 순문학 작가로서 자신의 문학적 특장을 인식시키는 데에 오히려 장애요소가 되었음직하다. 둘째, 그의 오랜 활동 기간과 굵직굵직한 업적에도 불구하고, 뜻밖에 그의 삶과 문학에 대한 기초 조사・정리 작업이 빈약했다. 그를 다룬 연구 업적들이 거의 모두 1960년대 이후, 곧 손쉽게 찾을 수 있는 부분 자료에 기댈 수밖에 없었던 사정이다.

이 글은 이주홍의 초기 문학, 그것도 『新少年』을 중심으로 한 아동문학 활동을 학계에 처음으로 밝히는 일을 목표로 씌어진다.2) 이제껏 한국 근대 계급주의 아동문학의 보고로 알려져 왔던 매체가 『신소년』이다. 그러나 그에 대한 연구는 한 차례도 이루어지지 않았다. 중요도에 무관하게 실물을 찾을 수 없었던 까닭이다. 주도적으로 그 잡지의 편집과 작품 활동을 했던 이주홍에 대한 관심이 일어날 리는 더욱 없었다.

뜻한 목표에 이르기 위해 이 글은 다음과 같은 순서를 따른다. 첫째, 이제까지 잘못 알려져 왔던 그의 등단 연도와 등단 작품명을 바로 잡는다. 둘째, 『신소년』에서 보이는 이주홍의 작품 활동을 두루 갈무리해, 그 됨됨이를 살핀다. 일의 편의를 좇아 서사작품, 곧 동화와 소년・소녀소설 그리고 동요・동시, 아동극으로 나누었다. 학계에서 두어 줄로 건너뛰곤 했던 그의 초기 아동문학뿐 아니라, 『新少年』에 대한 관심이 장

---

2) 이주홍의 초기 동시 경우는 김지은에서 한 차례 다루어졌다. 이주홍의 시를 묶어 살핀 그 글에서 연구자는 『신소년』에 실린 이주홍의 동시의 존재를 처음으로 학계에 알렸다. 이 글은 그 뒤에 발굴된 동시를 포함해, 『신소년』에 실린 이주홍의 아동문학 작품 활동을 죄 다룬 것이다.
김지은, 「이주홍의 시 연구」,『지역문학연구』 7호, 경남지역문학회, 2001.

차 깊어질 일이다.


## 2. 등단 작품 「배암색기의 舞踏」 변증

『신소년』은 1923년부터 1934년까지 '중앙인서관'에서 낸 월간 아동
문학 전문지였다.[3] 이주홍은 이미 십대 어린 소년 시절부터 『신소년』을
읽고, 거기다 투고를 하면서 문학적 소양을 키웠다.[4] 게다가 『신소년』
을 통해 공식적으로 한국 문단에 얼굴을 내밀었을 뿐 아니라, 1929년부
터는 여러 해 『신소년』의 편집장으로 일했다. 『신소년』은 그의 문학
적·예술적 모태일 뿐 아니라, 재능을 한껏 꽃피운 중심 매체였던 셈이
다.

> 신영철형의 알뜰한 주선과 내가 오래전부터 투고를 해 나왔다는 연고가
> 주효해서 나는 신소년사에 입사해 잡지편집을 맡게 되었다.……혼자서 여러

---

3) 『신소년』은 1923년 10월에 창간되어, 1934년 봄까지 11년에 걸치는 동안 나온 것
   으로 짐작된다. 검열이나 출판사 사정에 따른 결호가 여러 차례 있었고, 때로 합
   본호까지 내었던 까닭에 모두 몇 권이 나왔는지는 확인하기 어렵다. 글쓴이가 실
   물로 확인한 것은 모두 67권이다. 앞으로 죄 발굴되어, 전모가 밝혀지기를 바란
   다. 그리고 이 글에서 작품을 따올 경우에는 작품의 맛을 다치지 않도록 하기 위
   해 오늘날 쓰이지 않고 있는 복자음과 띄어쓰기만 손을 보는 소극적인 방식을 택
   했다.

4) "우연한 기회에 신문을 봤더니만 서울서 내는 동명의 신소년이란 잡지광고가 나
   있는 것이었다……천신만고 돈을 구해 주문을 해 받아봤더니……아름다운 소년
   잡지였다.……권말에 독자투고란이 있기에 나도 즉시 그 규정에 따라 대담하게도
   44조의 동요 한 편을 가명으로 보냈더니 그 작품이 선평과 함께 다음 달 잡지에
   버젓이 나 있는 것이었다.……그래서 계속해 투고를 하는 일방, 문예작품뿐 아니
   라 표지, 그림까지 있는 재주를 다해 그려 보냈는데"
   이주홍, 「이세상 태어나서」, 『격랑을 타고』, 삼성출판사, 1976, 281-282쪽.

다른 이름으로 작품을 메워 넣어야 하기도 했고 표지에서부터 컷 삽화까지 혼자 도맡아서 하는 일인다역을 했다.[5]

『신소년』의 원고 청탁, 편집, 장정에서부터 곳곳의 지사 활동에까지 그의 책임이 미쳤던 것으로 보인다. 활발한 작품 발표는 물론, 香波·李向波·이향파·주홍·李周洪에 걸치는 이름을 쓰면서 여러 갈래에 중복 발표도 마다하지 않았다. 표지그림도 그가 도맡는 형국이었다.[6] 1931년 후반에 잠시 활동이 뜸해졌다.[7] 1932년 8월 무렵부터 다시 활동하기 시작한다.[8] 그리고 1934년 봄 『신소년』이 나오지 못하게 되기까지

---

5) 이주홍, 앞의 책, 284-285쪽.

6) 표지그림말고도 이 글에서 다루지 않은 활동은 더 있다. 1930년 6월호에서는 엄흥섭의 「녀름밤」이라는 동요에 그림을 그려넣고 있다. 그리고 이주홍은 독자투고 작품에 대한 선도 맡았다. 1930년 7월호 '독자 담화실'에 따르면, '동요는 누가 선합니까'라는 독자의 서신 질문에 '모다 이주홍선생님이 선합니다'(45쪽)라 적고 있다. 이밖에도 1934년 2월호에서는 「톡탁톡탁」이라는 홍구의 동요에 작곡을 맡았다. 평론도 썼는데, 실제 작품은 보이지 않는다. '못 나온 신소년의 1934 4월호 내용'이라는 광고에 '이향파' 의 「아동과 음악」이 나열되고 있다. 수필은 한 편이 보인다. 1930년 5월호 '독자통신'에 실었던 「뼛대어라 판남아」가 그것이다. 이렇게 보면 이주홍은 『신소년』 출판과 관련해, 거의 모든 갈래에, 모든 업무에 관여하고 있는 셈이다.

7) 고향 합천에 내려가 있었던 시기로 보인다. 1931년 3월호의 '독자 담화실'에 따르면, "이주홍 선생님이여? 그동안 평안하십니까 그런데 2개월전에 동아, 조선일보에 무산소년이라는 잡지가 발간된더니만 엇지나 되엿습니까? 아르켜주세요"라는 물음에 "본사에서도 궁굼이 생각하는 중입니다. 이선생이 시골내려가셧는데 '무산소년'은 이달초새쯤 나올듯하다는 소식이 잇습니다"(49쪽)라는 답변 기록이 보인다.

8) 1932년 8월호에 "이주홍군 동요작가이며 평론가인 김병호군 이분들은 지금은 조금도 활약을 안하야준다."(홍 구, 「아동문학작가의 프로필」, 29쪽)는 부분과 '독자편지'에 "신고송, 윤복진, 이주홍 선생의 주소 알으켜 주셔요." "답변 신고송 경성부 안국동 98 기타는 불명"(56쪽)이라는 기록, 그리고 '편집후기'에 "이달에는 동요가 좀 만흔것갓다. 오랫동안 소년문단에 소식을 끈헛든 이주홍씨의 동요가 이달에 신소년에 나타낫다. 반갑게 마저주자."라는 글이 실려 그에 대한 기사가 한꺼번에 보인다.

이주홍은 다시 『신소년』의 편집일을 이끌었다.[9]

그런데 이제까지 이주홍의 등단 작품은 1925년에 『신소년』에 실렸다는 「뱀새끼의 舞踏」로 알려져 왔다. 여러 해적이와 연구물이 그 점을 꾸준히 확인했다. 그러나 어느 경우도 작품 줄거리나 내용을 언급하고 있지는 않다. 실제로 그 작품을 읽어 본 연구자가 없었다는 뜻이다. 그런데도 「뱀새끼의 舞踏」는 실체는 드러내지 않은 채 이주홍 문학의 전면에 나앉아 있었던 셈이다. 이제 사정이 그리 된 까닭을 찾아본다. 이주홍을 표제로 올리고 있는 주요 사전류나 연구물의 기록을 몇 보인다.

①이주홍(소설) 1906년 경남 합천, 『신소년』『풍림』『신세기』지 등 편집, 단편집, 『조춘』『탈선춘향전』등, 1929년 『여성지우』에 단편소설 「결혼전날」로 출발.[10]

②선생은 열여섯 살 때, 신소년 잡지의 애독자였다. 그 잡지에서 힘입어 동요를 발표하여 기쁨에 젖은 것도 바로 그 즈음의 일이었다. 뿐만 아니라 이즈음하여 선생의 첫 동화 뱀새끼의 무도가 신소년에 발표되었다.[11]

③1925년에는 『신소년』에 창작동화 「뱀새끼의 무도」를 투고하여 이 작품이 독자란이 아닌 본문 가운데에 실리게 된다. 이것이 말하자면 향파가 본격적으로 문단에 발을 딛게 되는 첫 번째의 데뷔작품이라고도 할 수 있다.[12]

---

9) 『신소년』의 자매지격이었던 『별나라』에는 1934년 9월호(77호)에 표지 「압흐로갓」을, 그리고 1935년 1·2월합호에 「새해의 첫소리」라는 표지를 그리고 있다. 게다가 동화 「곰방대」, 만화 「어둥둥先生」을 그렸다. 이로 보아 카프 맹원에 대한 검거가 거세게 휘몰아쳤던 1935년 초반까지는 서울에서 활동하였음을 알 수 있다.
10) 이상로 엮음, 『世界文學案內』, 범조사, 1957, 417쪽.
11) 손동인, 「해설」, 『이주홍아동문학독본』, 을유문화사, 1963, 1쪽.
12) 신동한, 「향파 이주홍론」, 『재부작가론, 작품집』, 한국문인협회 부산지부, 1974, 61쪽.

④이주홍 《인명》 1906 - 소설가. 아동문학가. 호는 향파. 경남 합천 출생. 일찍이 일본 유랑 후 귀국. 1925년『신소년』에「뱀새끼의 무도」를 투고 발표, 『신소년』『풍림』『신세기』등의 편집에 종사했고[13]

이른 기록인 ①에서는 이주홍의 등단 시기에 대한 문제가 적시되지 않은 쪽이다. 일찍부터『신소년』과 인연을 맺었던 사실이 기술되고 있을 따름이다. 그러다가 ②와 ③에 이르러 그의 등단 연도와 등단지, 작품이 1925년『신소년』의「뱀새끼의 무도」라고 분명하게 적혔다. 1974년과 1975년의 기록이다. 그리고 그 뒤 기록들은 이 사실을 거듭 되풀이하고 있는 형국이다. 이주홍의 자술 기록 또한 씌어진 시기에 따라 한결같지 않다.

⑤1922년『신소년』지에 동화「뱀새끼의 무도」, 1929년『여성지우』지에 단편「결혼 전날」을 발표함으로써, 해서 출발, 아동문예지『신소년』을 편집하면서.[14]

⑥끝으로 필자는 1925년에 동화「뱀새끼의 무도」가 발표되고 1929년 조선일보 신춘문예에 단편「가난과 사랑」이 입선된 이래 서울에 있으면서[15]

⑦이미 4년전에 투고만 해 놓고 일본에 가서 있느라고 까맣게 잊고 있었던 내 동화「뱀새끼와 무도」가 진작 1925년도『신소년』에 나 있었던 사실을 처음으로 발견해 낸 일이었다. 발표를 한 것도 기성대우를 해 당당히 유명작가의 예에 끼워 놓은 것이었다. 만일에 이 작품을 발견 못했더라면 그만큼 내 작품년보는 줄어졌을 것이었다.[16]

---

13) 서울대학교 동아문화연구소 엮음,『國語國文學辭典』, 신구문화사, 1975, 520쪽.
14) 이주홍,「문학」『경상남도지』중권(경상남도지편찬위원회 엮음), 1963, 1058쪽.
15) 이주홍,「부산문학사략」,『부산문학』6집, 한국문인협회 부산지부, 1973, 76쪽.
16) 이주홍,「이 세상에 태어나서」,『격랑을 타고』, 삼성출판사, 1976, 285쪽.

1960년대의 자술 기록인 ⑤에서는 등단 시기와 작품이 1922년 「뱀새끼의 무도」로 되어 있다. 1973년의 기록인 ⑥에 와서부터 1925년 「뱀새끼의 무도」라 분명하게 적히기 시작했다. 따라서 앞서 본 ③과 ④의 기록도 자술 기록 ⑥에 따른 것임을 짐작할 수 있다. 말하자면 '1925년 『신소년』에 「뱀새끼의 무도」 발표로 등단'이라 굳어지게 된 것은 1970년대 초반, 그의 자술 기록에 바탕을 둔 셈이다. 그리고 이주홍 스스로도 그것을 오기했을 것이다. 작품의 됨됨이나 줄거리에 대한 언급을 더하지 않았던 까닭이다. 이 작품을 곁에 지니고 있지 못했고, 다만 기억에 의존해서 인지하고 있었을 것으로 짐작된다.

그런데 이제껏 의심할 바 없이 믿어져 왔던 바, 이주홍의 등단 작품은 실물을 확인한 결과 「뱀새끼의 무도」가 아니라 「배암색기의 무도」다. 그 발표 시기도 1925년이 아니라 1928년, 『신소년』 5월호에서였다.[17] 그런데 이 점에 대해 두 가지 반론이 있을 수 있다. 첫째, 그의 등단 작품이라고 일컬어져 왔던 「뱀새끼의 舞踊」와 「배암색기의 舞踊」는 서로 다른 작품일 가능성이다. 그러나 이 점은 설득력이 엷다. 뱀과 배암 사이의 뒤섞인 쓰임은 경상도 지역말에서 지극히 자연스러운 일이다. 실제 작품 원본을 곁에 지니지 못했던 이주홍으로서는 지역말 '배암'을 '뱀'으로 오기했을 수 있다.

---

이 글은 1974년 8월 31일에서 1974년 10월 2일 사이에 『국제신보』에 연재했던 것이다. 그의 고희기념 수필집이기도 한 위에 든 책에 되실렸다. 그리고 이 책의 끝에 붙인 「작품 연보」는 이 글에 바탕을 두어 상세하게 만들어졌는데, 1925년 동화 「뱀새끼의 무도」가 『신소년』지에 발표된 사실을 맨 앞에 올려 등단작임을 밝혔다.

17) 1925년도 『신소년』 가운데서 글쓴이가 확인하지 못한 책은 2, 3, 5, 6월호다. 확인된 책에는 「배암색기의 무도」가 실리지 않았다.

두 번째, 1925년에 발표된 등단 작품 「배암색기의 무도」가 1928년에 이르러 재수록되었을 가능성이다. 이럴 경우 「배암색기의 무도」는 두 번 실리게 된 것이고, 1925년이 등단 연도라는 데에는 의심의 여지가 없어진다. 그러나 이 점도 가능성이 엷다. 왜냐하면 『신소년』은 순수한 아동문학 창작지로서, 현재까지 재수록은 한 차례도 보이지 않기 때문이다. 게다가 이주홍이 직접 『신소년』 편집에 관여하게 된 때는 일본에서 돌아왔던 1929년 후반기였다. 따라서 자신의 편집 권한을 활용해 한 해 앞인 1928년에 재수록할 수 있는 가능성은 없다 하겠다.

따라서 이제까지 잘못 기록되어 왔을 개연성이 가장 높다. 사실 이주홍의 해적이나 작품 죽보기는 빠트린 부분이 많아 거론하기 힘들 정도다. 무엇보다 활동 초기에서부터 쉰 해를 훌쩍 넘긴 1970년대에 와서야 이주홍 스스로 간수한 자료나 자신의 기억에 의존하여 이룩된 죽보기다. 여러 잘못과 누락의 가능성은 처음부터 컸다. 따라서 글쓴이는 1928년 『신소년』 5월호에 실린 「배암색기의 舞蹈」가 그의 등단 작품이라 변증한다. 기존의 잘못된 기록들은 바로 잡혀야 마땅하다.


## 3. 계급 모순과 계몽적 서사의 두 길

『신소년』에 실린 서사작품은 그 갈래 이름을 '동화'와 '소년소설', '소녀소설', 또는 '소설'이라 붙이고 있다. '동화'는 문제될 것이 없지만, 소설은 일컬음이 셋이다. 그러나 '소년'과 '소녀'라는 말은 주인물의 성별에 따라 달라진 표현일 뿐이다. 『신소년』에서 '소설'이라는 일컬음도 아동·소년을 대상독자로 삼은 소년(소녀) 주인물의 작품을 일컫는 경우다. 그 세 일컬음은 '소년·소녀소설'이라 묶어 살펴 무리가 없겠다. 이주홍의 작품 또한 그 둘로 나누어 보고자 한다.


## 1) 동화와 우화적 상상력

『신소년』에 실린 이주홍의 동화는 여덟 편이 확인된다.[18] 그 가운데서 「개고리와 둑겁이」는 학계에 한 차례 알려진 것이다.[19] 나머지 일곱 편은 이 글에서 처음 밝혀지는 작품이다. 그리고 「토끼꼬리」는 미국 동화를, 「눈먼 호랑이」는 아프리카 동화를 번안했다.[20] 이 둘을 빼고 나면 순수한 이주홍의 창작동화는 여섯 편인 셈이다. 이들은 다시 두 유형으로 나누어 볼 수 있다. 동물우화와 어린 주인공의 동심어린 세계를 다룬 작품이 그것이다. 「배암색기의 舞蹈」와 「개고리와 둑겁이」, 「호랑이 이약이」, 「천당」이 앞에 든다면, 「우체통」, 「군밤」은 뒤에 든다.

등단 작품 「배암색기의 舞蹈」는 "늙은 느름나무밋 언덕 아래"에 살고

---

18) 「배암색기의 舞蹈」(1928년 5월호), 「토끼꼬리」(1929년 12월호), 「눈먼 호랑이」(아프리카 동화 1930년 3월호), 「개고리와 둑겁이」(1930년 5월호), 「우체통 」(1930년 7월호), 「천당」(1933년 5월호), 「호랑이 이약이」(1934년 2월호), 「군밤」(1934년 2월호).

19) 정춘자, 「이주홍 아동문학의 특성」, 『한국아동문학 작가 작품론』(사계 이재철 선생 화갑기념논총간행위원회 엮음), 서문당, 1991.

20) 꾀 많은 토끼가 연못 건너 달린 열매를 따먹기 위해 꾀를 냈다. 악어를 속여 그들의 등을 밟고 연못을 건너고자 한 것이다. 뒤늦게 속은 줄 알고 화가 난 악어에게 꼬리를 먹힌 까닭에 토끼꼬리가 짧아졌다는 내력담이 「토끼꼬리」다. 미국 동화의 번안이다. 「눈먼 호랑이」 또한 아프리카 동화를 번안했다. 호랑이 굴에 '도토리술'이 있는 것을 안 거북이가 밤에 살금살금 들어섰다가 잡혔다. 그러나 호랑이에게 아침 해를 바라보게 하는 꾀를 내어 오히려 호랑이의 눈을 멀게 만든 다음, '도토리술'을 훔쳐 달아난 기지담이다.

있는 '배암' 가족에 얽힌 이야기다. '어미뱀'은 날마다 밖에 나가 먹이를 얻어 오고 세 "새끼 배암"은 "집을 직히고" 있었다. 새끼뱀들은 어미뱀의 경고에도, 개구리가 먹고 싶어 집 밖으로 나갔다, 막내를 까치에게 잃고 만다. 그 사실을 어미뱀이 알까 봐 맏이는 둘째에게 거짓말을 부추겨 위기를 넘긴다. 어미뱀은 그 뒤 "먹지는 못하지만, 싸우지 말고 가지고 놀기나 하여라"며 개구리 한 마리를 던져 준다.

> 색기들은 깁버 날뛰면서 문밧게 가지고 나가 풀입 우에 언저노코 빙빙 돌면서 자미나게 춤을 추엇습니다. 점심때가 늦도록 아모 것도 모르고 춤만 추고 잇섯습니다.[21]

그러나 개구리를 혼자 먹고 싶은 욕심이 생긴 맏이는 동생에게 느릅나무 위로 먼저 기어오르기 내기를 청한다. 사정을 모르는 동생은 형을 이기기 위해 "땀을 밭죽갓치 흘니면서" 기어오르다 밑을 내려다 보니 '심술쟁이' 형이 보이지 않았다. 아우 몰래 개구리를 먹다가 목이 막혀 "캑캑"거리며, "아이고 죽네 죽네"라며 울고 있었던 것이다. 그것을 본 동생 뱀은 "에! 시원하다 나를 속이면 그럿타 어머니 말슴을 아니 들으면 그럿타"고 중얼거리며 "나무끝에서 춤을" 추었다. 두 차례에 걸친 "배암 새끼"의 춤을 빌어 모름지기 바른 가족의 행동거지를 일깨우고자 하는 우화 형식을 따랐다.[22]

「개고리와 둑겁이」는 「배암색기의 舞蹈」와 달리 짜임새가 무르익었

---

21) 『신소년』 5월호, 신소년사, 1928, 63쪽.
22) 이주홍이 자란 마을이 "사동", 곧 '배암골(배양골)'이다. 뱀을 글감으로 끌어온 작품으로 이주홍이 등단하게 된 일이 흥미롭다.

다. 개구리 울음소리의 유래와 청개구리가 울면 비가 오게 되는 까닭, 그리고 두꺼비가 못 생긴 데다 미련스런 몸짓을 하게 된 까닭을 밝히고 있는 내력담이다. 세상에 새로 물고기와 짐승이 생기던 먼 옛날이다. 그들은 먹을 것을 빼앗기 위해 싸우다 못해, 논둑과 같은 것으로 경계를 삼아 서로 넘어서지 않도록 의논했다. 그러나 저희들 안에서도 "힘센 놈과 약한 놈", 내 차지 네 차지가 생겨 싸움이 끊이질 않았다. 개구리 또한 마찬가지였다. 약한 놈은 늘상 죽도록 일만하고, 먹을 것을 얻기 위해 강한 개구리에 복종할 수밖에 없었다.

> 힘센 개고리들은 엇드케나 잘 먹고 만히 먹고 몸을 편히 하엿든지 그저 날마다 살이 뿌득뿌득 쩌서 번듯번듯한 몸은 기름이 흐를 듯 하엿습니다. 그럼으로 지금 우리들은 그것을 둑겁이라고 부릅니다만은 그 때에는 특별히 큰 개고리라고만 불넛드랍니다.[23]

큰 개구리인 두껍이는 약한 개구리 가운데서 골라 고방 감독을 시켰다. 하루는 감독 개구리의 어머니가 큰 개구리 고방 속으로 몰래 들어가 먹을 것을 훔쳐 먹고 나오다 '고방직이'에게 들켜 물려 죽게 되었다. 감독 개구리가 그 일을 항의하자 그마저 죽여버렸다. 그 소문이 '양사방'에 퍼지게 되자, "그냥 둘 수 없다"하고 약한 개구리들은 "홍수와 같이 몰려" 들었다. 때마침 서리가 내리기 시작해서 한 차례 겨울잠을 자는 동안 약한 개구리들은 큰 개구리를 물리칠 "모든 계획을 다 세웠"다. 그리하여 오월이 되자 수백마리씩 모여 큰 개구리 집으로 쳐들어갔다. "아무리 힘이 강하다 하지만" 큰 개구리들은 워낙 수가 많았던 약한 개

---

23) 『신소년』 5월호, 신소년사, 1930, 39쪽.

구리들에게 쫓기는 신세로 떨어진다. 그리하여 다시 평화를 되찾아 걱정없이 잘 살게 된 약한 개구리들은 지금도 첫여름이 되면 "이놈 큰 개고리야 또 좀 와서 보아라 이놈 이놈" 하고 밤마다 외치게 된 것이다.

그들은 할 수 업시 육지로 쫓겨나고 난 뒤로는 말할 수 업는 고생을 하엿습니다. 첫재에 먹을 것이 귀해서 배를 쫄쫄 고랏습니다. 그차에 하도 오랫동안 놀고만 잇든 몸이라 손이 압흐고 발바닥이 가려워서 일을 할줄 몰낫습니다. 그럼으로 지금 여러분들도 밧고랑이나 돌덤불 속에서 몇 십년이나 굶은 듯한 허느적한 얼골로 크다란 눈만 꺼무럭꺼무럭 하고 있는 둑겁이를 보시겟지요. 엇지보면 불상한 듯도 보이는 마치 아편쟁이나 장돌뱅이갓지 안습닛가.
그래도 지금 그 문둥병자가치 살이 푸등푸등하고 커다란 몸집을 보십시오.
그래도 옛날에는 만흔 약한 개고리들의 피땀을 글거먹고 저러케 살이 찐 것이람니다.[24]

쫓겨간 큰 개구리는 "논둑만 보면 웃둑허니 겁만내는 놈이라고 둑겁이라는 별명을 부첫다." 그런데 두껍이도 한 가지 재주가 있었으니, 돌덤불 속에서 나와서 하늘을 자꾸 바라보면 비가 오게 되는 것이다. 그래서 "약한 개고리들의 소리가 구찬키도 하고 무섭기도 하여서 때때로 재조를 부려서 비를 오게 하여서" 개구리들이 입을 벌리지 못하게 하였다. 약한 개구리들도 꾀를 내어 "담대하고도 날낸 놈을 뽑아가지고" 두꺼비가 어디서 무엇을 하고 있는지 염탐하도록 하였다. 청개구리가 바로 그들이다.

이 작품은 완연히 큰 개구리와 약한 개구리로 대비되는 계급 투쟁을 다루고 있다. 무산계급과 유산계급 사이에 대립이 나타나게 된 유래 뿐

---

24) 『신소년』 5월호, 신소년사, 1930, 41쪽.

아니라, 약한 개구리의 행동을 빌어 계급 모순을 벗어나는 방법과 모순 극복의 믿음을 심고자 한 뜻이 확연하다. 동화의 틀을 빌어 유물사관과 계급 투쟁에 대한 초보적인 일깨움을 어린 독자들에게 주겠다는 의도다. 아이들에게 낯익은 개구리와 두꺼비를 끌어댄 우화 형식에다 수수께끼 짜임새가 작품의 재미를 한껏 높였다.

「호랑이 이약이」도 호랑이/벌, 강한 짐승/약한 짐승이라는 대립을 앞세워 계급적 이해 관계를 뚜렷이 했다. "적은 힘도 모으면 커지고 큰힘은 언제든지 저근힘을 익인다는 리치"[25]를 벌들은 알고 있었다. 자신의 벌집을 밟아 동료를 다치게 하고 죽였던, "배짱 뻔뻔하"고 '권세조흔' 호랑이를 힘 모아 골려 준 것이다. 벌들에게 쏘인 호랑이는 마침내 떨어져 죽고, 온 산의 짐승들이 모여 그 치상을 즐기는 우화다.

「천당」은 '교당엽' "목사집 고방 속에" 살고 있는 "젊은 쥐" 내외 이야기다. "거의 밤밤마다" '남녀노소' 사람들이 "긔도를 드리고 찬송가를" 부르는 것을 본 쥐 내외는 그 '천당'이 그리 좋다면 그들도 그리로 가보기로 하고, 열심히 따라 믿었다. 그러는 가운데 언제부터 소년들이 한 둘 교회에 나오지 않는 것이었다. 그래서 그 쥐 내외는 그들이 '천당길'로 간 것으로 알고, 한 소년의 뒤를 따라가 보았다. 어렵사리 "내ㅅ물을 건너서" "××××조합　××지부"라는 간판이 나붙은 곳에 이르게 되었다. 물론 쥐 내외는 그 글씨를 단지 '천당'이라 쓴 줄로 짐작했다.

　가로 통한 넓짓한 두 칸 방안에는 칠팔인 사람들이 드러안저 잇섯다. 낫서

---

25) 『신소년』 2월호, 신소년사, 1932, 37-38쪽.

른 사람들과 천당가고 없는 줄 알엇던 소년신자들 다섯 사람도 모다 입을 꼭 담을고 책만 읽고 잇섯다. 조금 나만혼 한 사람은 흥흥 코노래를 부르면서 혼자 등사판에 무엇을 박고 잇섯다. - (줄임) - 그 곳에는 교당에서와 가튼 넓은 마루와 아름다운 그림과 번적거리는 풍금은 없엇다.[26]

교회에 나오던 소년들이 거기에서 열심히 책을 읽고 등사판에 무엇을 박고 있었다. 그 광경을 본 쥐들은 크게 실망하여 천당이 교회보다 더 못한 것으로 생각하게 된다. 그래서 차라리 천당보다는 그 들머리에 있는 목사집이 나을 것이라며 돌아와, 그 뒤로는 기도를 그쳤다. 그리고 "교당에서 찬송가 소리가 울여나올 때마다" "또 사람놈들"이 "그 사랑방이 그리워" 그러는 줄로만 생각했다. 교회와 소년 사랑방을 맞세워두고, 어린 소년들에게 더 필요한 배움을 주는 곳이 소년회의 사랑방 모임이나 밤배움이라는 암시를 주기에 모자람이 없다. 우스꽝스러운 동물 우화 형식을 빌어 가벼운 종교비판까지 다룬 셈이다.

「우체통」은 어린 '숙희'가 우체통이 무엇인가를 어머니로부터 일깨워가는 과정을 담고 있는 작품이다. 처음에는 집앞 우체통이 무엇인지 숙희는 몰랐다. 점차 그것이 편지를 보내는 곳이며, 멀리 일본 공장에서 일하고 있는 아버지 편지가 오가게 되는 것도 그 덕이라는 것을 알게 된다. 그리고 그 일은 우체통 밑으로 길이 뚫려 있어 가능한 것이라 생각했다. 어머니가 외가로 양식을 빌러 가서 늦게까지 돌아오지 않은 날 저녁, 숙희는 개떡을 아버지에게 보내리라 작정했다. 그것을 정성스레 싼 뒤, 글자를 몰랐던 까닭에 아버지에게서 온 편지봉투를 그냥 붙여서, 우체통에 넣었다. 그런데 다음날 어머니는 우체부가 되돌려준 그 개떡

---

26) 『신소년』 5월호, 신소년사, 1933, 15쪽.

을 주며, 우체부가 있어 편지가 오가게 되는 이치를 깨우쳐주셨다. 어린 숙희의 눈길을 빌어, 동심어린 물음에 대한 일깨움을 담았다. 그러면서도 일본으로 떠난 아버지와 양식을 꾸러다니는 어머니의 처지에서 그 무렵 한국인이 겪었던 빈궁의 현실을 알게 했다.

「군밤」은 짧은 동화다. 군것질을 즐기는 주인집 아들이 혼자 군밤을 구워먹으려 하고 있었다. 그때 집안 심부름꾼으로 있는 종수가 나타났다. 아들은 그를 내보내려고 꾀를 냈으나, 오히려 종수의 꾀에 되말려, 군밤을 다 빼앗기고 말았다는 이야기다. 군밤을 이음매로 주인집 아이와 심부름꾼 아이라는 빈/부, 무산/유산의 계급 문제를 제시하고, 오히려 가난한 심부름꾼 아이가 부자 주인집 아들을 골려주는 유머스런 작품이다.

앞에서 본 바와 같이 이주홍의 동화는 크게 두 유형으로 나뉜다. 거북이, 호랑이, 개구리와 같이 아이들에게 친근한 짐승을 등장시켜 강/약, 빈/부라는 계급 대립적 인식을 틀로 뚜렷하게 내세운 동물우화의 방향이 그 한가지다. 내력담이나 기지담 형식 안에 당대 계급 모순의 현실을 일깨우고, 그 속에서 약한 쪽, 못 가진 쪽의 힘과 자각을 불러일으키기 위한 계몽적 의도를 뚜렷하게 드러낸다.

두 번째는 동심어린 어린이를 주인물로 내세워 표면 줄거리를 끌어가면서 그 아래 그무렵의 빈궁 현실이나 계급 모순 상황을 간접적으로 암시하고자 한 쪽이다. 등단 작품 「배암색기의 무도」에서 보는 바와 같이 소박한 가족 윤리에 머무는 작품이 없는 것은 아니지만, 이주홍의 초기 동화는 거북이, 쥐와 같이 친근한 글감으로 싸안은 우화적 상상력 속에서 계급적 이해 관계를 전경화하면서 당대 현실을 일깨우고자 하는 뜻에 한결같았던 셈이다. 서술방식도 '습니다체'를 주로 끌어들여 독자/청자들에 대한 지향 의도를 드높였다.


## 2) 소년·소녀소설의 현실성

『신소년』에 실린 이주홍의 소년·소녀소설은 모두 아홉 편이다.[27] 이 가운데서 「물싸홈」은 검열로 삭제되었다. 소설로 발표된 「보뚝의 구멍」은 '부기'[28]에서 보는 바 번안작이다.[29] 따라서 모두 일곱 편이 창작소설인 셈이다. 그 가운데서 「아버지와 어머니」, 「북행열차」, 「청어 뼈다귀」[30]는 한 차례 알려진 바 있다. 나머지 네 편은 밝혀지지 않았던 작품이다. 이들 일곱 편은 다시 크게 셋으로 나누어 그 내용을 살필 수 있다. 소년·소녀 주인물들이 겪는 가난의 체험에 초점을 둔 작품, 농촌의 소작문제와 그 갈등상을 다룬 작품, 그리고 노동야학의 현장을 보여주는 작품이 그들이다.

---

27) 「눈물의 치맛감」(1929년 12월호), 「아버지와 어머니」(1930년 1월호), 「북행열차」(1930년 3월호), 「청어 뼈다귀」(1930년 4월호), 「물싸홈」(1930년 7월호), 「보뚝의 구멍」(1930년 7월호), 「잉어와 윤첨지」(1930년 6월호), 「돼지 꼿구멍」(1930년 8월호), 「회치」(1933년 7월호).

28) "이번에 소설을 쓰랴든 것이 부득기한 관계로 쓰지 못하게 되어서 시일은 급박하고 하는수업시 현대세계소학독본에서 이 이약이 하나를 가려 쓴 것입니다" 『신소년』 8월호, 신소년사, 1930, 10쪽.

29) 네덜란드에서 '수문지기'하는 이의 아들인 "뻬-타"라는 소년이 조그만 보뚝의 물구멍을 손가락으로 눌러 막아 대견스럽게도 "무서운 물난리"를 막았다는 이야기다.

30) 정춘자, 앞서 든 글.
   이재복, 「웃음 속에 배어 있는 고통스런 현실」, 『우리 동화 바로 읽기』, 한길사, 2001.

「눈물의 치맛감」은 가난한 소녀 '정옥'과 '보악'이라는 두 학생이 추석 명절을 맞아 겪게 되는 사건을 다루었다. 둘은 "가난한 집에 태여나서" "아버지를 여의게 된" 처지가 같아 '남달리' 친하게 된 사이다. 그런데 보악은 석 달 째 아파서 학교에 나오지 못하고 있다. 정옥과 친구들은 추석 다음날 음악회를 열어 보악의 약값을 마련하기로 계획했다. 그러나 정작 정옥은 그날 입고 나갈 치마가 없다. "남의 바누질품을 들어 밥 한 그릇식 어더가지고 오는 어머니"로서는 지어 입힐 여유가 없었던 탓이다.

정옥의 사정을 알아차린 어머니는 "생명가치 중하게 역이든 가락지"를 팔아 치맛감을 사오나, 정옥은 치마를 되물리고, 전당포에 가 가락지를 되찾는다. 그리고 행사 당일 제대로 된 치마를 입지 못한 부끄러움에도 불구하고, 보악을 위해 기꺼이 음악회에 나가 뛰어난 솜씨를 들낸다. 다음날 아침 정옥의 집에는 이웃들이 보낸 예쁜 치맛감이 놓였다. 어린 몸임에도 불구하고 그들의 단결은 가난한 현실을 잠시나마 이길 수 있는 힘이 될 수 있다는 뜻을 잘 담아냈다.

'순남'과 그 동생이 아버지와 어머니를 잃고, 소식 없는 어머니를 찾아 떠돌이가 된 가난 체험을 그린 작품이 「아버지와 어머니」다. 돈을 벌려 일본으로 건너갔다 "석탄파는 탄광"까지 들어가 고생을 겪었던 아버지는 마침내 여비도 없이 도적질하는 처지로 떨어져 버렸다. 어머니는 아버지를 대신하여 품을 팔아 살림을 꾸렸는데, 돌아오지 않은 지두 달이 넘었다. 돌아가셨을지도 모를 어머니를 순남은 동생과 함께 찾아 나선 것이다. 이 작품은 이미 그런 떠돌이 생활 십 년에 거지가 되어 버린 오누이가 추운 겨울밤 서술자인 '나'의 집에 이른 때부터 시작한다. 나의 어머니가 그 오누이를 데리고 들어와 밥을 먹이는 시점이다. 시간 역전 기법을 끌어들였다. 서술자의 주관적인 감정 개입이 많음에도 불구하고, 순남이 오누이가 겪었을 떠돌이 삶의 고초를 강조하기 위한 배려를 아끼지 않은 셈이다.

「북행열차」는 「아버지와 어머니」를 부풀린 듯한 얼개를 갖추었다. '순남'과 그 동생의 모습이 '호진'으로 바뀌었을 따름이다. 큰물 탓에 남의 집에 얹혀 사는 처지에 놓인 '종구' 식구들은 그런 속에서도 중국 동북삼성 외가에서부터 아버지를 찾아 든 아이를 거두게 된다. 그가 호진이다. 살림이 더욱 어렵게 되자, 종구 누나는 일본 방직공장으로 떠났다. 아버지만 혼자 남고, 종구와 호진은 이백 리 남짓 떨어진 고모에게 맡겨지기 위해 길을 나선다. 그러나 가족처럼 지냈던 호진은 도중에 외가로 되돌아가기 위해 기어이 봉천행 기차를 탔다. 남은 종구는 그를 말리지 못한 자신을 자책한다.[31] 어린 소년이 겪는 빈궁과 유랑, 거기다 그들의 삶을 감싸고 있는 가족적·시대적 고난이 곳곳에서 구체적으로 드러나고 있다. 게다가 서술자는 독자/청자를 향한 직접 진술을 숨기지 않아 낭송문학으로 갖출 바 효과까지 고려했다.

소년·소녀 주인물이 겪는 가난의 문제를 중심으로 당대 현실을 그려주고 있는 앞의 작품과 달리, 구체적인 계급 갈등상을 보여주고 있는 작품이 있다. 「잉어와 윤첨지」, 「청어 뼈다귀」, 「돼지 콧구멍」이 그들이다. 「잉어와 윤첨지」는 지주와 소작인의 대립을 다루었다. 여름 큰물이 들어 "뜯어놓은 걸네가튼 들판"이 되고 만 마을의 소작인들은 넋을

---

31) 이 작품은 연재소설로 발표되었으나, 1회에 그쳤다. 따라서 종구와 호진이 고모집으로 가다 겪었음직한 일은 드러나지 않는다.

놓을 수밖에 없었다. 그런데도 지주 윤첨지는 성화만 부린다. 소작인인 '점석이' 아버지는 들에 나갔다 '아름드리' 잉어 두 마리를 건지는 행운을 얻었다. 점석이 아버지는 그것으로 윤첨지에게 양식을 빌까 하고 문 앞에서 서성거리다, 오히려 그집 개들에게 잉어를 빼앗기고 물려 상처까지 얻은 몸으로 되돌아온다. 점석이는 자는 체하면서 아버지의 눈물을 뜨겁게 느끼며 주먹을 '뽀도독하고' 쥔다. 지주의 행패와 소작인의 처절한 살림살이라는 이원 대립적 상황을 뚜렷하게 맞세웠다.

「청어 뼈다귀」 또한 비슷한 짜임새를 지녔다. "지주 김부자"와 "순덕 아버지", 그리고 어린 '순덕'으로 얼개를 짰다. 소작을 떼이지 않을 요량으로 순덕 아버지는 청어로 밥을 해 김부자를 대접했으나 기어이 소작은 떼이고 말았다. 순덕은 김부자가 밥상을 남길 것을 예상하고 주린 배를 참고 있었다. 그러나 기대와 달리 밥상은 깨끗하게 치워져 있었다. 분한 김에 삼킨 청어 뼈다귀가 순덕의 목에 걸리게 된다. 사건 설정에 새로운 맛은 없다. 그러나 어린 독자들에게 "누구엔지 업시 그 어느 모퉁이에서는 주먹이 쥐여지고 이가 갈니고 살이 벌벌"[32] 떨리는 적개심을 막연하게 일깨우기에는 알맞는 글감이다.

가난한 '종구네집' 호박밭을 '뒷집' 부자 '주사댁' 돼지가 뭉개버림으로써 일어나게 된 사건을 다룬 작품이 「돼지 콧구멍」이다. '종구' 아버지는 호박을 내다 팔아 빚도 갚고 할머니 제수라도 장만할 작정이었는데 일이 뒤틀려 버린 것이다. 그래서 항의하러 뒷집으로 갔다가 그 집 "삽살개가 물어 뜯고 있는 소뼈다귀에" "식욕의 충동"이나 받으며, "입

---

32) 『신소년』 4월호, 신소년사, 1930, 30쪽.

술을 깨물고" 그냥 돌아나올 수밖에 없었다.

> 똘똘-똘 또 돼지가 우루룩하게 나온다 종규는 다 먹은 죽사발을 치우고 겻
> 방에 두엇던 활을 가지고 나와서 돼지코를 모고 넵다 쏘았다.
> 꽥-꽥- 돼지는 활촉을 코에다 꿰고서 자긔집으로 다름질처 간다.33)

아버지와 달리 종규는 그 돼지가 내려온 것을 보고 활촉을 쏘아 코
에다 박아버린 것이다. 주사영감이 놀라 아버지에게 항의하자, 아버지
는 종규를 '모질게' 때린다. 그러나 종규는 반성하기는 커녕, 오히려
"참칼을 가지고 다시 활촉을 뺏족하게" 다듬으며 적개심을 키울 따름이
다. 부유한 하급 관리/가난한 농민, 호박농사/돼지농사로 맞세운 계급
대립이 뚜렷하다. 어린이에게 그 모순 상황을 일깨우기에 효과 있는 사
건 설정인 셈이다.

「회치」는 단오날 '신흥노동야학'을 다니는 아이들과 마을 어른들이
산속 큰 정자에서 어울려 '회치'를 하는 과정을 서술자인 "내"가 보고
겪은 대로 보고하는 특이한 짜임새를 갖춘 작품이다. 따라서 작품을 읽
다보면 오락회나 '회치' 하는 방법을 자연스레 배울 수 있도록 했다.
'개회사'를 시작으로 '야학노래'와 '동요', '합창시'는 물론 '동화'까지
학생들이 낭송한다. '폐회사'를 끝으로, 어느새 마을 어른들과 밤배움
아이들이 하나가 되어 부르는 "만세 만세" 외침소리가 '힘차게' 들린다.
전국 곳곳에서 '소년회'나 '소년동맹', 또는 노동야학을 할 때34) 필요할

---

33) 『신소년』 8월호, 신소년사, 1930, 9쪽.
34) 1926년에서 1934년까지경 경남·부산지역만 하더라도, 기록으로 올려져 있는 지
    부는 한 둘이 아니다. 거의 모든 군 단위에서 마련되어 있다. 함안, 하단, 녹산, 명
    지, 사하, 의령, 함양, 창원, 밀양, 문산, 난해, 산청, 마산, 합천, 덕포, 동래, 명지의

각본을 소설의 이름으로 마련했다. 작품의 실천적 이바지를 고려한 이주홍의 의도가 분명한 작품이다.

앞에서 살펴 본 바와 같이 이주홍의 소년·소녀소설은 몇 가지 특성을 보여준다. 첫째, 동화에서 보이던 동물우화 형식과 달리 소년·소녀 주인공이 겪는 가족사적 불행을 구체적으로 담고 있다. 그것은 소작 문제, 그로 말미암은 가난과 굶주림, 그리고 교육 소외, 가족 결손과 이산, 유민의 현실이다. 그들이 겪는 불행은 어버이 세대의 삶자리일 뿐 아니라; 마침내 시대의 전형적인 현실을 암시한다. 인정머리 없는 지주와 불행에 빠진 소작인, 가진 사람의 난폭함과 못 가진 사람의 고초라는 계급 모순과 갈등상을 전경화하면서 그 바닥에 식민지 민족 현실을 드러내고 있는 셈이다.

둘째, 소년·소녀 주인공들은 계급 대립 현실이나 어버이 세대의 비참을 깨닫게 되는 데서 더 나아가, 현실 극복 의지를 다진다. 서로 도우고 밤배움에 열중하면서 뒷날을 준비하거나, 새로운 자각에 이르는 모습을 보여줌으로써 계몽적 의도를 뚜렷이 했다.

셋째, 서술자의 주관적 개입이 많아 냉정한 사실 묘사나 다양한 현실 재발견에까지는 이르고 있지 않다. 그러나 소년·소녀의 노동야학 행사를 구체적인 각본을 통해 제시하고자 하는 교본소설 형식이라든가, 동화와 마찬가지로 '습니다체'에 대한 선호, 또는 독자/청중에 대한 직접 진술의 방식은 문학의 현장성·실천성을 드높이겠다는 이주홍의 한결 같은 의도를 잘 보여준다.

---

이름이 확인된다. 지부별로 소년회나 소년동맹 모임이 이루어졌을 것으로 보인다. 활발했던 활동을 엿볼 수 있는 한 터무니다.

## 4. 동요·동시와 민족 모순의 수용

『신소년』에서 보여준 이주홍의 동시·동요[35] 활동은 다른 갈래에 견주어 활발하지 않은 쪽이다. 카프의 아동문학 기관지였던 『별나라』에서 보였던 활발한 활동과 견줄 만한 일이다. 그리고 그 작품 발표도 1932년부터 나타나 동화나 소설 갈래에 견주어 뒤늦은 쪽이다. 그럼에도 일곱 편이 확인된다.[36] 이 가운데서 원고 검열로 삭제된 「새벽」을 젖히고 나면 실물은 여섯 편이다. 그들은 크기 둘로 나누어 볼 수 있다. 제도교육의 소외 현실을 중심으로 그무렵 어린이들의 고통스런 삶을 그리고 있는 작품과 식민지의 민족 수탈 현실을 구체적으로 다루고 있는 작품이 그것이다.

①우리는 (1행략)
　오늘도 해넘도록 똥뒤깐의 소제다

　얼는 안 가면 집심부럼 못하지만
　선생얼골 처다보니 아이고 무서워 저 눈꼴 - 「벌소제」[37]

②날마다 지나치는
　낫익은 벽에

---

35) 동요와 동시는 이 글에서 따로 구분하지 않았다. 노랫말로 씌어진 동요와 문자시로 씌어진 동시는 그 제시방식에서 차이가 있다. 그러나 실제 눈으로 읽는 문자시로서 그 둘은 크게 변별되지 않는다.

36) 「벌소제」(1932년 11월호), 「벽」(1932년 11월호), 「염불긔도」(1932년 12월호), 「새벽」(1933년 2월호), 「연」(1933년 5월호), 「풀꿕」(1933년 7월호), 「자리짜기」(1934년 3월호).

37) 『신소년』 11월호, 신소년사, 1932, 4쪽.

날마다 틀닌
×라가 부텃다

딸강 딸강
빈 변또 차고는
이 벽 저 벽
읽으며 간다 - 「벽」38)

③오동나무 끝가지
우리연이 걸엇네
붉게 크게 쓴 글씨
아즉도 아즉도 잘 보인다
글도 모르는 까막까치
무엇이 조타고 그러는지
이 가지에서 깍깍
저 가지에서 깍깍
멋도 모르는 동리 개는
나무보고 벙벙
까치 보고 벙벙  - 「연」39)

①은 학교에서 이른바 '월사금'을 내지 못해, "똥뒤깐의 소제"나 할 밖에 없는 제도교육의 차별 현장을 그렸다. ②는 더 나아가 '학교'에 나가지도 못하고, '변또'를 차고 일터로 나가야 하는 어린 소년·소녀의 고달픈 소외 현실을 담았다. "날마다 지나치는/낫익은 벽"에 붙은 '×라', 곧 '삐라'에 씌어졌을 '틀닌' 글자란 말할 것도 없이, 말할이와 비슷한 또래의 아이들이 써두었을, '노동야학' 안내문이었을 것이다. ③에서

---

38) 『신소년』 11월호, 신소년사, 1932, 4쪽.
39) 『신소년』 5월호, 신소년사, 1933, 2쪽.

'우리연'에 "붉게 크게 쓴 글씨"라 한 것도 비슷한 경우겠다. '복'이니 '수'니 전통연에 흔한 문자도와 달랐을 그 글씨야말로 나라잃은시기 제도교육에서 배제되었던 어린이들의 삶에 공감하고, 새로운 배움[40]의 필요성을 강조하는 것이었음을 짐작한다.

> ④산꼴중놈 목탁은
>   밤낮없시 토-ㄱ탁
>   말도 못하는 부처한테
>   잘되게 해달나고 염불염불
>       부처가 움즉이나
>       손바닥이 부르키나
>       오늘도 홀닥
>       해가 빠젓다
>   어리바리 예수꾼
>   자나새나 아-멘
>   눈도 업는 하눌한테
>   구원해 달나고 긔도긔도 - 「염불긔도」 가운데서[41]
>
> ⑤바듸치는 아버지
>   모가지가 꼽 박
>   어서쌰야 빗을 갑지
>   화가 난다 쿵닥쿵
>
>   미는 잣대 굽 신
>   빼는 잣대 굽 신

---

40) 나라잃은시기 우리 동시에 나타나고 있는 밤배움(야학) 모티프와 왜로제국주의 규율권력의 관련상에 대한 폭넓은 이해는 김지은을 참고 바란다.
   김지은, 『한국 근대 현실주의 동시 연구』, 경남대 대학원 석사학위 논문, 2000.
41) 『신소년』 12월호, 신소년사, 1932, 16쪽.

잣대잡은 큰형님
허리뼈가 굽 신
어서 짜야 책을 보지
속이 탄다 딸그락 - 「자리짜기」 가운데서[42]


⑥이 산에 가도 풀꾹
　저 산에 가도 풀꾹


　이 산 넘어는 사방공사
　더워서 죽는다고 왁자글


　저 산 넘어는 보리타작
　눈알을 찌른다고 후닥딱


　이 산에 왔다가 풀꾹
　저 산에 갓다가 풀꾹 - 「풀꾹」[43]


　④와 ⑤, 그리고 ⑥은 당대 민족 현실에 대한 서정적 관심이 돋보이는
작품이다. ④는 가난에는 아랑곳없이 '밤낮업시' 염불과 기도에 여념없
는 종교윤리와 종교인에 대한 비난을 숨기지 않았다. '산꼴중놈'과 "어리
바리 예수꾼" 둘을 내세워, 시의 앞과 뒤에 놓은 뒤 서로 비교가 이루어
지도록 했다. 이에 견주어 ⑤에서는 그래도 가난 극복을 위한 실질적인
노동이 있다. 비록 '화가' 나고, '속이' 탈지언정, '쿵닥쿵', '딸그락' '자
리짜기'를 한다면, '빗'도 갚을 수 있고, 배울 기회가 있을 마련이다.

　⑥은 '풀꾹새' 곧 뻐꾸기 울음소리에 기대 간결하게 당대 민족 현실

---

42) 『신소년』 3월호, 신소년사, 1934, 26쪽.
43) 『신소년』 7월호, 신소년사, 1933, 7쪽.

을 잘 담아냈다. 일찌감치 우리의 무성한 원시림을 벌목해, 민둥산을 만들어버린 곳에다 뒤늦게 왜로는 '사방공사'를 한답시고 시끄럽다. 사람들을 강제로 거기에 끌어들여 '부역'을 시켜도 더위에 '와자글'할 뿐, 우리 농민의 삶이 장차 더 나아질 리는 없다. 타작마당의 보리도 어차피 죄 수탈 당할 것이 뻔하다. '보리타작'이 흥겨울 리 없는 까닭이다. 그러니 보리이삭은 '눈알을' 찌를 뿐이다. 뻐꾸기는 그러한 부역과 수탈이 저질러지고 있는 식민지의 산과 들로 날아다니며 '풀꾹' '풀꾹' 울음소리로 그 현실을 고스란히 되돌려 놓고 있다.

이상에서 이주홍의 동요·동시를 크게 두 가지로 나누어 살폈다. 첫째, 나라잃은시기 왜로제국주의의 제도교육에서 배제된 소년·소녀의 고난스러운 현실이 하나다. 배우는 아이/못 배우는 아이, 학교를 오가는 아이/일터를 오가는 아이라는 틀을 빌어 그들이 놓여 있는 식민지 민족 현실을 암시하고자 했다. 둘째, 식민지 당대의 노동 수탈 현실이 그것이다. 가난을 거듭할 뿐인 가족 현실과 수탈 당할 뿐인 노동 현장을 그려, 민족 모순을 간결하게 담아내고자 했다. 실사구시 할 줄 모르는 종교비판도 거기에 한 몫을 더한다. 동화나 소설과는 거꾸로 계급 모순과 그 대립상이 바탕으로 가라앉는 대신, 식민지 우리 민족의 전형적인 현실이 전경화되고 있어 감동을 더한다.


## 5. 아동극의 형식성

이주홍이 『신소년』에 발표한 극은 다섯 편이다.[44] 그 가운데서 「팥밧」과 「낙동강 봄빗」은 삭제되어 실리지 못했다. 작품 전모를 볼 수 있는 것은 세 편에 머문다. 그리고 그들은 모두 교육극으로서 지닐 바 이바지를 크게 의식한 형식성이 유별나다.

「뱀사람·말사람」은 가장 먼저 씌어진 작품이다. 작품 배경은 1929년 섣달 그믐밤이다. 등장하는 사람은 복순이, 점식이, 삼만이에다 뱀사람과 말사람이다. 1929년이 뱀때해고, 1930년 새해가 말띠해여서 뱀사람과 말사람을 마련했다. 그 둘이 어린 복순이, 점식이, 삼만이 앞에서 자신의 특징과 의의를 일깨워준 뒤 사라지는 짜임의 극이다. 동짓달 그믐을 맞이하여 절후 교체의 뜻과 말과 뱀의 특징, 새해를 맞는 각오를 다지도록 이끌겠다는 작가의 계몽적 의도가 뚜렷한 아동극이다. 거기다 합창까지 곁들여 소인극으로 쉬 공연할 수 있도록 했다.[45]

「젊은 통장사」는 아동희극이다. 소년 통장사 '삼만이'와 그를 따라다니는 '게명이'는 "어느 겨울" "김별감의 집 사립문 밖"에서 테를 메우게 된다. 평소 게명이에게 일을 배운지 칠 년이나 되었다며, 거드름을 피우던 삼만이는 김별감 부부가 보는 앞에서 테를 메운다. 그러나 일이 뜻같이 잘 되지 않아 갖은 박대를 받는다. 나중에는 오줌장군 속으로 숨어야 할 신세가 된다. 그러다 게명이의 도움을 받아 마침내 훌륭하게 테를 메운 뒤 의기양양하게 별감집을 떠난다. 일찍부터 밥벌이에 나서 떠돌아 다니는 두 소년을 내세워 그들이 벌이는 일을 우스꽝스럽게 그

---

44) 「뱀사람·말사람」(1930년 1월호), 「팥밧」(1930년 3월호), 「젊은 통장사」(1930년 4월호), 「개떡」(1934년 3월호), 「낙동강 봄빗」(1934년 4월호).

45) 그런데 서술자가 절후 교체를 설명하고 있는 보기는 양력으로 된 달력이다. 그것을 보면서 음력의 띠개념을 설명하고 있어, 당대 시간 관념의 혼란을 엿보게 한다.

려 재미를 더하도록 했다. 특정한 계급에 대한 적개심이 아니라, 애처러
운 소년 떠돌이의 가난과 애환을 잔잔하게 담아, 쉬 좌절하지 말 것을
부추긴다.

「개떡」은 '야학가극'이라는 표제가 붙은 작품이다. 「뱀사람・말사람」
과 마찬가지로 그무렵 유행했던 이른바 합창극, 곧 '슈프레히 콜' 형식
을 따랐다. 봄을 맞아 들판에 나온 '영숙', '순남', '혜순'은 부잣집 딸이
다. 그들은 오라버니가 서울에서 사온 '조코레-트'를 나누어 먹으며 놀
고 있다. 나물죽에 쓸 나물을 뜯으러 나온 '봉달'은 그들을 만나 자신의
'나물광주리'에 담긴 개떡을 보여주게 된다. 영숙 일행은 짐짓 그것을
먹으려 하다 내버리며 "재수도업다"며 타박을 준다.

> 영숙　애 봉달이 너 나물광주리 속에 조희로 싼 건 그거 뭐니?
> 봉달　(황급히 붓그러운 듯이 만지면서) 안야 아무 것도 안야
> 영숙　좀 보자! 좀 보자! (세 아희 달겨드러 볼랴한다)
> 봉달　내 보여주마 개떡이다……좀 먹어보련? 그래두 애 맛이 잇너니라 어
> 　　　머니가 어제 상동댁 방아찌어 주고 어더온 게란다(세 아희 놀니면
> 　　　서 더럽고 추접다는 듯이 웃는다)
> 영숙　오냐 고맙다 내 먹을게 (버리는 입에 봉달이가 개떡을 너어줄랴니까
> 　　　혀끗만 쑥 내면서)
> 　　　으애! (하고 놀닌다 두 아희 와작 웃는다)[46]

봉달은 '인정머리 없는' 그들을 보내고 난 뒤, 밤배움에 같이 다니고
있는 친구들을 만나 '동화연습'을 함께 하게 된다. 봉달과 동화연습을
하고 있던 분악이 마침 영숙이 그 곳을 다시 지나가게 되자, 그녀를 불

---

46)『신소년』 3월호, 신소년사, 1934, 10쪽.

러 혼을 낸다. 그런 다음 봉달이 가져온 개떡을 서로 나누어 먹으며, 남녀 밤배움 학생들은 연극연습을 새로 시작한다. 곳곳에 검열로 삭제된 자리가 많은 작품이지만, 부자집 자식/가난한 집 자식, 정규학교 학생/밤배움 학생, '조코레-트'/개떡, 놀러 다니는 아이/일하러 다니는 아이 사이의 대립이 뚜렷하다. 그러면서 밤배움 학생들이 정규학교에 다니는 부잣집 학생들보다 더욱 조직적이고 훌륭하게 배울 수 있음을 일깨우고자 했다.

이주홍의 아동극은 그 수에서 많지 않다. 그러나 그무렵 곳곳에서 번성했던 노동야학이나 소년회, 소년동맹 활동과 같은 모임에서 배우고 실제 연행하기 쉬운 단막극, 소인극 형태에다 효과적인 극양식으로 그무렵 유행했던 합창극까지 끌여들여, 다양한 형식 모색을 보여주고 있어 이채롭다. 계몽적·교육적 효과를 적극 의도했던 까닭이겠다. 게다가 확인할 수 있는 다섯 편 가운데서 두 편이나 검열에 의한 삭제가 되었다. 노골적인 계급 의식이나 반제 의식이 담겼음직한 작품으로 여겨진다. 그러나 현재 확인되는 작품은 가난하고 어려운 살림 속에서도 어린 소년·소녀들이 좌절하지 말고, 그것을 극복하기를 일깨우는 상황을 마련하는 데 머문다. 계급 모순이나 민족 모순에 대한 일깨움이 엷어지는 대신, 계몽극적 형식성이 돋보이는 까닭이다.

## 6. 마무리

이주홍은 한국 근대문학사에서 다양한 문학·예능 갈래에 걸쳐 대가

다운 업적을 남긴 사람이다. 그러나 1920년 중반에서 1930년대 중반에 걸쳐 『신소년』을 중심으로 이루어졌던 그의 초기 아동문학 활동은 그 중요성에도 불구하고 이제까지 세상에 알려지지 않았다. 이 글은 그것을 발굴, 그 됨됨이를 처음으로 알리는 일을 목표로 삼아 씌어졌다. 논의를 줄여 마무리로 삼는다.

첫째, 이주홍의 등단 작품과 등단 시기를 바로 잡았다. 1925년 『신소년』에 실린 「뱀새끼의 무도」가 등단 작품이라고 오래도록 알려져 왔던 것은 그 작품을 보지 못했던 탓에 거듭된 잘못이었다. 이 글에서 처음으로 실물을 확인하여, 이주홍은 1928년 『신소년』 5월호에 「배암색기의 무도」를 발표하면서 한국 문단에 공식 등단했음을 밝힌다.

둘째, 『신소년』에 실린 이주홍의 서사작품은 동화와 소년·소녀소설에 걸친다. 동화는 거북, 쥐와 같이 어린이에게 친근한 짐승을 내세워 강/약, 빈/부, 현실윤리/종교윤리의 대립을 앞세워 계급 모순을 일깨우고자 하는 동물우화 양식이 주류를 이룬다. 이와 달리 소설은 소년·소녀 주인공이 겪는 불행한 가족사·시대사를 구체적으로 담고 있다. 지주의 횡포와 소작인의 가난, 그로 말미암은 제도교육의 소외, 가족 붕괴와 이산, 그리고 고통스런 떠돌이 체험의 상승적 현실이 그것이다. 이주홍의 아동 서사작물은 줄곧 계급 모순과 그 대립상을 전경화하면서 식민지의 민족 모순을 암시하는 일에 한결같다.

셋째, 동요·동시는 두 가지 됨됨이를 보여준다. 나라잃은시기 왜로 제국주의의 제도교육에서 배제된 소년·소녀의 고통스런 현실을 보여주는 길과 가난을 거듭할 뿐인 식민지 당대의 노동 현실·수탈 현장을 담아내는 길이 그것이다. 이 둘을 빌어 이주홍의 동요·동시는 서사작품의 경우와 달리 구체적인 민족 모순의 현실을 간결하고 힘있게 전경화하면서 계급 대립상을 그 바탕에 보여준다.

넷째, 이주홍의 아동극은 1920년대 중반에서 1930년 중반에 이르는 시기, 나라 곳곳에서 번성했던 노동야학이나 소년회, 소년동맹 활동 현장 실무에서 활용하기 쉬운 단막극·소인극·합창극과 같은 형식을 적극 모색했다. 계급 모순이나 민족 모순과 같은 내용상이 퇴조하는 대신, 어린 소년·소녀들이 좌절하지 말고 힘 모아 현실을 극복하는 일에 이바지가 될 만한 계몽극적 형식성을 두드러지게 보여준 셈이다.

이와 같이 『신소년』을 중심으로 이루어졌던 이주홍의 초기 아동문학은 한국 계급주의 아동문학이 나아가고자 했던 방향을 여러 갈래에 걸쳐 다양하게 온축한 뜻있는 업적이다. 아동물이라는 양식상의 특성 탓에 섬세하고도 다양한 계급 모순·민족 모순 현실을 담아내고 재발견하는 데까지는 나아가지는 못했지만, 내용의 계몽성과 형식의 현장성을 아울러 얻고자 했던 그의 실천적 노력은 우리 근대 아동문학의 중요한 디딤돌로서 지닌 바 의의가 뚜렷하다.

앞으로 『신소년』과 이주홍의 아동문학 활동에 대한 복원·연구는 더욱 속도가 붙을 것이다. 『신소년』에 미치지는 못했지만, 이주홍이 남다른 활동을 아끼지 않았던 『별나라』의 성과까지 아울러, 이름에 걸맞은 이주홍 초기 아동문학 연구가 온전히 마무리되기를 바란다.

# 이주홍의 프로문학 연구

- 일제강점기를 중심으로 -

류종렬

## 1. 서론

향파 이주홍(1906-1987)은 1928년 아동잡지 『신소년』 5월호에 투고한 동화 「배암색기의 무도」가 독자란이 아닌 본문에 실리고, 1929년 『조선일보』 신춘문예에 단편소설 「가난과 사랑」이 선외가작으로 입선하고, 1929년 여성종합지 『여성지우』 12월호에 단편소설 「결혼전날」이 당선되면서 문학활동을 시작하였는데, 1987년 작고하기까지 60여 년을 일관되게 작품활동을 해왔다. 우리 근대문학사에서 아동문학, 소설, 시, 희곡, 시나리오, 수필, 번역, 만문만화 등 문학의 전 장르에 걸쳐 60여년 동안 작품 활동을 한 작가는 향파 이외는 없다고 해도 과언이 아닐 것이다.

그럼에도 불구하고 그의 문학은 우리 근대아동문학사에서 1930년대의 주요 작가로, 또는 카프문학운동시기를 대표하는 일급작가로 기술하고 있을 뿐[1] 근대문학사나 근대소설사에서는 언급조차 되지 않고 있다.

---

[1] 이재철, 『한국현대아동문학사』, 일지사, 1978.
원종찬, 「한국아동문학이 창조한 주인공-근대아동문학사 연구의 반성」, 『창작과 비평』, 1999년 봄호.

뿐만 아니라 그가 작고한 지도 15년이나 되었음에도 불구하고 아직까지 그의 생애나 문학 활동에 대한 전모도 완전히 밝혀져 있지 않다. 이러한 사실은 작품의 질적 수준의 문제에 있다기보다는 그가 문학의 전 장르에 걸쳐 너무 오랫동안 작품활동을 하였다는 점, 광복 후 거의 부산에 살면서 창작활동을 해 왔고, 일제 강점기의 문학활동이 밝혀져 있지 않았고, 또한 그의 후기 소설의 작품세계가 1960-1970년대의 비판적 리얼리즘에서 비껴나 있다는 점 등이 중요한 원인일 것이다. 또한 소설가로서보다는 오히려 아동문학가로서 널리 알려져 있다는 점도 많이 작용했을 것이다.[2] 아울러 남북분단이라는 역사 상황 속에서 이데올로기의 문제가 우리 사회의 금기의 영역이었다는 점에서 일제강점기나 해방 직후의 그의 사회주의 활동은 일정 부분 감추어져 왔기 때문이기도 하다.

이 글은 향파의 프로문학을 연구하기 위해 쓰여졌다. 필자는 향파의 문학 작품들을 올바르게 평가하고, 나아가 그의 문학을 우리 근대 문학사나 소설사에서 온당하게 자리매김하기 위한 일련의 작업을 진행해가고 있으며, 이 글도 이러한 작업의 과정으로 이루어진 것이다.

향파의 프로 문학은 최근의 향파 문학 연구에 힘입어, 잊혀져 있던 자료들이 발굴되면서 새롭게 연구되기 시작하였다.[3] 필자는 향파의 프

---

───, 「한일 아동문학의 기원과 성격 비교」, 『한국학연구』11집, 인하대학교, 2000.

2) 류종렬, 「이주홍과 부산지역문학」, 『현대소설연구』 제19호, 한국현대소설학회, 2003. 9. 49-51쪽 참조.

3) 이재복, 「해방을 꿈꾸는 수염난 아이·카프동화작가들 이야기」,「웃음 속에 배어 있는 고통스런 현실·이주홍 이야기」, 『우리 동화 바로 읽기』, 한길사, 2001. 113-181쪽.

로문학 운동에서 중요한 사항을 세 가지로 설명한 바 있다. 첫째, 『신소년』, 『음악과 시』, 『별나라』, 『우리들』 등 카프 계열의 잡지에 작품을 주로 발표하고, 편집과 인쇄를 맡았다는 점이다. 둘째, 1931년 3월 중앙인서관에서 『불별』이라는 프롤레타리아 동요집을 김병호, 양창준, 이석봉, 박세영, 손재봉, 신말찬, 엄흥섭과 더불어 펴낸 것이다. 셋째, 『조선일보』에 1931년 2월 13일부터 21일까지 9회 연재한 「아동문학운동 1년간-금후 운동의 구체적 입안」이란 평론이다. 이 세 사실은 향파가 프롤레타리아 문학운동에 매우 적극적이었고, 아울러 그의 사회주의 신념이 매우 투철했음을 구체적으로 보여주는 것이다.[4]

   이 글은 이러한 사실을 좀더 구체적으로 살펴보고, 일제강점기의 프로문학 작품 전반을 분석하여 그의 프로문학의 성격을 연구하는 것을 목적으로 한다. 해방 직후의 프로문학 연구는 다음 기회로 미루기로 한다. 2장의 '예비적 고찰'에서는 향파가 사회주의에 관심을 가지게 된 배경과 프로문학 운동에 경도된 과정을 규명하고, 3장에서는 그의 프로문예비평을 세밀히 분석하고, 4장에서는 프로아동문학작품과 프로소설, 프로시를 개괄적으로 살펴보고자 한다. 향파의 프로문예비평을 세밀히 분석한 것은 지금까지 한 번도 그 내용이 구체적으로 소개된 적이 없기

      박태일, 「이주홍의 초기 아동문학과 『신소년』」, 『현대문학이론 연구』 제18집, 현대문학이론학회, 2002. 12. 147-173쪽.
      류종렬, 「〈결혼 전날〉에 대한 소고」, 『오늘의 문예비평』 2003년 봄호, 통권 48호, 2003. 3. 268-275쪽.
      박경수, 「계급주의 동시 이해의 밑거름 - '프로레타리아 동요집' 『불별』에 대하여」, 『지역문학연구』 제8호, 경남·부산지역문학회, 2003. 9, 201-232쪽.
      류종렬, 「이주홍과 부산지역문학」(2003. 9), 47-75쪽.
   4) 류종렬, 「이주홍과 부산지역문학」, 57쪽 참조.

때문이며, 그리고 프로문학작품들은 완전하지는 않지만 어느 정도 연구되었기에 짧은 이 글에서는 전체적인 성격을 살펴보는 정도로 간략하게 기술하였다.


## 2. 예비적 고찰

향파가 일제강점기에 조선프로예맹(KAPF)에 가담한 기록은 현재 찾아볼 수 없다. 그러나 향파는 실제로 프롤레타리아 문학운동에 참여하였고, 프로문학작품도 많이 발표하였다. 이 장에는 향파가 사회주의에 관심을 가지고 프로문학운동에 활발히 참여하게 된 과정을 살펴보기로 한다.

먼저 향파가 사회주의에 관심을 가질 수 있는 여지는 그가 가난한 농촌 출신이라는 점을 들 수 있다. 향파는 1906년 경남 합천의 읍내에서 이십 리 정도 떨어진 영창이라는 농촌의 산밑 마을에서 태어났다.[5] 그 위로는 형이 둘 있었는데, 병으로 죽었다고 한다. 이때 그의 아버지 나이가 서른 여섯 살이었고, 어머니가 스물 여섯 살이었는데, 결혼 후 10년 만에 그가 태어난 것이다. 그의 아버지는 가난 탓에 당시로는 만혼이었다고 한다. 그의 아버지는 다섯 살에 모친을 여의고, 열두 살 때

---

5) 작가의 생애는 『국제신보』(1974. 8. 31 - 10. 2.)에 연재된 「청춘은 아름다워라 - 내 고장 명사들의 인생비망록」[이주홍 수필집, 『격랑을 타고』(삼성출판사, 1976.)에 수록됨]과 여러 수필집에 실린 수필, 작품집의 연보, 그리고 부경대학교(구 수산대학교)에 비치되어 있는 인사기록카드, 자필이력서 등을 참조하여 정리한 것이다.

부친을 여읜 뒤 형편이 괜찮은 백부의 그늘에서 일종의 고아생활을 하였다고 한다. 어렸을 때 그의 집은 매우 가난했다. 아버지는 들일을 나가고 어머니는 시삼촌 집의 일을 거들어 주며 시집살이를 해야 했다. 그는 어려운 집안에서도 부모가 늦게 낳은 자식이라 매우 사랑받은 듯하다.

그는 1918년 고향에서 합천보통학교를 졸업하고, 부친의 명에 따라 서당에서 한문을 수학했다. 그의 공적 학력은 보통학교 졸업이 전부이다. 그가 보통학교를 졸업하고, 아버지의 권유로 면서기 후보자 시험에 응시하여 합격하였으나 나이가 어려 면서기가 될 수 없었다. 그리고 1920년(22년) 서울에 올라가 고학을 하였으나, 현실적 어려움으로 이를 포기하고 실의에 빠져 1923년 다시 고향에 내려와 농사를 거들면서 문학과 음악과 미술로 세월을 보냈다. 어린 시절 농촌과 서울에서의 이러한 가난의 체험은 그가 쉽게 사회주의 이념에 동화될 수 있는 근거가 될 수 있으리라 여겨진다. 그러나 이것은 보편적인 입장에서 추론한 것이기에 논리적 근거로 제시될 수는 없다.

다음으로 그의 일본 체험을 들 수 있다. 그는 1924년에는 일본으로 건너가 탄광, 토목, 철물, 문구, 제과 공장 등을 전전하며 막노동을 하면서도 방대한 중국 경서를 독학으로 공부했다. 이때 향파는 1925년 4월 1일부터 1928년 3월 26일까지 3년 동안 동경 정칙영어학교를 다니고 졸업한 것으로 여겨진다.[6] 여기서 어느 정도의 지적 수준에 이르자 히로시마에서 교포교육을 위한 사립 근영학원에서 1928년 4월 1일부터

---

6) 자필 이력서에 적혀 있다. 이 학교는 소설가 이기영이 수학한 것으로 알려진 학교이다.

1929년 1월 31일까지[7] 교편을 잡게 되고, 문학에 대한 열정을 다시 발산하기에 이르렀다. 1929년 『조선일보』 신춘문예 공모에 투고한 단편 「가난과 사랑」이 입선되어 문학에 대한 청운의 꿈을 품고 서울로 오게 된다. 일본에서 지낸 6년이 그의 문학적 경험의 밑바탕이 되었다고 생각된다.

그런데 당시 일본은 사회주의 운동이나 프로문학운동이 활발한 시기였기 때문에 향파가 이에 대한 영향을 받았으리라고 추정할 수 있다. 구체적인 증거라고는 볼 수 없지만 그가 히로시마의 근영학원에 근무하면서 연극 활동을 하였는데, 그 연극의 내용이 불온하였다는 사실이다.

> 20세 전후, 일본의 광도서 교포친구들과 그곳 공회당을 빌려 했던 것으로, 각본은 물론 내가 쓴 것이었으나 내용도 제목도 지금은 까맣고, 내 기억 속에 남아 있는 것으로는 연기 도중에 가발의 수염이 떨어져서 웃음을 샀던 일과, 내용이 불온하다해서 임석 경관이 광도에서 떠나가라고 추방명령을 했던 두 가지 일이 있을 뿐이다.[8]

'불온'의 내용은 구체적으로 알 수 없으나 민족주의적이거나 사회주의적인 것이었음은 틀림없다. 자신의 이 기록만으로는 그가 사회주의 이념을 받아들였다고는 볼 수 없으나, 가능성은 충분한 것으로 여겨진다. 그러나 일본 시절의 체험을 적은 「스미다강의 5월」이라는 수필에서

---

7) 이력서에는 경력란에 '1930년 1월 31일'까지 근무한 것으로 적혀있으나, '1929년'이 타당한 듯 하다. 왜냐하면 자신의 다른 기록뿐 아니라 소설 당선작 「결혼전날」의 발표가 1929년 12월이고, 『신소년』에 작품을 발표한 것이 1929년부터이기 때문이다.

8) 이주홍, 「나의 연극 노우트」, 『뒷골목의 낙서』, 을유문화사, 1966. 9. 266쪽.

향파와 프로문학과의 관련성을 어느 정도 확인할 수 있다.

    그 중에서도 즐거운 일이 있었다면 그것은 마음에 맞는 글과 그림을 그리
는 일이었다. 그리고 여가를 타서 미전 구경을 하고 연극 구경을 하는 것이었
다. 아동문학가 전목남랑(槇木楠郎)씨가 소개를 해주어서 문학신문이나 부인
잡지 같은 데에 주장 동요를 발표했고, 미술신문 같은 데는 만화를 그려서 그
방면의 대가 대월원이(大月源二)나 촌산지의(村山知義) 같은 사람들의 과찬을
받기도 했다.9)

    여기서 아동문학가 마키모토 쿠수로우(槇木楠郎)와 가깝게 지냈다는
것을 알 수 있는데, 그는 일본 프롤레타리아 아동문학의 대표적 작가이
면서 문학 평론가였다.10) 그의 소개로 동요를 발표했다는 점에서 그의
프롤레타리아 문학이론에 향파가 영향을 받았다는 사실은 충분히 입증
될 수 있다. 이것은 또한 향파의 평론 「아동문학운동 1년간」에도 마키
모토 쿠수로우의 프로아동문학이론을 인용하고 그를 '일본의 동지'라고
언급하고 있기에11) 그를 통해 사회주의 이념과 프롤레타리아 문학이론
을 많이 받아들였음을 알 수 있다.

    그리고 1929년 봄에 서울로 온 그는 당시 개벽사의 편집일을 보던
신형철의 도움으로 생활해 가면서 많은 문인들을 알게 된다. 그리고 그

---

9) 이주홍, 「스미다강의 5월」, 『술이야기』, 자유문학사, 1987. 7. 113-114쪽.

10) 마키모토 구수로우(1898-1956): 아동문학가. 본명은 구수오(楠南). 오까야마(岡山)
현 생. 와세다(早稻田)대학 중퇴. 집은 유복한 농가임. 사회주의 운동에 공감하고
활동을 시작하면서 프롤레타리아 아동문학의 이론과 실천면에 그 재능을 나타냈
다. 특히 『프롤레타리아 아동문학의 제문제』(1930) 등은 뛰어난 평론으로 재능을
나타냈다. 또 1930년대에도 민주동화, 생활동화를 주장하는 등 큰 역할을 하였다.
미요시유키모(三好行雄) 외 편, 『일본 현대문학대사전(日本現代文學大事典)』, 명
치서원(明治書院), 1994. 6. 316쪽.

11) 이주홍, 「아동문학운동 1년간」, 『조선일보』, 1931. 2. 13. -1931. 2. 21.

가 투고한 동화 「배암색기의 무도」가 수록된 『신소년』의 편집장이 되었는데, 이 잡지의 편집을 맡으면서, 본격적인 문학의 길로 들어섰다고 할 수 있다.

여기서 『신소년』지의 편집을 맡았다는 것은 프로문학 활동을 시작한 것으로 볼 수 있다. 『신소년』은 1923년 10월 3일 창간되어 1934년 2월까지 통권 125권 발간된 아동잡지이다. 이 잡지의 성격은 초기(1923-1925)에는 교화적인 요소가 강했고, 중기(1926-1930)에는 색동회 회원들의 참여로 민족주의적 경향이 두드러졌으나, 말기(1930-1934)에는 프로문학의 경향을 띠었다고 한다.[12] 향파가 이 잡지의 편집을 맡은 것은 말기에 해당되므로, 그 역시 사회주의 이념에 동조하고 프로문학 운동에 자연스럽게 참여하였을 것으로 여겨진다.

그러나 그가 본격적으로 프로문학 활동에 참여한 것은 양창준이 1930년 8월 발행한 『음악과 시』에 이주홍(李柱洪)이란 이름으로,[13] 인쇄인으로 참여한 것으로부터 시작된다고 생각된다. 『음악과 시』는 시와 음악에 관한 내용을 중심으로 편집된 잡지였는데, 이주홍·손풍산·이일권·이구월·양우정·엄흥섭·권환·김창술·김병호·박아지·박세영·김해강·신고송·박철 등의 프로작가들의 작품이 실려 있다. '사고(社告)'에 "당초 지명을 『프롤레타리아 음악과 시』라고 한 것이엇스나 사정으로 프롤레타리아는 쌔엿다"고 하고 또한 "주장이 다른 작품은 아니 싣기로 하엿다."고 밝히고 있고, 편집 후기에도 "우리 예술운동에

---

12) 이재철, 『아동문학개론』, 서문당, 1984, 58쪽.
13) '李柱洪'은 호적에 올라 있는 본명이다. 일반적으로 글을 쓸 때는 '李周洪'을 사용하였다.

조곰이라도 도움이 된다면 우리들은 다가티 깁버할 일"이라고 하였다. 실제 양우정은 1928년 카프 중앙위원으로 프로문학운동에 열성적으로 참여한 시인이다. 이를 통해 볼 때, 『음악과 시』는 프롤레타리아 예술운동을 목적으로 발행된 잡지임이 틀림없다.14) 그런데 그는 편집 겸 발행인인 양창준보다 많은 작품을 발표하였다. 「편싸홈노리」(李向破)라는 동요를 짓고 직접 곡을 붙였으며, 「새벽」(李周洪)이라는 시를, 「음악운동의 임무와 실제」(李周洪, 旅人草)라는 평론을 발표하였고, 표지와 컷을 '쥬홍'이란 이름으로 그렸다. 향파 자신도 조선의 프롤레타리아 동요가 『음악과 시』에 수록된 「거머리」(손풍산요, 이일권곡), 「새홋는 노래」(이구월요·곡), 「편싸홈노리」(이주홍요·곡) 등으로부터 시작되었다고 하였다.15) 이처럼 『음악과 시』는 양창준과 향파가 같이 편집에 참여한 것으로 추정할 수 있으며, 향파는 이때부터 사회주의 이념에 경도되면서 본격적으로 프로문학운동에 참여한다.

그리고 그는 계속하여 카프 계열에 속하는 잡지 『신소년』, 『별나라』, 『우리들』 등에 주로 작품을 발표하였다.

향파의 프로문학운동에서 가장 중요한 업적으로 김병호·양창준·이석봉·박세영·손재봉·신말찬·엄흥섭 등과 조선프롤레타리아 동요집 『불별』을 발간한 데 있다. 『불별』은 1931년 3월 5일자로 신소년사 인쇄부에서 인쇄하고 1931년 3월 10일자로 경성부 경운동 96번지 소재 중앙인서관에서 발행된 것이다. 저작 겸 발행인은 신명균, 인쇄인은 이병화이다. 이 동요집의 표지는 노동 소년의 전위적인 모습으로 보이는

---

14) 권영민, 『한국 계급문학 운동사』, 문예출판사. 1998. 9. 231-238쪽 참조.
15) 이주홍, 「아동문학운동 1년간」, 『조선일보』, 1931. 2. 13.-2. 21. 참조.

그림이 그려져 있고 아래쪽에 '푸로레타리아동요집'이라고 기록하고 있다. 그리고 권환과 윤기정이 각각 쓴 서문을 썼는데, 그 끝에 각각 '조선푸로레타리아예술동맹' 소속임을 밝힌 다음 이름을 쓰고 있다.16)

이들이 서문을 쓴 것은, 이들이 당시 카프의 핵심인물들이라는 점에서 이 동요집이 당시 조선프로예맹의 비공식적인 지원을 받고 있다는 점을 은밀히 내세우는 것으로 여겨진다. 물론 『불별』에 동요를 발표한 시인들은 이미 카프의 맹원이거나, 카프의 이념에 동조하여 프로문학운동에 활약하고 있었다. 또한 서문의 내용 역시 카프의 계급주의 이념을 지지하는 시인들이 자신들의 문학이념에 토대를 두고 창작한 작품들을 모아서 간행한 동요집임을 밝히면서, "우리 조선에서는 가장 처음 되는 우리들의 노래책"이라고 하고, "이 동요집을 서슴지 않고 어린이 대중과 프롤레타리아 동요판에서 활동하려는 미지의 동지들에게 권하는 바이다."라고 하였다. 이러한 점에서 『불별』은 당시 카프에서 출판된 것은 아니지만, 카프에서 발행된 것이나 다름없는 프롤레타리아 동요집인 것이다.

그리고 '이 책을 꾸며낸 여들 사람'이 쓴 「동생들아! 누이들아!」라는 필자 서문에서 동요집을 펴낸 목표를 분명히 밝히고 있다.

　　사랑하는 가난한 집 누이와 동생들아! …(중략)…
　　이것은 너의들에게 읽히랴는 것이다. 다 가치 가난과 설음 속에서 사는 정다운 우리 가난한 동무들에게 읽히자는 것이다. 밤낫 아름답고 사치한 것만

---

16) 『불별』은 필자가 이주홍문학관에서 발굴하여, 한국현대소설학회 제21회 학술연구 발표대회(2003. 5.31.-6.1.)에서 「이주홍과 부산지역문학」이란 제목으로 발표한 논문에서 처음으로 간략한 서지를 설명한 바 있다.

조와하는 부자들의 자식들이 안 사보면 엇대? 실타교 내어 버리들 무슨 상관
이냐! …(중략)…

　너의들이 이 책을 퍽 정답게 보아줄 줄 안다. 왜 그러냐하면 저네들의 것
과 가치 밤낮 우리를 소고이고 우리를 꼬집고 하는 글이 아니기 때문에 ……
이 책은 참으로 너의들만을 위해서 만든 것이다.

　…(중략)…

　너의들은 이 책을 뜻잇게 보아다고. …(중략)… 그러치 그래서 너의들이 어
떤 처지에 잇고 어떤 길로 나아가야 할 것을 아러야 된다. …(중략)…

　너의들은 내일 ××을 준비하는 씩씩한 어린 일군들이 아니냐 또 우리들
은 지금 ×을 들고 나선 너의들의 쩍쩍한 형과 옵바들이 아니냐.

　그러타 우리는 우리 우리끼리 이러케 한 덩치가 되어야 하는 것이다.

　용감하게 무섭게 어서 가려라!

　어서 무럭무럭 커라!17)

　이 글은 어린이들에게 편지글의 형식으로 쓰고 있음에도, 프롤레타
리아 계급의 투쟁의식을 고취시키고 있다. 부르주아 계급과 대립각을
분명히 세우면서 프롤레타리아 계급의 동지적 유대감과 결속력을 통해
계급투쟁의 전선에 나아갈 것을 선전, 선동하고 있다. 다시 말하면 동요
시 내지 동시 작품으로서의 미학적 인식은 배제되어 있고, 철저히 '계
급적 사업'을 목표로 하는 '운동으로서의 문학' 이념을 좇고 있는 셈이
다.18)

　이상을 통해 볼 때, 향파의 사회주의 이념은 일본에서 싹을 보였고,
귀국 후『신소년』에 입사하고,『음악과 시』발간에 참여하면서 공고화
되기 시작하여,『신소년』,『별나라』,『우리들』등에 작품을 발표하면서

---

17)『불별』, 5-6쪽.
18) 박경수, 앞의 논문, 203-208쪽 참조.

프로문학운동에 깊숙이 개입하였는데 『불별』의 발간이 이를 잘 보여주고 있다.[19]


## 3. 프로문예비평

지금까지 필자가 확인한 향파의 프로 문예비평은 『음악과 시』(1930. 9.)에 실려 있는 「음악운동의 임무와 실제」와 『조선일보』 1931년 2월 13일부터 21일까지 9회 연재한 「아동문학운동 1년간 -금후 운동의 구체적 입안」과 『소년문학(少年文學)』 1932년 12월 창간호에 실려 있는 「1932년의 제성과」와 『우리들』(1934년 4·5월 합호)에 실려 있는 「벽(壁)평론 -비평과 홍수」 등 4편이다. 여기서 「벽평론 - 비평과 홍수」는 벽평론답게 아주 짤막한 것으로 이무영의 창작평을 비판한 평론이고, 「1932년의 제성과」는 직접 구해보지 못하고 『신소년』 1932년 11월호의 광고에서 발견한 평론이다. 그러므로 「음악운동의 임무와 실제」와 「아동문학운동 1년간」을 구체적으로 살펴볼 필요가 있다. 이 평론들은 프

---

19) 향파는 아나키즘 운동에도 관여한 듯하다. 향파가 김산이 주도한 마산 아나키즘 그룹과 연관이 있었다는 기록이 있다. "1928년 봄에 상해 이정규로부터 동방무정부주의자 연맹 결성대회에 국내 대표를 보내달라는 연락을 받았다. 김산은 김형윤 김용찬 등과 의논하고 이석규를 파견키로 결정하여 김용찬으로 하여금 이석규에게 교섭하여 승락을 얻어 상해로 보냈다. 김산은 이리하여 김형윤 김용찬 이석규 김지병 김지홍 이원세 이주홍 박봉룡 등과 긴밀한 관계를 맺고 삼 년간 마산에 체재했고 그 후 평남 용강군에 이상농촌건설계획을 세우고 김지병 외 오세대의 마산동지의 참획을 얻었다. 태평양전쟁 때는 농촌사 사건 및 학생운동에 연좌하여 함석헌과 함께 제3차로 검거 투옥되었다."고 기술되어 있으나, 구체적인 내용은 추후 살펴보아야 한다.(한국무정부주의 운동사 편찬위원회, 『한국아나키즘 운동사:전편·민족해방투쟁』, 형설출판사, 1987. 7, 235쪽.)

로문학 작품들과는 달리 향파 자신의 견해가 직접 드러나 있고, 이를 통해 그의 사회주의 이념을 구체적으로 살펴볼 수 있기 때문이다.

「음악운동의 임무와 실제」에서 향파는 지금까지 음악이란 "개인주의적인 부르주와와 인텔리겐차" 등의 음악만 있었을 뿐 우리들이 듣고 즐기고 음미할 수 있는 "대중적 음악"은 존재하지 않았다고 하면서 이제 새롭게 프로 음악이 일어나고 있는 시점에서 프로 음악의 사명과 방향, 방법을 구체적으로 제시하고 있다.

먼저 일반대중의 요구와 음악 장르의 효용성을 근거로 들어서 음악운동의 필요성과 목적을 동시에 밝히고 있다. 음악은 "일반대중이 절실히 요구하는 것이며 또한 음악 자체가 군중을 자극시키는 데 효과적"이기 때문이다. 즉 음악운동에 매진해야 되는 이유를 대중의 적극적 요구와 음악의 선동적 효용성에서 찾고 있는 것이다. 주목할 것은 음악 운동에 있어서 부르주아 음악과 대조하여 단순히 계급성만 부각시키지 않고 민족성을 프로 음악의 중요한 요소로 지적한 점이다. 그러면서 음악운동을 "가장 유리하고 또한 빠른 속도로 진전"시킬 방법을 제안하는데, 그것은 "아주 쉬우면서 그들의 음악적 감각"을 깨울 수 있는 곡을 창작해야 한다는 것이다. 그런데 "부르주아 음악가와 같이" "서양음악에만 중독되어 조선적 음율과 조선적 색미를 잊어서는 안 된다"고 주의를 요했다. "미숙하면 미숙할수록 민족성 즉 지방성을 멀리 하여서는 헛된" 일이라고 덧붙였다. 또한 "개인적인 취미에만 인류(因留)될 것이 아니라 일반대중의 감수적 정도와 기호적 경향을 따라야 한다"고 주장했다.

이어서 보다 구체적인 방향과 방법을 설명하였다. "프로 음악가"들은 그 "본의"가 "X화해 가는 노동자 농민들의 용기를 돋우어 주는데" 있으므로 "뚜렷뚜렷하고 환한 선과 리듬과 템포와 색채"를 사용하여 그들이 "의식하기 쉽고 부르기 쉬운" 곡을 제작하여야 한다고 주장했다. 그리고 그러한 곡을 제작하는데 "효과적인 첩경"은 "옛날부터 전해오는 그들의 음악적 전통을 살려내는데" 있다고 말했다.

계속해서 부르주아 음악과 대조하면서 프로 음악의 구체적인 모습을 부각시키고 있다. "저들의 자살유혹적·전당음악과 광란도발적인 째즈", 그리고 "일반대중을 점점 퇴폐적 기분으로 반동해 가는 그러한 아편적 유행가" 따위를 격멸하고 동시에 "우리의 손으로 음악회를 열고 합창대를 조직해서 음악적 효과를 보급"시켜야 한다고 했다. 그리고 기악을 연주할 때도 "저들과 같이 바이올린이나 플룻" 따위를 사용하는 것은 "너무나 부자유"하고 "퉁수"나 "횡적"이나 기타 "초적, 하모니카" 같은 것을 잘 이용할 수 있어야 한다고 강조했다. 또한 "음악적 이론"의 중요성도 언급했는데, 그것은 "종래에 범하기 쉬웠던 관념론적 이론과 이론편중주의적 태도"를 지양하고 어디까지든지 "현실적이며 실제적이어야 한다"고 주장했다.

그리고 과거에 우리에게 음악이란 것이 존재하지 못했던 관계로 역사적 토대가 미약하고 때문에 형식에 있어서 오늘날 갑자기 새로운 것을 얻기에는 어렵다고 했다. 그러나 "우리 손으로 역사를 만드는 사이에" "날카로운 프롤레타리아 이데올로기"로서 "저들의 허물을 벗어나야 할 것"이라고 말했다. 그리하여 "가장 건강하고 강렬한 것이어야만 우리들의 것이 될 것"이라고 주장했다.

이러한 주장은 노동자와 농민을 위한 현실적이고 실제적인 프로음악의 필요성과 방향을 제기하면서, 그것이 우리 민족성에 바탕을 둔 민요나 민속 음악의 전통을 이어받아야 한다는 점을 강조하고 있다.

「아동문학운동 1년간」은 1930년의 프롤레타리아 아동문학운동을 개관하며 앞으로의 방향을 제시한 매우 긴 평론이다. 동화, 소년소설, 소년시, 아동극, 노래, 그림, 작가동맹, 실제 운동에 이르기까지 아동문학 장르와 운동이 언급되어 있는데, 향파의 프로문학 활동과 사회주의 신념을 드러내고 있는 중요한 평론이므로, 소제목별로 구체적으로 살펴볼 필요가 있다.

〈첫말〉에서는 지난 1년 간(1930년)의 아동문학운동을 결산하는 전체 연재글의 취지와 목적, 검토 대상과 그 범위, 글의 윤곽과 성격에 대해서 간결하게 설명하고 있다.

우리가 주목할 부분은 지난 1930년을 "투쟁의 1년"이라고 규정하면서 조선아동문학사상에 있어 획기적인 전환을 마련한 "획선(劃線)할 1년"이었다고 평가한 대목이다. 1929년의 아동문학운동이 "초보적·계몽적·자연발생적임에 반해서" 1930년은 "목적의식적 XX"의 변환이 이루어져 "일보전진"하였다고 평가했다. 그 이유를 네 가지로 정리했다. 첫째 "작가들의 의식수준이 균등해진 것", 둘째 "일정한 통제된 기관이 없으면서도 작가들의 단합이 조직적으로 용이하게 된 것", 셋째 잡지 『별나라』『신소년』이 비약적으로 발전하면서 기관지로서의 능력을 갖추어 "계획적 운동이 실현화된 것", 넷째 "사회적으로 독자대중의 계급적 의식"이 비교적 빠르게 각성된 것. 이 가운데 『별나라』『신소년』의 역할이 중요했음을 반복 강조하고 아동문학이론은 신문에도 발표되었으나 아동문학작품은 이 두 잡지에서만 찾아볼 수 있다는 사실을 환기

시켰다.

〈동요〉에서는 지난 1년 간을 포함한 아동문학에서 동요가 차지하는 위상과 의미를 규명하고 1930년을 기점으로 프롤레타리아 동요의 변화·발전에 대한 설명, 구체적인 동요작가와 작품, 과거의 과오와 미래에 대한 낙관적 전망을 피력하고 있다. 여기서는 일반아동문학 혹은 부르주아 아동문학과 프롤레타리아 아동문학을 분명하게 구별하는 시각을 확인할 수 있고, 동요를 중심으로 프롤레타리아 아동문학이 그 위세를 더해가고 부르주아 아동문학은 타락해갈 것이라는 확신에 찬 전망을 내보이고 있다. 이 부분이 다른 항목보다 가장 길고 상세하게 쓰여졌다.

먼저 "1930년은 동요의 풍년이요, 동요의 홍수시대"라고 할 정도로 동요가 가장 큰 위세를 차지하였는데, 그 내부적·외부적 요인을 다음과 같이 지적하고 있다. 첫째, 동요는 음악적·문학적 요소를 동시에 구비하여 아동들의 정서에 쉽게 공감을 줄 수 있다. 둘째, 다른 장르에 비하여 상대적으로 이해하기 쉽다. 셋째, 짧기 때문에 작품을 읽을 때 시간적 편의를 누릴 수 있다. 넷째, 신문이나 잡지의 지면을 많이 차지하지 않아서 열악한 지면사정에도 큰 제약을 받지 않고 효과도 기대할 수 있다. 다섯째, 신문지면이 다소나마 늘어나 동요작품이 더욱 많이 발표되었다. 덧붙여 신문의 "대량생산"에 대립하여 다른 잡지들도 계획이상으로 동요를 많이 발표한 일종의 상승효과도 한 요인으로 지적할 수 있다고 하였다.

다음으로 1930년은 질적인 면에서도 변화를 수반한 시기였음을 설명한다. 아동문학사상에 있어서 1929년은 아직 명확한 계급적 이데올로기가 등장하지 않았고 다만 민중적 혹은 인도주의적·무저항주의적 사상에 불과한 맹아를 확인할 수 있을 뿐이었다고 했다. 그러나 사회적으로 계급적 대립이 점점 첨예화되어감에 따라 어느 계급에든지 속하지 않으면 안 될 "어린 계급인인 아동"도 자연발생적으로 계급적 투쟁의식이 "백열화(白熱化)"되는 객관적 정세에 따라서 프롤레타리아 아동문학은 그 계급적 이데올로기를 더욱 뚜렷하게 내세우게 되었다고 했다.

그러나 초기에는 프롤레타리아 동요가 과도기적 상태에 있다면서 그 한계를 지적했다. 요컨대 부르주아의 예술형식을 가져와 관념적으로 사회주의적 의식을 첨가한 수준에 불과하였다는 것이다. 그러면서 이런 초기의 한계는 발전과정에서 필연적인 것이라고 언급했다. 결국 초기의 프롤레타리아 동요작품은 점차 "목적의식적"으로 "프롤레타리아 예술의 한 부문으로서 충실한 내용과 새로운 형식"을 갖추고 "목표한 길로만" 전진하였다고 한다.

그리고 이상의 설명과정에서 "계급적 이해가 상반하는 일부의 초계급적·동심예술논자적 동요작가"의 손을 거쳐 나온 "수많은 신문동요"들을 신랄하게 비판하고 있다. 이들 신문동요작품들을 다음과 같이 꼬집었다. 첫째, "의식적·무의식적으로 현실을 도피"한다는 것. 둘째, "계급적 아동의 심성과 이해력을 무시하고 자기의 어름어름한 인생관과 세계관"을 아동에게 주입하려 한다는 것. 셋째, "자기본래의 계급적 입장과 이해를 저버린" 채 "발표욕에 급급"하여 "일반독자의 계급적 성장을 방해"한다는 것이다.

이어서 앞서 말했듯 동요가 초기의 한계를 벗어나 "목적의식적"으로 프롤레타리아 예술의 한 부분으로 발전하게된 결과 1930년에는 우수한 작가와 작품을 많이 얻었다고 했다. 작가로는 김병호, 신고송, 이구월, 양우정, 박세영, 손풍산, 엄흥섭, 박철을 들었고 그들의 작품을 덧붙였다. 그리고 아직 검열국에 있는 "신흥동요팔인집 『불별』"을 언급하며 『불별』에 들어있는 지상에 발표되지 않은 많은 작품들을 상기시키고 그것이 1930년의 "큰 문헌적 업적"이라고 했다.

다음으로 지난 1년 간의 프롤레타리아 동요작품에서 발견되는 과오를 규명하였다. 첫째로 아동을 대상으로 한 동요가 정작 아동이 읽고 해독하고 음미하기에는 너무 어렵게 쓰여졌다고 했다. 두 번째로 동요는 불리는 것이 목적인데, 노래할 수 없는 동요작품이 많이 있었다고 했다. 셋째로, "어른의 문학과 아동의 문학을 그 사명으로나 그 기능으로나 근본적으로 다른 성질"임을 인식하지 못하고 동일하게 보는 과오이다. 예컨대 흔히 동요를 다른 프롤레타리아 예술과 다름없이 "무기로서의 예술로서 공식적·소아병적으로 보는" 동무들이 있는데, 그들이 "의식수준이나 문화수준이 어른과 같지 않은 아동을 대상으로 하는 동요"를 곧바로 프롤레타리아 이데올로기를 그대로 주입하는 도구로 이해하는 것은 아동문학의 특수성을 몰각한 이해라고 했다. 물론 아동예술의 근본임무는 "어른들의 투쟁에 결합시키는 것"이지만, 그것은 대중을 동원하지 못하는 "소수의 전위"만으로는 달성이 되지 않는다고 지적하였다. 그러면서 일본의 동지 전본남랑(槇本楠郎)의 말을 인용하면서 논의를 보완하였다.

마지막으로 지난해 중반기까지 프롤레타리아 작가가 쓴 동요는 대부분 "개인적 입장에서 쓴" 것이라고 지적하면서 "집단적 입장"에서 "집단적 작품"을 써야 한다고 주장했다. 하지만 중반기 이후로는 의식적으로 그러한 동요가 여러 편 쓰여졌다고 덧붙였다. 그리고 금후로는 작품 제작에 있어서 독자대상의 여러 특수한 사정을 잘 고려하여서 작품을 쓰고 "본래의 효과를 내어야" 한다고 주장했다. 앞서 전본남랑(槇本楠郎)의 말을 또 인용하였는데, 그 내용은 "추상적 비판에 의한 개념적 평가에서가 아니라, (아동)대상의 계급층군의 상위, 지역적·문화적·생활적 상위, 연령성, 조직·미조직, 평상시·비상시 등 특수사정"을 잘 고려하여 작품제작에 힘써야 한다는 것이다.[20]

그리고 1931년 조선의 아동문학은 프롤레타리아 아동문학에서 사실상 그 참다운 면모를 발견할 수 있다고 확신하면서 부르주아 아동문학을 신랄하게 비판하였다. 즉 "편지동요, 그림동요" 등 별별 "화장"을 꾸민다고 하고 그것을 "필연적 몰락의 과정"이라고 말했다. 또한 애초에 "계급적 내용은 문제"삼지도 않음은 물론 "구린내 나는 수법기교"와 "변태적으로 타락하는 사상적 경향"을 비판하였다. 그러면서 기대를 모으고 있는 동요작가를 열거하고 그들의 활약에 힘입어 "노력과 투쟁계량표는 언제나 눈앞에 있"다면서 낙관적 전망을 피력했다.

〈동화〉에서는 동화는 동요에 비해 뚜렷한 성장을 보이지 못했다고 보고 그 원인을 분석하였다. 그리고 프롤레타리아 동화의 발전을 위한 방안을 모색하였는데, 아동들이 흥미를 느끼는 유행적 사상이 프롤레타리아의 철학과 다소 상반된다 하더라도 융통성 있게 활용하여야 한다는 상당히 유연한 입장을 취하고 있는 점이 주목된다.

---

20) 이상에서 살펴본 과오를 정리하면 첫째 어른의 문학과 구별되는 아동문학의 특수성에 대한 몰각과 그에 따른 계급적 이데올로기의 기계적 주입, 둘째 독자대상인 아동에 대한 생리학적·생활적 측면에서의 무이해, 셋째 동요의 음악성에 대한 몰각, 넷째 개인적 입장에서의 작품제작이다.

1930년에 있어서 동화 부문이 성장을 보이지 못한 이유를 네 가지로 정리했다. 첫째는 대중의 흡수정세에 관계된 문제, 둘째는 조선의 특수한 경제적 난관,[21] 셋째는 시간적 여유가 없었다는 점, 넷째는 동요 방면에 힘을 너무 쏟았다는 점 등이다. 이어서 몇몇 작품이 있었다고 하며 소개했으나, 전반적으로 "양으로나 질로나 주의를 끌지 못"했다고 평가했다.

그리고 동화도 좋은 작품만 생산된다면 얼마든지 독자를 획득할 수 있다고 보았으며, "소설류의 형식과 한 가지로" 아동을 "구체적·설명적으로 교화하기에 적당"하다고 하였다. 또한 이제 막 형성되기 시작한 아동성, 즉 "몽상과 불구와 비대화" 등등에 의해 얽혀진 특수한 인식의 세계는 본능적으로 동화를 욕구한다는 것이다. 그리고 이러한 아동들의 욕구에 따라서 "동화란 그릇"을 통해 과학적·사회적 마르크스주의 이데올로기를 주입하여 "어른"의 프롤레타리아트가 가지는 관념에까지 아동들의 관념을 유도하는 것이 "맑스주의적 예술가의 근본적 사명"이라고 하였다.

그리고 덧붙여 아동들을 부르주아의 유행적 사조에 휩쓸리지 않도록 해야 한다고 했다. 그러나 한편으로 이에 "흡수적 추세"에 너무 경직된 태도로 일관하는 것을 지양하는 관점을 보여준다. 요컨대 아동을 프롤레타리아 이데올로기에 귀납케할 수 있는 한, 오늘날 근대인의 감정을 지배하는 "저널리즘이나 니힐리즘"이더라도 그 힘을 빌려서 "소기한 목적 내용에 조직화"시켜야 한다고 주장했다. "공식적으로 단순한 이상

---

21) 동요가 풍년을 이루게 된 원인에서 언급된 바 있는 문예잡지들의 지면제약을 가리킨다.

론"에만 경도되는 것보다는 현실적으로 아동을 움직일 수 있는 힘을 잃어버리지 않는 것이 더 중요하다고 했다.

다음 동지대하(同志大河)의 말을 그대로 옮겨 적고 있다. 그 요지를 보면, 원칙적으로 프롤레타리아의 모든 예술은 현실적이어야 하지만 현실의 아동의 요구와 효과여부를 고려하여서 이롭다고 판단되면 비현실적인 내용을 쓴다하더라도 상관이 없을 것이라고 했다. 아동문학은 공상이 자유분방한 아동들을 독자로 삼기 때문에 취급여하 경우관계에 따라서 비현실적인 내용이 오히려 유효할 때가 많다고 덧붙였다. 그리고 조선의 특수한 사정, 곧 "검열제도 아래서는 읽히기 위한 작품보다는 들리기 위한 작품을 제작하여서 구전으로 보급시키는 것이 쉬운 일"이라고 하였다. 또한 작품은 독자대상을 명확히 인식한 계층, 성, 연령, 조직 미조직 의식 내지 문화적 수준에 따라서 특색을 부여하여 제작해야 한다고 했다.

〈소년소설〉은 매우 간략하게 기술되어 있는데, 소년소설을 동요·동화와 비교해서 그 특징을 추출하고 일반소설의 범주 속에 소년소설의 자리를 규명하였다.

소년소설은 동요 다음으로 많은 작품이 쓰여졌다고 하면서, 작가와 작품들을 열거하였다. 그리고 소년소설은 동요와 마찬가지로 독자를 많이 가지고 있는데, 문학적 소양이 다분한 연장아동들이 더욱 좋아하는 경향이 있다고 했다. 까닭은 동화와 마찬가지로 더 현실적이고, 구체적이며, 설명적이고, 교화적이기 때문에 "X의 문학으로서의 역할"을 가장 손쉽게 한다고 했다. 또한 소년소설은 "예술성의 본질"로 보아서 어른 소설과 다른 점이 없으며 넓은 의미에서 어른 소설에 속한다고 했다.

다만 소년소설은 독자대상에 한정해서 "질적 · 형태적 · 기술적 분화를 필요"로 하는 나름의 사명을 실천할 뿐이라고 했다. 구체적으로 말해서 아동이 이해하고 인식하고 감득할 만한 쉬운 내용으로 단순한 체제와 쉬운 말로서 구상한 것이 소년소설이라고 규정하고 어른소설에 속하는 한 종류이면서 분야라고 하였다.

〈소년시〉도 논의가 매우 소략하다. 지난해 다른 부문에 비해서 소년 시 부문은 부진하였다고 평가하면서, 그 원인을 작품의 질이나 양의 문 제가 아니라 소년시를 쓰는 작가의 부족 현상이 문제라고 지적하였고, 중요한 작가와 작품을 언급했다.

소년시는 인텔리에 속하는 특별한 문학적 소질을 가진 연장소년들이 주된 독자인데, 그 까닭을 소설 · 동요와 비교해서 설명했다. 소년시는 그 취재의 내용이라든지 표현형식, 문학적 기교에 있어서 소설과 같이 사실에 의거한 것도 아니고 동요와 같이 저절로 노래와 동작이 따라 나 오는 정형률의 리듬을 고수하지도 않고, 상징적 비유적 암시적 수법으 로 유원한 내용을 구성하기 때문에 특별한 문학적 소양이 있는 독자가 아니면 잘 이해하지 못한다고 하였다. 소년시를 소설 · 동요와 비교하였 지만, 일반시의 관계는 해명하지 않았다.

그러나 앞으로는 소년시의 기교적 방향을 전환해야 하며, "『공장으 로! 농촌으로!』"의 표어를 따라서 훨씬 대중적으로 아동독자에게 근접 하지 않으면 안 된다고 하였다. 그렇게 될 때 소년시도 소년시로서의 예술적 역할을 수행할 것이라고 덧붙였다.

〈아동극〉에서는 극의 특성에 대해서 언급하고, 조선에서 아동극의 가능성에 대해서 타진하고 있다.

먼저 러시아 아동극의 성황을 소개하면서, 그러한 성황은 "예술본능의 만족을 위해서만 하는 것이 아니라" 교육인민위원회와 밀접한 연관을 가진 것임을 중요하게 지적하면서 본론으로 넘어간다.

극은 음악, 색채, 언어, 동작 등이 모두 사용되는 종합적 예술로서 다른 어떤 형식보다 가장 대중적이라고 하였다. "의식수준이 낮은 미조직 아동, 문자를 해득하지 못하는 무식한 아동에게는 극보다 효과적인 형식이 없다"고 단언하였다. 더구나 "집단적 XX 관념과 XX적 훈련"에 있어 극의 필요성을 강조하였다. 영화와 비교해 "조선의 처지에서는 경제적으로나 관객의 수준으로나 극이 발전할 가능성"이 매우 높다고 하였다. 조선의 처지에서는 극장 시설이 열악하다거나 다른 예술활동에서도 마찬가지인 탄압이 문제가 아니라 다만 운영자의 협력 여하가 관건이라고 하였다.

이런 극의 대중적 친화력을 고려할 때 "특수한 아동"에게는 충동적 감각적 인상적인 영향을 미칠 수밖에 없다고 하였다. "계급적 이해를 몰각한 혹은 모순된 반동적 타락적인 극"에도 사람들이 열광하는 것은 극에 굶주렸던 때문이라고 분석하였다. 때문에 극예술에 대한 본능적 욕망의 고갈을 채워주면서 프롤레타리아 극을 전파하여 사명을 다하여야 한다고 강조했다. 그러면서 아동극의 작가와 작품은 그리 신통하지 않다고 평가했다. 초기의 작품들은 "관념적이며 상징적인 것"이었다고 했다. 그런데 극작품은 다른 작품보다 한층 검열이 심하다고 하면서 극은 어디까지나 실제를 토대로 또 집단적 대중을 대상으로 하는 예술 형식이기 때문에 관념적 상징적인 경향을 띠어도 검열의 대상이 된다고 하였다.

〈노래〉에서는 프롤레타리아 노래에 대해서 규정하고, 「거머리」, 「새 홋는 노래」, 「편싸홈」으로부터 프롤레타리아 동요가 본격적으로 출발하였다고 평가했다.[22] 그리고 이들 작품이 가지는 의미에 대해서 짧게 언급되었다.

먼저 노래를 동요의 작곡화한 것, 곡부(曲符)투쟁가 등을 말하는 것으로 규정하였다. 그리고 조선에서 프롤레타리아 예술운동은 잡지 『음악과 시』가 창간되면서부터라고 하고 "프롤레타리아 동요의 작곡화"도 같은 때 이루어지기 시작하였다고 보았다. 그 이전의 곡들은 초기의 "애수적 동정적 극히 초기의 자연생장적인 동요에다 곡조차 뿌르조아 동요곡의 유형적 구각을 완전히 못벗어나고 음악적 기술로 보아서도 뿌지부르조아적이 아니면 유행가류 갓갑거나 전통적 고전미에 물드린 것이 만헛다"고 평가하였다.

그러나 지난해 프롤레타리아 음악운동이 출발한 결과 위의 세 노래에서 과거의 모든 구형을 탈피하게 되었다고 강조하고 이들 작품들은 개인적 입장을 떠나 집단적 입장에서 쓴 것이 특색임을 주목하였다. 혼자 부를 수 있는 동요의 작곡화도 필요하지만 "집단적 노래의 작곡화"를 중요시하지 않을 수 없다고 하였다. 그리하여 공장에는 공장가, 농촌에는 농촌가, 소맹(少盟)에는 소맹가, 데모가, XX가 등을 미리부터 작곡해야 한다고 촉규하였다.

〈그림〉에서는 프롤레타리아 그림 분야의 장점과 그 실제 성과에 대

---

22) 이 세 작품은 모두 『음악과 시』(1930. 8)에 실려 있는 작품으로, 각각 손풍산요(이일권곡), 이구월요(이구월곡), 이주홍요(이주홍곡)이며, 「편사홈」은 「편싸홈노리」의 오기이다.

해서 구체적으로 언급하였다. 아동잡지에는 그림이 많아야 한다고 주장하며 그림의 제작에 힘쓸 것을 촉구했다.

먼저, 그림은 동요보다도 더 아동과의 거리가 가까운 형식임을 내세웠다. 그림은 소년아동, 문맹아동들에게까지 소화되고 감각을 통해 직접적으로 전달되므로 시각을 통한 이해의 면에서나 시간을 통한 편의성의 면에서나 제1의 아지성과 보급성, 대중성이 있다고 지적하였다. 그러나 아직 그림전문잡지가 창간되지 않았고 "특별한 경제적 조건을 가지는 삽화" 등도 찾을 수 없는 실정임을 말하고 구태여 찾는다면 "갓트표식, 삽화" 뿐이라고 했다. 그리고 그림은 다른 문자적 원고와 달리 미리 검열을 받지 않기 때문에 발표가 더 부자유한 점이 있다는 애로사항을 짚어내었다. 요컨대 검열에 통과될 수 있는 작품임에도 미리부터 주저하게 되어서 작품의 의도를 충분히 반영하고 살리지 못하는 경우가 많다고 하며 자신의 경험담을 들어 보였다.

부르주아적인 수법을 탈각하고 노농소년들의 생활감정을 굵은 선과 단순한 색채로 그려 그들과 가까이 친해질 수 있는 길을 찾아야 한다고 거듭 강조했다. 늘 아동들이 어떤 그림을 좋아하는지 주시하여 그들이 가장 감동 받는 것을 파악하여 그것을 역이용하거나 정면으로 그들의 요구에 응하여 프롤레타리아 그림의 부분적 역할을 다해야 한다고 주장했다.

〈작가동맹〉에서는 조직적인 동맹결성의 필요성을 강변하고 있다. 조직결성을 통해 작품에 대한 지도이론과 비판토의가 가능하다고 본 점이 주목된다.

지금까지의 운동은 모두가 지방분산적 상태에서 지속되어 왔는데,

사정이 여의치 않더라도 전선의 조직통일과 투쟁력의 확대강화를 보호하기 위해서 조선프롤레타리아 아동작가동맹을 조직하여야 한다고 촉구하였다. 그리하여 조직화한 운동의 첨단에 서서 제작운동 등에 관한 결정적 지도이론과 엄정한 비판토의가 있어야 한다고 강조하였다. 이리하여 유기적 결합인 작가동맹의 구체적 도합(圖合)으로서의 직능을 완수할 수 있을 것이라고 했다.

〈실제운동〉은 사실상 전체 연재글의 결론에 해당하는 부분이다. 프롤레타리아 아동문학작가는 작가이기 전에 조직운동가로서 "실제소년운동자"가 되어야 한다는 주장을 강하게 피력하고 있다. 레닌의 말에 기대어 자신의 주장을 내세웠다. 이를 정리하면, 근로아동의 프롤레타리아화는 이미 계급적 의식을 자각하고 있는 아동들에 의해 자연발생적으로 그리고 필연적으로 형성될 것이라고 보는 판단 하에 아동문학운동은 그러므로 프롤레타리아 계급운동의 기반 위에서 성립되며 그 일부분으로서 구성된다는 것이다. 따라서 아동예술작가의 문필적 활동은 프롤레타리아 운동의 일부분이 되어야 하고 아동예술작가의 존재이유도 "조직운동가"라는 점에서 찾을 수 있다는 것이다. 이를테면 "도시에 있는 작가는 동화회, 음악회 등을 자주 열도록" 해야 하고, "지방에 있는 작가는 먼저 노농소년단 같은 것을 만들어서 소년들의 조직화"에 힘써야 할 것이라고 설명했다. 그리고 이러한 일들을 수행하는 데에는 여러 가지 장애와 부득이한 사정이 많을 것이지만, "이 계단에 있는 우리들의 운동"은 개인적 사정과 편의를 버리고 항상 "계급적 이해"에 따르고 그에 힘써야 할 것이라고 했다. 단결을 바탕으로 "이론과 실제관념과 구체"가 철저히 상호부합되어야만 "우리들의 소기의 목적"

이 달성된다고 주장하는 바를 매듭지었다. 그리고 "작품을 질머지고 아동대중 속으로!", "작가이기 전에 소년운동자로!"란 슬로건을 내걸면서, 이 슬로건에 따라서 작품을 제작하여야 한다고 덧붙였다.

〈끝말〉에서는 지난 1년 동안의 "과오를 청산하고 옳은 길을 보다 발전시키자"는 것이 자신이 말하고자 했던, 또 말했던 요점이라고 하였다.

이상과 같이 이 두 평론은 프로음악의 사명과 방향과 방법을 설명하고, 프로아동문학작품과 실제 예술운동에 이르기까지의 현황에 대한 비판과 앞으로서의 방향을 제시하고 있다. 이를 통해 향파의 아동문학에 대한 이론의 깊이와 더불어 그의 사회주의 신념의 공고함을 파악할 수 있었다. 그러나 창작방법론의 관점에서 보면, 그는 교조적인 프로작가가 아니고 현실과 실제에 바탕을 두면서 유연한 태도를 취하고 있다. 그리고 향파의 이러한 생각은 다음 장에서 살펴본 실제 아동문학작품 창작에도 그대로 드러나 있다.

## 4. 프로아동문학 작품과 프로소설과 시

먼저, 아동문학에서 사회주의의 계급의식이 드러나는 작품을 동화·소년소설, 동요·동시, 아동극의 순서로 살펴보기로 한다.

첫째, 동화나 소년소설을 살펴보면, 소년소설 「청어뻑다귀」(『신소년』, 1930. 4), 「회치」(『신소년』, 1933. 7), 동화 「개고리와 둑겁이」(『신소년』, 1930. 5), 「잉어와 윤첨지」(『신소년』, 1930. 6), 「돼지 코쑤멍」(『신소년』, 1930. 8), 「천당」(『신소년』, 1933. 5), 「고동이」(『조선일보』, 1933. 9.

16), 「호랑이 이야기」(『신소년』, 1934. 2), 「군밤」(『신소년』, 1934. 2) 등이 있으며, 「물싸홈」(『신소년』, 1930. 7)은 검열로 삭제되었다. 이들 중 대표적인 다섯 편만 간략하게 살펴보자.

「청어뼉다귀」는 지주인 김부자와 소작인 순덕 아버지의 대립구도로 플롯이 전개되는데, 순덕 아버지가 소작을 떼이지 않기 위해 김부자에게 청어를 대접했으나 결국에는 소작을 떼이고 만다는 내용이다. 그런데 아들 순덕은 김부자의 밥상에서 남은 것을 먹고자 주린 배를 참고 있는데, 그가 거는 기대가 실망으로 이어진다. 그는 남은 청어 뼈다귀를 먹다가 목에 가시가 걸리고, 아버지에게 매를 맞고 쫓겨나면서, 지주에 대한 적개심을 보인다.

「개고리와 둑겁이」는 힘없는 작은 개구리가 힘센 큰 개구리(두꺼비)에게 핍박을 받아오다가 단합하여 이들을 쫓아내고 평화를 되찾는다는 스토리로, 동물우화 형식을 빌어 계급대립과 투쟁 정신을 잘 드러내고 있다.

「잉어와 윤첨지」는 「청어 뼈다귀」와 마찬가지로 지주인 윤첨지와 소작농민인 점석이 아버지의 대립구도로 플롯이 전개된다. 점석이 아버지가 잉어 두 마리를 가지고 윤첨지에게 양식을 빌리러 갔다가, 그 집 개에게 물리고 잉어까지 빼앗긴 채 집으로 돌아오자, 아들 점석이는 지주에 대해 적개심을 느낀다는 내용이다.

「돼지 콧구멍」은 가난한 종규집의 호박밭을 부자인 주사 영감 돼지가 망쳐 놓는 사건이 발생하지만, 종규 아버지는 제대로 따지지도 못하는데, 아들 종규가 돼지 콧구멍에다 화살을 쏘아 쫓아낸다는 내용으로, 계급적 대립의식이 뚜렷하게 드러난다.

「호랑이 이야기」는 강자인 호랑이와 약자인 벌의 대립구도로 플롯이 전개되는데, 호랑이의 횡포에 맞서 벌들이 힘을 모아 호랑이를 죽이는 내용이다. 「개구리와 둑겁이」와 마찬가지로 동물 우화의 형식을 빌어 계급대립과 투쟁정신을 잘 드러내고 있다.

이처럼 이주홍은 이들 동화·소년소설에서 계급적 대립구조를 통해 계급모순의 인식과 투쟁이라는 사회주의 이념을 강하게 드러내지만, 될 수 있으면 어린이들의 흥미를 끌만한 사물이라든가, 인물이라든가, 이야기 구조를 발견하여 그것을 해학과 기지와 풍자의 기발한 착상을 통해 아이들에게 전달하고 있다.[23]

둘째, 동요 또는 동시로는 「수박」(『신소년』, 1930. 7), 「폭풍우」(『신소년』, 1930. 8), 「편싸홈노리」(『음악과 시』, 1930. 8), 「벌꿀」(『불별』, 1931. 3), 「장아치 아저씨」(『불별』, 1931. 3), 「방귀」(『불별』, 1931. 3), 「모긔」(『불별』, 1931. 3), 「박쥐·고양이」(『불별』, 1931. 3), 「가나다 노래」(『별나라』, 1931. 5), 「천자푸리」(『별나라』, 1931. 9), 「벌소제」(『신소년』, 1932. 11), 「벽」(『신소년』, 1932. 11), 「염불긔도」(『신소년』, 1932. 12), 「개쏭」(『별나라』, 1933. 2), 「호작질」(『별나라』, 1933. 5), 「연」(『신소년』, 1933. 5), 「풀쑥」(『신소년』, 1933. 7), 「기관차」(『별나라』, 1933. 12), 「자리짜기」(『신소년』, 1934. 3), 「엄마」(『별나라』, 1934. 12) 등이 있다. 이들 중 『불별』에 실려 있는 「방귀」와 「벌꿀」 두 편과 『별나라』에 실려 있는 「개쏭」을 대표적으로 살펴보기로 한다.

1) 벌들아 동무야 이러나라/ 꿀고방에 범놈이 또드러왓다/ 놀고서 먹는놈 미

---

23) 이재복, 「웃음 속에 배어 있는 고통스런 현실」, 앞의 책, 163-164쪽 참조.

운놈이다/ 침주자! 침주자! 침주자!// 우리땀 우리피 모워둔걸/ 네놈이 엇젯
다 먹을려드니/ 놀고서 먹는놈 미운놈이다/ 쏘아라! 쏘아라! 쏘아라!// 언제
나 그러케 질줄아나/ 왕벌떼 침맛을 보고가게/ 놀고서 먹는놈 미운놈이다/
엉겨라! 엉겨라! 엉겨라!

—「벌꿀」

2) 통삼배 중우에 방귀가 뽕/ 네놈들 못먹던 보리방귀다/ 고기만 쳐먹든 가른
코끄테/ 우리네 냄새도 마터보아라.// 일하다 쉬다가 방귀가 뽕/ 아츰에 보
리밥 다 삭나보다/ 약한놈 X땀만 빼아서갈네/ 맛조흔 방귀도 아서가거라.

—「방귀」

3) 개똥망태 에헤용/ 둘너메고 에헤용/ 새벽마다 주슨개똥/ 산썸이가 되여서/
논밧으로 나가서/ 보리벼를 길너서/ 가을거름 하여서/ 섬안에다 너어노면/
아이구요놈의 벼ㅅ섬이/ 지주고방에 다빨여간다 …(3행약)…

—「개똥」

「벌꿀」은 동화 「호랑이 이야기」와 비슷한 내용을 동시로 형상화한
것인데, 약자인 벌과 강자인 범의 대립을 통해 계급의식을 고취시키는
작품이다. 가난한 농민인 벌이 어렵게 일하면서 모아둔 음식을 놀면서
먹은 지주계급에 속하는 범이 빼앗고자 하여, 벌들이 힘을 모아 적극적
으로 투쟁하자는 내용이다.

「방귀」 역시 가난한 농민과 부자의 대립을 통해 계급의식을 고취시
키는 작품이다. 그러나 「벌꿀」과는 달리 '방귀'라는 해학적 소재로서 웃
음을 자아내게 하면서 풍자적 효과를 통해 계급갈등을 드러내고 있다.

「개똥」은 소작농민과 지주의 계급대립을 고발한 작품으로, 개똥망태
를 둘러메고 새벽마다 개똥을 주워 거름을 주고 농사를 지었으나 지주
에게 모두 빼앗기는 현실을 비판하고 있다.

동요나 동시에서는 그것의 장르적 특성으로 인하여 사회주의 이념을 구체적으로 드러내기는 곤란하지만, 전승 동요의 형식과 수사법을 잘 활용하면서, 해학적 소재와 표현으로 풍자적 효과를 통해 계급의식을 직접·간접으로 드러내고 있다.[24]

셋째, 아동극으로는 「톡기눈알」(『신소년』, 1930. 2), 「개떡」(『신소년』, 1934. 3)이 있으며, 「팥밧」(『신소년』, 1930. 3)과 「낙동강 봄빗」(『신소년』, 1934. 4)은 검열로 삭제되었다.

「톡기눈알」은 깊은 산 속 소년토끼의 집을 무대로, 소년토끼의 독백을 통해 평화롭게 지내던 토끼 마을에 범이 침범한 이야기가 제시된다. 왕 행세를 하는 범에게 어머니가 희생되고, 아버지마저 오늘 잡혀가기로 되어 있다. 또한 외상값을 받으러 온 곰에게 시달리고, 범이 원숭이를 데리고 오면서 위기를 맞는다. 마침 소년토끼의 설득으로 앞잡이 역할을 하는 원숭이가 자신의 삶을 반성하고 의사인 사슴과 함께 독약을 토끼눈알로 속여 범에게 먹인다. 끝으로 사슴이 아버지 토끼에게 자신의 사향을 먹여 되살린다는 내용이다. 이 작품 역시 동화나 소년소설과 같이 동물우화의 수법으로, 힘센 놈과 외세로 상징되는 범, 곰, 사자 등과 힘없고 가난한 토끼, 강자의 앞잡이인 원숭이 등의 대립과 갈등을 통해 민족의식과 계급의식을 동시에 드러내고 있다.

「개떡」은 '야학가극'이라는 표제가 붙어있는 작품으로 야학에 다니는 소년소녀들을 대상으로 한 노래극 형식의 아동극이다. 봄을 맞아 언덕에 놀러온 영숙, 순남, 혜순들이 그들의 부유함을 자랑하고 있는데, 그

---

24) 박경수, 앞의 논문, 219-221쪽 참조. 프로동요·동시와 프로시에 대해서는 우리 대학 박경수 교수와의 토론을 통해 많은 도움을 받았음을 밝혀 둔다.

들이 나물캐러 온 봉달이의 개떡을 보고는 무시하고 타박을 한다. 그들이 간 뒤, 봉달이는 야학 친구들과 함께 동화연습을 하고 있는데, 영숙이 지나가자 친구가 그녀를 혼내준다. 그리고 봉달이의 개떡을 나눠 먹으며, 남녀 학생들이 연극연습을 다시 시작한다는 내용이다. 검열로 여러 군데가 삭제되어 있지만, 계급의식이 확연히 드러나는 작품이다.

이들 작품들은 생경한 계급적 관념의 표출이 없는 것은 아니지만, 동물 우화의 형식으로 그리고 노래극의 형식으로 아동들에게 민족의식과 계급의식을 고취시키고자 한 것이다.

다음으로 프로소설과 프로시를 살펴보기로 한다.

첫째, 프로소설로는 「치질과 이혼」(『여성지우』, 1930. 4), 「그 놈을 그대로 두엇나」(『여성지우』, 1930. 10), 「남의(南醫)」(『우리들』, 1934. 3) 등 세 편이 있다.25)

「치질과 이혼」은 사치와 허영에 빠져 있던 신여성이 노동자 출신의 프로문사와 연애 끝에 결혼하면서 겪게 되는 심리적 갈등을 여성 화자의 회상을 통해 세밀하게 그려내고 있다. 여주인공은 사회주의자인 남편을 통해 현실을 자각하고 내면적 성숙을 이루어간다. 여기에 '치질'은 부부간의 기묘한 연대감을 형성시키는 장치로서, 여주인공의 의식의 변화를 불러일으키는 상징적 매개물이다. 아울러 이 작품은 여주인공의 각성을 통해 여성의 사회적 역할에 대한 깨우침도 아울러 드러내고 있다. 「치질과 이혼」은 이주홍의 사회주의적 신념이 잘 형상화된 작품으로 프로 문학 작품 중에서도 우수작으로 여겨진다.

---

25) 류종렬, 앞의 논문(2003. 3) 참조.

「그 놈을 그대로 두엇나」는 지주인 박참봉과 소작인 최성녀라는 인물을 등장시켜 계급적 대립 구조를 통해 사회주의 이념을 직설적으로 구현하고자 한 작품이다. 그러나 최성녀의 행동 방식이나 마지막 장면의 마을 사람의 데모 모습이 개인적 분노를 넘어 계급적 각성으로까지는 나아가지 못한다.

「남의」는 '남의'라고 알려진 영수 부친이 사회주의자로 의식화되어 가는 과정이 은밀하게 드러나 있는 작품이다. 농촌의 어느 날 밤을 배경으로 하면서, 일상사 속에 일제의 농촌 수탈의 모습이 제시되고, 야학을 하던 마을 청년인 영수와 태성이 '단장 놉흔 집'(감옥소)로 잡혀간 이야기, 해산 후 죽은 태성이 엄마 이야기 등이 서술되어 있다.

둘째, 프로시에는 「새벽」(『음악과 시』, 1930. 8), 「너의들의 얼골」(『우리들』, 1933. 7), 「적막한 아츰」(『우리들』, 1934. 2) 등이 있다. 「새벽」만 원문을 직접 살펴보기로 한다.

풋병아리 끼끼유—/ 발서 먼동이 트는구나/ 낫에 못듯든 두루미소리/ 끼르럭 끼르럭 새벽에 들여오네/ 동물원이 어데라든가 동물원 쪽에서// 지금막 첫잠 드른 남편의 얼골 털치면 엇지노/ 그래도 새벽밥 지어야 쏘남편을 일터로 보내지/ 어느 놈이 밤에 잠자라고는 마련해 노코/ 어느 ×할 놈이 쏘 밤에 잠도 못자게 하노/ 한 달에 보름식을 저꼴로 만드는구나/ 말녀가는 저 얼골 못보겟고나 악이 나는구나 이가 쏘독쏘독 갈니는구나/ 우리가 얼마나 밥을 쑤시 먹는다고/ 밤에까지 잠을 못 자야 되나// 그래도 너희들은 자는구나/ 그래도 너희들은 잘 잡바저서 자는구나/ 비단이불 쌀고 덥고 큰게집 작은게집 이리씨고 저리씨고/ 잘 자는구나 쿠룩쿠룩 ××를 잘 자는구나// ××갓흔 살쩌에 네가뮈시 잘낫다고 그러냐/ 네×들 백×천×와도 우리집남편만 못 하단다야/ 네×이 언제나 그럴 줄 아러도/ 애야 참 안 그럴쎄—다 어림도 업지/ 이러케 밤잠 못자고 ×하고 ×고 ×니고도 장천아래 견듸백일 줄 아나 훙 잠만 쌔여

봐—라—/ 공장으로 가보아라 아이구 나도 네 놈의 아랫층 행랑사리를 버서 날까 보다// 밤새도록 술 먹고 유성 긔틀고 지랄하고/ 왜 무슨 늦잠이냐 왜 쿠룩쿠룩 달게 자느냐/ 아이구 심술나 죽겟네 조놈의 낫싼대기 꼬집어 비트리고 십허라// 그래도나는 쌀채쑥 쌀쌀 글거 가지고 부억간으로 나가네 래일 네 놈의 ×××을×일 우리 남편의 배를/ 싼싼히 할려고 그래야 힘차게×우지 배가 튼튼해야 무섭게 긔운이 나지// 소평경 쌩—/ 동대문에서 쌩—/ 너도 나무 팔너 왓나 너도 밤잠 못잣구나.

이 작품은 프로계급인 공장노동자인 남편과 아내와, 부르주아 계급인 집주인의 계급적 대립구조를 새벽에 잠자는 일상의 문제로 접근하고 있다. 집주인은 밤새 유흥을 즐기고 늦잠을 자고, 남편은 곧 깨어나 공장으로 가야하는 절박한 상황에 처해 있다. 이러한 계급적 모순을 여성화자인 아내의 분노에 찬 직설적 어법으로 노골적으로 비판하고 있다.

그리고 「적막한 아침」은 첫아들을 잃고 비통한 심정을 직설적으로 드러내 긴 시인데, 여기서 아들의 죽음이 가난으로 인한 것이고, 그는 가난한 프로계급의 자식이라고 하면서 사회주의 의식의 공고함을 보여준다.

이상을 통해 볼 때, 프로소설은 아동문학작품과는 달리 해학과 풍자의 방법을 보이지 않고, 주인공이 의식화되어 가는 과정을 중심으로 플롯이 전개되기도 하고, 계급적 대립구조를 통해 직설적으로 사회주의 이념을 표출하기도 한다. 프로시 역시 계급적 대립구조를 보이면서 직설적으로 모순된 현실을 비판하기도 하고, 체험에 바탕을 두면서 사회주의 이념을 드러내기도 한다.

끝으로 프로문학작품이 처음으로 발표된 시기와 이 시기 향파의 대표적인 문학 양식이 무엇인가를 살펴보자. 프로문학작품이 발표된 시기는 1930년부터 조선프로예맹이 해산되기 전인 1934년까지인데, 현재까지 필자가 조사한 바로는, 이 시기에 아동문학작품은 31편, 소설과 시는 6편이 발표되었다. 그러므로 이 시기는 향파에게 있어서 '프로아동문학 시기'라 할 만큼 아동문학작품이 많이 발표되었다. 아동문학 중에서도 동요·동시가 20편이므로, 동요의 시기라고도 할 수 있다. 이것은 앞의 평론의 경우 주로 아동문학을 중심으로, 그 중에서도 동요 부문이 가장 길고 상세하게 기술되었다는 점에서도 충분히 확인할 수 있다. 소설은 1936년 「산가」(『비판』, 1936. 9), 「여운」(『조선문학』, 1936. 9) 이후에 다시 활발하게 창작되었다.[26]

장르별로 작품의 발표 연대를 살펴보면, 아동극 「톡기눈알」(1930. 2.), 소년소설 「청어쎅다귀」(1930. 4), 동요 「수박」(1930. 7), 소설 「치질과 이혼」(1930. 4), 시 「새벽」(1930. 8) 등의 순서이므로, 향파는 1930년 2월부터 프로문학작품을 발표하였음을 알 수 있다.


## 5. 결론

이 글은 향파 이주홍이 일제강점기에 발표한 프로문학의 현황과 성격을 살펴보고자 쓰여졌다. 이를 요약하면 다음과 같다.

첫째, 향파의 사회주의 이념은 일본(1924-1929)에서 싹을 보였고,

---

26) 류종렬, 「이주홍 초기소설의 작품세계 연구」, 『현대소설연구』 제15집, 한국현대소설학회, 2001. 12. 193-205쪽 참조.

1929년 귀국 후 신소년사에 입사하고 『음악과 시』 간행에 참여하면서 공고화되기 시작하였다. 그리고 프로문학잡지 『신소년』, 『음악과 시』, 『별나라』, 『우리들』 등에 주로 작품을 발표하면서 프로문학운동에 깊이 개입하였는데, 프롤레타리아 동요집 『불별』의 발간이 이를 잘 보여주고 있다.

둘째, 향파의 프로문예비평인 「음악운동의 임무와 실제」, 「아동문학운동 1년간」을 구체적으로 분석하였다. 이들은 프로음악의 사명과 방향·방법을 설명하고, 프로아동문학작품과 실제 예술운동에 이르기까지의 현황에 대한 비판과 앞으로의 방향을 제시하고 있다. 이를 통해 향파의 아동문학에 대한 이론의 깊이와 더불어 그의 사회주의 신념의 공고함을 파악할 수 있었다. 그러나 창작방법론의 관점에서 보면, 그는 교조적인 프로작가가 아니고, 현실과 실제에 바탕을 두면서 유연한 태도를 취하고 있다.

셋째, 프로아동문학작품과 프로소설과 시를 개괄적으로 살펴보았다. 동화나 소년소설에서는 계급적 대립구조를 통해 계급모순과 계급투쟁이라는 사회주의 이념을 강하게 드러내지만 아동들에게 친숙한 소재를 통해 해학과 기지와 풍자의 수법을 사용하고 있다. 동요와 동시로는 우리 전래의 동요 형식과 수사법을 활용하고, 해학적 소재와 표현으로 풍자적 효과를 통해 계급의식을 직접·간접으로 드러내고 있다. 아동극에서는 동물우화 형식이나 노래극의 형식으로 아동들에게 민족의식과 계급의식을 고취시키고 있다. 프로소설에서는 주인공이 의식화되어 가는 과정을 중심으로 플롯이 전개되기도 하고, 계급적 대립구조를 통해 직설적으로 사회주의 이념을 표출하기도 한다. 프로시 역시 계급적 대립

구조를 보이면서 직설적으로 모순된 현실을 비판하기도 하고, 체험에 바탕을 두면서 사회주의 이념을 드러내기도 한다.

그리고 최초의 프로문학작품은 아동극인 「톡기눈알」(1930. 2)이며, 이때부터 1934년까지는 향파에게 있어서 '프로아동문학기'라 할 만큼 프로아동문학 작품을 많이 발표하였고, 그 중에서 동요·동시가 많은 분량을 차지하고 있다.

# 이주홍의 미완의 장편소설 「야화」 연구

류종렬

## 1. 서론

향파 이주홍(1906-1987)은 1929년 『조선일보』 신춘문예에 단편소설 「가난과 사랑」이 '선외가작'으로, 그리고 1929년 『여성지우(女性之友)』 12월호에 「결혼전(結婚前)날」이 당선되어 문단에 데뷔하였는데,[1] 작고

---

1) 일반적으로 향파가 문단에 데뷔한 작품은 1925년 아동잡지 『신소년(新少年)』에 실린 동화 「뱀새끼의 무도(舞蹈)」와 1929년 『조선일보』 신춘문예 입선작인 단편 소설 「가난과 사랑」으로 알려져 왔다.
   그러나 최근의 조사에 의하면 「뱀새끼의 무도」는 『신소년』지에 1925년이 아닌 1928년 5월호에 실려있는 작품이며, 그 제목도 「배암색기의 무도」였다[나까무라 오사무(仲村修), 새로 발굴된 『신소년』지, 2002. 5. 22.(이 글은 2002년 5월 22일 부산시 서면 동보서적 4층 문화홀에서 열린 '이주홍 문학의 밤'에서 발표된 유인물이다). 그리고 박태일, 「이주홍의 초기아동문학과 신소년」, 『현대문학이론연구』 제18집(현대문학이론학회, 2002. 12.)]. 이러한 사실은 향파 자신의 기억상의 오류로 빚어진 잘못된 기술에서 비롯된 것이다. 그런데 이 작품은 엄밀한 의미에서 향파의 문단 데뷔작이 아니고 향파가 독자로서 이 잡지에 투고한 것이 독자 문예란이 아닌 본문 속에 실리게 되었기에, 자신이 당선작으로 여겼기 때문이다. 그리고 필자의 조사에 의하면, 『조선일보』신춘문예 입선작으로 알려진 소설 「가난과 사람」은 정확히 말하자면 '선외가작'이다. 『조선일보』 1월 1일자 신문에 의하면, 1등 당선작은 박계화(朴啓華)의 「나의 어머니」이고, 2등 당선작은 전춘호(田春湖)의 「자기(自己)의 길」이다. 박계화는 백신애, 전춘호는 전영택의 필명이었다. 선외가작으로는 최인준의 「춘보(春保)」, 이주홍의 위의 작품, 이원조의 「탈가(脫家)」, 김성도의 「유혹(誘惑)」, 신진수의 「마파람」 등 5편이었다. 그런데 선외가작은 작품이 신문이 발표되지 않았기에, 향파의 「가난과 사랑」은 그 내용을 알 수 없다. 그러므로 「결혼전날」은 향파의 소설로는 실질적인 처녀작이다.

하기까지 60여 년을 일관되게 작품활동을 해왔다. 우리 근대 문학사에서 시, 소설, 수필, 희곡, 시나리오, 아동문학, 번역 등 문학의 전 장르에 걸쳐 60년 동안 작품 활동을 한 작가는 향파 이외는 없다고 해도 과언이 아닐 것이다.

필자가 조사한 바에 의하면, 향파는 91편의 소설을 발표하였는데, 장편소설이 「야화(夜花)」(1936-37, 미완), 「화원(花園)」(1937, 미완), 『탈선춘향전(脫線春香傳)』(1951) 등 3편이었고, 중편소설이 「동연(冬燕)」(1938-39), 「가족(家族)」(1946-1948), 「희문(戱文)」(1952), 「어머니」(1977), 「경대승」(1979), 「아버지」(1981) 등 6편이었으며, 나머지는 단편소설이나 콩트였다. 발표시기별로 살펴보면, 일제강점기에 21편, 해방공간과 한국전쟁 전후에 21편, 그리고 6년 정도의 공백기를 거쳐 1965년부터 1984년까지 49편을 발표하였다.

그러함에도 불구하고 그의 문학은 아동문학사를 제외하고는 우리 근대 문학사나 소설사에서 언급되지 않고 있으며, 그의 소설에 대한 연구도 소루한 감이 없지 않다.[2] 뿐만 아니라 그의 생애나 작품의 연보조차 명확하게 정리되어 있지 않다. 그 원인은 작품의 질적 수준의 문제에 있다기보다는 그가 문학의 전 장르에 걸쳐 작품활동을 하였다는 점, 광복 후 거의 부산에서만 창작활동을 해 왔고, 그의 작품세계가 1960-70년대의 비판적 리얼리즘에서 비껴나 있다는 점 등이 중요한 원인일 것

---

2) 향파 소설에 대한 연구성과는 필자의 논문, 「이주홍 소설연구의 현황과 방향」, 『우암어문논집』10호, (부산외국어대학교, 우암어문학회, 2000. 2), 127-164쪽을 참조할 것. 최근 이주홍 아동문학상 운영위원회(강남주)에서 펴낸 『이주홍 문학 연구』1·2권(대산. 2000. 11.)과 『이주홍 아동문학상 수상작품집』(대산. 2000. 11.)과 『이주홍의 문학과 인생』(세한. 2001. 5.)에서 지금까지의 연구성과가 집대성되어 있어 향파 문학연구에 크게 이바지하리라 여겨진다.

이다. 또한 소설가로서보다는 오히려 아동문학가로서 널리 알려져 있다는 점도 많이 작용했을 것이다.

이 글은 향파의 소설을 한국 근대문학사나 소설사에서 온당하게 자리매김하기 위한 작업의 일환으로 그의 미완의 장편소설 「야화」(1936-1937)를 살펴보고자 하는 데 그 목적이 있다. 이 작품은『사해공론』에 1936년 10월호부터 1937년 5월호까지 7회 연재되다가 (1937년 2월호에는 연재 안함) 중단된 미완의 장편이다. 연재된 분량으로는 200자 원고지 410매 가량된다. 미완임에도 불구하고 이 작품은 그의 초기소설의 작품세계를 잘 드러내는 중요한 작품일 뿐 아니라 일제 강점기의 농촌소설의 새로운 유형을 보여주는 작품이며, 아울러 연재 당시 펄벅의『대지』에 비견되는 등 문단에 화제를 불러일으킨 작품이기 때문에 연재분만으로도 연구할 만한 가치가 충분하리라 여겨진다.

그런데 「야화」는 황국명과 필자의 논문을 제외하고는 연구된 바가전혀 없다. 황국명은 「부산 소설문학사 별견」에서 "농촌 소설이라 칭해진 미완의 장편 소설 야화(『사해공론』 36년 10월부터 연재)에서 떠돌이 머슴 윤서를 중심으로 피폐해진 농촌, 금광 개발로 인한 인심 세태의 변화, 가난으로 인한 아이의 죽음 등을 다루면서도 안주인에 대한 윤서의 성적 욕망을 보인다." 고 간략하게 설명하고 있으며,3) 필자는 「이주홍 초기소설의 작품세계 연구」에서 이 작품을 중요시하여 2쪽 정도의 분량으로 설명하고, "「야화」는 미완일지라도, 농촌의 최하층민인 머슴을 통해 당시 농촌의 궁핍상과 부재지주의 착취와 수탈, 금광 개발의

---

3) 황국명,『존재의 아름다움』(전망, 1996. 11.), 360쪽

세태 풍속 등을 잘 보여주는 뛰어난 농민소설이라 하겠다."고 평가하였
다.[4] 그러나 이들 연구는 부산 소설사를 기술하는 가운데, 그리고 향파
의 초기소설을 연구하는 가운데 「야화」에 대해 간략하게 기술한 것이
며, 해석상의 오류가 일부 보이기도 한다. 그러므로 이 작품에 대한 개
별적이고 구체적인 연구가 필요하다.

Ⅱ장에서는 이 작품의 단행본 출판에 얽힌 사연, 작가의 말, 연재 당
시의 광고, 문인 사전 등을 당시의 자료를 통해 살펴보고, Ⅲ장에서는
작품을 분석하여 농촌소설로서의 의의를 검토하기로 한다.


## 2. 예비적 고찰

「야화」는 앞에서 밝힌 것처럼 미완의 장편소설이지만, 단행본으로
출판되려다가 결국 발간되지 못한 작품이었다. 이를 구체적인 자료를
통해 살펴보자.

이 작품은 향파가 작성한 작품연보에는 다음과 같이 적혀 있다.

> 장편 「야화」, 「사해공론」지에 6, 7회 연재. 잡지 폐간 관계 미완인 채로 있
> 던 것을 해방 후 보완 출판도중 인쇄소에서 원고를 분실했음.[5]

---

4) 한국현대소설학회, 『현대소설연구』 제 15호(2001. 12.), 186-188쪽. 필자는 이 논문
　에서 초기소설의 작품세계를 '하층민의 궁핍한 삶과 인간애, 지식인의 전향과 소
　시민적 삶, 낭만적 사랑과 애욕의 파탄, 현실과 자연에 대한 순응' 등 네 항목으로
　나누어 살펴보았다. 「야화」는 '하층민의 궁핍한 삶과 인간애'의 항목에서 고찰하
　였다.
5) 이주홍 중편소설선, 『깃발이 가는 곳을 향하여』(태화출판사, 1984. 9.), 364쪽.

그러나 작품연보의 '잡지 폐간 관계로'의 기술은 작가의 기억상의 오류인 듯하다. 『사해공론』은 1935년 5월부터 1939년 11월까지 통권 55호가 발간되었는데, 이 작품의 마지막의 7회 연재는 1937년 5월이기 때문에, 연재를 중단한 것은 잡지 폐간 때문이 아니다. 당시 한 잡지에 실린 '문단소식'에 의하면 "이주홍씨 근일 상경하얏는데 씨의 장편소설 『야화』를 출판하고저 준비중이든이 벌써 출판 착수를 했다고."로 기술되어 있다.6) 그리고 같은 잡지의 다음 호 뒷 표지에는 「야화」의 출판소식을 알리는 광고가 다음과 같이 실려있다.7)

---

## 이주홍 저, 야화(夜花), 풍림사판

기아와 애욕, 싸움과 죽음, 요마처럼 채염하는 지상의 지옥도회(圖繪) 첫 새벽 주렴속에 비긴 안주인의 풍만한 육체를 보고 난 뒤로부터 시작되는 현대의 농노라 할 대구ㅅ집 머슴 「윤서」의 눈물겨운 일대기

일직이 희유의 인기로서 십만독서인을 열광시키든 문제의 대작 「야화」는 그 미발표분 속고를 합처서 방금 인쇄 중 불원 금추의 출판계를 풍비하려 하고 있다. 작자는 농촌묘사로서 당대유일의 정평이 잇는 호적수, 문단사상 「야화」처럼 감격과 흥분을 준 작품은 업슬 쑨 아니라 문단이 총거(總擧) 이 작품을 팔·쎅의 「대지」와 대비하야 물의를 이르킨 것은 청말 농촌조선의 저층(底層)을 넘어도 여실 적라라하게 묘파한 가닭이다. 「윤서」야 말로 「왕룡」, 「아란」과 더부러 조선에서 뿐이 아니라 세계 어느 째 어느 곳에서나 존재할 수 잇는 실로 역사적인 전형인물인 것이다.

**임화 김정혁 엄흥섭 발문·저자자정삽화입(自幀揷畵入)·정가 1원.**
발행소 경성장사정 205 풍림사 진체(振替)경성 26036번

---

6) 『비판』(1938. 8.), 111쪽.
7) 『비판』(1938. 9.). 뒷표지.

이상을 통해 볼 때, 장편 「야화」는 1937년 연재 중단 후 뒷부분을 덧붙여 1년 후인 1938년에 창작집으로 출판하려 한 것이다. 그런데 인쇄가 완료되어 출판도중에 사정이 여의치 않아 출판되지 못했거나 또한 해방 후에도 다시 출판하려 하다가 인쇄소에서 원고가 분실된 듯하다. 출판사가 '풍림사'로 되어 있는 것은 이 잡지가 자신이 직접 창간하고 편집을 맡았기 때문으로 여겨진다.[8] 발문을 쓴 사람이 임화, 김정혁, 엄흥섭인데 임화와 엄흥섭은 널리 아는 바와 같이 카프의 중심 인물이고,[9] 김정혁(金正革)은 구체적으로 알려진 바가 없으나 향파가 「야화」

---

8) 『풍림』은 순수 문예잡지로 1936년 12월에 창간되어 1937년 5월 제 6집으로 종간되었다. 편집 겸 발행인은 홍순열(소설가 홍구)이지만, 그와 향파가 같이 발간한 잡지다. 향파는 그의 자서전격인 「청춘은 아름다와라-내 고향 명사들의 인생비망록」 21회 연재분 「맨발의 편집장」(『국제신문』, 1974. 9. 25.)에서 다음과 같이 기술하고 있다. "이 전집(조선문학전집-필자)의 편집은 소설 쓰던 홍순열이 맡고 있었는데, 한 사(신소년사-필자)에 있어 같이 문학의 길을 걷고 있었던 것이 인연이 되어서 1936년에 둘이가 창간해 낸 것이 순 문예잡지 「풍림」이었다. 「풍림」은 6집을 내고 폐간되었는데, …." 이것은 또한 『사해공론』 1936년 11월호(제11권 제2호)의 '문단(文壇)포스트'에 '순문예지 「풍림」간행'이라는 제목 아래 다음과 같이 기술되어 있으므로 향파의 기술은 타당하다. "순문예지 풍림이라고 제한 이색적 잡지가 간행된다. 사무소는 서울시내 루하정 73번지에 두고 발행동인으로는 본지에 장편 「야화」를 집필 중이신 향파 이주홍씨와 홍구씨이시며 제1호는 11월초에 나온다고 …."

9) 향파와 임화, 엄흥섭의 관계는 각주 7)의 「청춘은 아름다워라」 22회 연재분 「〈풍림〉시대」(1974. 9. 26)에 다음과 같이 기술되어 있다.

"역시 군데군데에 부지런히 쓴다고 썼고 「비판」이나 「중앙시보」나 「사해공론」같은 데에 연재도 하고 했지만 밥이 먹힌다 하는 것하고는 거리가 멀었는데 실상 용돈이라도 만들어 쓰게 된 것은 어줍잖은 그림이었다. 출판사 단행본 표지 장정을 하는 것과 신문 같은 데 만화를 그리는 것이었다. 그림을 잘 그려서가 아니라 그때쯤만 해도 출판미술에 손대는 사람이 적었기 때문에 나 같은 사람도 등장해 있었다는 것이 솔직한 이야기가 되는 것이리라. 잡지 표지나 단행본 장정이라면 조선일보사에 적을 두고 있었던 정현웅이 얼마쯤 그렸지만 문단만화는 큼지막한 표현어를 빌어 써서 나의 독보였다. 내 이전에도 없었지만 내가 그만 둔 후에도 아무도 손댄 이가 없었다.

그러나 내용에 따라 그림에 오른 작가 중에 대단히 만족해 하는 사람도 있었지만

를 연재하던 당시에 『사해공론』의 편집기자였다.[10]

다음으로 이 작품에 대한 '작가의 말'과 당시의 평가를 살펴보기로 한다. 향파는 작품연재를 시작하면서 제 1회분 앞에 다음과 같이 '작가의 말'을 적고 있다.

인생에 있어서 밤과 낮은 완전히 그 세계가 구분되어 있다. 이것은 곳 한 인간의 밤을 거니는 생활의 그림이다. 밤의 곳은 향기롭다. 그리하야 낮의 리지(理智)를 배반한 무수한 벌네들은 갈피를 모르게 허공을 허덕인다.

오날은 동에서 내일은 서에로 일생을 흘너다니는 나그내의 부대(部隊)는 쓸쓸하다.

---

반면에 비꼬임이나 공격을 받은 작가는 나를 원수같이 미워하는 사람도 있었다. 어느 땐가는 이태준을 만화에서 꼬집어 놓은 것이 있었는데 얼마나 불쾌히 생각했던지 『이 아무라는 사람은 평생동안 「문장」에 글은 다 썼다』하며 그 당시 자기가 내고 있었던 「문장」지로 유세부리던 이야기도 돌고 있었다. 좌충우돌 마구 박치기를 해대는 식의 평필을 들고 있었던 김문집도 그랬다. 소설 쓰던 엄흥섭이 나를 보고 『김문집이 이주홍이란 자가 어떻게 생긴 사나이인가 한 번 만나봐야 하겠단 말을 하고 있었으니 너 조심해라』하기로 예사로만 귀흘려 듣고 말았더니 아닌게 아니라 내가 「신세기」의 편집을 맡고 있을 때인데 학예사에 있던 임화도 내게다 그런 말을 했다. 그는 나를 노상 이박사란 농으로 불렀는데 그 날도 그랬다. 『이박사가 요즘엔 대담해졌어. 그렇지만 김문집이한테 이겨낼 수 있을까』하며 웃었다. 학예사는 신세기사의 옆에 있었고 파인 김동환이 주간하고 최정희 여사가 편집을 맡았던 「삼천리」사는 학예사 옆에 있었던 때다."

이상을 통해 볼 때, 향파는 임화나 엄흥섭과는 상당히 가깝게 지냈던 것으로 여겨진다.

10) 『사해공론』(1937. 6.), '편집 후기'에 다음과 같이 기술되어 있다. "특히 본지를 편집하던 김정혁군도 가정 사정으로 인하야 퇴직을 하게 되고 보니 …". 「야화」가 1937년 5월까지 연재되었으니, 연재 중단이 김정혁의 퇴사와 관련이 있는 것으로도 여겨진다. 필자가 조사한 바로는, 김정혁은 『사해공론』 1937년 3월호·4월호에 영화소설 「종야(終夜)」를 발표하였고, 신세기사에서 발행한 잡지 『신세기(新世紀)』 제2호(1939. 9.)의 '예원동정(藝苑動靜)'에 "김정혁씨 조영(朝映) 선전부를 나와 고려영료(高麗映料) 수집 중"이라고 적혀 있고, 영화연극사에서 발행한 잡지 『영화연극(映畵演劇)』(발행 겸 편집인 최익연) 제2호(1940. 1.)에 「김유영론(金幽影論)」을 썼다. 이로 미루어 문화계 인물인 듯하다. 영화연극사에도 향파가 편집기자로 근무한 적이 있다.

금년은 이집 내년은 저집 풀잎같이 굴너다니는 마을의 머슴사리도 결코
한이 적은 인생은 않이다.
　내가 그리고저 하는 것은 곳 이 농촌(農村)의 여인부대(旅人部隊)＝머슴사
리의 한 개 타잎이다.
　끝으로 정밀하게 고처볼 긔회없이 어색한 이대로 내놓게 된 것을 유감으
로 생각한다.[11]

작가는 여기서 농촌의 떠돌이 머슴의 생활을 그린다고 작품의 성격
을 밝히고 있다. 그리고 앞부분에서, 올바른 문장은 아니지만, 밤의 세
계에서 이성을 잃고 여인(꽃)을 탐하는 인생을 덧붙이고 있다(이것은 이
작품의 제목 「야화」와 관련되어 있다). 그리고 제 6회와 제 7회 연재에
는 지금까지 '장편소설'이라고만 한 것을 '장편소설/농촌소설'이라고 작
품의 성격을 구체적으로 밝히고 있다.[12]

이처럼 출판 광고문과 작가의 말을 통해서 볼 때, 이 작품은 식민지
농촌의 궁핍한 생활을 떠돌이 머슴이라는 최하층민의 삶을 통해 드러
내고자 한 농촌소설임을 알 수 있다.

그리고 「야화」가 연재되는 중에 잡지의 편집기자(김정혁으로 추정.)
가 이 작품에 대해 언급한 내용을 살펴보자. 이 글들은 비평문은 아니
지만 연재 당시의 일반의 평판을 알려주는 것이기에 참고할 만한 것이
다.

　① 새로 전개되는 이얘기의 줄기 이제로부터 가참으로 이 작자의 참다운
의도가 풀니기 시작됩니다. 실로 조선현실의 지하층을 유달은 각도로 채굴되

---

11) 『사해공론』(1936. 10.), 30쪽.
12) 『사해공론』(1937. 4.), 44쪽 및 『사해공론』(1937. 5.), 93쪽.

여 가는 이애기에 당신은 만공의 감격에 차질 것입니다.[13]

② 홍미와 박력의 최고조!!!『야화』는 각 방면으로 비상한 평판입니다. 작자도, 본편엔 특별한 힘을 경주하여 집필하였답니다. 당신의 친구에게도 널리 선전하여 주십요.[14]

③ 소설『야화』는 요지음 각 방면에 비상한 화제를 덮이고 있다. 팔, 뼉의 대지 이상의 호평으로"[15]

④ 주홍의 신장편「야화」는 물론이거니와 엄홍섭씨의「구원초(久遠草)」는 우리가 일직이 소설연재를 꾀하여 첫번 당하는 열광의 환영을 받는 중이며 ….[16]

①은 3회 연재분 끝에, ②는 4회 연재분 끝에, ③은 6회 연재분 끝에 쓰여진 일종의 선전 문구에 해당되는 것이고, ④는 2회분이 실린 잡지의 편집 후기에 김정혁이 쓴 글이다. 이를 통해 볼 때,「야화」는 연재 중임에도 불구하고 당시의 문단에 비상한 관심과 적지 않은 화제를 불러 일으켰을 것으로 추측된다.

이 작품이 창작집으로 출간되지 않았기에 이후의 구체적인 평가는 찾아볼 수 없었지만, 그는 실제 강점기에서 한국전쟁 이후에 이르기까지「야화」의 작가로 알려지기도 하였다. 일제 강점기에 발간된 잡지 『신세기(新世紀)』제2호에 실려 있는 최상암(崔尙巖)의「문단인물론(文壇人物論)」에 이주홍은 다음과 같이 적혀 있다.

문자 그대로 만능재(萬能才)이어서 시에 소설에 동요에 동화에 삽화 표지 편집까지 겹쳐 남이 흉내 못 낼 재간을 피우는데 더욱이 문단만화와 정치만

---

13)『사해공론』(1936. 12.), 101쪽.
14)『사해공론』(1937. 1.), 100쪽.
15)『사해공론』(1937. 4.), 53쪽.
16)『사해공론』(1936. 11.), 276쪽.

화는 실로 당당한 것이요 득의의 농촌을 그린 그의 최근작 『야화』는 이 땅 어느 작가에도 지지 않을 확신이 높은 수준을 지은 작품이었다. 인간적으로는 다정다한 편 자미있는 분이다.17)

그리고 한국전쟁 이후에 발간된 잡지 『문화세계(文化世界)』3호에 '특별 부록'으로 실려 있는 「현재 한국문학인 총람」에도 다음과 같이 적혀 있다.

(소설가) 1906년생, 경남 합천 출신. 현주 부산시 대연동. 학교를 나온 뒤 잡지사 기자 등의 직을 거쳐 현재 수산대학에 출강. 씨는 소설가로만 저명할 뿐 아니라 극작가 화가로도 대가의 지반을 확보하고 있으며 특히 장정미술에는 독보적인 존재다. 많은 단편을 발표하였고 장편으로 『야화』가 있으며 최근에 발간된 『탈선춘향전』은 원작 이상의 풍속을 띠고 있다 하여 널리 읽혀지고 있다.18)

이상을 통해 볼 때, 「야화」는 미완의 장편소설임에도 불구하고 연재 당시 많은 화제를 불러 일으켰기 때문에, 한국전쟁 이후까지 이주홍의 대표작으로 널리 알려졌다.

# 3. 작품 분석

「야화」의 스토리를 요약하면 다음과 같다. 이상칠의 집에서의 머슴

---

17) 『신세기(新世紀)』(1939. 9), 44-45쪽. 『신세기』(편집 겸 발행인 곽행서)는 향파가 편집을 맡았던 잡지이다.

18) 『문화세계(文化世界)』(희망사, 1953. 9), 215쪽; 경남지역문학회, 『경인전쟁과 한국의 지역문학』(『지역문학연구』 6집, 2000. 10.), 277쪽.

살이가 너무 지독해, 이제부터는 죽어도 머슴살이를 안 하겠다고 다짐했던 윤서였지만, 어쩔 수 없이 박치삼의 집에서 올해도 그 머슴살이를 다시 하게 되었다. 어느 날 새벽, 잠자는 안주인의 나신을 보고는 욕망의 충동을 참지 못하고 그녀를 범하려 하였으나 뜻을 이루지 못한다. 그러다 이상칠과 그녀의 불륜 현장을 목격하고 자신의 희망이 무너진 것을 고민하며 이들에게 복수하려는 생각을 하게 된다. 이후 가뭄이 계속되어 머슴살이의 어려움이 묘사되고, 그 와중에 약을 쓰지 못해 자식이 죽게 되는 아픔을 겪게 된다. 이로 인해 술과 계집에 빠져 지내다가, 정신을 차리게 된다. 일본에 간 용호가 마을로 돌아오자, 윤서는 자기 딸을 그와 결혼시키려 한다.

플롯의 전개를 살펴보기 위하여 각 연재분의 스토리를 횟수별로 요약하면 다음과 같다.

제1회; 안주인과 이상칠의 불륜 현장을 목격한 윤서가 자신의 희망이 무너진 것에 대하여 고민하고 괴로워한다.(현재) 이제부터는 다시 머슴살이를 하지 않겠다든 윤서는 작년과 마찬가지로 머슴살이를 하지 않을 수 없었다. 그의 꿈은 집 한 칸을 마련하는 것이었다. 바깥주인은 금광에 미쳐 집에 붙어 있는 일이 드물어서 자연히 안주인과 가깝게 지내게 되고, 그녀에게 가족적인 애정을 느꼈다.

제2회; 유두날 새벽 물을 길러 가다가 방장 속에 자고 있는 그녀의 발가벗은 육체를 보고는, 이성으로서의 욕망을 가지게 되고, 밤에 몇 번이나 그 방에 뛰어 들어가고자 하나 한 번도 실행에 옮기지 못했다. 하루는 안주인이 다른 사람의 눈을 피하여 밤에 할 이야기가 있다고 하여 기대를 하지만, 고리대금하는 그의 아우에게 돈을 꾸어달라는 말을 듣고 크게 실망했다.

제3회; 그가 아우에게 돈을 빌어주고, 이를 기회로 그녀 방으로 들어가려다가 결국은 실패했다. 다음날 밤에 가다가 안주인과 이상칠의 불륜 현장을 발견한다. 이상칠은 그녀의 남편과 친한 사이로 집안 관리도 해주고 자주 놀러도 오는 지주계층의 인물이다. 윤서는 작년에 그의 집에서 머슴살이를 하였다.

제4회; 이상칠은 일하다 다친 윤서에게 일 안 한다고 핀잔만 하였다. 그리고 머슴에게까지 비싼 장리를 받고, 협박까지 하였다. (과거) 윤서는 그들의 불륜관계를 모른 채 하고, 이들에게 복수하려고 생각한다. 상칠이 떨어뜨린 물건과 돈을 훔쳐 감추어 놓고 고민을 한다.

제5회; 가뭄이 계속되자, 논에 물대기로 마을사람과 싸우지만, 저녁에 화해한다. 물대기가 바쁜 가운데 아이가 아프다는 연락이 와서 집으로 왔다 갔다하나 돈이 없어 약도 쓰지 못한다. 송약국에 외상으로 약을 지으러 간다.

제6회; 주인은 외상이라고 약을 주지 않는다. 박치삼이 일하지 않는다고 나무란다. 이상칠에게 돈을 빌어 약을 지어와 아이에게 먹였으나 결국 죽는다. 아이를 묻고 오다, 상칠이 금광 채굴을 하려고 사람을 데려온 것을 알게 된다. 다시 상칠에게 돈을 빌어 술집에 다니면서 안주인인 밀밭골네와 친하게 지낸다. 장날 집으로 돌아오다 그녀를 만나 유혹하려 한다.

제7회; 순사를 만나 고초를 당하다가 그녀의 도움으로 모면한다. 윤서는 계집에 정신이 빠져 일년동안을 허비한 자신을 미워한다. 추석이 다가와 아이들 생각이 났다. 일본에 간 용호가 왔다. 그에게는 약간의 빚이 있는데, 그가 자기 딸과 혼인을 청한다. 용호덕을 보아 일본으로 따라가면 집안 형편이 나아질까 생각하여 선금 30원을 받고 결혼을 준비한다. 용호와 술을 마시면서 현실을 비판한다.

이상을 통해 본다면, 제1회의 서두에 윤서가 이상칠과 안주인의 불륜 현장을 목격하고 난 뒤의 현재의 심정이 서술되고, 이어 그의 과거와 현재의 머슴살이 행적이 다소 길게 서술되고, 제4회에서 다시 현재의 머슴살이 생활로 이어지는 순차적 플롯이, 주인공 윤서를 중심으로 전개된다. 시공간적 배경은 명료하게 제시되어 있지 않으나 1930년대의 경상도 농촌인 듯하다.

먼저, 주인공 윤서를 중심으로 머슴살이의 실상과 농촌 현실을 살펴보자.

이 작품의 주인공은 윤서라는 떠돌이 머슴이다. 머슴은 중세 봉건사회의 노예에 지나지 않는 신분으로, 엄밀하게는 농민이랄 수도 없는 농민이다. 더구나 떠돌이 머슴이란 한 집에 오랫동안 있는 것이 아니라 주인의 뜻에 따라, 이 집 저 집 떠돌아다닐 수밖에 없는 최하층, 「야화」의 선전문구처럼 '조선현실의 지하층'에 속하는 계층이다. 그의 아버지 때는 산지기와 소작농으로 비교적 괜찮게 살던 집안이었으나, 그가 죽자 자신은 머슴살이, 동생 윤홍이는 일본 노동 이민, 어머니는 방물장수 등으로 겨우 살아가게 되는 것이다.

머슴살이는 농촌에서 소작인도 될 수 없는 농민이 마지막으로 할 수 있는 일이었다. 이런 머슴살이의 고통에 대해 제1회 연재분에서 작가는 전지적 시점으로 다음과 같이 서술한다.

> 한솥의 밥을 먹고 한 논밭에서 일을 하다가도 그는 주인과 같이 한자리에서 밥을 먹거나 해볼 수는 없었다. 부엌간이나 첨아 밑에서 다듬이돌이나 빗자루를 깔고 앉아서 반찬 한가지라도 꼭 주인과 달른 것이었다.
> 눈알을 찔러가면서 허리가 부러질듯이 논이나 매고 도라올 때의 공상은 별달리 큰 것을 바라는 것이 아니었다. 김이 뭉게뭉게 나는 밥 한 그릇 맛있게 딱거 먹고 가슴이 느러지도록 담배 한대 시원히 빨어 마실 그것이 그에게는 그때그때의 짧은 시간을 메워나갈 큰 위안이었다. 그러나 집에 도라와서 쌀 한알이라도 석겨있어 보이고 꽁지나마 고등어 토막이라도 놓인 주인의 밥상과 팽이같이 뻬죽 치켜오린 굳어빠진 보리밥 한뎅이에 냉수 한 그릇 풋나

물 한 접시에다 생된장 한 수깔 발녀 무친 한산한 자기 밥상을 견주어 볼 때
엔 정말 목구멍이 맥혀서 공연한 우래만 차올너 오고 별렀든 밥맛은 조수물
에 시처가는 모래알같이 어데론지 다러나 버렸다. (중략)

자식들이 보고 싶고 안해가 그리워도 좀처럼 마음나는대로 집에를 가지는
못하였다.

밤으로도 논물을 보아야하고 소외양간도 보아야되고 졸지에 비가 올 때에
도 혼자 일어나서 설거지를 해야되니 만일 집으로 갔다가는 윈집안사람의 눈
총과 원성을 짊어지게된다. 기어코 가보고 싶으면 마치 글읽기 싫은 서당아
이들이 접장에게 거짓 청탈을 하고서 나가 놀듯이 무슨 청탈이라도 대이지
안으면 순조롭게 못되었다.

밤낮을 두고도 단 십분 이십분이나마 자기 차지의 시간이라고는 없으니
이래도 사는 것이 좋다 할까 다 제각기 살라고 타고난 세상에 대체 나는 누구
를 위해서 사는가. 윤서는 그런 것을 생각할 때마다 세상이 몹시도 쓸쓸하였
다.[19]


주인공 윤서는 이러한 머슴살이가 너무 힘들어 갈비장수도 하고, 일
본으로 가서 노동을 하려고도 했으나 결국에는 '침 뱉고 간 우물에 다
시 돌아와 물 먹는다는 격으로 맹세까지 한 머슴사리를 다시 하지 않을
수 없었다.'고 한다. 여기에는 주인/머슴의 대립적인 계급의식이 반영되
어 있는데, 관념적인 내용이 아니고 실생활의 직접적인 문제와 관련되
어 서술되어 있다는 점에서 화자의 요약 진술임에도 불구하고 가난의
고통과 머슴살이의 어려움이 핍진성을 지니게 된다.[20]

19) 『사해공론』(1936. 10.), 33-34쪽.

20) 이주홍은 일제강점기에 좌파 아동문학가로 평가되고 있으며(이재철, 『아동문학개
론』, 서문당, 1984, 58쪽), 실제 경향소설에 속하는 것으로 「치질과 이혼」(『여성지
우』, 1930. 4.), 「그 놈을 그대로 두엇나」(『여성지우』, 1930. 10.) 등이 있다. 그리고
해방 후 조선 프로레타리아 문학동맹 중앙집행위원이 되고, 이어 조선 문학가 동
맹 아동문학부의 위원을 지냈다. 구체적인 자료는 발견되지 않았지만, 그는 1929
년과 1930년 사이에 카프에 가담한 것으로 여겨진다. 이 작품을 연재하던 당시는

이러한 머슴살이의 고통은 윤서가 작년 이상칠의 집에서 머슴살이할 때의 일화와, 올해 박치준의 집에서 머슴을 살면서 가뭄으로 인하여 논에 물대는 노역과 그 와중에 일어나는 자식의 죽음 속에서 더욱 구체성을 확보하게 된다. 앞의 일화는 한여름에 밤늦도록 삼을 삶다가 다리에 화상을 입었으나, 옳게 치료도 하지 못한 채 한 달 동안 누워지내게 되었을 때, 상칠에게 농사철에 머슴이 일을 하지 않는다고 오히려 핀잔 섞인 욕을 듣는 내용이다.[21] 머슴이 주인집의 일을 하다가 다친 것에 대해서도 비난을 받아야 하는 것이 머슴살이의 현실이다.

이것은 간단하게 서술되어 있지만, 뒤의 것은 제5회 연재분과 제6회 연재분의 절반에 걸쳐 구체적이고 생생하게 묘사되고 있다. 머슴살이의 어려움을 통해 지금까지 부분적으로 서술되어 온 농촌 현실의 실상이 가뭄으로 인해 그 구체성을 확보하게 되는 것이다.

① 길바닥은 확근확근 맨발로 못 거러 다닐만큼 날은 더웠다.
콩잎은 보야케 트러지고 벼닢은 가락같이 돌돌 말엿다. 채전에 잇는 열무나 상추는 데운물에 삶어 논듯이 시들었다. 무더운 풀냄새 흙냄새가 월컥월컥 숨통을 선차고 드러왓다.
논두렁을 타고 다니는 일군들은 불난집같이 분잡하게 날뛰였다.[22]

② 「이놈아 경칠 놈의 자식아. 물이 알로 나려가지 올나가는 법이 어데 있더냐. 네 논에만 물이 넘도록 처실어 놓고 내 논은 이렇게 말여야 되나 그래?」
「이 망할놈의 자식아. 눌갈이 있거든 드려다 보럼아. 어데 물이 넘노. 물이

---

카프가 해산되고 일제에 대한 직접적인 비판이 불가능해졌던 시기였지만, 향파에게는 어느 정도의 주인/머슴의 대립적 계급의식은 남아 있었다.
21) 『사해공론』(1936.12.), 101쪽과 『사해공론』(1937.1.) 92쪽.
22) 『사해공론』(1937. 3.), 103쪽.

넘어?」

「이 때려죽일 자식아. 내 논은 이렇게 밧삭 말여 놓고도 눈꾸녕에 안 보이
나? 누깔이 썩엇나?」

두말직이 삼논에서는 그 밋헤 논 임자 배서방하고 싸홈이 붓헛다. 서로 물
꼬를 도두고 파헤치고 곡광이 노름이 버러졌다.

「이놈의 자식. 한번 해 볼네?:」

「오냐 야야 한번 해보자. 내가 네놈을 겁낼 줄 아냐?」

배서방은 광이자루로 윤서의 엽구리를 지어 질넛다. 윤서는 가젓든 수군포
를 내던지고 웃통을 버섯다.

「입다 이놈아 니가 버서노면 사람 죽일것가?」

「뭐시 엇저고 었재?」

윤서는 배서방의 멸살을 훔처 취고 다리를 거두어 논구역에 때려 꼬졌다.

「이놈이 사람친다-」

「아야 아야 사람 살여라-」

미친 삽살개같이 엉겨붙은 두 사람은 논바닥을 미련한 탱크같이 함부로
데굴데굴 궁글렸다.

「아야 아아- 사람 살여라-」

어느 사람이 불살을 당기는지 넙적다리를 물리는지 죽는 시늉을 하였다.

「이 사람아. 이거 안놓네. 이거 안놓을래?」

어느 사이엔지 네댓 사람의 논매든 일꾼들이 모여와 말였다.[23]

①은 가뭄 현장의 묘사이고, ②는 논에 물대는 일로 윤서와 배서방이
싸우는 장면 묘사이다. 가뭄으로 고통을 겪은 농촌 현실의 모습이 생생
하게 묘사되어 있는데, 이러한 묘사야말로 이 작품이 농민의 삶에 기반
을 둔 농촌소설임을 여실히 드러내는 것이다. 윤서는 밤에도 다른 일꾼
을 데리고 논에 물을 대야만 했다. 이 와중에 젖먹이 아이가 학질로 죽
게 되었다고 집에서 연락이 온다. 그러나 그는 집에 가서 변변히 간호

---

23) 『사해공론』(1937. 3.), 103-104쪽.

도 못하고, 돈이 없어 약도 먹이지 못하는데, 오히려 안주인은 짜증을 낸다.

> 윤서는 어서 나어라는 듯이 젓먹이의 볼에 볼을 문즐느고는 아츰 일즉 주인집으로 나려왔다.
> 이슬을 차고 온 모긔 물린 자리는 칼로 베인 듯이 앞으로 가려웠다.
> 논을 그렇게 말여놓고 었절려고 그렇게 쏘다니나 하는 듯이 약간 짜증난 얼골로 안주인은 물걱정을 하였다.
> 무슨 팔자로 이렇게 걱정도 많고 밧븐 일도 많을까 하고 한참 동안 이저버렸던 머슴사리 원한이 다시 용소슴처 올났다.24)

그런데도 돈이 없어 온갖 조약을 써 보기도 하고, 민간신앙에 의지하기도 하였으나 아이가 회복될 기미가 없자 외상약을 지으러 가지만, 거절당하고 이상칠에게 새경나락을 잡혀 돈을 빌어 약을 짓지만 너무 늦어 결국은 아이가 죽게 된다. 이러한 과정이 너무나 핍진하게 묘사되어 있다. 그리고 자식의 죽음으로 술과 계집에 빠져 일 년여를 방탕한 생활을 하다가, 자신을 반성하고 가족들을 걱정한다. 그때 일본에 간 마을 청년 용호가 와서 큰 딸 금순과 혼인하겠다고 하자 선금 30원을 받고 결혼을 준비한다. 이것은 향파의 소설 「산가」(1936)나 「화방도」(1937)에서 어린 딸을 돈 받고 시집 보내는 것과 마찬가지로 인신매매의 매춘과 다름없다.25) 이는 일종의 후진국 인신매매에 속하는 것으로 영아나 나이 어린 처녀가 보호자나 본인의 잠정적 동의와 강제적 조건 아래 매매되는 경우다.26) 용호에게 약간의 빚도 있는 데다가, 그의 도움으로 일본

---

24) 『사해공론』(1937. 3), 107쪽.
25) 「산가」와 「화방도」에 대해서는 필자의 앞의 논문 (2001), 185-186쪽과 188-189쪽 참조.

으로 가서 노동을 하게 되면 집안 형편이 나아질 것 같아 15살밖에 안된 딸을 팔게 된 것이다. 여기에서 농촌 현실의 궁핍상은 더욱 핍진하게 드러난다. 이로써 그의 가족 중에 어머니가 눈이 멀었고, 어린 아이가 죽었고, 장차 딸까지 일본으로 떠나게 되는 등 가족 해체와 붕괴가 가속화된다.[27)

이런 그에게 유일한 희망은 집 한 칸을 마련하는 것이다. 그에게 집이 있기는 하지만, 넓지도 않은 단칸방에 모친, 아내, 딸 둘, 아들 둘의 일곱 식구가 같이 자기 때문에 그는 방 한 칸이라도 더 있는 집을 마련하고 싶어했다. 집에 대한 그의 집착은 작품 곳곳에 서술되어 있지만, 특히 제1회와 제2회의 연재분에 많이 나타난다.

① 그의 집은 이곳 주인집에서 한오마정 가량되는 북산 밑의 큰 마을 바로 뒤편짝에 있었다.
여름으로는 마을 앞 외따로 앉은 주막집의 정자나무 때문에 잘 보이지 않으나 겨울에 보면 조그마케 언덕으로 따로 떠러저 있는 것이 맞이 어느집 거름간이나 상여곳집같이 보였다.
딱나무 심근 밭두덕길을 갈지자로 몇구비 올나가서 호박넝쿨 올닌 밭두덕과 몸체보다 커보이는 수수깡 뒤간이 바로 사름문으로 되어있고 비죽비죽 내

---

26) 선진국형 인신매매는 성산업의 초과 수요를 메우려는 폭력집단과 유흥업주의 강제와 유인에 의해 이루어지는 인신매매를 말한다. 김홍석, 「폭로된 성과 은폐된 제도」, 김정자 외 공저, 『한국 현대문학의 성과 매춘 연구』, (태학사, 1996), 326쪽 참조.

27) 이뿐 아니라 농촌의 붕괴로 인한 가족간의 혈연의식의 붕괴 현상이 동생 운흥을 통해서 잘 드러난다. 윤서가 자신의 자식이 죽어갈 때 동생임에도 불구하고 돈한 푼 변통할 수 없을 만큼 윤흥은 '고초가루'라는 별명이 말해주듯 수전노에 가까운 인물이다. 그가 일본에 가서 공장 노동을 하고 돌아와 사방공사 감독, 면서기 등을 하다가 장가를 잘 들어 처가 덕까지 보게 되어 지금은 부자로 살고 있다. 그런 그는 늙은 모친을 내치고 오직 자기 아내와 장모만을 위하는 부정적 인물로서, 가족 관계의 붕괴상을 극명하게 보여준다.

민 큰바위에 제비집같이 붙어있는 것이 바로 그의 집이었다.

울룩불룩한 돌담벽 끄시름이 주렁주렁 매달닌 천장 밀감바구니같이 덤성덤성 저린 대살문에 궁게궁게 희연봉지로 매운 빛낡은 모기장 그것이 마을에서 윤서의 집을 특증하는 것이다.[28]

② 그리 넓지도 못한 단간방에 윤서의 모친, 안해, 큰딸 금순이, 학교 다니는 태성이, 다음 딸 분이, 젖먹이 아들 학이 이렇게 청어두림같이 끼여 누으면 창편 벽쪽으로 눕는 사람은 누구던지 이튿날 아츰에는 살과 옷에 벽흙을 무치고 일어난다.

그차에 윤서라도 간혹 집에 와서 자게 된다면 모친은 새우같이 곱으러저서 구둘막으로 밀려나려 가야하고 입김에 취한 젖먹이는 몇 차례나 찐부레기를 친다.[29]

③ 그나마 육체가 그리울 때마다 만저볼 수나 있었던가 모친이 실명을 하고 이웃 출입을 못하고 난 뒤로는 안해를 가까이 한다는 것이 남의 계집만나기보다 더 힘이 들었다. 집이여 방이여 주택이란 인간생활에 있어서 그처럼 실제의 영향을 갓는 물건인가 한데 나와서 인간은 생활할 수 없는가 윤서는 공연히 그럴 생각도 해 보았다.

주인집의 눈치를 마저가면서까지 모처럼 집에라도 가 놓으면 당초의 기대는 어데론지 날러가 버리고 만다.

태성이란 놈의 들충이같은 꼴과 남의 집 자식들의 똑똑한 것을 견주어 볼 때엔 공연히 걷잡을 수 없는 짜증만 났다. 그차에 안해라고 하는 것이래야 반갑게 우스며 맞어주기는커녕 볼 때마다 무엇이 없다는 둥 무엇이 떠러졌다는 둥 성가신 트집만 내었다. 머리 큰 여식이 옆에 있자니 마음놓고 안해의 곁에 눕기조차 조심스러웠다.

모친과 자식들의 넉넉히 잠든 숨소리를 기달려가면서 안해의 다리 우에 한 쪽 발을 걸처 본다.

안해는 그럴 때마다 자기도 역시 남편이 그리웠다는 듯이 가만이 있었다.

---

28) 『사해공론』(1936, 10), 32-33쪽.
29) 『사해공론』(1936, 10), 33쪽.

윤서는 불길이 타오르는 정욕을 눌를 수 없이 안해의 머리를 들어 자기의
팔우에 언는다. 그러면 보스락하는 소리가 옆에 들릴까봐 겁을 내는지 안해
는 도라눕는체 곧 머리를 빼어간다.[30]

①은 윤서의 집의 묘사인데, '거름간이나 상여곳집'같이 보일 정도로
퇴락한 집이다. ②는 단칸방에서 가족들이 모두 잘잘 때의 상황을 묘사
하고 있다. ③은 자신이 집에 가서 인간적 욕구를 채우려고 하지만, 이
조차 불가능한 상황이 핍진하게 서술되어 있다. 그래서 그는 늙고 눈
먼 모친을 단 하루라도 편하게 거처히게 해 주고, 아내와도 딴 빙에서
거처하고 싶은 것이었다. 현재의 그는 자식이 보고 싶고 아내와 부부관
계도 가지고 싶어도 자기 집에 가지 못하고 이 집 저 집의 모중방에 기
거하는 형편이었다. 그러나 이러한 윤서의 희망은 '공상'만으로 끝나는
것이기에 더욱 비극적이다.

이러한 윤서의 집에 대한 욕망을 땅이나 흙에 집착하는 농민의 일반
적인 정서와 거리가 있다고 지적할 수 있다. 그러나 앞에서도 말한 바
와 같이 머슴살이는 농민이 농촌을 떠나지 않는 한 마지막으로 할 수
있는 일이다. 윤서 역시 머슴살이를 하면서도 소작인의 꿈을 간직하고
있었던 것이다.

① 이제는 머슴사리를 그만두고 날품을 팔드라도 획- 객지 바람이라도 쏘
여보고 싶었다. 그러나 거이 맹서처럼하고 난 남어지에 그는 다시 작년에도
머슴사리를 하지않으면 안되었지 않은가
대구 김부자의 토지를 관리하고 있는 역시 이 마을에 사는 이상칠이는 봄
에 들새경을 받어먹은 큰머슴이 도망을갔었음으로 일은 바뻐지고 머슴은 없

30) 『사해공론』(1936, 11), 85쪽.

고 초조하든 판에 윤서를 잡어다렸다. 망설이든 윤서도 병작을 힘써주마는 바람에 다시 원수의 일년을 상칠의 집에서 보냈다.[31]

② 그리고 차차로 이집을 통해서 읍내 박치삼에게 병작도 얻어 부치고 이 집과도 남같잔케 지냄으로서 서로서로 형편이 피어나가도록 하리라 생각하였다.[32]

①은 이상칠의 집에서 다시 머슴살이를 하게 된 사연을 드러내는 부분이며, ②는 박치준의 집에서 머슴살이를 하면서 생각하는 부분이다. 이상칠의 집에서는 다시는 머슴살이를 하지 않겠다던 그가 다시 일 년을 그의 집에서 보낸 것은 바로 '병작'을 힘써 주겠다는 말 때문이었다. 물론 그에게 병작은 오지 않았다. 그리고 박치준의 집에서 머슴살이를 하면서 주인에게 신임을 받아 '병작'을 얻고자 한다. 병작은 땅 임자와 소작인이 소출을 똑같이 나눠 가지는 제도로서, 추수 후에 1년의 새경을 받는 머슴살이와는 다르다. 그만큼 그 자신도 소작농이 되고 싶은 욕망을 가지고 있었지만 그렇게 될 수 없는 처지였다.

다음으로, 머슴인 윤서와 안주인과의 관계를 살펴보자. 이것은 Ⅱ장에서 살펴본 '작가의 말'에서 말해진 것처럼, 밤의 세계는 낮에 볼 수 있는 인간의 '이지(理智)'를 배반한 본능과 애욕의 세계를 드러내는 것이기에 주목할 필요가 있다. 윤서는 박치준의 집에서 머슴살이를 하면서 이전의 머슴살이와는 달리 마음은 편하였다. 박치준은 "농사에 따른 살림사리는 전부 머슴에게만 맡겨놓고 언제던지 집에 붙어 있지 않았"고, "집에 붙어 잇는 동안에라도 들에 나가서 모판이 어떻게 되었는지

---

31) 『사해공론』(1936. 10), 34쪽.
32) 『사해공론』(1936. 10), 42쪽.

별로히 구경하는 법이 없"는 인물이었다. 그런데다 안주인 역시 "심성이 곱고 서들서들 우시게도 잘 하"였고, 윤서를 같은 박씨라고 '아재'라고 불렀다. 윤서 역시 그를 '아즈마씨'라고 부르며 형수나 제수를 대하는 듯한 일종의 가족적 애착을 느끼며 머슴살이를 한다. 그런데 윤서가 유두날 새벽 물을 길러 가다가 가려지지 않는 방장 안에 자고 있는 여주인의 발가벗은 모습을 보고는 밤만 되면 그 방에 뛰어들어가 욕망을 채우고자 하는 것으로 새로운 사건은 시작된다. 며칠 밤을 그녀의 육체에 대해 생각하며 그의 방에 들어가는 공상도 하고, 실제로 한밤에 방에까지 들어가나 뜻을 이루지 못한다. 이러한 내용이 제2회와 제3회에 걸쳐 길게 서술되어 있다. 이것은 인간 내면에 숨겨져 있는 동물적 본능과 욕망의 추악성이 인간성을 황폐화시키기까지 한다는 것을 보여주고 있다.

이러한 여주인에 대한 애정갈등이 윤서의 머슴살이의 고통이나 지주와의 관계에서 오는 갈등보다 더 강조되어 있는 듯하다. 그러나 이것은 아내와 부부관계를 가질 공간조차 없는 윤서에게 원초적 본능으로 작용하는 것으로 보면 좋을 듯하고, 이 부분은 장편소설의 앞부분이라는 점과 연재소설로서 독자를 염두에 둔 통속적 구성으로 보여진다.

이 점은 작품 연재시에도 제3회 연재분의 끝에 기자가 "새로 전개되는 이얘기의 줄기 이제로부터 가참으로 이 작가의 참다운 구도가 풀리기 시작됩니다. 실로 조선현실의 지하층을 유달은 각도로 채굴되여 가는 이 얘기에 당신은 만공의 감격에 차질 것입니다."라고 말한 부분을 참고할 필요가 있다. 여기서 작가의 주된 의도가 인간 내면의 추악성을 드러내는 것이 아니라 조선 현실의 지하층을 탐구하는 것임을 알 수 있다. 그리고 이러한 것은 여주인과 상칠의 불륜현장을 목격하고는 여주인의 상냥한 행동이 자신을 속이고자 한 수작임을 깨닫고, 자신의 몽상적이고 무모한 행동을 반성하고 복수할 것을 결심하는 데서도 확인된다.

지금까지 윤서의 생각이나 행동은 머슴살이의 고통 속에서 빈부의 격차에 대한 불만이나 머슴으로서 주인에 대한 약간의 계급의식만을 보이면서 소작이나 집에 대한 집착을 드러내었다. 그러나 제7회의 마지막 장면에서 사위될 용호와 술을 마시면서 윤서가 하는 말은 당대의 농촌 현실의 문제점을 적나라하게 드러내기에 주목된다.

> "그래 이 사람 자네는 너른 바닥에 잇든 사람이니 드른 귀도 있을 터이고 그래 지세상 형편이 엇지 도라가는 짬인가."
>
> 그는 우리 용호는 모를 것이 없으리듯이 왼갓 것을 무럿다.
>
> "글시오. 아모데나 사람사는데는 매일반이지요."
>
> 용호는 일본 내지에 잇는 조선노동자들 이약이 노가다 부랑군이야기 공장 이야기 혹은 수십명씩 검속을 당한 조합운동자들 이야기 질서없이 긋그럿다.
>
> "그래 이 사람 참 자네말 맛드나. 무슨 주의니 노시아가 엇던다해도 그거다 소용잇는가. 그놈들 밤낮 큰소리만 탕탕해도 잡혀 드러가는 군은 제들뿐이 아닌가. 으허허. 그래보게 또 내말 좀 듯게!"
>
> 윤서는 자긔의 의견과 상대자의 의견이 합치되는 것이 질겁다는 듯이 ○ 기위 못견되다가 이번 소리는 크게 해서는 안된다는 듯이 목소리를 가늘게 나추면서 오리가치 내미럿다.
>
> "년겨울에 우리 동니 약국 자근 아들놈캉(자근 아들놈과) 문실이 자식놈캉도 안잡혀갓는가 관청에서 보지말나는 책보다가 그리됫다네. 글세 우리 동니에도 야학이 있어야 된다고 ○○이네 사랑방을 비운다 기름값을 모은다 하더니 글 배운지 사흘만에 금지를 당햇네 그려 우리 백성이 법로 그러쿠면 되는가 글세 이사람아 그 놈들 하는 말은 네것 내것 업다고 하더니만 올 여름에

젓먹이란 놈 압흘 때 외상약 한첩을 안주데 그려. 그러니 그거 다 소용업는 소리 아닌가. 으흐흐흐." 그는 자라목가치 목을 옴으려 드리면서 그들의 허위성을 발견한 것이 몹시도 상쾌하다는 듯이 작고 우섯다. 그리고는 지난 해 독서회 혐의사건으로 검거되여간 마을 몃사람들의 경과내력을 손혜 슘을 내여가며서 이약이를 하엿다.

"글세 이사람아. 네것 내것 없다는 사람 애비가 외상약 한첩을 안주데 그려 으흐흐으흐흐" 그는 그것이 몹시도 우습다는 듯이 작구 우섯다.[33]

여기서 우리는 당시의 농촌계몽운동이나 사회주의 운동의 편린을 엿볼 수 있다. 일본을 다녀온 용호의 입을 통해서 당시의 시대상황이 암시적으로 드러나고, 윤서가 비록 술의 힘을 빌어서지만 자신의 생각을 비교적 구체적으로 밝히고 있다. 윤서는 주로 당시의 사회주의 운동의 허구성을 지적하고 있다. 사회주의나 러시아가 있다고 해도 잡혀가는 자들은 그것들을 믿는 자들뿐이니 아무 소용이 없다고 하였으며, 또 '네 것 내 것 업다'는 사회주의 운동가들이 자기의 아이가 아플 때 외상약 한 첩 안 준다고 말한다. 이러한 발언을 통해 윤서의 사회주의 운동에 대한 이해의 차원이 미숙하다고 비판할 수 있겠지만, 이것은 머슴인 윤서의 진솔한 고백이라는 점에서 아이러니적 성격을 띠고 있다. 머슴의 관점에서 이러한 운동이나 이념이 실제 농촌의 궁핍한 현실과는 동떨어져 있는 관념적 담론임을 분명하게 지적한 것이라 말할 수 있다. 다시 말하면 민족운동이나 사회주의 운동의 진정한 목표가 농촌 하층민의 궁핍한 삶을 해결하는 데 직접적인 도움이 되는 것이어야 함을 지적한 것이다.

---

33) 『사해공론』(1937. 5), 99-100쪽.

그리고 이 작품에는 농촌에서의 머슴과 지주 또는 부재지주의 일상사가 잘 드러나 있다. 머슴의 일상사는 지금까지 윤서를 통해 살펴보았기 때문에 생략하기로 하고 지주 또는 부재지주의 일상사를 간략하게 살펴보기로 한다. 지주 또는 부재지주에 해당되는 인물로 윤서가 올해 새로 머슴살이하러 간 집의 주인인 박치준과 작년까지 그가 머슴살이하던 집주인인 이상칠이다. 박치준은 읍내에 제일 큰 포목상을 하는 박치삼의 형인데 어릴 때부터 오입장이로 부모가 물려준 재산을 탕진하고 돌아다니다가 요즘은 대구에서 금광일을 하는 인물이다. 그에게 박치삼은 이 마을에 토지와 집을 사주고 농사를 짓게 한 것이다. 그러나 그는 금광에 빠져 집에 있지 않는다. 그는 일확천금을 꿈꾸던 당시 금광 풍속도를 어느 정도 보여주는 인물이며, 아울러 일종의 부재지주에 해당된다고 볼 수 있다. 그의 아내인 안주인은 집에서 자신의 치장에나 신경 쓰고, 농촌 생활에 대해 불평을 늘어놓는 인물이며, 또한 남편 모르게 이상칠과 불륜관계를 맺고 있는 인물이다.

그리고 이상칠은 마을의 어른으로 행세하며, 돈놀이도 하는 악덕 지주로 묘사되어 있다. 그는, 윤서가 머슴살이를 일하다가 화상을 입어 쉬고 있을 때도 머슴이 일 안 한다고 핀잔을 주고, 약값으로 빌려간 돈을 장리를 쳐서 받고, 또 여름에 도적솔을 몇 짐 한 것을 군청에 밀고할 것처럼 위협하여 술까지 얻어먹은 인물이다. 또 윤서가 일본 도항권을 얻기 위해 부탁을 할 때도 일은 성사시키지 않고 자신의 이익만 챙겼으며, 심지어는 윤서가 마을에서 발견한 금줄을 미리 알아채어 윤서 몰래 채굴 허가까지 내려고 하는 인물이다. 그리고 마을 사람들과 박치준이 모르게 박치준의 처와 불륜을 저지르는 인물이다. 그러므로 박치준과 이상칠은 당시의 농촌에서 수탈과 착취를 일삼은 부정적 인물의 전형이다.

그리고 이 작품에는 우리나라 전래의 민간 풍속과 근대자본주의의 유입으로 인해 변모된 농촌의 세태 풍속을 살펴볼 수 있다.

먼저, 전래의 민간 풍속으로는 증묘(蒸猫)행위, 민간요법, 점치는 풍속 등이 있다.

① 그날 상칠의 집에서는 양밥을 하는 판이었다.
상칠의 안해는 떡시루 우에다가 고양이를 묶어놓고 불을 때였디.
뜨거운 김에 고양이가 몸부림을 치다가 죽게되면 죽는 그 순간과 동시에 돈훔쳐간 놈은 사지가 트러지고 눈알이 비트러진다는 것이다.
곳곳에 돈훔쳐간 놈이 발견되지 않았음으로 그들은 최후로 이러한 양밥을 하는 것이었다.
「쎄가(혀가) 만발이나 빠져죽을 놈!」
「썩어서 문둥이를 패줄놈」
「그 돈 먹고 그 놈 잘살 줄 아는 가베」
상칠이 안해는 ○○앞에 안져서 부시깽이로 땅을 쿡쿡지르면서 발언을 하였다.
「명천 하늘님네 그저 영험이 있으사 고양이가 죽그던 그저 금방 돈가지간 놈이 문둥이가 되고 곰살을 마저 죽게합시사!」
그는 ○○○○○○ 연달너 명천하늘님네를 외었다.[34]

② 「생가재집을 내여 가지고 그 물을 입에 너흐면 조타는데 가재를 누가 잡어올까.」
이튿날 아츰 윤서모친은 윤서를 두고 걱정을 하였다.
「그러치 않은 나는 물푸기 때문으로 갈 여가가 있어야지. 태성이나 금순이를 보내어보지. 누구말 드르니까 돼지대가리 뺵다구를 불에 살녀 가지고 들

34) 『사해공론』(1937. 1.), 99-100쪽.

기름에 개여서 먹이면 그게 당제라고 하는데 오늘 그거나 한번 해보지요.」
「그러치 않은 돼지 잡은 사람도 없는데. 그걸 어떻게 구하나.」
　　요새 동니에 누가 돼지를 잡은 집은 없었나하는 듯이 윤서모친은 멍하게
고개를 들고 생각하였다.[35]

　　③ 그러나 어린애는 좀처럼 회복되지 않았다. 도리여 호롱에 기름줄 듯 긔
운은 더욱 없어지고 왼갓 조약을 다해 보였으나 하나도 호험을 보이지는 않
었다.
　　윤서모친은 어두운 눈으로 십리길을 가서 점을 해가지고 왔다 철이 ○○
주서다놓은 석유궤짝이 탈이낫다 하기로 목신을 ○○○○○○ 길ㅅ가에 내
다놓코 불을 질너 업샛다. 그리하야 그날밤에는 업는 쌀을 구하여다가 백시
루떡을 쩌서 소바우에 올려놓고 밤에 새도록 조왕신에게 손을 부비엇다. 그
러나 애기의 병은 좀처럼 낫기는 커녕 점점 더하여 갓다.[36]

　　①은 이상칠이 박치준의 집에서 돼지 판 돈을 잃어버렸는데 돈 훔쳐
간 사람이 나타나지 않자 집에서 양밥에 해당되는 증묘(蒸貓)주술을 행
하여 도둑을 잡고자 하는 것이다. 위의 예문처럼 고양이는 주술적 동물
의 일종으로, 사람을 저주할 수 있다고 여겨, 고양이를 잡아다가 시루
속에 넣어 상여줄로 시루를 감고, 불을 때면서 도둑의 눈이 멀거나 손
이 오그라들게 해달라고 주문을 왼다. 이렇게 고양이를 쪄 죽이면, 도둑
도 주문대로 눈이 멀거나 손이 오그라든다는 전래의 민간풍속이다.[37]
　　②와 ③은 윤서의 아기가 학질에 걸렸는데 돈이 없어 약을 짓지 못
하고, 병을 낫게 하려고 행하는 우리나라 전래의 민간요법과 점치는 풍

<hr>

35) 『사해공론』(1937. 3.), 107쪽.

36) 『사해공론』(1937. 3.), 107-108쪽.

37) 한국문화상징사전 편찬위원회, 『한국문화상징사전』(동아출판사, 1992. 10.), 57-58
　　쪽 「고양이」 참조. 우리 현대소설에서 증묘 주술을 다룬 작품으로 김문수의 「증
　　묘(蒸貓) 1·2·3」(『월간문학』 32, 37, 46호; 1971. 6, 1971. 12, 1972. 9)가 있다.

속이다. ②는 생가재즙이나 돼지머리를 먹이는 민간요법을 통해서,[38]
③은 점을 쳐서 그대로 시행하는 것으로서 병을 낳게 하려는 행위이다.
이러한 풍속들은 시대 상황의 변동에도 불구하고 변질되지 않고 원형
대로 보존되고 있는 우리의 전래적인 고유의 풍속으로, 일반 사람들이
어려운 일이 생길 때마다 행하는 샤마니즘적인 민간신앙이다. 특히 ②
와 ③의 행위는 가난한 농민의 모습을 사실감 있게 드러낸다.

다음으로 근대자본주의의 농촌 유입을 보여주는 풍속으로 금광풍속
을 살펴보자. 이것은 제1회 언제분에서 대구집이라 불리는 바치준을 설
명하는 가운데 처음으로 보인다.

> 나갔다 드러오면 반듯이 금돌을 한줌치적 가줘다가 탁자우에난 책상우에
> 다 쌓아두었다. 마루밑이나 부엌간에까지 왼갓 금들이 꽉꽉 채여 있었다.
> 살님이고 부에고 그는 일편단심이 단지 금에만 있는 것 같았다. 밥을 먹으
> 면서도 한쪽 손으로는 반짝반짝하는 노란 돌조각에 침을 뱉어 문질르고는 뚫
> 으지도록 드러다 본다. 그는 마치 금을 위하여서만 이 세상에 난 것같이 보이
> 였다. 조그만 가방과 쇠마차 한개만 가지고 나가면 의례히 한달 두달은 어디
> 로 도라다니는지 도라오지 않았다. 소문으로는 경북 어느 지방에 그의 금광
> 이 한군데 있다하기도 하였다.[39]

이처럼 그는 농사는 모두 머슴인 윤서에게 맡겨놓고 ,금광을 돌아다
니는 일종의 광주(鑛主)에 해당되는 인물이다. 익히 아는 바와 같이

---

38) 돼지는 보통 민속에서는 제의의 희생으로 바쳐지는데, 민간의 치료제로 쓰이기도
   한다. "뱀에게 물렸을 때에나 급상한(急傷寒)에는 해년 해월 해일에 짠 참기름[三
   亥油]을 먹었다. 곶감을 먹고 체했을 때에는 돼지고기를 먹었고, 성홍열(猩紅熱)
   에는 돼지똥을 풀어 먹였다. 그리고 산모가 젖이 부족할 때에 족발을 먹이는데,
   이렇게 하면 젖이 많이 난다고 한다."(위의 책, 231-232쪽 「돼지」참조)
39) 『사해공론』(1936.10.), 37-38쪽.

1930년대는 '황금광 시대'라 불릴 정도로 지식인에서 일반 민중에 이르기까지 황금 열기에 휩싸인 시대였다.[40] 그러나 그는 대구집이라 불리는 것처럼 대구에서 이 농촌으로 들어온 인물이다. 실제로 농촌에 밀어닥친 금광 열기의 풍속도는 제3회의 중반 부분에서 끝부분에 이르기까지 주인공 윤서와 관련되면서 길게 서술된다.

　　윤서는 다시 금광생각을 해 볼때에 가슴에 불이 붙듯이 왼전신이 흥분되었다.
　　바로 이해의 봄이었다.
　　곳곳이 금광노름이 유행하자 이 마을에도 그 유행은 미칠듯 계덮쳐왔다.
　　춘궁에 시달린 마을백성들은 남녀노소없이 칡뿌리를 캐노라고 앞산을 허옇게 오르나렸다.
　　누런 고꾸라 양복을 입은 낮서른 사람들은 이보다지잖게 왼산을 쏘다니면서 금줄을 찾으려고 애를썼다.
　　아닌게 아니라 이 마을 골작우니는 옛날부터 금쟁이가 떠나지 않을만큼 금맥이 많은 곳이라고 하였다.
　　새삼스러히 마을 사람들은 개천을 파헤치고 사금을 파기 시작하였다. 날마다 수십명 사나히들은 개천 가운데를 한길 두길씩 팠다. 각기 제남편들을 따라 녀편네들은 물을 푸고 아이들은 보도랑을 쳤다.
　　끄러모아 논 땅바닥 흙으로 함지나 박아지로서 금을 인다. 맨나종 함지바닥에는 새캄안 철분이 남고 철분을 다시 정미롭게 일면 좁쌀같은 혹은 바늘 끝만큼이나 한 금알이 빤작빤작 ○○○.
　　그들은 손가락에다 침을 문쳐 가지고는 금낫을 집어서 접시에다 모아둔다.
　　가다가 어떤날은 콩알만한 놈도 줍는 사람이 있고 어떤 사람은 제법 대초씨만큼이나 한놈을 줍기도 하였다.

40) 류종렬, 「일제 강점기의 '금 모티프' 소설 연구(Ⅰ) - 김유정 소설을 중심으로」, 『가족사 연대기소설 연구』(국학자료원, 2002. 2.), 257-265쪽. 그리고 전봉관, 「1930년대 금광 풍경과 '황금광시대'의 문학」, 『한국현대문학연구』 제7집(한국현대문학회, 1999), 79-121쪽 참조.

그러면 먼 이웃마을에까지 소문이 퍼지게 아무개는 계란만큼이나 한 금덩이를 주섰다는 등 아무개는 팔자를 고쳤다는 등 야단이었다. 그러면은 읍내에서는 몇몇 장사치가 나와서 금을 사 모았다.

적어도 ○○○○ 시세보다는 삼사십전 헐케 파는 것이 보통이었다.

그들은 금시세을 옳게 모르며 또 안대도 입사리가 바쁘고 조고만 것으로 일부러 대구나 서울까지 갈 수는 없는 형편이었다.

어쨋던 하로에 평균 오륙십전 버리는 되었다. 그러므로 구태여 남의 품파리를 하는 것보다는 자유롭고 또 불붙는 요행심을 만족시켰다.[41]

이것은 근대자본주의의 유입에 따른 변화된 농촌의 풍속도를 보여주는 것으로, 농촌에까지 불어닥친 금광 열기를 잘 드러내고 있다. 그러나 마을 바깥 사람의 금광에 대한 욕망과는 달리 마을 사람들의 사금 채취는 춘궁의 시달림에서 벗어나고자 행해지고 있는 것이다. 이때 윤서는 "큰 금덩이가 나왔다는 소문이 들릴때마다" 머슴살이하는 것이 후회가 되기도 하고, "밤으로는 큰금뎅이를 캐어내는 꿈을 여러번 꾸기까지 하였다." 그러나 대서업을 하는 김가라는 사람이 마을의 개울 전체를 출원 측량하였기에, 마을 사람들이 사금을 채취하는 것이 금지되었다.[42] 이러한 풍속들이 농민들의 일상 생활상과 깊이 연계되어 생생하게 드러나기 때문에 이 작품이 농촌 소설임을 분명하게 보여주고 있다.

끝으로 이 작품이 지닌 농촌 소설로서의 의의를 살펴보자.[43] 미완의

---

41) 『사해공론』(1936. 12.), 95-96쪽.

42) 이후의 내용은 앞에서도 말한 것처럼, 윤서와 이상칠 사이에 얽힌 사연으로, 윤서가 발견한 금맥을 상칠이 알아내어 그의 이름으로 이미 출원을 하였고, 제6회의 중간 부분에서 상칠은 그것을 또 다른 사람에게 팔려고 한다.

43) 농촌소설과 농민소설을 엄격히 구별하여 사용하는 것이 보통이다. 필자는 조동일의 견해를 따라, 농촌소설은 배경이 농촌이라는 뜻이고, 농민소설은 인물이 농민이라는 뜻으로, 두 용어는 강조점의 차이가 있을 뿐이라고 생각하여 농촌소설이란 용어를 사용하였다. 조동일, 『한국문학통사』 5(지식산업사, 1994.1.), 325-326쪽

작품이므로 구체적으로 그 의의를 밝히는 것은 어려운 일이므로, 간략하게 살펴보기로 한다. 1930년대의 농촌소설 또는 농민소설은 크게 둘로 나눌 수 있다. 첫째, 계몽의 의지를 강하게 드러내는 춘원의 「흙」이나 심훈의 「상록수」 같은 계몽적 농촌소설, 둘째, 당대 현실을 매우 사실적으로 그려낸 조선프로예맹(KARF) 작가들과, 이무영, 김유정 등의 사실적 농촌소설이 그것이다.[44] 둘째의 경우는 작품 경향이 사실적이라는 것일 뿐 구체적으로 들어가면 작품이 추구하는 의미가 각기 다르다. 「야화」는 사실적 농촌소설에 포함시킬 수 있는 작품이다. 그러나 조선프로예맹 작가들의 작품처럼 사회주의 이념을 지향하는 것은 아니다. 또한 이무영의 작품처럼 숙명적으로 흙에 매달려 사는 우직한 농민들의 비참상만을 드러내는 것은 아니다. 그리고 김유정의 작품처럼 해학적인 토속성을 드러내는 농민들의 삶의 모습을 보여주지도 않는다. 「야화」는 떠돌이 머슴을 주인공으로 설정하여 농촌의 궁핍상과 지주 또는 부재지주의 횡포상을, 당대의 농촌 풍속과 더불어 핍진하게 드러내고 있다. 특히, 주인물의 유형을 통해 볼 때, 「야화」는 농촌소설의 새로운 인물 유형을 만들어 내고 있는 작품이다. 1930년대 농촌소설에서 주인공이 농민인 경우, 소작인인 경우가 대부분인데, 이 작품은 떠돌이 머슴이라는 점에서 최하층 농민이 겪는 궁핍한 농촌의 생활상을 더욱 핍진하게 드러내는 것이다.[45]

---

참조.

44) 조남철, 「30년대 농민소설의 전개 양상」, 이선영 편, 『1930년대 민족 문학의 인식』(한길사, 1992. 9.) 456쪽 참조.

45) 이주홍은 농촌 출신의 작가로, 농촌의 가난한 생활을 직접 경험하였다. 그의 고향은 경상남도 합천의 읍내에서 이십 리 정도 떨어진 영창이라는 농촌의 산밑 마을

## 4. 결론

지금까지 이주홍의 미완의 장편소설 「야화」(1936-1937)을 살펴보았다. 이를 요약하여 결론으로 삼는다.

첫째, 「야화」는 『사해공론』에 1936년 10월호부터 1937년 5월호까지 7회 연재되다가, 6월호부터 중단되었다. 향파는 연재분에다 뒷부분을 덧붙여 1938년 풍림사에서 출판하려 하였으나, 발간되지 못한다. 해방 이후에도 다시 출판하려 하다가 인쇄소에서 원고가 분실되었다고 한다. 출판 광고문과 작가의 말을 통해 볼 때, 이 작품은 식민지 농촌의 궁핍한 생활을 떠돌이 머슴이라는 최하층민의 삶을 통해 보여주려는 농촌소설이다. 연재 당시 펄 벅의 『대지』에 비견되는 등 문단에 비상한 관심과 적지 않은 화제를 불러일으킨 작품이다. 그리고 이 작품이 창작집으로 출판되지 않았음에도 일제말기나 한국전쟁 이후에도 향파는 「야화」의 작가로 알려지기도 하였다.

둘째, 「야화」의 시공간적 배경은 명료하게 제시되어 있지 않으나, 1930년대의 경상도 농촌인 듯하다. 주인공은 윤서라는 떠돌이 머슴인

---

에서 태어났다. 그 위로는 형이 둘 있었는데, 병으로 죽었다고 한다. 이때 그의 아버지 나이가 서른 여섯 살이었고, 어머니가 스물 여섯 살이었는데, 결혼 후 10년 만에 그가 태어난 것이다. 그의 아버지는 가난 탓에 당시로는 만혼이었다고 한다. 그의 아버지는 다섯 살에 모친을 여의고, 열두 살 때 부친을 여읜 뒤 삼촌의 그늘 밑에서 고아생활을 하였다고 한다. 어렸을 때 그의 집은 매우 가난했다. 아버지는 들일을 나가고 어머니는 시삼촌 집의 일을 거들어 주며 시집살이를 해야 했다. 14살에 서울로 혼자 떠나 고학을 하다가 다시 고향에 돌아오고, 18살에 일본으로 건너가 토목공사장의 막일, 탄광 제탄작업, 철물점 점원, 과자점 직공, 문방구 공장 등을 전전하면서 주경야독을 한다. 1929년에 귀국하여 서울에서 생활하게 된다.

데, '조선현실의 최하층'에 속하는 계층이며, 머슴살이는 농촌에서 소작인도 될 수 없는 농민이 마지막으로 할 수 있는 일이다.

셋째, 윤서를 중심으로 가난의 고통과 머슴살이의 어려움이 작품 속에 핍진하게 드러나 있다. 그런데 윤서의 안주인에 대한 애정 갈등이 앞부분에 길게 서술되어 있는데, 이것은 인간 내면에 숨겨져 있는 동물적 본능과 욕망의 추악성이 인간성을 황폐화시키기까지 한다는 것을 보여주고 있다. 그리고 이것은 아내와 부부관계를 가질 공간조차 없는 윤서에게 원초적 본능으로 작용하는 것으로 보면 좋을 듯하고, 이 부분은 장편소설의 앞부분이라는 점과 연재소설로서 독자를 염두에 둔 통속적 구성으로 보여진다.

넷째, 윤서의 생각이나 행동은 머슴살이의 고통 속에서 빈부의 격차에 대한 불만이나 머슴으로서 주인에 대한 약간의 계급의식만을 보이면서 소작이나 집에 대한 집착을 드러내었다. 그러나 7회의 마지막 장면에서 당시의 사회주의 이념이나 운동이 실제 농촌의 궁핍한 현실과는 동떨어져 있는 관념적 담론임을 지적하여 그의 역사의식의 편린을 보여준다.

다섯째, 윤서와 대조되는 인물로 박치준과 이상칠이 있는데, 이들은 지주 또는 부재지주에 해당되는 인물로서, 당시의 농촌에서 수탈과 착취를 일삼는 부정적 인물이다.

여섯째, 이 작품에는 우리나라 전래의 민간풍속과 근대자본주의의 농촌 유입을 보여주는 금광 풍속 등이 있는데, 이들은 농민의 일상사와 깊이 연계되어 작품에 생동감을 불러일으킨다.

이상을 통해볼 때, 「야화」는 1930년대 후반의 농촌의 궁핍상을 핍진하게 드러내는 사실적 농촌소설이며, 주인공이 떠돌이 머슴이라는 점에서 우리 농촌소설의 새로운 유형을 보여주는 작품이라 하겠다.

# 이 세상 태어나서

### - 靑春은 아름다와라*

### 李 周 洪

## ◉ 한 알의 좁쌀

無限大의 큰 천막이 되어 萬有를 싸안고 있는 이 空間 안에서 끊임
없이 움직이고 있는 大生命體가 있다. 세월이다. 그래서 어느 때에 끝
나는 것도 아니게 萬古에서 永劫으로 달음질 치고 있는 세월의 激流에
얹혀서 때때로 無에서 생성된 작은 생명들이 같이 떠가다가 혹은 빨리
혹은 천천히 거센 바람에 휘말려 중도에서 행적을 감추기도 하고 혹은
육중한 바위를 만나 산산조각으로 흩어져 다시 無에로 돌아가기도 한
다. 이 중의 하나가 사람이다. 제 스스로가 원하고 원하지 않음을 상관
않고 사람은 사람으로서 제약받은 한계에 순종해 살아 있는 동안 사람
에 따라 선명한 발자국을 남겨놓기도 하고 표표히 輕球같이 떠 있다가
소문 없이 이웃의 기억에서 벗어져 나가기도 한다. 사람은 인생에 의미

---

* 이 글은 원래 『국제신보』 1974년 8월 31일부터 10월 2일까지 26회 연재되었던 향파
의 자서전에 해당되는 글인데, 『激浪을 타고-李周洪古稀紀念隨筆選』(삼성출판사,
1976. 7.)에 다시 실렸다. 연재 당시의 제목은 「靑春은 아름다와라 -내 고장 名士들
의 人生 備忘錄」이며, 뒤의 책에는 「이 세상 태어나서」로 바꿔었다. 내용이 바뀐 것
은 없기 때문에 『격랑을 타고』에 수록된 것을 여기에 옮겼다.(편자 주)

붙이기를 좋아하는 습성이 있지만 있다면 그런 허무밖에 더 있을 것이 없다.

그래서 저마다 그 허무의 수렁을 빠져 나오려고 바둥거리는 애태움을 혹은 原罪의 業報라 혹은 得道의 忍苦라 자위해 아픔을 참아간다. 庚戌의 민족적 대 분통의 章인 韓日合邦條約의 조인을 四년 앞둔 一九〇六년은 국내에서 갖가지의 숨가쁜 회오리바람들을 일으키고 있었다. 일본의 세력이 완전히 우리 반도를 석권함에 따라 정치적 실권을 한 손 아귀에 잡아넣은 친일파들은 날을 쫓아 가증한 반역행위를 자행해 갔다. 一월에는 당시에 육군 副將의 자격으로 일본의 倂呑 야욕을 분쇄할 목적으로 高宗의 밀령을 받고 프랑스로 향하던 도중 중국 山東省의 烟臺港에 기항했다가 그곳의 일본 領事에게 발각된 바 되어 부득이 러시아의 블라디보스토크에 망명해 있었던 李容翊이 그 곳에서 객사했고, 二월에는 이른바 친일 거두 朴齊純, 李址鎔, 李完用, 權重顯 등 五賊의 한 사람으로서 군부대신직에 있었던 李根澤이 민중으로부터 습격을 당했다.

三월에는 항일義兵奬 閔宗植이 洪州에서 의병을 일으켰고, 二월에 일본 統監府가 설치된 이래 長谷川好道가 대리로 취임해 있었던 初代 統監에 三년 뒤 義士 安重根의 손에 의해 피살된 伊藤博文이 취임했고, 같은 三월에 전년 「皇城新聞」에 「是日也放聲大哭」이란 논설을 게재해 만민이 함께 주먹으로 눈물을 닦게 했던 張志淵이 독립운동가 尹孝定 등과 함께 大韓自强會를 조직했고, 四월에는 배일파의 거두로 나중에 對馬島로 귀양가 있다가 분사한 崔益鉉이 전라도에서 의병을 일으켰고, 六월에는 吳世昌이 사장이 되고 李人稙이 주필이 된 「萬歲報」가 창간되어 일체의 반민족 행위에 대한 준열한 비판을 시작했고, 八월에는 일본의 韓國駐屯軍司令部가 설치되었고, 一〇월에는 목숨을 걸어 일본 군사와 항전하던 가운데서도 우리나라 최초의 월간종합지「少年韓半島」가 梁在謇에 의해 발간되었고, 李人稙은「萬歲報」에 처음으로 신소설「血의 淚」를 연재해 국문학사상 중요한 의의를 갖게 되었는데, 나는 풍운이 급박한 이런 시국의 소용돌이 속에서 태어났다. 망망한 人生大海에 비하면 나의 출생 같은 것은 한 알의 좁쌀에 불과한 것이지만 그래도 불쌍한 겨레의 수난에 나까지 한몫을 나눠 받자고 끼어 든 셈일까. 丙年 五월 二三일생. 아버님은 좋게 말씀하시어 말이 아침 햇살을 받으면서 한창 풀을 뜯어먹고 놀 때라 했으니 난 시각은 卯時에서 辰時 사이였던 것일까. 이미 내 위에 형 둘이 있었는데 맏이 萬俊은 세 살 때에 잃었고, 둘째는 낳자 얼마 안 있어서 잃었다는 말씀을 어머님이 해주셨다.


### 🌑 고향山川

내가 태어난 고을 陜川은 세조 때의 朴元亨이「好山排闥千重遠 絶壁臨江幾尺高」(좋은 산은 문을 밀고 들어올 듯 천 겹이나 아득한데, 절벽은 강에 임해 몇 자나 높은가)고 읊었고, 세종 때의 柳思訥이「地僻村容古 溪淸樹影深」(땅이 외따니 마을 모습이 옛되고, 시냇물이 맑으니 나무 그림자가 깊다.)고 읊어 두메산골의 궁벽함과 동으로 비껴 흐르는 南江과 절벽 개벼리(犬遷) 등의 아름다움을 시로써 그려놓은 것이 있지만, 옛날엔 감, 닥(楮), 송이, 먹, 은어, 잣, 인삼 등의 土産으로도 알려졌던 터로 특히 竹竹과 巨仁의 옛 史實로서 더욱 일반에게 잘 알려져 있는 바다. 신라 초기는 지금의 합천을 大良州 또는 大耶州라 했던 터로 지금도 군읍의 남쪽 사오 마정쯤 되는 거리에 「新羅忠信竹竹之碑」가 서 있는데 죽죽은 이곳 대야주 사람이었다.

선덕왕 때에 舍知벼슬이 되어 本州都督 金品釋의 휘하에 幕佐로 있던 중 백제장군 允忠이 성을 공격해 왔을 때 품석이 지키지 못하고 스스로 목을 찔러 죽었으므로 죽죽이 잔병을 수습해 성문을 닫고 항거했더니, 친구 龍石이 죽죽에게 지금 항복했다가 후일을 도모하는 것이 어떻겠느냐고 제의하자 죽죽은 말하기를 『우리 아버님이 내게 죽죽이란 이름을 지어주신 것은 추운 겨울이라도 시들지 않고, 꺾이기는 할지언정 굽히지는 말라고 한 것인데, 어찌 살기를 구해 죽는 것을 두려워하겠는가』하고 힘껏 싸우다가 성이 함락됨과 동시에 용석과 함께 전사했다. 巨仁도 또한 대야주 사람이었는데 그 당시 진성여왕은 음탕방자하여 나라의 기강이 말이 아니었다. 그래서 어떤 사람이 비방하는 방을 써 큰 길가에다 걸었더니 『이것은 필시 대야주에 숨어 사는 거인의 소행일 것이다.』하는 말을 듣고 임금은 거인을 잡아 옥에 가두고 장차 처형을 하려했다. 그러나 분하고 억울함을 참지 못해 옥 벽에다가 시를 지어 쓰기를,

于公慟哭三年旱

鄒衍含悲五月霜

今我幽愁還似古

皇天無語但蒼蒼

『우공이 통곡하니 삼 년동안 가물었고, 추연이 슬픔을 머금으니 오월에도 서리가 내렸다. 지금의 내 시름도 옛 사람과 같은데, 황천은 말

이 없이 푸르기만 할 뿐이고나』라 했더니, 그 날 밤에 갑자기 벼락을 치며 우박이 내렸으므로 임금이 겁을 내어 석방해 주었다.

우공은 漢나라 東海사람으로서 治獄이 공평하기로 이름이 높았던 判官이었는데 어떤 孝婦가 太守에게 원통한 죽음을 당했는데도 세 부득해 주장대로 다스릴 수가 없었더니 三년 동안이나 비가 내리지 않았던 것을 뒷날 효부의 무덤에 제사를 지내주자 비로소 비가 왔다 하고, 추연은 戰國時代 齊나라 사람으로 燕나라 昭王이 그에게서 師事했으나 昭王이 죽자 惠王이 남이 참소하는 것을 그대로 믿고 옥에 내렸더니 여름이었는데도 서리가 내렸었다는 故事를 끌어 온 것이다. 응당 형들도 그랬으리라 믿지만, 내가 나서 팔구 살 때까지 있었던 집은 읍에서 한 삼사 마정쯤 되는 동북방산 밑에 있는 마을 盈㯦이었다. 작년 이맘때였던가. 그 앞을 같이 지나던 讀書新聞支社長 金宗圭씨에게 가르쳐줬더니, 다음날 문단에서 향파 선생의 생가를 묻는 일이 있을 때 그 집의 위치를 정확하게 입증해줄 사람은 나 하나밖에 없게 됐다면서 웃은 일도 있다. 지금은 내 族弟 한 사람이 그 집에서 살고 있는 터로 옛날에는 들머리의 담 안에 큰 밤나무가 서 있었고 사립문이 바짝 붙은 옆에는 대추나무도 한 주가 서 있었다.


◉ 하얀 난장이

옛날엔 의료기관이 지금같이 많지를 못했고, 있었다고 해도 이용할 형편이 못 되어서 손쉬운 民間鄕藥이나 병마에게 비손을 드리는 따위의 토속적인 呪術방법에 의존했던 것뿐인데다 育兒의 위생관리부터도 말이 아니었기 때문에 아이 열 낳아서 다섯 보전해 기르면 좋은 성적이었다. 내 위의 두 아이를 잃은 것도 물론 그러한 실정에서였으리라. 내가 난 해 아버님은 서른 여섯 살이었고 어머님은 아버님보다 열 살이 아래인 스물 여섯 살이었다. 어디선가 어머님이 시집오실 때가 열 여섯 살이었다는 기록을 본 것 같은데 그 연도가 정확하다면 어머님은 결혼한 지 꼭 십 년만에 나를 낳으신 것이 되고 그때 아버님이 스물 여섯 살 때에 처음으로 결혼하셨던 것도 가난 탓의 만혼이었지만, 두 어린 것을 잃은 뒤 서른 여섯 살에 자식을 얻었다는 것 역시 매우 늦게 얻은 셈이 된다.

어릴 때 내 사주를 보니까 명이 길고 초년에는 고생을 하지만 사십을 넘으면 차차로 길이 트인다더라는 말을 들려주셨는데, 두 분께선 아마 사주를 믿고 내게 대해서는 많이 안심을 하셨을 것으로 안다. 그런데 나는 열두서너 살 때의 어느 여름, 홍수 때에 패인 웅덩이에서 여러 동무아이들과 멱을 감다가 인제는 죽는가 하는 변을 당했다. 아이들이 재미나게 자맥질을 해 가며 즐겁게 장난을 치고 놀기에 나도 그러면 되는 줄만 알고 풍덩 뛰어들어갔더니, 내려가도 내려가도 발이 땅에 닿질 않아 인제는 영락없이 죽는가 했는데 그런 위급한 가운데서도 나는 문득 사주 이야기가 머리에 떠올라서 『사주에는 내 명이 길다고 했는데?』 하고 행여 그동안 운명이 바쁜 일에 잠시 나를 잊었다가 뒤늦게 깨닫고서 급히 거두어주려 올게 아닐까 기대해 봤더니, 아니나 다를까 운명이 달음질처 와 나를 溺死의 직전에서 구출해 주었다.

난데없이 누군가 와서 내 아랫도리를 안고 물 위로 떠 올라가기에 봤더니 그것은 같이 멱을 감고 있던 동무 한 아이였다. 나는 운명이 누군지 존재도 모르듯이 나를 구출해 줬던 그 아이의 이름도 지금은 기억 못하고 있다. 경미한 정도라 하더라도 그만큼 내 자신까지 사주에 대한 신앙이 마음 속에 잠재해 있었던 것이라면 사주장이들이 세상의 부모들에게 헛말이라도 사주가 좋단 것을 말해주는 것은 陰德을 널리 펴는 셈이 될 것이다. 또 사주와 같이 마음으로 은근히 등을 기대보고 있는 것에는 이름 풍습이라는 것이 있다. 지금 세상에까지 作名師들이 그대로 밥을 먹고 사는 것을 보면 그런 유습이 아직도 상당한 영향력을 가지고 있다고 보아지는데, 물론 그 당시 양친께서는 내 이름에 대해서도 세심한 관심을 기울이셨던 것 같다.

두릇하고(周), 크고 넓고(洪). 좋은 뜻은 모조리 다 가진 듯한 두 글자 같이 보인다. 이 이름은 아버님의 부탁에 따라 「세호네 집」 글방에 있는 훈장님이 지으신 게라고 했다. 「세호네 집」 사랑채엔 가끔 종이, 붓, 부채 등 남자용 필수품을 팔러오는 행상인들 중에서도 축음기를 가지고 다니면서 약을 파는 약장수가 내게는 제일 신기했다. 네모진 상자에 나팔꽃형의 나팔이 달려있는 「유성기」 안에서 나는 노래소리가 신기해서 감탄을 하면 좌중에는 박식한 사람도 적지 않았다. 『신기할 수밖엔. 이 안에 하얀 난장이 노인이 들어 있으니깐』 『누군가한테서 들으니 쥐가 들어 있다던데?』 『에잇 무식한 사람들! 광대의 혼을 잡아 넣어서 저렇게 소리가 나도록 해논건데 알기나 하고서 말하라고!』

## ◉ 물 이는 아이

먼저 낳은 아이마다 실패 본 다음이고, 아버님으로 봐선 늦게 얻은 자식이기도 해서 두 분께선 남달리 나를 아껴주셨던 듯 아버님이 이웃집 사랑으로 같이 데리고 가주시는 때가 아니면, 어머님은 이웃엘 가실 적마다 한번도 빼놓은 바 없이 데리고 다녀주셨다. 그러나 때에 따라서는 그러질 못할 때도 없지 않았다. 아버님이 일을 나가고 어머님이 아버님의 삼촌댁인 큰집에 일을 거들어 주러 가고 없을 때는 나 혼자 집을 지키고 있어야 했기 때문이었다.

큰집엔 종 아이가 두서너 명이나 있었는데도 순전히 큰집 생활을 의지해야 했던 우리는 아버님은 아버님대로 들일을 해야 했지만 어머님은 날마다 그곳에 가서 방아 찧고 맷돌 돌리고 반찬 마련하고 바느질을 맡아 하셔야했다. 내가 네 살 때였으니까 어머님의 뱃속엔 동생이 들어 있었을 때였다. 정말 이십 년 전의 어린 나이에 시집을 와서 그나마도 친시부모 밑의 시중이라면 참아낼 맛도 있었겠지만 엄하기 이를데 없는 시삼촌 부모 밑에서의 시집살이는 고된 중에서도 고되었을 것이었다. 다섯 살 때에 어머니를 여의고 열두 살 때에 아버지를 여의어 어릴 때부터 天涯의 孤兒가 된 아버님은 인생의 첫장부터 고난의 연속이었지만, 그 중에서 어머니의 무덤 잃은 것을 평생의 한으로 여기고 계셨었다.

어느 날도 나 혼자서 집을 보고 있었는데 날이 저물었을 때까지 돌아와야 할 어머니가 돌아오지 않았다. 깜깜한 방안에 혼자가 되어 있어야 했던 나는 무서울 밖에 없었다. 석유 호롱은 있었지만 내게는 아직 불을 켤 힘이 없었다.

그때는 성냥이 귀해서 나무개비 끝에다 硫黃을 묻힌 「긴 성냥」을 화로나 아궁이 안에 있는 불씨에 붙여 불을 일으켰는데, 네 살짜리 어린 것으로서는 더더구나 그런 걸 쓸 능력이 없었다. 나는 문에 붙여놓은 안경알만한 유리조각으로 깜깜한 바깥을 내다보고 앉아서 빨리 있어줘야 할 어머니의 발자국 소리를 기다렸다.

그러다가 늑대한테 물려가고, 도째비(도깨비)한테 잡혀가고 하는 따위 무서운 생각에 혼이 다 나가 있을 때쯤이나 되니까 헐레벌떡 급한 숨소리를 내면서 어머니가 돌아왔는데, 늦게까지 방아를 찧고 나서 깜깜한 고개를 더듬거려 넘다가 그만 가지고 오던 밥을 떨어뜨려 두굴두굴 둘러가면서 산밑까지 내려가 어둑구석에서 밥을 찾느라고 늦었다며, 『아이구 이 어린 게 불도 안 켠 어둔 방에 혼자서 얼마나 무서웠겠노』 하곤 흙이 묻은 부분을 덜어낸 밥을 내게 먹여 주셨다. 보통 어머니들 같았다면 자기의 신세한탄까지 보태어서 어린 것을 껴안고 통곡이라도 할만한 장면이었지만, 남들이 평하고 있었던 그대로 점잖으셨던 어머니는 그냥 담담히 동정만 하는 표정으로 내게 밥을 많이 먹으라고 옆에서 지켜보고 있었다.

그만큼 안으로 안으로 피던 자애로움이 깊이 내 영혼에 사무쳤던 거겠지. 나는 어느 날 하늘이 열어준 듯한 엄청나게 큰 깨달음을 얻은 일이 있었다. 그것은 이 세상에서 제일 좋은 사람이 어머니라는 사실이었다. 어른들이 들으면 평범한 상식의 이야기인 것이겠지만, 아이 적에 느낀 것은 叡智에 넘친 위대한 발견이었던 것이었다. 그 시절 가난한 집 서너너덧 살 난 아이들이라면 맨발에 저고리만 걸치고 아랫도리는 벗고 지내던 것이 보통이었다. 그랬던 나도 어느 날 물 이러 가는 어머니를 따라 조그마한 자배기를 이고 가다가 돌길에 넘어져 피를 냈다. 지금도 남아있는 팔뚝의 흉터는 바로 그때의 자배기 파편에서 얻어진 것이다.

## ◉ 호박귀신

　모르면서 아는 체 하려는 습성이 누구에게나 조금씩은 있는 것이어서 축음기에서 소리가 나는 까닭은 혹은 그 안에 쥐가 들어서 그렇다, 혹은 늙은 난장이가 들어 있어서 그렇다, 혹은 광대의 혼이 들어 있어서 그렇다 등등 하는 것은 그런 대로 일종의 애교로 보아줄 수도 있는 것이지만, 이런 경우에 대해서는 심리학자들이 뭐라고 설명을 하는 건지 흥미로와진다.

　視覺을 통한 現象이 變態反射되어 전연 본체가 아닌 것으로 기억에 定着되는 경우를 말하는 것이다. 우리 집에서 두서너 집 건너 이웃에 명개라는 나보다 두 살이 위인 아이가 있었는데 그가 몇 번 배설하는 것을 보았더니 한데서 짐승처럼 두 팔을 땅에다 짚고 뱃구멍으로 대변을 보는 것이었다. 너덧 살 나던 나도 좀 기이한 일이다 하는 생각은 들었지만, 저렇게 하는 아이도 있는가 보다만 여기고 더 궁금해하지는 않았다.

　그리고 그 집에서 조금 내려가면 산기슭에 높다랗게 얹혀 있는 초가집이 있었는데 그 집에는 복룡이었던가? 득룡이었던가 하는 나하고 같은 나이의 동무가 있어서 나는 가끔 그 집에 놀러가는 일이 있었다. 그러나 갈 때마다 조심이 되어 그 집 근처에 가서 망설이지 않을 수 없었던 것은 울타리로 둘러싸여 있는 뒤안에 삵괭이니, 여우니, 늑대니, 오소리니, 너구리니, 갈가지니 하는 짐승들이 우글우글 끓고 있으면서 노란 눈들로 나를 쏘아보고 있는 것이었다.

　지금 생각하면 산에서도 만나기가 그리 쉽지 않을 그 많은 짐승들이

어째서 그렇게 내려와 한군데 몰려 있었던지 도무지 믿기워지지가 않지만, 그러나 그때의 그 현장은 지금도 내 뇌리에 생생하게 살아 있다. 위에서 축음기 이야기 때 언급했던 「세호네 집」은 마을에서 제일 큰 기와집이었다. 역시 아랫도리를 벗고 지내던 너덧 살짜리의 나는 통나무로 판 자루바가지를 들고 무슨 심부름이었던가 마을 아래컨에 있는 「희주 아저씨네 집」에 심부름을 가던 중이었다.

산밑에 위치해 있던 세호네 집 뒤안에는 고목이 된 큰 감나무가 많이 서 있고 길옆의 높은 토담 위에는 언제나 마른 가시덩굴이 덮여 있었는데 내가 그 아래를 지나가려니까 그 담 위에 사람하나가 옆으로 누워 나를 무심히 내려다 보고 있었다. 지금 기억을 그려본다면 그 누워 있는 모습이 섬의 나라 스리랑카의 臥佛을 연상케 하는 그런 것이었다.

그러나 그가 나를 보고 있다는 것이 무섭고, 칼등 같은 좁은 담 위에 용케 누워 있는 것이 신기하다 생각되었을 뿐이지, 무엇 때문에 그렇게 누워 있는가에 대해서는 그다지 궁금해지지가 않았다. 이것은 또 약간 성질을 달리하는 이야기가 되지만 역시 궁금한 일 중의 하나가 되지 않을 수 없는 것은 當郡 제일의 漢詩大家이던 晩汀 姜晩達 선생은 나의 외숙님이었는데 어머님은 나를 업고서 가끔 읍내에 있는 친가에 가서 놀다가 오실 때가 있었다.

그런데 그 시절 읍과 읍 주변의 촌락들에서는 귀신이니 도깨비니 하는 것이 밤마다 횡행해서 동민이 모두 겁에 질려 초저녁부터 문을 닫아걸고 숨을 죽여 밤을 보내던 형편이었다. 야심한 때 몰래 집안에다 명태니, 고추니, 호박이니 하는 것을 던져넣어 사람을 놀래줬기 때문에 명태귀신이라, 고추귀신이라, 호박귀신이라 부르고 있었는데 어느 날 밤

나는 어머니에게 업혀 돌아와 죽은 체를 했다.

그랬더니 호박귀신에 홀려 이렇게 되었나 보다고 온 집안이 대소동을 쳤는데 실은 내가 어른들이 어쩌는가 보려고 당시의 공포 분위기에 便乘해 일부러 연극을 한번 해봤던 것이었다.

## 개꽃의 사연

읍내에 학교라는 것이 생겨나 있었지만 신학문은 왜놈들의 개글이라고 배척해 여간한 개화집안이 아니고서는 자식을 서당에나 보내고 있었지 학교에 넣는 것은 모두 꺼려하던 시절이었다. 나는 칠팔 살 때 영남 儒學界의 泰斗 김사문 선생의 글방에서 「童蒙先習」을 배우고 있었다. 그러나 식민지 교육을 목적으로해 세워 놓은 학교가 가만있을 까닭이 없었다. 집집으로 호별방문을 해 학교에 취학시키기를 권하다가 잘 응하는 기색이 없으니까 순검이 촌민을 끌고 경찰서에 가서 마구 두들겨 팼다. 아버님도 끌려갔다가 이웃 사람에게 업혀 나왔는데 나는 와락 달려가 위로를 해드리기는새려 그렇게 되어 있는 아버님을 보는 것이 무서운 생각만 나서 일행이 나를 분별할 만큼 거리에 오는 것을 보고는 다리 밑으로 들어가 숨어버렸다. 늘어진 채 업혀서 돌아오고 있는 아버님 뒤에는 미친 사람같이 옷고름을 풀어헤친 어머니가 따르고 있었다.

돌다리 밑의 돌담 사이로는 별을 못 본 쑥들이 잘 자란 콩나물같이 늘씬늘씬 잎을 치켜들고 있었다. 또닥또닥 소리를 내며 누군가가 돌다리 위를 지나가는 사람이 있기에 자라목같이 고개를 빼어 내다보니까 그것은 나하고 일곱 살 동갑인 W의 누이동생 분이었다. 가만히 보니까 뭘 하려는지 그는 산으로 가고 있기에 나는 집으로 가는 것도 겁나고, 글방으로 가는 것도 겁나서 그의 뒤를 따라 산으로 갔다.

먼저 가 있던 분이는 옴팍하게 꺼진 골짝 안에서 꽃을 꺾고 있다가 무심결에 내가 와 있는 것을 보곤 깜짝 놀랐다. 내가 꽃을 꺾어줄까 해도 아무 대답을 않기로 나는 앞질러 가면서 그가 올만한 자리에 내가 꺾어온 꽃을 전부 놓아두고 어쩌는가 하고서 가만히 뒤를 돌아다 보았다.

그러다가 말없이 내 꽃을 집어드는 분이를 보고서 이렇도록 고마울 수가 있을까 하는 생각이 들었다. 그래서 나는 분이를 즐겁게 해주기 위해 일심으로 꽃을 꺾고는 그가 바위 위에 올라 쉴 때는 나도 옆으로 가서 앉아 쉬었다. 분이는 노리짱한 머리털에 거미줄이 묻어 있었고, 하얀 귀밑으로는 땀이 흘러내린 자국이 있는데 뭘하려고 꽃을 꺾느냐고 물으니까, 며칠 전에 신행해 온 저희 둘째 올케 방에 꽂아주려는 것이라고 대답했다.

그러고 있을 때에 아래에서 솔포기가 휘청 하기에 내려가 봤더니 명택이 녀석이 올라오고 있는 것이었다. 「史略」을 배우고 있던 나보다 두 살이던가 위의 아이였다. 자식이 어찌 알고서 여기를 찾아온 걸까. 단번에 싫은 생각이 났지만 눈이 부리부리하고 힘이 세어 싸움대장이기도 한 그 자식을 거스릴 도리가 없어서 그냥 시무룩해 있기만 했다. 드디어 나는 꽃 꺾어주던 특권을 놈에게 강탈 당하고서 옆으로 밀려나지 않을 수 없었다. 나는 허전하고 열쩍고 해서 산말랑이로 올라갔더니 마을의 상동양반이 나무를 하고 있었다. 나는 땅에 드러누워 눈부신 하늘을 쳐다보면서 생각할수록 명택이 놈이 미워 잊으려도 잊으려도 잊혀지지를 않았다. 나는 문득 진달래는 먹어도 좋다는 생각을 해내고 손에 잡히는 대로 꽃을 마구 따서 입에 넣었다. 그러나 그게 참꽃 아닌 개꽃, 곧 철쭉꽃이었던 걸 어떻게 알았을 것이랴.

조금 있으니까 하늘빛이 샛노래지면서 입술이 파르르 떨리고 몸이 움직거려지지를 않았다. 그러던 얼마 다음에 나는 상동양반 등에 업혀 집에까지 와 있었음을 어렴풋이 짐작할 수 있었다. 쌀무리를 먹었는가 어쨌는가 했는데 이웃 엄마들, 할머니들이 한방 둘러 앉아 있는 가운데서 유독 분이 엄마의 말소리가 똑똑히 귀에 들려왔다.

## ◉ 매미 사건

나의 모교인 합천국민학교 교정에 나의 詩碑가 세워져 있다고 해서 지난 번에 가보고 왔다. 文永柱 교육장, 白且千 교장, 그리고 육성회 여러 분들의 호의에 의해서 되어진 것으로 나로서는 분에 넘치는 영광이 아닐 수 없는 일이었다. 교사 맞은 편 언덕 위에 烏石과 花崗石으로 구성해 세운 意匠의 것으로 나의 동시 「해같이 달같이만」이 각해져 있었다.

어머니라는 이름은
누가 지어냈는지
모르겠어요.
어…머…니…하고
불러보면
금시로 따스해 오는
내마음

아버지라는 이름은
누가 지어냈는지
모르겠어요
아…버…지…하고
불러보면
오오―하고 들려오는 듯
목소리

참말 이 세상에선
하나밖에 없는
이름들
바위도 오래되면
깎여지는데
해같이 달같이만 오랠
엄마 아빠의
이름.

　내가 다닐 때는 교사는 지금 곳이 아닌 서편 「무당바위」 아래의 중턱에 있었다. 위 교실은 전날의 무슨 官家건물이었는지 蒼古한 옛 기와집을 썼고, 아래 교실은 새로 지어 일본 기와를 덮은 두 학급 교실이었다. 관리들의 성화에 부대끼어 아버님이 나를 넣어주셨지만 나는 학교에 다니기가 싫어서 거짓말로 집에 속이고 빼먹을 때가 많았다.

　내 집 건너편의 산턱에 올라 소나무 위에 올라가 학교 운동장에서 뛰놀고 있는 아이들의 광경이나 멀리서 바라보며 시간을 보내다가, 하학 종소리가 나면 아이들이 흩어져 돌아올 때를 맞추어 시침 뚝 떼고 돌아오고는 했다. 학교에 정이 붙지 않는 이유가 여러 가지 있었지만 첫째는 교사가 무서웠다. 순검(순경)이 입고 있는 것 같은 제복을 입고,

금테를 두른 모자를 쓰고 칼을 차고 있었던 것이었고, 둘째는 대부분이 나 또래 되는 아이들보다 이십 세가 훨씬 넘은 과년한 학동들이라 서로 친해질 수가 없는 사이였다. 발목까지 내려온 두루마기에 머리를 길게 땋아 내린 총각들이거나 갓을 쓰고 담뱃대를 허리춤에 꽂고 다니는 어른 학생들이었다.

그래서 심심해진 우리 갑장이(?) 꼬맹이들은 쉬는 시간이면 학교 근처를 돌아다니면서 잠자리를 잡기도 하고 나무에 올라가 매미를 잡으면서 놀기도 했다. 그러다가 교실에 늦게 들어가기라도 하면 회초리로 종아리를 맞고 바께쓰를 두 손으로 번쩍 쳐들고 서 있어야 하는 벌도 서야 했는데, 어느 날이었던가는 이런 반갑지 않은 助演者를 얻어서 집에 일찍 돌려 보내주지 않는 加重處罰을 받은 일도 있었다.

선생님의 호된 꾸지람을 듣고서 아이들이 초긴장을 해 숨소리도 제대로 내지 못하고 자습을 하고 있는 중인데, 나하고 같이 벌을 서고 있던 동무아이의 호주머니 안에서 째액하던 매미 한 마리가 오줌을 찍 싸고, 푸루룩 선생님의 귓전을 치고 날아갔으니 일이 온당했을 리가 없던 것이었다.

### ◉ 히피族 一호

涵碧樓는 陜川읍을 남으로 비껴 흐르는 南江의 돌벼랑 위에 서 있다. 옛 사람의 기록에 보면 『함벽루는 군의 남쪽 四리에 있어서 절벽에 의지해 긴 강을 굽어보는데 남으로 바라보면 여러 산이 읍하는 듯 푸른 병풍이 둘러있고, 돌아서 조금 서쪽으로 오면 바위 언덕에 옛 절이 있

어서 새벽 종과 저녁 북소리가 은은하게 울려 온다. 樓 바로 동쪽 三〇
보쯤에는 한길과 나루터가 있는데 나그네들의 옷 벗고 혹은 옷을 걷고
서 건너는 광경을 굽어보면 고물고물 개미가 기어다니는 것같이 보인
다.』고 했는데 나루터 대신 현대식 南汀橋가 놓여 있는 것이 다를 뿐이
지 그 밖의 景槪는 예와 지금에 다른 것이 없다. 麗末의 安震은 이 樓
의 記文에서 이 누를 짓고 또 涵碧이라 이름 지은 이는 太守 자신으로
서 그는 누대공신 上洛公의 아들 金君이었다고 했는데 촉석루나 영남
루가 다 아름다우나 처마의 빗물이 강바닥에 바로 떨어지는 누는 이 누
하나밖에 없다고 고을사람들은 자랑해오는 터다. 옛날에는 봄 가을로
남자들은 詩會를 열고 여자들은 회치를 하며 즐기는 등, 한 때도 사람
의 발그림자가 끊어질 새가 없던 곳인데 물론 우리 어린 것들도 바람을
쐬고 싶단 생각이 나면 으레 이곳을 찾곤 했던 것이었다.

어느 여름의 일요일. 나의 외육촌 누이동생과 또 하나 저희 동무를
끼운 혼성 남녀 아이 오륙 명이 함벽루에서 놀다가 강을 건너 백사장에
앉아 노는 참에 한 아이가 기발한 제안을 했다. 저 둑 너머의 원두막에
사람이 보이지 않으니 참외 도둑질을 해 먹자는 것이었다. 누구도 반대
하지 않았다. 그 중에는 치밀주도한 작전 방법을 창안해 내는 아이도
있었다. 그냥 들어 갔다간 붙들릴 염려가 있으니 잠자리를 잡는 척하고
외밭 안을 돌아다니다가 익은 놈이 보이거들랑 따 가지고 오도록 하자
는 것이었다.

보이는 사람이라고는 먼 논구역에서 용두레로 물 푸는 사람들뿐이었
으므로 사정이 더욱 좋아, 계집아이 둘을 제외한 우리 行動隊는 둑을
匍匐해 넘어 들어가서 『잠자리 꼴꼴 붙던 자리 붙거라』하며 참외를 똑

따 가지고 와 웃어가며 나눠 먹었다. 그랬다가 배가 부르기로 강에 들어가서 멱을 감고 나와 봤더니 옷이 하나도 없었다.

논구역에서 물을 푸며 멀리서 지켜보고만 있었던 외밭 임자가 아이들이 물에 들어가는 것을 기다리고 있다가 죄다 걷어갔던 것이었다. 계집아이들이 대성통곡 하자 외밭 임자가 特惠로 그 아이들의 옷만은 돌려주었지만 사내아이들은 울어봐도 그 戰術이 통하지 않았다. 하는 수가 없게 된 우리 사내아이 敗軍 네 명은 두 손으로 사타구니를 가리고서 강을 건너 우선 행인들에게 우리 全裸 보이는 추태를 피하기 위해 길가인 「괴끼나드리」 산턱에 숨어 앉아 운명이 찾아줄 구원의 손만 기다리고 있었다.

先史時代의 原人같은 발가숭이들이 모여 앉아 있었으니 히피족이라면 합천 제 一호가 되었겠지만, 그러나 히피족다운 향락감도 없었다.

먼저 집으로 돌아간 계집아이 둘이가 사정 말을 전해 외조모님이 오시어 외밭 주인과 교섭을 했지만 아직 첫물도 따내지 않고 있는 외를 도적 맞았는데 현금변상이 아니면 안 된다고 결렬이 되었다가, 나중에 날이 저문 때에야 각자 부모들이 총출동한 소동 끝에 겨우 옷을 찾아 입긴 했지만, 죄책감에 고개를 푹 숙이고 걷는 이 볼품 없는 포로들의 행진은 一大 구경거리이기도 했던 것이었다.

## 甘天國皇帝

보통학교엘 다니던 동안 즐겁고 외롭고 신나고 했던 일을 一顧해보면 강하게 기억에 남아 있는 일들 중에서 우선 하나씩 골라 쓸 수 있을 것 같다. 먼저 즐거웠던 일을 찾는다면 그림이었다.

내가 자랄 때는 책점이라는 것이 없었다. 따라서 그림책 같은 것은 이 세상에 그런 게 있는 건지 없는 건지 그런 것조차도 알 수 없던 형편 이었다.

고작 그림을 접할 수 있었다면 그것은 교과서 안에 있는 약간의 삽 화와 어른들이 읽는 소설책의 표지 그림과 그밖에는 포목, 성냥, 물감통 등에 붙어 있는 商標 그림 따위였다. 다른 학과는 다 싫은데도 그림만 이 즐거워서 수업시간에도 언제나 앞 책상에 앉아 있는 아이의 등 뒤에 숨어 엎드려서 춘향이, 심청이 같은 그림을 그려 책상 밑으로 옆 아이 들에게 주고는 했다. 그 대신 가장 외로왔던 일은 아홉 살 때 읍에서 시 오리쯤 떨어진 거리의 「배암골」에 이사를 해온 뒤로 잠시동안 외가에 몸을 붙여놓고 있었을 때의 일이었다. 외가는 지금의 郡圖書館이 있는 근처인 「개끌동네」였는데, 일찍이 신학문에 개화한 외숙께서는 당시에 六堂이 펴내고 있던 「아이들 보이」, 「붉은 저고리」, 「靑春」 등의 잡지 를 받아보고 있었지만 한글도 제대로 모르는 내게는 어느 것 하나도 흥 미를 주는 것이 없었다.

단지 생각이라는 것은 집으로 돌아가고 싶은 생각, 그것 하나밖에 없 었다.

날이 저물만한 무렵이 되면 더욱 그러한 정이 간절했다. 산너머 산너 머에 있을 우리 집을 그리면서 얼마나 울었는지 몰랐다.

거리가 뜬 곳이라 어머니도 자주 오시는 일이 없었고, 닷새만에 한 번 서는 장날에 아버지가 오시기는 해도 장에서 맡아보시고 있는 자기 일 때문에 외가에까지 오시는 때는 극히 드물었다.

그래서 꾸중을 각오하고 장터로 가 그 많은 장꾼들 틈에서 겨우 아버지를 찾아내면 너무도 서러워서 그냥 퍽퍽 울고만 싶었다. 나를 빨리 떼 보내려고 그러시는 듯 아버지는 자기가 잡수실 술안주의 두부 같은 것을 당신은 안 잡수시고서 내게만 먹여주시고, 빨리 가서 공부를 하라며 설탕 한푼 어치를 사서 쥐어주시곤 자기의 일자리로 돌아가셨다.

그때라 해도 돈만 있으면 과자를 얼마든지 사먹을 수 있었지만, 한푼 어치의 설탕 같은 것, 손가락 끝에 침을 묻혀 몇 번 찍어먹으면 곧 없어지는 그런 분량의 과자도 아닌 단것 대용품이던 것이었다.

그러나 그렇게 해주시는 아버지의 얼굴엔 어딘가 쓸쓸한 빛이 떠어 있음을 느낄 수 있었다. 그래서 어린 내 소견이었지만 아버지가 나를 사랑해 주시는 만큼 나도 아버지의 저 가난에서 오는 외로움을 나눠 가져 드릴 수 있는 방법이 없을까를 생각해봤다. 키가 작으시어 돌아서서 갈 때면 더욱이 처량해 보이던 아버님의 뒷모습, 어둠에 싸여 장꾼들 소리가 차차로 줄어가고 있는 장터를 바라보며 나는 울고  울고 또 울었는데도 그래도 울음이 그대로 남아 있었던 것이었다. 그러나 내게도 엄청나게 큰 기쁨이 찾아준 때가 있었다. 어느 날 우연히도 칙간에 앉아 있는 동안에 착안해 낸 설탕보다 더 단 공상인 것이었다. 나는 이 지구상에 인간이 다 멸망하고 나 혼자 남아 있게 되는 날을 연상했다. 그럴 때에 어느 곳보다도 내가 먼저 달려가는 곳은 과자의 창고였다. 그래서 나는 모든 과자를 마음껏 먹을 수 있는 황제가 되는 것이었다.

가루와 계란과 사탕이 한꺼번에 익는 특유한 과자냄새! 고놈이 고렇게도 그때의 나를 뇌살했었다.

## ◉ 書堂시절

열세 살에 보통학교를 마치고 나와 나는 서당에서 한문을 배우고 있었다. 신학문은 하라는 대로 했으니까 이제부터는 조선사람 글인 眞書를 배워야 한다는 아버님의 명령에서였다. 그때까지 해온 학교 공부란 것은 서당 공부에 비해 비속한 말로 거저먹기였다. 아침 먹고 나서 훈장님으로부터 제 날치를 배우면 잇달아 점심때까지 읽고, 점심 뒤 한 일이십 분 쉬면 또 읽어 저녁때까지 계속하고 집으로 돌아와 저녁밥을 먹고 다시 서당으로 가면 열시나 열한 시경까지 읽다가 지쳐서 자면 먼동이 트기 시작해 일어나선 어제 것을 읽은 뒤 아침밥 때가 임박해서는 소위 講이라고 해서 책을 덮어놓고 높은 목청으로 暗誦을 하는데 한자 틀림이 없이 외운다면 그것으로서 통과가 되는 게지만, 만일에 막힌 데가 있어서 정지를 하게 되면 다시 복습을 한 뒤 새로 강을 받거나 그렇지 않으면 회초리로 종아리를 맞아야했다.

그런 일과 중에서 뭐라 해도 제일 고통인 것은 종일 쌓여 나온 피로와 함께 밤에 졸음이 퍼붓는 일이었다. 옛날에 孫敬은 공부를 하다가 졸음이 올 때 밧줄로 머리를 대들보에 매달았다 하고, 蘇秦은 졸릴 때마다 송곳으로 넙적다리를 찔러 그 피가 복사뼈에까지 타 내렸다 하지만, 우린들 그렇지 않았으랴. 바깥에 나가서 찬바람을 쏘이고, 얼음을 깬 찬물에 세수를 해도 그래도 졸음을 쫓아낼 수 없으면 목침을 턱밑까지 쌓아놓고서 꾸벅거려지는 고개를 미연에 막고 있기도 했던 것이었다. 그 밖의 또 한가지 근심거리는 作詩를 하는 과정이었다. 제날에 내어주시는 詩題에 따라 잘 짓게되면 칭찬도 받을 때가 있지만 못 짓는

날에는 훈장님의 잔소리가 이만저만한 것이 아니었다. 그러나 시를 짓는다는 것이 그리 쉬운 일이 아니어서 더러는 마을 선비들을 찾아가 애원을 해 借作이라도 해오지 않으면 안 되는 때가 있었다. 요새말로 바꾸면 대리시험인 커닝인 것이었다. 그러나 때에 따라선 생각 밖의 찬사를 받는 운수 좋은 날도 없지 않았다. 한번은 「春風」을 두고 지으란 명령이셨기에 「曾遊富春山」 어쩌고 해 句를 맞췄더니 훈장님은 매우 좋은 기분으로 칭찬을 해주셨다.

단지 봄이 부춘산에 모여 놀았다는 뜻뿐. 그때는 富春山이 後漢의 嚴子陵이 벼슬을 마다하고 숨어살았다는 산 이름인 것도 몰랐고, 꼭 산이라고 해서 의미가 있는 것도 아니었겠는데, 하여간 찬탄을 해 주셨다. 훈장님은 성이 김씨라고 김선생님으로만 부르고 있었을 뿐 이름은 가르쳐주신 적이 없어서 지금도 모르고 있다.

술을 좋아하시고 한 짝 다리를 잘쑦잘쑦 저셨는데 나는 그 어른 밑에서 小學, 論語, 中庸, 聯珠詩, 古文眞寶 등을 배웠다. 식사는 학부형들이 제공해 드렸기 때문에 긴 짝지를 짚고 잘쑦잘쑦 절어가며 식사 때마다 우리집을 찾아오시기도 했을 땐 훈장도 그리 좋은 직업은 아니구나 하는 생각이 들어서 민망한 생각을 금할 수 없었다. 어느 때는 오래간만에 훈장님이 자기 고향 집에 다니러 가 며칠동안 우리끼리로만 자습을 하고 논 때가 있었는데, 공부하기가 고통스럽던 다음에 쉬는 게 어찌나 좋았던지 우리는 글을 지어 벽에다 걸어놓고 집이 떠나가라 웃어댄 적이 있었다. 〈先生勿來 來則斬〉 선생은 물래하라 선생은 돌아오지 말라. 내즉 참호리라 - 돌아오면 베어주리라 했으니 이런 大逆不道한 惡徒 제자들이 또 있을 것이랴. 그러나 그 속에 존경을 넘어선 지극한 深情이

곁들어 있는 것이라면 地下의 선생님께서도 같이 웃어 주실까.


## ◉ 萬歲 다음날

三·一 만세 의거가 있었던 一九一九년은 내가 열네 살 나던 때로 서당에서 論語를 배우고 있었다. 마침 그 날은 장날이었는데 내가 누군 가하고 마을 앞 타작마당에서 놀고 있으려니까 전동어른이 例의 그 감투 같은 검은 관을 쓰고 옷자락이 치렁치렁 땅에까지 끄이는 도포를 입고 지나가면서 『너 이놈들 만세 부르러 안 갈래?』하고 웃어 보였다. 택호를 전동어른이라고 하던 이 노인은 朱氏로서 스스로 朱文公의 후예이노라 일컫고 朱熹의 화상을 모신 사당을 지어놓고선 오가는 儒林들을 대접하고 있었는데 지금도 남아 있는 講堂은 그때 우리가 배우고 있던 서당으로도 쓰여지고 있었다. 그런데 만세가 뭔지는 몰랐지만 며칠 전부터 곳곳에서 만세를 불렀단 소문을 듣고 있었던 터였다. 키가 작으나 다부지게 생긴 전동어른은 가난하기가 이를데 없어서 그야말로 굶기를 있는 집사람들 밥 먹듯한 형편이라 점잔하게 출입을 하기는 해도 한번도 기운 옷 아닌 옷을 입고 다니는 걸 못 보았을 정도였다. 그러나 그의 얼굴엔 노상 웃음이 떠 있었고, 하는 말에는 언제나 여유가 넘치는 그런 분이었다. 뒷날에 가서 상고해 보니까 그 날은 三월 一八일이었다. 서울선 三월 一일에 만세를 불렀지만 시골로 번져 내려오는 날짜가 걸렸고, 또 사람이 많이 모이는 장날을 이용했기 때문에 陝川선 그렇게 늦었던 모양이었다. 무수한 장꾼들이 읍내를 향해 잇따라 가고 있는 것을 보면서 나는 서당으로 돌아가 여느 때와 다름없는 수업을 받았다. 실감이 나지도 않는 만세 같은 것 더 생각하려고도 않고 글만 열심히 읽었다. 그러다가 저녁때가 되어서 집으로 돌아와 불을 켜고 저녁밥을 마악 먹으려는데 갑자기 읍내 쪽에서 총소리가 쿵쿵 들려왔다. 읍은 우리 마을에서 시오리 거리나 떨어져 있었는데도 밤이라서 그랬든지 총소리가 옆에서 같이 들려오는 것이었다. 나는 비로소 아침에 전동어른이 「너 이놈들 만세 부르러 안 갈래?」 하던 말이 되살아나면서 장에 가신 아버님께선 어찌 되었을까 하는 걱정이 먼저 가슴을 설레게 했다. 조금 있으려니까 아버님과 삼종형님이 헐떡거리면서 돌아오시었다. 우선 아버님이나 삼종형님이 아무 탈 없이 돌아오신 것이 그지없이 다행스러웠다. 이야기를 들으면 장판에서 전동어른이 창옷 소매 속에서 독립선언서를 꺼내 낭독하고 만세를 선창했는데 장군들이 일제히 호응해 날이 저물기까지 만세를 불렀으므로 많은 사람들이 총에 맞아 죽어 넘어졌다는 것이었다. 그 이야기 소리를 듣고 있는 동안에도 간헐적으로 총소리가 쉬지 않고 있었다. 이래서 합천만세의 주동이었던 전동어른은 감옥에 끌려가 三년형을 마치고 돌아왔는데, 이 의거가 있었던 다음 날의 일이었다.

누른 군복에 붉은 테를 두르고 총을 든 일본 헌병과 검은 제복에 역시 붉은 테를 두르고 긴 칼을 찬 순사들이 마을에 들이닥쳐 마을 남자들을 모조리 우리가 서당으로 쓰고 있던 그 강당에 모아놓고 위협을 했다. 이 동리의 어른 격인 朱아무개가 만세를 주동했으니 이 마을에 사는 너희들은 공동으로 책임을 면할 수가 없다면서 마을 어른들이 들고 있던 담뱃대를 뺏아 사정없이 머리를 때려댔다.

삽시간에 피천지가 되니 그들은 된장을 가져 오라 해 머리에 수건

찢은 걸 매어주고는, 칼을 꽂은 총 끝으로 등을 꾹꾹 찔러가며 모조리 경찰서로 데려갔는데 그래도 다행히 다음날에 놓여 나오신 아버님은 등에 기왓장을 엎어놓은 것 같은 멍이 들고 살이 찢어져 있었다.

## ◉ 사랑의 눈뜸

늦거나 이르거나 일생동안 사람은 누구나 새로운 것을 체험하는 데서 오는 驚異와 地上에서 누릴 수 있는 최고의 황홀경을 만나게 된다. 그것은 사랑에 눈을 뜨는 시기이다. 그것은 또 絶對한 純粹이다. 低次元에서 高次元으로 비약한 倫理의 아름다움을 체득할 수 있는 것도 거기다. 그러나 오늘날에 보는 많은 사랑은 그것이 條件附인 경우 그것은 慾일 수는 있어도 愛는 되기가 어렵다. 욕심이란 채우고 나면 저 유명한 韓信의 말 「날랜 토끼가 죽고 나면 사냥개는 개장국감 밖에 안되고, 敵國이 멸하고 나면 심복 부하는 거세당하고 만다」 하는 것 같이 더 필요가 없어지는 것이기 때문이다. 이것도 사랑이겠는가 아니겠는가는 읽는 이에게 일임하기로 하고, 나는 이런 토막 이야기를 이달치(1974년 9월호: 편자)에 나온 「女性東亞」에서 拙文을 抄해 옮겨 놓는다. 역시 서당에서 한문을 배우고 있던 열네 살 적의 일이었다. 나는 평소부터 우리 집에 내왕하고 있는 洪위산 스님을 찾아 伽倻山 남쪽 매화산에 있는 淸凉寺로 갔다.

위산스님은 내가 혼자서 원로에 왔다 해서 그러는지 방에 들어가 앉기가 급하게 감이니 유과니 등의 먹을 것을 내다 주면서 무척이나 반가와 했다. 밖에 나와 절구경을 하고 있던 나는 문득 감나무 아래의 우물가에서 푸성귀를 씻고 있는 내 나이 또래의 한 소녀를 보았다. 어쩌면 나보다 한 살쯤 아래일지도 몰랐지만 하여간에 나는 그 소녀가 일을 하고 있는 양을 눈여겨보고 있지 않으면 안될만큼 첫눈부터 마음이 끌렸다.

얼굴이 도리납작하고 짧게 땋아 내린 머리끝에 빨간 댕기를 물리고 있는 소녀는 진작부터 나를 의식하고 있었던지 고개를 푹 숙인 채 열심히 제 하던 일만 하고 있었다. 어떻게 보면 내가 비켜나 주지 않기 때문에 고개를 들고 일어서는 것이 부끄러워서 일부러 일손을 늦추고 있는 것 같게도 보였다. 그런데 내가 그를 발견하고 그가 나를 의식한 뒤로부터 뭔가 말없는 가운데서 그의 마음 한 자락과 나의 마음 한 자락이 서로 맺혀져 있는 것 같은 생각이 들었다. 그래서 나이보다 훨씬 성숙해 있는 그의 감정이 어른같이 나를 반겨주고 대견스레 나를 아껴주고 정답게 내게 친근해 오려하고 있을 것 같은 느낌이 짙어져 갔다. 그래서 뭔지 더부렁히 하늘에 떠오른 것 같은 황홀감이 나를 행복하게 했다.

내 생애에 있어 피부로써 행복이라는 것을 실감한 제一호의 기록이라 해도 아까울 것이 없는 그런 흥분상태였다. 조금 뒤 우물터에서 일어선 소녀는 푸성귀 소쿠리를 옆에 끼고 외면을 한 채 절 안으로 들어갔다. 흰 저고리에 엷은 색깔의 푸른 치마를 입었는데 어른들같이 시시로 옷 끝을 당겨 내리지 않으면 안살이 들나 보일 것 같은 그런 짧은 저고리였다. 나는 벌써 그와 안 보이는 벽에 가리워 있었으면서도 한편으론 한자리에 같이 있는 것 같은 환각에 가슴이 울렁거리기를 쉬지 않았다. 소녀가 더 보이지 않는 것이 너무도 답답하고 허전해서 스님이 밤 誦經을 하는 동안 밖으로 나와봤더니 반쪽으로 이즈러진 달이 잎 떨어진 낙엽수들 위에 걸려 있는데 무슨 들어보지도 못한 새들이 사이를 두고두고 하며 꾸루룩 소리를 내고 있었다. 다음날 아침밥을 먹은 뒤 나는 해인사 구경을 가려 청량사를 떠났다. 그만큼 애태워 만나지기를 원했던 그 소녀는 끝내 보이지 않으려는가만 하고 있었더니 내가 절을 저만큼 뒤로 두고 내려온 때 돌아보니까, 그는 언제부터 나와 있었던지 정신 놓은 듯 밭둑에 서서 나를 바라다보고 있었다.

## ◉ 어머님네들

생명만큼 강한 것은 없다. 모든 움직임의 본체가 생명이다. 그러나 그 생명이 危害 앞에 다다르면 그 움직임은 배나 격렬해진다. 우리의 조상들은 실상 이런 격렬한 움직임 속에서 생명을 유지해 나왔다.

진 자리 마른 자리 가려가며 우리를 길러 주신 어머니들은 특히 그러했다. 요즘도 나이 많은 할머니들은 젊은 여자들을 보고 『참 너희들은 편한 세상에 태어났다』하며 부러움 반 나무람 반 하지만 그말은 그대로 사실이다. 여자치고 농가 식구로 태어났다 하면 세농이거나 중농이거나 대농이거나 고생을 겪어야 했는데는 거의 차별이 없었다.

지금같이 정미소가 있었나, 양복점이 있었나, 세탁소가 있었나, 미장원이 있었나, 한 동리에 한집이라 하더라도 라디오가 있었나, 전축이 있었나, TV가 있었나, 제 자신이 노래를 부를 자유조차나 있었나, 할머니가 참 너희들은 편한 세상에… 한 것은 이런 것을 가리켜서 한 말이리라. 읍내까지 학교엘 보내야하는 아이가 있는 집에선 식은 밥을 덥혀 먹이는 거라도 새벽에 일어나야 한다.

찧은 곡식 저장해 놓을 여유가 없으니 그 날에 먹을 양식이라도 그

날 아침에 마련해야 하는 형편에서 우는 아기를 등에 달고 만삭이 다된 북통같은 배를 안고서도 곱삶이 보리방아를 찧어야 하고 수도가 없었던 세상이니 먼 우물터에 나가서 물을 이고 와야 하고, 채소행상이 없었던 세상이니 푸성귀 밭에 가서 손수 나물거리를 뽑아와야 하고, 밥상이라고 보아놓으면 된장이나 나물무침뿐 멸치 꽁댕이 하나나 구경할 수 있을까. 흰옷을 입었으니 개울까지 나가 빨래나 좀 자주 했으며, 지금같이 세탁비누라도 있었더면 그래도 수월했겠는걸, 모밀대를 태워 물을 부어 받힌 재물로 때를 뺐으니 그 고생은 오죽 했으며, 땔나무라는 것도 여름이면 산풀을 베어다 말린 것이니 미처 마르지 않은 나무는 그 연기로 좀 눈물을 나게 했으며, 들에 있는 남새밭에 오줌은 누가 이고 나가며, 고무신도 운동화도 없던 세상, 짚신 뒤축에 뚫어진 버선 구멍은 누가 기워 메우며, 지금같이 보들보들한 천도 아닌 베나 광목으로 하는 힘든 바느질은 누가하며, 벼 훑기, 목화 따기, 삼 째기, 실 잣기, 베 짜기, 얼굴이 확확 익도록 불을 피워 턱밑에다 디미는 다리미질, 다듬이, 모심기, 뽕 따기, 참깨 털기, 들깨 털기, 닭 기르기, 돼지 기르기, 거기에다가 제사, 명절, 혼사, 초상 등이 들이닥치면 여자들은 한 몸을 열 쪼가리로도 내어 써야 소임을 다하는 것이다.

어쩌다가 반찬마리가 생긴다 하더라도 그것은 남자들이 먹는 상에만 올려 놔야하니 노상 영양실조가 된 노리쨍한 얼굴. 내가 열살 때 첫 누이동생이 났는데 가세가 글자 그대로 적빈했던 어머님은 미역국 한 그릇을 못 얻어 자셨기 때문에 밤에 헛것한테 홀려 한참이나 뒤에서야 정신을 차려봤더니 자기는 언제 어떻게 집을 나왔는지 동구 밖의 타작마당가에 서 있더라는 말씀을 뒷날 내게 들려주신 일이 있었다.

산후에 몸을 풀지 못해서 정신의 정상을 잃으셨던 모양이라 나는 지금도 그 일만 회상하면 가슴이 찢기는 듯한 아픔을 느끼게 된다. 그러나 이러한 恨 속에서 사는 어머니들이 너무나도 많았던 시대였기 때문에 그 당시의 나는 그게 어쩔 수 없는 운명이거니 하는 덤덤한 생각으로 별로이 항거할 생각이 나지 않았다. 내 집안 일가에는 잘 사는 사람도 더러는 있었다. 내가 형이라고 부르는 어떤 일가집에 갔더니 한 상에 점심밥을 차려내와 주는데 형의 밥은 쌀밥이고 내 밥은 보리를 섞은 밥이었는데 어쩌다가 자기가 먹는 쌀밥에 보리낟이 섞여 들여갔던지 형은 젓가락으로 그 보리낟을 집어내 버리고 먹었다. 나는 그런 걸 보면서도 별로 저항이 느껴지지 않았다. 바보여서 그렇게 생각했던지 몰라도, 내 자신은 바보라는 것조차도 느껴보지 못했다.

## ◉ 살구꽃 情話

예술은 인간과 자연의 신비경을 그리는 것이라 하지만 그릴 수 없는 것이 있다. 그리고 그릴 수 있는 것이라 하더라도 그릴 수 있는 한계의 선이 있고 어떤 언어도 색채도 소리도 그 선을 넘어설 수가 없는 것이 있다. 한 예로서 나의 寡聞 寡見의 탓도 있겠지만 살구꽃은 東洋畵가 복사꽃과 아울러서 즐겨 그리지만 예외 없이 遠景의 아름다움뿐이지 近景의 아름다움을 그린 것은 볼 수가 없다. 서양화도 정물화로서 꽃들을 많이 그리지만 살구꽃의 특이한 아름다움을 강조해 놓은 것은 나로서 아직 본 적이 없다. 내가 여기서 아쉬움을 표시하는 것은 내가 강하게 인상 받은 살구꽃의 아름다움에 대한 同意者를 얻고 싶은 심정에서

다. 그 소녀는 언제나 보는 소녀였는데도 그 날 살구꽃 밑에서 본 소녀는 분명코 그전의 소녀가 아니었다. 사랑은 盲目이다 하는 말 이치 그대로 사랑이 나의 눈을 흐리게 해주어서 그랬던지 모른다. 그의 집은 산밑 대밭 안에 있었다. 그런데 그 날 무슨 일로 거기까지 왔다가 그 꽃가지 밑에 서 있었던지 몰랐다. 茫然自失이라는 말이 있다. 정신 없이 나를 잊고 있는 때를 말한다. 나는 그에게서 그 아닌 그를 발견하고 망연자실할 지경인데 실은 무슨 생각이 그랬던지 그가 먼저 망연자실한 표정으로 서 있었다.

흰 저고리에 붉은 치마를 입었는데도 어쩌면 그렇게 머리에 이고 있는 살구꽃과 조화가 잘 되어 있었던지 모른다. 꽃이 지닌 아름다움과 사람이 지닌 아름다움이 하나로 和해 있었을까. 여느 때 같았다면 『너 거기서 뭘하나?』고 말을 걸었을 경우였지만, 뭔가가 내게서 그 힘을 빼았다. 그와 나와의 새에 가로막아 서는 수치감이었다. 눈부신 꽃빛의 照明을 받은 그의 두 볼은 눈으로도 분별이 될 만큼의 紅潮를 띠고 있었다. 전 같은 아이로만 생각하고 있었던 터에 어느새 成熟이라는 것이 앞질러 와있었던 것이었다. 나는 졸연히 그에게 의지하고 싶은 생각이 났다. 그러나 이내 와진 것은 슬픔이었다. 그가 갑자기 버거운 존재로 비약해 있었기 때문이었다. 그러나 그가 내 곁에 와 주어야 하고 아니면 내가 그의 곁으로 가 있어야 마음의 안정을 얻을 것 같은 묘한 부담은 그것이 천생의 인연인 것이라 하더라도 내게는 너무도 힘겨운 일이었다. 웃으면 유난히 하이얀 이가 淸淨한 여운을 떨치는 그 소녀는 어느 샌 지 그 자리에서 떠나버렸다. 어느 사이가 아니라 내가 망연자실하고 있는 틈을 얻어서 그 자리를 비워 놓은 것인지 몰랐다. 화사한 배우가 퇴장하고 난 무대엔 大道具 小道具만이 몸에 겨웁게 빈자리를 지키고 있어야 한다. 살구나무는 돌각담 안에 서 있었으나 많은 꽃가지는 기역자로 된 골목길을 덮듯이 해 있었던 것이었다.

지금 그 장면을 그려보면 문득 權陽村의 春日城南卽事詩가 머리에 겹쳐진다. 「春風忽己近淸明 細雨霏霏成晩晴 屋角杏花開欲遍 數枝含露向人傾.」 어느 분의 번역을 고대로 빌면, 봄바람 건듯 불어 청명절 머잖았나/ 가랑비 보슬보슬 개일 줄을 모르는데/ 집 모서리 살구꽃 꽃 피우려고/ 한두 가지 함초롬이 갸우뚱하구나, 한 것으로, 여기서는 바야흐로 필 듯 말 듯 몸짓하고 있는 꽃봉오리들인데 내 앞에 서 있는 꽃가지는 바람이 일렁만 해도 꽃잎들이 흔들릴 것같이 滿開해 있는 것이 景의 다른 점이다. 그 뒤 소녀는 날마다의 내 일기 안에 자태를 나타내 주었다. 그의 미소짓는 얼굴은 언제나 살구꽃의 밝은 조명을 받으면서 홍조를 띄우고 있는 것을 잊지 않았다. 내가 술을 배우게 된 것은 이때부터였다. 그것은 나도 모르는 내 감정에의 도전이었던 것인지 모른다. 그러나 이 世上 많은 꽃들 중에서 오직 살구꽃에 第一席의 찬표를 던질 수 있는 나를 지금은 행복하게 생각한다.


◉ 배우와 劇作

해방전의 한국 연극은 세계적 수준이라는 평판을 듣고 있었다. 실제로 新協, 高協, 豪華船, 黃金座 등의 유수한 극단에 소속해 있던 黃누구, 沈누구, 金누구 등의 1급 배우 수수명은 명우란 이름을 듣기에 손색이 없었을 만한 뛰어난 연기자들이었다.

그런데 나의 독단적 추정이고 따라서 얌체인 것이기도 하겠지만 내가 만일에 그들의 선배라고 한다면 듣는 사람은 고개를 갸우뚱해 할까 아니면 코웃음으로 일축해 버릴까. 내가 이 세상 나고 나서 제일 처음으로 현대 단편소설을 읽어본 것은 憑虛 玄鎭健의「貧妻」였다.

1921년「開闢」지에 발표한「빈처」는 그 당시에도 우수작으로서 고평을 받고 있었던 모양인데, 작품을 제대로 감상할 능력이 없는 나이의 나였는데도 나는 그 작품에 어떻게나 큰 감동을 받았던지 읽고 두어 버리는 것만으로는 참을 수가 없어서 나도 이런 이야기를 하나 지어야겠다는 결심을 한 끝에 戱曲「病母」를 썼다. 인물과 상황을 바꾼 비극물로서 연극을 재생시켜 보자는 大雄志였다. 그 당시 읍내를 가끔 찾는 극단은 소위 協律社란 이름으로 불리워지는 삼류극단으로서 주로 춘향전이니 심청전이니 하는 것들을 상연하는 빈약한 流浪劇團이었다.

일테면「金小浪一行」이라고 쓴 旗잡이의 뒤를 이어「여보 여보 거북님」이나「학도야 학도야 청년 학도야」따위 곡의 클라리넷을 불고 북을 치고 하며 시가를 도는 선전광고 행렬의 전근대적 광경은 기억에서 떨어버리기 아까운 진풍경이었다. 이와 다소 다른 演藝團으로서는 歌舞와 曲藝가 중심인「남사당」이 있었다. 출연자는 대개가 짙은 화장을 하고 붉은 댕기를 물려 머리를 치렁치렁 길게 땋아 내린 美童들이었는데「삼동가리」「버꾸춤」등 연예를 보여주는 동안 거리의 蕩兒들은 어느 아이가 제일 예쁜가 눈으로 점을 찍어두었다가 밤에 놀음이 끝나는 대로 그 男娼아이를 데리고 가 갔다.

각설하고 나는 유랑극단의 연극에서도 큰 감동을 받았던 터로 그런 정서적 배경에 憑虛의 소설이 준 충동으로 씌여진 처녀희곡「病母」는 나의 문학지망 동기에 있어서도 하나의 기념비적인 싹이 되는 셈이리라. 해방 후 부산에 내려와서 살게 된 뒤로부터「靑春記」「湖畔의 집」「落城의 달」「그늘진 地域」등 많은 희곡을 썼고 또 쓴 대로 다 상연을 했지만, 깡그리 긁어모은 계산으로 해서 맨 첫 번째의 상영작품을 든다면 이「病母」가 되는 셈이다. 그때가 1921년 혹은 1922년이었다는 사실로 해서 내가 上記한 黃이니 沈이니 하는 사람들보다 연극배우로서의 순위가 선배에 해당한다고 얌체 농담을 해보는 것도 그러한 뜻에서다. 독자가 궁금해한다면 공개를 해도 내게는 해될 게 없는 터로「병모」의 공연장소는 머슴들의 모중방을 겸한 내집 옆방이었다. 小道具래야 둥게미나 목침을 쌓아놓은 따위. 천장에다 담요를 꿰어 달아놓고 손가락을 입에 넣어「호루루루」개막신호를 하곤 천천히 천천히 막이 열리도록 되어 있는 것이었다. 그러나 生涯 第一章의 大野心作이 실현을 보게 되는데는 여러 가지의 어려운 사정과 부딪혀야 했다.

첫째는 나 이외에 배역을 맡아 줄 배우가 있어줘야 했다. 그리고 그 다음은 작품의 효과를 살려주기 위한 관객이 있어야 했다.

그래서 얻은 배우가 옆집 감나무집 동무아이 尹군, 그리고 관객은 골목골목으로 돌아다니면서 갖은 감언이설로 긁어모은 조무래기의 아랫도리 벗은 코흘리개 친구들. 윤군이 어머니가 되어서 병석에 누워 아들을 기다리고 있는데, 산에서 나무를 해가지고 돌아온 내가 등장해 어머니의 가슴에 엎드려 우는 건데, 제1회 공연은 성공 대성공! 어떻게나 슬프게 울었던지 조무래기들이 놀라 돌아가서「주헹이가 참말로 울더레이」하고 구경을 못한 저희들의 동무들을 불러 모아놓고서 크게 소문을 퍼뜨릴 정도였으니 말인 것이었다.

## ◉ 郵便局 놀이

自作自演의 연극 「病母」로 연극적 흥분을 체험한 나는 방안에서 한 그 좁은 무대를 밖으로 확대해야 했다. 그래서 창안해 낸 것이 「우편국 놀이」였다. 요즘의 우체국을 그때는 郵便局이라고 불렀는데 우표와 엽서를 팔고 소포우편을 받고 「도쓰으도쓰으돈돈」하고 전보를 쳐주고 집으로 우편물을 배달해주고 하는 날마다의 우편사무의 업무과정이 내게 비상한 흥미를 주었던 모양이었다. 그런 업무과정을 재현하려면 무엇보다도 먼저 필요한 것이 電話器, 日附印 등의 자재 마련이었다. 그래서 전화기는 「닭머리표」빈대약통에다 한 쪽에 종이를 바르고 거기에 실을 꿰어 또하나의 통과 연결하면 통은 송신기와 수신기를 겸한 전화기가 되고 줄은 전선이 되는데, 두꺼운 종이를 눌러 만든 빈대약통을 이용한 것은 꼭 손에 쥐고 말을 보내고 말을 듣고 하는데 크기와 길이가 알맞았기 때문이었다

그리고 日附印은 실제는 쇠활자로 된 도장인 것이나 우리 형편에 그것은 어려우니까, 자그만한 「미싱」실꾸리 나무에 발신우편국의 이름과 아라비아 숫자의 연월일을 칼로 파서 먹물 먹인 솜 印肉에 꼭꼭 눌러서 우표에 꽝꽝 消印을 하는 것이다. 아이들이 한방 들어앉아 놀이가 개시되면 먼저 편지접수를 하는 등의 업무가 시작되는데 우편국장과 사무원을 겸한 내가 무작스레 소리가 날만큼 꽝꽝 일부인을 찍어 배달계로 던져 내뜨리노라면 그 소리내어 일부인 찍을 때의 쾌감이 이루 말할 수 없는 것이었다. 작은 아이들은 集配員이 되어 바로 그 옆에 앉아 있는 아이에게 가는 편지라도 집배원 감정을 내기 위해 괜히 골목에 나가 이

집 저집 受信人의 이름을 불러 찾아본 끝에 「아 박수만네에 집이 여기 있었구나」하는 연극으로 편지를 전해주고는 했다.

소포의 경우엔 강냉이 구운 것, 혹은 날감자 등을 종이에 싸 부치면 맛이 적어도 맛이 좋은 것처럼 받아먹으면서 또 감사의 편지를 띄워보내는데 우표라는 것도 寫實하게 그냥 네모나게만 가위로 자르는 것이 아니라 일일이 바늘로 구멍을 뚫어서 우표 가장자리가 까끌까끌 톱니가 나도록 해놓은 것이었다. 이런 文化性이 높은 高級소꿉놀이는 말하자면 대중이 집단적으로 참가한 前衛演劇의 일종인 것이다. 그런데 이런 놀이가 되풀이되는 가운데서 중대한 두 가지의 암시가 나를 고무해주었다. 하나는 단순한 것이 반복되는 데서 오는 권태였고, 하나는 이 권태를 내쫓는 한 방안으로서 새로운 기획을 시도해 보자는 정열이었다. 마침내 그 정열은 破天荒의 신기한 묘안을 발명해 냈다. 그것은 소포물의 내용에 잡지를 첨가해 보자는 것이었다. 잡지를 만들어 부쳐야겠다는 생각이 난 데는 물론 단서가 없지 않았다.

잡지가 흔하지 않을 그때였지만 천행으로 나는 잡지를 대할 수 있는 惠澤을 입고 있었다. 우리집의 뒷집은 天道敎 信者인 白老人 어른의 집이었다. 二〇戶 내외의 조그마한 촌락이기야 했지만, 우리 마을에서 문자를 해득하는 사람은 불과 이삼 인밖에 없었는데, 백노인은 그 이삼인 중의 한 분이었다. 신자는 천도교에서 발행하는 기관지 「新人間」 외에 그곳에서 같이 발간하던 잡지 「開闢」까지도 의무적으로 받아 봐야 했다.

이 잡지에는 천도교의 人乃天思想을 선전하는 외에 새로 흘러들어온 사회주의의 소개가 잦았는데 文藝에는 朴英熙, 黃錫禹, 玄鎭健, 廉

想涉 같은 이들의 이름이 빈번히 나 있었고 玄哲은 셰익스피어의 햄릿을 譯載하고 있었다. 천도교는 더 설명할 것도 없이 갑오년에 봉기한 동학당의 후신이고 또 바로 기미독립선언에 선봉으로 참가했던 단체였으니 만큼 신자들에 대한 일본 관헌의 지목이 대단해 끊일 사이 없이 순사들이 와서 가택수색을 하곤 했는데, 무엇보다도 내게 흥미를 주는 것은 이 집에 있는 잡지여서 드디어는 내 손으로 잡지를 만들어 보자는 데까지 이르게 된 것이다.

## ◉ 私製雜誌

小包郵便物 내용의 확충을 위해 잡지 만들기 사업을 창안해 냈지만 그 일의 부담이 너무도 벅차서 「우편국 놀이」는 일시 중단 상태에 빠지지 않을 수 없었다. 우선 그때엔 白鷺紙라고 불리우던 更紙를 四六판 十六切로 끊어서 단정히 책을 매었다. 그리고 잡지의 체재를 갖추는 견본으로서는 「新人間」이나 「開闢」을 썼다. 다른 잡지는 어떤 게 또 있는지 알지도 못했지만 알았다 하더라도 내게는 그런걸 구할 힘이 없었던 때였다.

어쨌든 「개벽」은 나의 유일한 무언의 스승이었고, 나를 문학의 동산에 발을 들여놓아 준 은혜로운 길잡이기도 했다.

한 권 읽고 나면 돌려드린 뒤 다른 號를 바꾸어 오고는 했는데 白老人께선 내가 잡지 읽는 것을 즐기는 걸 가상하게나 생각을 해주셨지 조금도 언짢아 해하는 일이 없었다. 솔직하게 고백해서 나는 그때 그 잡지를 완전히 解讀할 힘이 없었다. 실은 주인인 백노인 역시 「개벽」 전편의 글에 흥미가 있었을 까닭이 없어 李敦化씨가 쓴 人乃天 부분만 읽고는 그냥 책상 위에 쌓아두고 있는 형편이었다. 葦滄 선생의 글씨였던지는 몰라도 篆書體로「開闢」이라고 쓴 표제의 서체부터가 나의 눈을 매혹했다.

쉽고 재미난 문장으로는 諧謔味가 풍부한 朴達成씨의 글이었다. 지금 사람도 아직 그의 유우머를 따르는 사람은 없다.

演劇學의 玄哲씨와 詩人 黃錫禹씨 간에 왕래되는 문학논쟁도 내게는 그럴 수 없는 흥분과 흥미를 주었다. 현철씨의 논박은 어디까지나 차근하고 이론적이었지만, 황석우씨의 논조는 서두부터가 거칠어 거리낌없는 욕설로 全文을 메우는 형편이었다. 그러나 어느 것보다도 나의 심장 깊숙이 파고 들어오는 즐거움은 문예작품들이었다. 지금은 더욱 그러한 경향이 있지만, 그때의 詩도 소년들로서는 이해하기에 힘드는 내용들이었다.

그러나 그 어려움은 어려움 그것이 한 매력이기도 했다. 모르면서도 아는 척 해보는 그 안에 남이 이해 못할 자기만족도 있었던 것이었다. 그 매력은 詩가 내포하고 있는 韻律의 魔力이었는지 몰랐다. 혹은 내가 간직하고 있는 느낌이 詩의 난해한 표현과 기본적으로 일치되어 있어서 그랬던지도 몰랐다.

그래서 나도 내 자신이 모르는 詩語를 창조해 가면서 스스로 내가 쓴 글에 詩란 이름을 붙이고는 그것이 고답적인 만족인 것으로 자처해 보기도 했다.

여하커나 名異名樣한 여러 사람들이 한데 모여 제 멋대로 지꺼리고 저마다의 재주를 부리고 하는 잡지의 생리가 기막히도록 재미가 났기에 나는 엄청난 꿈을 안고서 잡지를 만들어낸 것이다. 맨 처음으로 발간해 낸 잡지가 종합잡지「三友」였다.「삼우」란 마을 동무아이 셋이 모여 이루어진 것이란 뜻이었으나 그들은 다 아는 것도 없었고, 흥미도 갖지 못하고 있었다. 그런 걸 나만 재미를 내어 일방적으로 끌어넣은 것이다. 종합잡지이니 만큼「개벽」이나「신인간」의 체재를 본떠 논문, 논쟁, 유우머, 시, 소설, 희곡 그리고 여백과 빈 페이지에는 용의 깊게 광고를 넣고, 그때의 잡지 실태, 곧 總督府의 檢閱橫暴로 군데군데에 만신창이를 이룬 伏字까지 남겨두는 것을 잊지 않았다. 목차를 열면 무수한 집필인들이 기라성같이 나열되어 있었지만 단지 체재를 다듬기 위해서 동무들의 實名을 빌린 것뿐이지 표지의 글씨부터 發行人欄에 이르기까지 전부를 내 손으로 해야했던 것이었다. 그 중에서도 신이 나는 것은 컷을 그려 넣는 것이었다. 펜 살 돈이 없을 땐 대로 펜을 만들어 썼고, 잉크는 처음부터 사본 일이 없어서 먹물과 물감 탄 물로 썼다.

「三友」외에도「兄弟」를 비롯해 수 삼종의 잡지를 내고, 詩集, 長篇小說 등 단행본으로도 발전했기 때문에 그때는 독자가 대폭 늘어 어쩐땐 몇몇 어른들까지「애야 다음 호는 또 언제 나오나?」하고 묻고 온 일이 있었을 정도였다.

### 紫陽日報社長

발전은 발전을 부른다. 잡지 발간에다 단행본까지 겹친 대출판사장으로 커진 나는 물 끓듯 하는 독자들의 요구에 부응하기 위해서 이번엔 신문발행의 壯擧에 착수하게 되었다. 첫째의 동기는 내가 발간한 사제 잡지와 단행본들에 대한 독자들의 놀라운 반향에 용기를 얻은 것이었다.

그리고 둘째의 동기는 잡지나 단행본에서 얻은 實證과 같이 신문을 발간한다 해도 반드시 독자들이 비상한 관심으로 호응해 올 것이라는 확호한 자신인 것이었다. 나는 熱考에 숙고를 거듭한 끝에 신문의 이름은 紫陽日報라 하기로 정했다. 우리 동리 이름을 「배암골」이라, 혹은 「巳洞」이라 불렀지만 잘 불리어지지 않고는 있었지만, 一名으론 紫陽洞이라고도 부르고 있었다. 「전동어른」을 이야기했을 때 조금만 언급한 것이 있었지만, 우리 동리엔 성을 朱라, 자를 敬天이라, 그리고 택호를 전동어른이라고 부르던 그 분은 자기네들이 南宋의 대유학자 晦庵 朱熹의 후예라 해서 影幀을 걸어놓은 사당을 모셔 놓았고, 그 앞에는 마을 사람들이 서당으로 쓰기도 한 紫陽講堂이란 회관을 두고 있었다. 그런데 紫陽은 朱熹의 부친 朱松이 들어가서 공부하던 산이름이었으니, 우리 동리의 一名을 紫陽洞이라 한 것은 곧 朱子廟를 두고 있다는 연고에서 만들어진 이름이었을 것이다.

어쨌거나 「배암골신문」하면 조금 저속할 뿐 아니라, 그 당시 한글전용 아닌 漢文專用 傾向의 時流에도 어긋난 것이고 「巳洞新聞」이라고 한다 해도 어딘가 촌티를 못 벗는 것 같아서 고상한 이름의 紫陽을 택했는데 「日報」를 밑에다 붙인 것은 물론 「東亞日報」나 「朝鮮日報」의 그것을 본딴 것이었다. 「동아일보」가 一九一九년에 창간되었고, 「조선일보」와 「時代日報」가 一九二〇년에 창간되었으니, 어쨌거나 이 「자양일보」의 발간은 一九二二년경의 일이었으니 韓國新聞史的으로 보아서 그 序位가 「동아」 「조선」 「시대」의 다음이 되고 오늘의 「경향」 「한국」

「신아」 등으로 보아서는 까마득한 대선배가 되는 계산이 된다. 그런데 신문을 발행할 때는 재정 사정이 더 딱해서 갱지도 아닌 얇은 「반지」에 다가 펜으로 깨알같이 쓴 單面신문을 내어야 했다.

신문의 크기는 시험지 한 장 크기. 예에 따라 社說, 記事, 短評, 寫眞, 廣告 등은 본격신문 그대로의 체재였다. 옛날의 社說은 一면 제일 꼭대 기에다 실었는데 우리 신문의 주장은 주로 公德 문제를 다루었다. 촌민 모두가 내 집 같은 마음으로 골목을 깨끗이 쓸도록 하자는 따위. 광고 는 「아무 아저씨의 메투리」 「아무네 집의 강아지 分讓」 이런 것이었지 만, 그것은 단순한 編輯體裁를 위한 체제에 그쳤을 뿐이지 삼으로 삼은 미투리 신은 장에 나가서 파는 신이지 동리에서 사는 사람도 없었고, 누구네 강아지를 분양한다지만 본인이 광고의탁을 한 게 아니었으니, 그런 것은 다 文字上에서만 凍結이 되어버리고마는 幽靈광고들인 것이 었다. 무어니해도 제일 독자들의 흥미를 크게 끄는 것은 사회면 기사였 다. 물론 취재도 내가 했지만 이 취재활동만은 동무들도 재미가 있는 듯 열심히 협력해 보다 내용 충실한 신문을 제작해낼 수 있게 해주었 다. 아무개의 아버지는 몇 시 몇 분쯤에 돼지를 바지게에 지고 장에 팔 러가더라는 얘기. 오늘은 소먹일 아무 산골짜기에서 대대적인 콩살이를 할 계획이라는 등, 그런 중에서도 아무 아이가 어디서 돌멩이로 참새 한 마리를 잡았다더라는 類의 기사는 삽화사진을 곁들인 특종기사인데, 그 중에서도 더욱 흥미를 끈 것은 新語운동에 대한 열심이었다.

우리는 旣成言語를 배척하고, 우리가 創製한 신어만으로써 통용하자 는 목적의 特別欄을 설치했다. 일테면 「밥 먹었느냐」할 것을 「밥」은 「꽝」으로, 「먹」은 「땡」으로, 「었느냐」는 「꼬로로」로 해서 서로 만나면

「꽝 땡 꼬로로?」하는 식인데, 나중엔 내 자신도 약속했던 어휘에 혼란을 일으켜 결국엔 죽도 밥도 안되는 결과가 되고 말았다.

## ◎ 文學의 門前

마을 동무들에게 分讀 시키기 위해 때로는 어른독자들까지 의식하면서 만들어 낸 一人多名의 私製 간행물은 끝판에 가서 진짜 간행물로 뛰어 건너가는 징검다리가 되어진 행운을 맞이할 수가 있었다.

아마 이날이 올 수 있도록 한 遠因의 하나로는 思索과 體驗과 創造的 實驗이 다채로울 수 있는 시골생활의 덕이 아니었던가 생각이 되어진다. 특히 많은 靈感이 떠오르게 하고 창조의욕이 용솟음치도록 한 것은 빈약하나마 독서의 餘德과 아울러서 田園生活의 浪漫性에 힘입음이 많았을 것으로 짐작된다. 예를 들어 牧童생활이 그렇다. 잡지「山」이 달 호(1974년 9월호: 편자)에 내가 쓴 回想錄 한 토막을 여기에 옮겨본다.

『…… 날마다 십여 명이나 되는 같은 나이 또래의 목동들이 일렬로 소를 타고 나가고 돌아오고 하는 광경은 사막을 行步하는 隊商 같은 장관이기도 한 것이었다.

산에다 소를 풀어놓은 목동들은 끼리끼리 바위나 그늘에 앉아 갖가지의 놀이를 하며 놀거나 부지런한 아이가 되면 고사리, 도라지 같은 山菜를 꺾고 캐기도 하고, 그 중에서도 장난기가 많은 아이들은 골짜기를 타고 올라가며 돌을 젖혀 가재를 잡기도 하고, 너구리나 오소리를 잡겠다고 바위굴에다 청솔가지 불을 질러, 벗은 저고리로 연기를 부쳐

넣기도 한다. …… 그러나 무엇보다도 즐겁고 뜻있게 생각한 것은 소를 찾는 과정에서 산마루에 올라 있는 때였다.

山 너머의 또 山. 그 또 山너머의 또 山, 山, 山들. 나의 안목을 넓혀 주고 따라서 좁은 테두리 속의 생활에서 나를 불러 내주는 것은 그 지구의 끝에 가 닿고, 그러고도 쉬지 않고 그 끝의 끝이 셀 수 없는 空間의 大宇宙 안에 묻혀버리는 山바다의 넓음이었다. 예수의 山上寶訓과 釋迦가 王舍城의 靈鷲山에서 說法했던 故事는 너무나도 유명한 이야기지만, 그 분네들이 신성한 講壇을 山에다 구한 것은 山이 하늘과 가장 가까운 거리에 있는 점에서, 山이 人間俗界와 가장 떨어져 있는 점에서, 초연히 宇宙를 感得할 수 있고 人生을 飛躍된 次元에서 觀照할 수 있는 위치였기 때문이 아니었을까 …… .』

어디의 누구한테서 빌어 왔던지 나는 그때 소가 풀을 뜯고 있는 동안 풀밭에 반듯이 하늘을 쳐다보고 누워서 「金星」「薔薇村」「靈臺」「廢墟以後」 같은 詩雜誌를 읽고 있었다.

지금만큼의 어려운 시는 아니었지만, 그래도 내게는 어려운 것들이 많았다. 그러나 나는 이러는 동안에 인생이 뭔가에 대해서 懷疑를 갖지 않을 수 없었다. 그래서 뭐가 가장 인생을 뜻있게 할 수 있는가에 대해서도 고민을 하게 될 수밖에 없었다. 그러는 도중에서 나는 驚天動地할 만큼의 큰 충격을 받은 일이 있었다.

그 동안에도 잡지 만드는 것을 쉬지 않아 「三友」「兄弟」「我等」 등의 뒤를 이어 「新少年」이란 이름의 잡지를 몇 권이나 號를 거듭해 내고 있던 다음인데, 우연한 기회에 신문을 봤더니만 서울서 내는 同名의 「新少年」이란 잡지광고가 나 있는 것이었다. 偶合된 이름이라 하더라도 신기하고 흥분되는 일이 아닐 수 없는 것이었다. 그래서 천신만고 돈을 구해 주문을 해 받아봤더니 菊版으로 된 多色度 표지의 아름다운 소년잡지였다. 金錫振이 표지와 삽화를 그리고 鄭烈模의 동요가 실리고, 그 외에 소설, 동화, 웃음거리들이 만재해 있는데, 主幹 申明均선생을 위시해 李浩盛, 李炳華, 孟柱天 이런 분들의 이름이 나열되어 있었다. 卷末에 讀者投稿欄이 있기에 나도 즉시 그 규정에 따라 대담하게도 四四調의 동요 한편을 가명으로 보냈더니 그 작품이 選評과 함께 다음 달 잡지에 버젓이 나 있는 것이었다.

활자라는 괴물로 變形된 나의 생후 최초로 등장한 작품! 이제는 「배암골」 私製잡지 신문의 主筆兼 편집국장만이 아닌 당당한 文士가 된 셈이었다.


## ◉ 촌뜨기 上京記

비록 독자투고란에 작품이 실리는 하찮은 정도였다 하더라도 면적 약 七○여방리, 十七面 大郡인 陜川에서는 내가 맨 첫 번째일 거라고 자부했을 소년 나에게 있어서는, 그 안에 열두 대문이 첩첩으로 가로막아 있을 망정 文學의 문턱에는 발을 들여놓은 셈이 된다. 그래서 계속해 투고를 하는 일방, 문예작품뿐 아니라 표지 그림까지 있는 재주를 다해 그려 보냈는데, 孫一峰, 李種雨, 高義東 같은 대가가 맡아 있던 형편에 의당 그랬어야 할 일이었겠지만, 그것만은 채택해주지 않았다. 그러나 뒷날에 이런 인연이 맺어져 있던 「新少年」의 편집을 내가 맡아볼 수 있었던 것은 참으로 소설 같은 寄緣이 아닐 수 없는 일이었다. 일개 두메산골인 「배암골」의 草野에 묻혀 手工業的인 私製잡지 「新少年」을 만들고 있었던 僭稱 無名編輯者가 일약 대도시 서울에서 발행하는 大企業의 진짜 「新少年」의 편집자로 등단을 했으니 말인 것이었다.

이에 앞서 詩作品도 「朝鮮日報」같은 대신문에 투고했더니 面마다 친절히 게재해 주고는 했다. 뒤에 그의 말을 듣고서 비로소 안 일이지만, 연전에 「釜日」의 주필로 있다가 작고한 나의 고향친구 孫楓山도 그 무렵에 같이 투고를 하고 있었던 것이었다. 그런데 내가 영광의 「新少年」 편집을 맡아보게 된 경위의 이면에는 또 하나 걸쳐진 다리가 있었다. 그것은 一九二九년 「조선일보」 신춘문예공모에 나의 단편 「가난과 사랑」이 입선된 일이었다.

그때의 소설선자는 朴英熙와 崔獨鵑 두 분이었는데 才氣는 뛰어날 만큼 발랄하나 작품은 재기만으로 되는 것이 아니라는 適評이 나 있었던 것으로 기억이 된다.

그때는 일본 히로시마에서 교포교육을 위한 사립 「槿英學院」에서 아이들을 가르치고 있었을 적이었다. 나는 신춘문예에 응모하기 전에도 의종인 安義範형이 다니던 廣島高師의 우리나라 학생 그룹이 내는 잡지에 소설을 한 편 얻어 실은 적이 있었으나, 그것은 어느 쪽이냐 하면 「다다」 같은 다분히 난해한 내용의 소설이었다. 어찌 했거나 내 역량을 스스로 회의하고 있었던 그 무렵에 신문에 뽑혔다는 것은 나의 行路가 정해졌을 만큼 획기적인 의의가 있었던 것임과 함께 분발할 수 있는 용기를 주었다. 그런 정도 수준의 것으로도 문학의 근처에 간 것이 되었다면 앞으로 얼마든지 힘쓸 수 있다는 자신이 생겨나는 것이었다.

드디어 나는 행장을 챙겨들고 玄海灘을 건너 서울로 갔다. 학원의 일이 마음에 걸리기는 했지만 그것은 나 아니라도 남이 대신해서 할 수 있는 일이던 것이었다.

그때에 衝天의 大望을 품고서 서울에 뛰어올라 온 사람은 나말고도 당시에 권위 있었던 잡지 「朝鮮之光」에 소설 「흘러간 마을」이 당선된 嚴興燮과 「朝鮮日報」 신춘문예 詩部에 당선된 孫楓山 등이 속속 서울로 올라왔다.

그러나 올라오는 것은 제 자유였지만 자리를 잡고 정착한다는 것은 그리 용이한 일이 아니었다. 나는 前記한 의종형의 동서가 되는 申瑩澈 형의 신세를 졌다.

신형은 현재 평론을 쓰고 있는 申東漢군의 先考丈이었는데 남의 일 같지 않게 나의 일에 대해 걱정을 해주었다. 형은 그때 開闢社에서 編輯일을 보고 있었는데 그곳에 몸을 붙여놓고 있고 또 그곳을 자주 출입하고 있던 方定煥, 李定鎬, 李泰俊, 崔景化, 朴英熙, 廉尙燮 등 여러 유명 문사들을 열심히 소개시켜 주었다. 모두가 紙上을 통해서 잘 알고 있었던 사람들이라 마치 地上의 사람이 아닌 사람을 대한 것 같이 자리를 같이하고 있는 것만으로도 무상의 영광을 느꼈지만 그들은 나 같은 無名의 촌뜨기에게 一分인들 관심을 보낼 까닭이 없었다. 그러나 나는 나대로 「鴻鵠之志」(?)가 있었던지 그들 몇 사람과 氷水가게에 앉아 벌겋게 딸기물을 뿌린 빙수를 먹으면서 「얼음이라면 나도 이렇게 먹을 줄을 알지 않느냐. 너희들도 별로 다른 게 없는 사람들이네」 하는 생각을 했다.

## ◉ 맨발의 編輯長

申瑩撤형의 알뜰한 주선과 내가 오래 전부터 투고를 해 나왔다는 연고가 주효해서 나는 新少年社에 入社해 잡지편집을 맡게 되었다. 私製잡지이던 「新少年」에서 본격잡지인 「新少年」의 편집을 맡게 되었다는 것은 감개무량한 일이 아닐 수 없었다. 그러나 그렇게 벽돌집이 많은 서울의 한복판에 위치를 하고 있었는데도 新少年社는 허물어질 듯한 古家 한간에 자리를 잡고 있는 인쇄소를 겸한 빈약한 잡지사이던 것이었다. 건물 같은 것은 어떤 것이었거나 개의할 것이 없이 나는 열심히 내 「배암골」 私製時代 때 익혀 온 갖가지의 편집기술을 실험하는 데에 있는 힘을 다 썼다.

혼자서 여러 다른 이름으로 작품을 메워 넣어야 하기도 했고 표지에서부터 컷 삽화까지 혼자 도맡아서 하는 一人多役을 했다. 그러나 이 가운데서 제일 나를 놀라게 했던 것은 이미 四년전에 투고만 해 놓고 일본에 가서 있느라고 까맣게 잊고 있었던 내 동화 「뱀새끼의 舞蹈」가 진작 一九二五년도(1928년임: 편자) 「新少年」에 나 있었던 사실을 처음으로 발견해 낸 일이었다. 발표를 한 것도 旣成 대우를 해 당당히 유명작가의 列에 끼워 놓은 것이었다. 만일에 이 작품을 발견 못했더라면 그만큼 내 作品年譜는 줄어졌을 것이었다. 내 자신의 필요보다도 잡지의 필요에 쫓겨서 동요, 동화, 동극, 소년소설 등을 분주히 썼는데 한편으로는 아동문학 아닌 시, 소설 등을 쓰느라고도 적은 시간을 쪼개어 써야 했다. 편집담당이라고는 했지만 월급한푼 없이 밥은 社主인 李重乾 선생 댁에 가서 먹고 오고, 잠은 잡지의 편집실이자 製本室인 삼척

냉돌에서 잤다.

오동지 섣달이라도 양말 한 켤레 살 돈이 없어서 맨발로 자전거를 타고 밥을 먹으러 花洞 꼭대기에까지 올라가면, 어떤 땐 발이 얼어서 자전거의 페달이 잘 안 밟혀질 때가 있었다. 그때는 「批判」「女性之友」「朝鮮文學」 등의 잡지가 있어서 소설을 발표할 수가 있었지만 잘하면 저녁 한 때나 사주는 정도일까. 春園 琴童같은 대가급은 예외였겠지만 도대체 고료라고는 없던 시대였다.

그래도 그것이 불만이지는 않았다. 그 중에서도 新少年社와 같이 쓰고 있는 건물 안에는 朝鮮教育協會, 朝鮮語學會가 있어서 바늘방석에 올라 있는 듯한 日帝下였다 하더라도 뭔가 든든한 생각이 나서 나 한사람의 고생쯤은 고통이라는 것이 느껴지지 않았다.

조선교육협회는 교육과는 관계없이 著名 志士들이 모이는 곳이었는데, 날마다 번갈아 오듯해 자리를 지키고 있는 俞鎭泰선생을 필두로 해 安在鴻, 吳世昌, 宋鎭雨, 俞昌煥, 李秉岐, 徐廷禧, 李時煥, 徐椿, 裵成龍, 金度演, 李仁 같은 분들이 드나들고 있었고, 조선어학회에는 崔鉉培, 李允宰, 鄭寅承, 韓澄, 李克魯, 金炳濟, 李熙昇, 丁泰鎭, 金允經, 張志暎 같은 학자들이 열심히 일들을 보고 있었다. 그때 新少年의 母體가 되는 中央印書館에서는 나중에 잡지 「我等」「우리들」 등도 발간했지만, 그 당시의 社會的 潮流에 따라 내용은 짙은 사회주의의 색채를 띠고 있었는데, 名實이 상부할 만큼 農民의 문학적 계몽을 위한 「노동독본」을 출판하는 한편, 한글학자인 朱汕 申明均 선생 주재하에 펴낸 각종의 한글학 서적과 고전문학의 정리 보급을 위한 申明均, 金台俊 校閱의 「朝鮮文學全集」을 계속 발간해 국문학에 이바지한 바도 컸다.

이 전집의 편집은 소설 쓰던 洪淳烈이 맡고 있었는데, 한 社에 있어 같이 문학의 길을 걷고 있었던 것이 인연이 되어서 一九三六년에 둘이 가 창간해 낸 것이 순문예잡지 「風林」이었다. 「풍림」은 六集을 내고 폐간했는데, 오늘 아침(1974년 9월 25일: 편자) 신문에 李陸史의 遺稿가 多量으로 발굴됐다면서 「風林」 이야기도 나와 있던데, 그것은 「풍림」 창간호에 발표한 詩 「별을 노래하자」를 말한 걸 것이다. 「한개의 별을 노래하자/ 十二星座 그 숫한 별을 얹지나 노래하겠늬」로 시작한 총 八연 二五행으로 된 비교적 긴 시다. 그는 또 「풍림」에 「嫉妬의 叛軍城」 이라는 흥미만점한 隨筆도 쓴 것이 있다.

## ◉ 「風林」시대

陸史와는 「風林」에서 말고도 一九三九년 尹崑崗이 주간해 낸 「詩學」社 등에서 종종 만나 酒談으로 즐기곤 했는데 그의 동생 李源朝는 생김새부터도 깔끔해서 어딘가 도시인 같은 찬 데가 있었지만 陸史는 텁텁한 촌선비같이 누구하고라도 친할 수 있는 서민성을 지니고 있었다. 가든한 모시두루마기에 부채를 단정히 들고 다닐 때가 많았다. 동생 원조뿐 아니라 崑崗하고도 좋은 대조를 이루고 있는 시인이었다. 곤강은 한치의 용서가 없이 바른 말을 않고는 못 배기는 성격인데 반해서 육사는 노상 웃으며 딱 잘라 말을 끝내버리는 사람이 아니었다.

그가 대륙을 무대로 항일운동에 쉬는 때가 없었고, 그렇게 여러 번 獄苦를 치렀으면서 거기에 대해선 일언반구도 이야기에 올리지 않았던 것만 보아서도 그의 노상 웃으면서 지냈던 자세가 이해되는 것이다. 그

때에 나는 그 「詩學」에 詩 「榴卵集」「死都의 노래」 등을 발표하고 있었고, 동시에 표지와 컷을 그리고 있었다.

그러나 뭐라 해도 「風林」을 오래 계속할 수 없었던 것은 마음 아픈 일이었었다. 물론 내가 다른 잡지에 쓴 작품의 고료도 제대로 안 들어왔듯이 「풍림」에서도 고료라는 것은 처음부터 엄두를 낼 수 없던 형편이었다. 그랬더라도 그때는 그것이 엄연한 文壇의 일반적 實情이었기 때문에 많은 작가들이 암말 없이 성원을 해주었다.

그때의 思潮에 따라 傾向的인 작가들이 많이 참여해 지금은 이곳에 없는 사람들이 많지만, 오늘 현재에 활약하고 있는 작가들만 해도 작고한 사람들을 합쳐서 蔡萬植, 金東里, 洪曉民, 桂鎔默, 鄭飛石, 金光均, 李鳳九, 辛夕汀, 尹崑崗, 李無影, 朴榮濬, 韓黑鷗, 成慶麟, 金海剛, 金裕貞, 白鐵, 張赫宙, 李孝石, 韓仁澤, 俞鎭午 씨 등이 글들을 썼었다. 오늘날도 문예잡지가 몇몇을 제하면 제대로 안 되는데 그때는 創刊號가 곧 廢刊號되기가 일쑤이던 세상이었으니 六집까지 내었던 것도 장한 일이라 할만했던 것이었다. 나 역시 군데군데에 부지런히 쓴다고 썼고 「批判」이나 「中央時報」나 「四海公論」 같은 데에 連載도 하고 했지만, 밥이 먹힌다 하는 것하고는 거리가 멀었는데 실상 용돈이라도 만들어 쓰게 된 것은 어줍잖은 그림이었다. 출판사 단행본 표지 裝幀을 하는 것과 신문 같은 데 만화를 그리는 것이었다. 그림을 잘 그려서가 아니라 그때쯤만 해도 出版美術에 손대는 사람이 적었기 때문에 나 같은 사람도 등장해 있었다는 것이 솔직한 이야기가 되는 것이리라. 잡지표지나 단행본 장정이라면 조선일보사에 적을 두고 있었던 鄭玄雄이 얼마쯤 그렸지만, 文壇만화는 큼지막한 表現語를 빌어 써서 나의 독보였다. 내 이전에도 없었지만 내가 그만 둔 후에도 아무도 손댄 사람이 없었다.

그러나 내용에 따라 그림에 오른 작가 중에 대단히 만족해하는 사람도 있었지만 반면에 비꼬임이나 공격을 받은 작가는 나를 원수같이 미워하는 사람도 있었다. 어느 땐가는 李泰俊을 만화에서 꼬집어 놓은 것이 있었는데 얼마나 불쾌히 생각했던지『李 아무라는 사람은 평생동안「文章」에 글은 다 썼다』하며 그 당시 자기가 내고 있었던「文章」誌로 유세부리던 이야기도 돌고 있었다. 좌충우돌 마구 박치기를 해대는 식의 評筆을 들고 있었던 金文輯도 그랬다. 소설 쓰던 嚴興燮이 나를 보고『김문집이 이주홍이란 자가 어떻게 생긴 사나이인가 한번 만나봐야 하겠단 말을 하고 있었으니 너 조심해라』하기로 예사로만 귀 흘려듣고 말았더니, 아닌게 아니라 내가「新世紀」의 편집을 맡고 있을 때인데 學藝社에 있던 林和도 내게다 그런 말을 했다. 그는 나를 노상 李博士란 농으로 불렀는데 그 날도 그랬다.『이박사가 요즘엔 대담해졌어. 그렇지만 김문집이한테 이겨낼 수 있을까?』하며 웃었다. 學藝社는 新世紀社의 옆에 있었고 巴人 金東煥이 主幹하고 崔貞熙女史가 편집을 맡았던 三千里社는 學藝社의 옆에 있었던 때다.


◉「新世紀」전후

1931년부터 滿洲를 强點해 중국과의 장기전을 끌어오다가 一九四一년 미국의 眞珠灣을 기습함으로써 태평양 전쟁을 일으킨 일본은 그때부터 한국사람에게 더 바짝 조아대기 시작했다. 이른바 皇民化운동에 광분한 總督府 산하의 관헌들은 일본식으로 創氏改名을 하게 하고, 일본말을 국어로서 상용하게 하고, 젊은이들을 전장터에 지원병으로 쓸어 가고, 일본정치에 적극적으로 협력하지 않는 신문 잡지는 폐간을 시키기 시작하고, 잡지는 그들의 강요에 순종한다 하더라도 한쪽에 日文을 섞어 쓰거나 戰線記事를 꼭꼭 실어야하고, 잡지고 단행본이고 가림이 없이 卷頭에는 꼭꼭 皇國臣民誓詞를 신도록 했다. 그런 시대였지만, 내가 있던 다음다음 방에서 「三千里」잡지를 내고 있던 「國境의 밤」의 詩人 巴人 金東煥은 「三千里」란 題目 그것부터도 그렇듯이 하다 못해 景勝寫眞이나 風俗圖 한 토막으로라도 잡지에 한국의 민족적 향토색을 잊지 않고 있었다.

뭐라뭐라 남의 말을 하기는 쉬운 게지만, 그런 시절에 있어서 그런 일은 그리 과소평가만 해서도 안 되는 일이던 것이었다. 거기에 출입하는 사람들도 그런 사람들이 많았다. 하루는 나 있는 잡지사 문 앞을 金東仁씨가 꺼덕꺼덕 지나갔다.

가뜩이나 헌칠하게 큰 키에 그 날은 키가 더 커 보였다. 심심하니까 지나다가 들르는가보다만 생각하고 있었는데 그날따라 큰 소리로 『일본이 전쟁에서 쫄딱 녹는 모양야!』 외치면서 들어가더니 얼마 안 있어서 두 사복 형사에게 끌려 도로 나왔다. 巴人만 있는 줄 알고 그랬던 것이 실은 먼저 잡지사 감시를 하러왔던 형사에게 다 들려 꼼짝없이 현장에서 잡히고 만 것이었다. 그래서 金東仁씨는 그야말로 용맹없게 징역을 살았다.

나중에 황민화운동의 전위가 되어 역사적으로 두고 두고 지탄을 받고 있지만, 春園은 성격 그대로 늘 찬찬했었다. 내가 편집하고 있던 「新世紀」에 장편 「運命의 惡戱」를 연재하고 있었기 때문에 몇 차례나 그 당시 編輯局長으로 있었던「東亞日報」를 찾은 때가 있었는데, 그만큼 바쁜 중이었는데도 친절히 틈을 할애해 이야기에 응해주고는 했다. 눈동자가 서양사람같이 노오란데다 온 전신에 재주가 풍기고 있는 듯이 느껴진 첫인상이었다.「新世紀」바로 옆방인「學藝社」에선 기획을 맡은 林和와 出版社의 處女 女社長으로선 우리나라에서 효시이던 崔玉姬씨가 있었는데 그는 전라도 대부호의 따님으로서 견식도 높고, 술도 잘하고 했다. 그 시절 얼굴이 유난히 고왔던 崔貞熙여사는 술자리에 자주 참석하면서도 그렇게 많이 하는 술은 아니었으나, 崔玉姬씨는 보통이 넘는 大酒였다. 學藝社에서 우리나라 최초의 文庫本「朝鮮文庫」를 내었는데 종목은「春香傳」「靑丘永言」「高麗歌詞」「朝鮮民謠選」등 古典을 비롯해서「金笠詩集」「現代朝鮮詩人選集」등 모두가 국문학 서적이었다.

崔씨의 오빠되는 崔南周씨는 朝鮮映畵會社를 설립해놓고 있었는데 창립시초 모집한 현상 시나리오에 내가 變名으로 당선이 된 그런 연고도 생기게 된 기업가였다. 그때 소설「地脈」으로 호평을 받고 있었던 崔貞熙씨는 紫霞門 밖에서 살았는데 나도 얼마 뒤엔 그쪽에 가 살았지만 특히 공기가 좋은 곳이어서 都心地 가까운 데로서는 그저 그만이던 곳이었다. 그리고 또 하나 특색을 지녔던 것은 玄鎭健, 文一平, 春園, 洪露雀, 嚴興燮, 宋影 등 많은 문인들이 살고 있었었다.

그새가 벌써 삼십년 전의 일이니 그간에 작고한 사람들도 많다.「新東亞」의 편집을 맡고 있으면서 내게다 글을 자주 실어주던 李無影은 六・二五 때 이 곳에 와 海軍領官으로 있을 때도 자주 만났었는데 지금은 고인이 되어 있고, 당시엔「朝光」社에 있었지만 이 땅에 하이네 같은 사랑의 詩를 처음으로 심어 젊은 독자들을 열광시켰던 春城 盧子泳을 비롯해 桂鎔默, 韓仁澤, 金大鳳, 具本雄, 朴啓周, 金來成, 咸大勳, 蔡萬植, 尹崑崗 등 이런 사람들도 술이 아니면 차라도 마시며 심심찮았는데 모두 없어진 사람이니 참으로 허망하다.


◉ 懸賞秘話

사람은 일생을 사는 동안 수차의 厄年을 만난다고 하는데, 그게 허황한 말은 아닌 것 같았다.

무슨 일로 수가 틀려 잡지사를 그만 둔지 한동안은 신문에 연재하는 만화, 裝幀, 컷, 劇團포스타, 雜文 등으로 籍없이 호구를 해나갔는데 그게 여간한 고생이 아니었다. 그래서 내가 장정해준 것이라 해서 기증받는 책들까지도 받기가 급하게 古本으로 팔았으니 가히 짐작이 되는 일일 것이었다.

한번 불행한 일이 닥쳤다면 신상에 여러 가지의 불행이 한꺼번에 들이닥치는데는 감당할 길이 없었을 정도였다. 失戀, 失職, 여동생 末順과의 死別 등 연거푼 불행은 소낙비처럼 잇달아 잇달아 퍼부어 댔다.

너무나 인생에 허무를 느꼈던 일도 있어서 한번은 漢江에 자살을 하러 나간 적도 있었지만, 심지가 강하지 못하다 보면 그것도 용의할 수가 없었다. 다리 난간에서 물을 내려다보니까 나 같은 젊은네들이 흥겨웁게 뱃놀이를 하고 즐기는데, 아무래도 내 죽음이 거기에 끼어 드는 건 調和가 이루어지지 않을 것 같아서 나대신 쓰고 있던 麥藁帽子를 떨어뜨려 내려 천천히 圓을 그리며 내려가는 모습을 내려다 보기만 하고 있었다. 지금까지 살아남은 일은 내 자신을 위해서나 옆 사람들을 위해서나 덕되는 일이 있었는가 없었는가를 생각해보는 때가 있다. 역시 일정한 곳에 취직해야겠다는 생각에서 往年의 羅雲奎와 한때의 俳優이자 監督을 겸한 尹逢春씨가 일보고 있었던 漢陽映畵社에 입사했다. 시나리오를 쓰는 일이었다.

내가 洪某와 같이 내고 있던 잡지 「映畵演劇」에 시나리오 「田園回想曲」을 쓴 일이 있었기 때문에 그래서 일을 같이 해 볼 생각에서였던 것 같았다.

그러나 이 영화사는 사업이 부진해서 일은 해주었는데도 월급이 나오지 않았다. 여관에는 밀린 밥값 때문에 들어갈 수가 없어서 친구들 집을 轉轉하며 동냥잠을 잤고, 점심은 식빵 한 조각으로 겨우 허기만 면하는 정도였다. 그러면서도 그동안에 東學黨을 주제로 한 歷史物 한 편과 사제간의 연애갈등을 다룬 현대물 「薔薇의 風俗」 한 편을 썼다. 그런데도 그것이 映畵化되기는 요원한 일이고 영화사도 완전 파산이 됐기 때문에 거기도 그만두어야 했다. 무엇보다도 고통스러운 것은 하숙을 하고 있었던 여관엘 들어갈 수 없는 일이었다. 물론 짐은 그 여관에 그대로 둬 둔 채였다.

이때의 心的 고통이 얼마만이나 했으면 지금도 일년에 두 서너 번쯤은 돈이 없는 탓으로 해서 발이 묶여 고향으로 내려가지 못하는 괴로운 꿈을 꾼다. 더구나 어머님의 회갑날이 머지 않았기 때문에 괴로움은 더욱 배나 됐다. 그래서 생각해 낸 것이 上記한 두 작품을 돈으로 살려보자는 심산이었다. 마침 그때 「每日申報」에서 戲曲을 모집했기에 시나리오 「東學黨」을 희곡으로 개작해 「黎明」이란 제명으로 고치고, 부끄럽다 생각을 하면서도 李大淵이란 변명으로 응모를 했더니 그게 다행히 당선이 되어서 그때 돈으로서는 두둑한 상금을 주어 한숨을 놓게 했다. 그러다가 다음엔 그 임시 막 창립이 된 朝鮮映畵會社에서 시나리오를 모집하기에 또 魚可泳이란 변명으로 「薔薇의 風俗」을 우편통에 넣었다. 그러나 넣기는 넣었지만, 부끄러운 생각은 금할 수 없었다. 그래도 명색이 이름을 내놓고 작품을 써온 사람이 새삼 신인들에 끼어 투고를 했으니 말인 것이었다. 戱曲 때는 고선자가 柳致眞과 宋影이었는데 이 시나리오에는 朝鮮日報社를 그만 두고 나와 朝映에 專任이 되어 있던 夕影 安碩柱가 맡아보고 있었다. 安碩柱는 六·二五동란 때 부산에 피난 내려와 있다가 작고한 분이지만 그림, 소설, 영화, 연극 못하는 것이 없던 만능 才人이었고, 서로가 많이 닮은 점에서 나와는 각별히 가까이 알고 지내던 터였다. 그런 사이에 부끄럽긴 하면서도 당선의 귀추가 궁금해 발표 전 어느 날 불러내어 술을 사며 시침을 따고 유도 탐색을 해봤더니 『아, 내가 「薔薇의 風俗」이라는 걸 「靑春」으로 제명을 바꿔놓기는 했지만 아주 훌륭한 작품이 들어와 있어!』하고 절찬을 했는데, 과연 그게 당선이 되어서 그때 돈 三百圓이었던가 한 大金으로 어머님의 회갑연 준비에도 一助가 될 수 있게 해주었던 것이었다.


◉ 戰爭과 술

미국 영국 등의 연합국을 상대해 벅찬 전쟁을 시작해놓은 일본은 전세가 나날이 불리해 갈수록 들볶아대느니 후방의 국민이었다. 그런 중에서도 이중 삼중으로 설움을 주어 나온 한국인에 대한 채찍질은 더욱

심해졌다.

일본식으로 성명을 갈게 하고, 우리의 고유한 말과 글을 말살하고, 일본사람의 바지저고리가 되도록 한 것은 이미 앞에서 말한 바이지만, 한국인의 생명과 재산이 바닥이 나도록 장정들은 전장으로 쓸어가고, 처녀들은 挺身隊로 끌어가고, 문인은 文人報國會에 묶어놓고, 지도층의 지성인은 大和塾에 몰아넣어 날마다 皇民化의 洗腦와 강제훈련을 시키고, 농산물은 모조리 供出이란 이름으로 수탈한 대신 콩깨묵을 主食이라 배급해주는 형편에, 실은 사람뿐 아니라 돼지는 껍데기를 벗겨서 군화를 만들고, 개는 잡아서 털가죽을 군복에 쓰고, 나무는 나무대로, 또 송진은 긁어서 비행기 연료에 쓰고, 큰 나무는 넘겨 뜨려서 배를 만들고, 쇠붙이라는 쇠붙이는 놋식기 하나, 돌쪽 한 개를 남겨 놓지 않고 다 헌납을 해야하는 형편에, 저명하고 민중에 명망이 높은 사람은 모조리 몰아내어 學兵 권고의 강연 같은 것을 시켰다. 이중에서 더러는 歷史의 내일을 예견 못해 아주 皇民이 되어버린 사람도 있었지만, 대개는 죽지 못해 개 끌리듯 끌려다니며 부끄러운 생명을 유지해야했다. 엄청나게 前業이 많았던 六堂이나 春園도 일시에 범한 허물 때문에 역사적으로 두고두고 문책을 면하지 못했지만, 남의 일이라 말을 하기 좋아서 그렇지, 그럼 그들이 그런 허물을 범하고 있었을 때 너는 뭘 하고 있었더냐 물으면 대답하기 곤란한 사람이 그리 적진 않을 것이다. 한번 육신으로 대들어 봤다가 딸깍 죽어버린다면 모르지만, 많고 적은 정도였다 뿐이지 傍觀이라거나 中立이라는 것은 절대 없었던 민족 전체에 가해진 대수난이었다.

우선 식량도 식량이지만 술이 귀해서도 살 수가 없던 시대였다. 그때라도 특권층에서는 술을 굶는 일이 없었겠지만 우리 서민 호주가들에게는 그야말로 지옥에서 新生의 것을 하나 더 보탠 술지옥이었다. 여기서도 내가 이번 달치「新東亞」(1974년 10월호: 편자)에 쓴 칼럼 한 귀절에 이런 것이 있다.『정종 한 도꾸리 혹은 맥주 한 병을 얻어 먹으려면 저녁 다섯 시를 땅 치기가 무섭게 술집 앞에 열을 지어 서서 차례를 기다리는데, 주는 거라사 고작 한 사람에게 주는 제한량이 한 도꾸리 아니면 두 도꾸리였으니, 그것만으로 주량을 채우지 못했던 주객들은 **빨리빨리** 마시고서 마라톤으로 뛰어 다시 다른 술집 앞에가 列에 서는 사생결단이었다.』그런데 이런 중에서 나는 두 번 飽飮할 수 있는 天幸을 얻은 적이 있었다. 郭南壽형이 海印寺와 陜川邑에서 和信連鎖店을 경영할 때 내가 한동안 그 일을 맡아 본 일이 있었다. 和信에서 일보던 靑馬 柳致環형과 서로 알게 된 것도 이런 인연에서였다.

이 郭형이 木炭業을 하고 있을 때 大邱에서 만났는데, 일본사람에게 목탄과 바꿔온 맥주를 궤짝 채로 떼어다놓고 둘이서 어떻게나 많이 마셨던지 여관에서 자며 이불을 다 버려주고선 새벽열차를 타고 서울로 도망을 해왔다. 또 한번은 금융조합연합회에서 기관지 편집을 맡아보고 있었던 수필가 朴元植씨에게 끌려서 그의 출장에 얹혀 咸北 惠山鎭엘 간 적이 있었는데, 거기서는 술이 만포장으로 있었다. 鴨綠江의 상류인 좁은 강 하나만 건너면 滿州땅이라 이쪽의 물건을 바꿔가려고 高粱酒를 얼마든지 가지고 온다는 이야기였다. 마침 그곳의 금융조합 理事인 日人도 소주를 되로 마시는 大酒豪였다. 며칠 전 김일성 독립군이 이곳 普天堡를 습격해 왔을 때 자기의 아는 누구는 아궁이 안에 들어가 간신히 목숨을 부지했다는 이야기를 하면서 여기도 언제 나타날지 불안 중에 있다는 말을 하고 있었다. 白頭山이 동북으로 쳐다 뵈는 곳, 강을 건너가 만주 땅 長白아가씨가 따뤄 주는 술맛도 보고 돌아왔다.


## ◎ 獄門 열린 날

鄭鑑錄이란건 정말 맞는 것인가. 그리고 앞으로 전개될 사실을 心靈的으로 미리 예감할 수도 있는 것인가. 지나놓고 보니까 신통한 일이 없지도 않았는데, 一九四五년 봄 어느 날, 懷月 朴英熙씨가 와서 이런 말을 했다. 그때는 내가 배재중학에 있었을 땐데 懷月은 배재가 모교였기 때문에 가끔 지나는 길에 들르는 일이 있었다.

『歷史란 十年이 쌓이면 반드시 하나의 고비가 생기는 법인데 금년엔 무슨 일이 있어도 꼭 있게 돼요.』 국민복을 입고 전투모를 쓰고서 날마다 전쟁협력 권고강연을 하고 돌아다니던 懷月로선 그런 말을 할 수가 없는 건데, 무슨 생각에서였던지 하여간 묻지도 않는 그런 말을 했다. 「野談」잡지를 내고 있었던 소설가 金松형하고는 오래 전부터 친한 새라 역시 그 해의 양력 설날 초대를 하기에 가봤더니 많은 음식을 차려 놓은 자리에 野談家인 庾秋崗씨가 동석해 있어서 같이 술을 마시며 세상잡담을 하며 조금씩은 울분을 푸는데, 秋崗씨는 정감록을 들먹이면서 『금년은 乙酉年이라 닭이 나무에 오르는 해니 반드시 우리 조선이 독립이 될 것이오』 했다.

너무도 겁나는 말이어서 그의 얼굴을 다시 한번 쳐다봤을 정도였다. 그 해 봄에 나는 고향인 陜川에서 올라온 두 명의 형사에게 붙들려 내려갔다. 진작부터 要視察人으로 감시를 받아왔고, 바로 얼마 전에만 해

도 수차나 내 하숙에서 가택수색을 받아온 뒤라 위태위태한 생각이 들
고는 있었던 다음이었다. 고향친구들과 만나면 자연 日本戰力의 劣勢,
일본이 항복하는 경우의 한국인의 장래 같은 것이 화제가 됐는데, 어떻
게 정탐을 철저하게 해 왔던지 샅샅이 정보를 가지고 있으면서 조직의
유무를 추문하는 것이었다. 그때 합천에서 구금돼 있던 친구 일당은 여
섯 명. 그때 감방 안에서 지은 漢詩 한 두어 수를 여기에 옮겨놓아 본
다. 「監內身勢與獸同 朝夕三時最是樂 各向分坐人語盡 布穀一聲倍思家」
(갇혀 있는 신세 짐승과 뭐가 달라, 삼시 세 때 밥밖에 더 좋은 게 없는
걸. 저마다 입 다물고 말이 없는데, 애끊는 뻐꾹 소리에 집 생각들만).
되풀이해 설명은 필요 없으리라. 또 한 首. 「不期窓頭忍相見 難泣難笑
半開口 未及引袖人影絶 唯有檐前弄線蛛」(생각밖에 창 너머로 어머님을
뵈오니, 울 수도 웃을 수도 없어 입만 반쯤 열려라, 덥썩 소매를 잡을까
하니 간 곳 없는데, 처마 끝선 거미 한 마리 줄 재주를 하고서 논다.) 창
살을 잡고 망연히 밖을 내다보고서 있다가 문득 私食을 가지고 오신 어
머님을 먼 빛으로 보았던 것이었다.

　八月 九日이었던지 자세히는 기억을 못하나 하여간 우리는 居昌檢
事局으로 송치되어 그곳의 未決監에 들어갔다. 진작 起訴도 않고 무한
정 넣어놓고 삶아 죽이려던 것이었다. 그때 두 손 묶여 트럭에 실려 고
향을 떠나면서 지은 시는 이랬다. 「束手登車臺 今夜與誰寢 別離山川去
曲曲淚沾衣」(두 손 묶이어 차에 올랐습네, 이래 가면 오늘밤엔 뉘랑 잘
런고, 아아, 이제는 고향도 까마아득, 모퉁이 돌 적마다 눈물만 앞서라).
刑場에 끌려가면서 읊은 成三問의 「回頭日欲斜」의 詩句를 방불케 한
辭世詩이던 것이었다.

아닌게 아니라 未決監房은 살려준다고 해도 더 살아 견디질 못할 것 같았다.

官食이라고 주는 밥은 너무도 허무하고 분량조차 적은데다 구더기가 온 방안을 기어다니고 기온조차 찌는 듯이 더워 도저히 살아나갈 자신을 가질 수가 없었다. 나는 마지막으로 어머님을 생각하고 아버님을 생각했다.

나는 그래도 그 날까지 살아오는 동안에 먹고 싶은 것도 더러는 먹어봤고 해보고 싶었던 일도 재주 자라는 데까지는 해보아 후회가 없지만, 그토록 가난에 고생하시던 부모님을 받들어 드리지도 못하고 가는 게 恨이 되어서였다. 그러던 다음에 역사의 天運을 만나 살아나가는 날이 왔다. 서울보다는 하루가 늦은 八월 十六일이었다. 나오자 곧 우리가 고향으로 타고 내려갈 트럭에 걸려고 내 손으로 태극기를 그릴 땐 정말 감개무량한 것이 있었던 것이었다.

# 이주홍 연보

1906년 5월 20일 경남 합천읍에서 약간 떨어진 영창 마을에서 아버지 이정식
(李正植, 호적에는 東信, 자는 成五)과 어머니 강정화(姜汀華) 사이에 2
남 3녀 중 장남으로 태어남. 합천(陜川) 이씨 첨사공파(詹事公派) 33세
손으로, 본관은 경주이다. 족보에는 환주(煥周)로, 호적에는 桂洪으로
올려져 있으나 일반적으로 周洪으로 적음. 호는 向破인데 필명으로는
李香波, 香波, 李向破, 向破, 旅人草, 芳華山, 望月庵 등을 사용함.

1918년 향리에서 합천 보통학교를 졸업.

1919년 서당에서 한문 수학 중 3·1 만세를 만남.

1920년 상경하여 고학을 함.

1924년 경성 한성 중학원 졸업. 일본에 건너가 토목, 제탄, 식료, 철물, 제과,
문구 공장 등을 전전하며 노동하며 고학함.

1928년 동경 정칙영어학교 졸업. 일본 히로시마에서 교포자녀들의 교육을 위
해 양인환씨 등과 근영학원을 설립하고 교편을 잡음. 교무주임 엮임.
시 「고향의 동무들이여」(중외일보), 「살구꽃」(중외일보) 발표. 『신소년
(新小年)』에 동화 「배암색기의 무도」 발표.

1929년 단편소설 「가난과 사랑」이 『조선일보』 신춘문예에 선외가작으로 입선.
단편소설 「결혼전날」이 『여성지우』에 당선. 『신소년』을 편집함. 동시
「빨간부채」(동아일보), 「녀름밤」(동아일보), 소년소설 「눈물의 치맛감」
(신소년)을 발표.

1930년 양창준과『음악과 시』창간에 인쇄인으로 참여. 단편소설 「치질과 이
혼」(여성지우), 「그 놈을 그대로 두었나」(여성지우), 소년소설 「아버지
와 어머니」(신소년), 「북행열차」(신소년), 「청어뼉다귀」(신소년), 「돼지
코구멍」(신소년), 시 「구력 설날」(동아일보), 「새벽」(음악과 시), 동시
「질날애비」(신소년), 「봄날」(신소년), 「풀각시」(신소년), 「서울 가는 나
비」(신소년), 「잉크병」(신소년), 「호박꽃」(신소년), 「수박」(신소년), 「폭
풍우」(신소년), 「편사홈노리」(음악과 시), 동화 「개고리와 둑겁이」(신소
년), 「잉어와 윤첨지」(신소년), 「우체통」(신소년), 아동극 「뱀사람·말
사람」(신소년), 「톡기눈알」(신소년), 「젊은 통장사」(신소년), 「도화시간」
(신소년) 발표. 아동극 「팟밭」(신소년)과 소년소설 「물싸홈」(신소년)은
검열로 삭제됨.

1931년 김병호, 양창준, 이석봉, 박세영, 손재봉, 신말찬, 엄흥섭 등과『불별 -
푸로레타리아 동요집』발간. 아동문학평론 「아동문학의 일년간 - 금후
운동의 구체적 방안」(조선일보) 발표. 동시 「벌꿀」(불별), 「모긔」(불별),
「장아치 아저씨」(불별), 「방귀」(불별), 「박쥐·고양이」(불별), 「가나다
노래」(별나라), 「천자푸리」(별나라) 발표.

1932년 동시 「벌소제」(신소년), 「벽」(신소년), 「염불긔도」(신소년) 발표.

1933년 소년소설 「회치」(신소년), 시 「너의들의 얼골」(우리들), 동시 「개똥」(별
나라), 「호작질」(별나라), 「연」(신소년), 「풀꾹」(신소년), 「기관차」(별나
라), 동화 「천당」(신소년), 「고동이」(조선일보) 발표. 동시 「새벽」(신소
년)은 검열로 삭제됨.

1934년 첫아이 호(祐)를 잃고 충격. 단편소설 「남의」(우리들), 시 「적막한 아츰」
(우리들), 동시 「자리짜기」(신소년), 「엄마」(별나라), 동화 「호랑이 이약
이」(신소년), 「군밤」(신소년), 아동극 「개떡」(신소년) 발표. 아동극 「낙

동강 봄빛」(신소년)은 검열로 삭제됨.

1935년 동화 「곰방대」(별나라) 발표.

1936년 홍구와 순문예지 『풍림』을 6집까지 발간. 장편소설 『야화』(사해공론) 연재(7회로 미완됨. 후에 뒷부분을 덧붙여 단행본으로 발간하려 했으나 뜻을 이루지 못하고, 해방 후 출판도중 인쇄소에서 원고를 분실함). 단편소설 「산가」(비판), 「여운」(조선문학), 「하이네의 안해」(풍림), 동시 「꿩」(동아일보), 동화 「귤」(동아일보) 발표.

1937년 장편소설 『화원』을 『중외시보』에 연재(미완). 단편소설 「완구상」(조선문학), 「하숙 매담」(비판), 「제수」(풍림), 「제과공장」(조선문학), 동화 「알 낳는 할머니」(동아일보) 발표.

1938년 중편소설 「동연」(비판), 단편소설 「화방도」(광업조선) 발표.

1939년 잡지 『영화·연극』 편집. 단편소설 「한 사람의 관객」(조선문학), 「비각 있는 외딴집」(광업조선), 시 「유란집」(시학), 「사도의 노래」(시학), 「발의 연보」(시학), 동화 「멸치」(동아일보), 「아들 삼형제」(동아일보), 「못난 도야지」(동아일보) 발표.

1940년 잡지 『신세기』에 편집장으로 취임. 8월 16일에 17살이던 셋째 누이동생 말순이 장티부스로 죽어 심한 허탈감에 빠짐. 『신세기』를 그만두고 한양영화사에 입사했으나 회사가 부실한 탓에 영화제작 불능으로 퇴사. 이 시기에 실직, 무전, 실연, 유전, 자살유혹 등 내외적인 고통과 시련을 겪으며 가장 힘든 삶의 나날을 보냄. 시나리오 「전원회상곡」(영화연극) 발표.

1943년 희곡 「여명」을 가명으로 『매일신보』 현상모집에 응모하여 당선됨. 시나리오 「장미의 풍속」이 조선영화주식회사 공모에 당선. 단편소설 「내 산아」(야담), 콩트 「지옥안내」(동양지광, 일문) 발표.

1944년 시나리오 「춘향」이 조선영화주식회사 공모에 당선. 단편소설 「청일」
(야담), 시 「전원에서」(동양지광, 일문) 발표.

1945년 태평양전쟁 절정, 봄에 경찰에 피검, 고향에 있는 친구 다섯 사람과 일
당이 되어 거창검사국에 수감되어 있다가 8·15 해방을 만나 8월 16일
에 출감. 〈조선프롤레타리아 문학동맹〉의 중앙집행위원과 아동문학부
위원, 〈조선프롤레타리아 미술동맹〉의 위원장과 중앙협의원과 조직부
원, 〈조선프롤레타리아 예술동맹〉의 미술부문의 상임위원과 중앙위
원, 〈조선문학가동맹〉의 '아동문학위원회'위원, 서기국의 출판부원 엮
임. 배재중학교 교사로 있으면서 연극운동에 열중함. 「어린 병사의 노
래」(별나라), 「독립의 아침」(예술운동) 작사, 시 「감방음」, 「청년」(인
민), 「역사」(우리문학), 「벽」(우리문학) 발표. 희곡 「진리의 뜰」, 「대차」
를 배재중학교에서 상연함.(「대차」는 1947년 문예신문 발표). 『초등국
사』(명문당) 발간.

1946년 〈조선문학가동맹〉 서울시 지부의 집행위원 역임. 『신소년』을 이어 받
은 아동잡지 『새동무』의 편집을 맡음. 중편소설 「가족」을 『여성공론』
에 발표(3회 연재 중 중단되었으나 1948년 『대중일보』에 다시 연재하
여 54회로 완결.) 단편소설 「명암」(인민, 『조춘』에 「미명」으로 개제),
「거문고」(문학) 발표. 희곡 「집」을 배재중학교에서 상연함(「좀」으로 개
제하여 1947년에 백민에 발표함). 권환, 박세영 등 〈조선문학가동맹〉
시인 13명이 펴낸 해방기념시집 『햇불』(우리문학사)에 시 「청년」, 「벽」
을 수록.

1947년 부산으로 내려와 사회주의 문학단체와 손을 끊고, 동래중학교 교사로
있으면서 해방 후 아직도 걷잡지 못하고 있는 민심을 수습하는 데는
연극 이상 효과적인 길이 없다 생각하고 학생극 운동에 몰두함. 첫동

화집 『못난 도야지』(아동사) 발간. 동화 「쫓겨난 개」(민주신보), 희곡 「좀」(백민), 「열풍」(민주신문), 아동극 「토끼의 가정」(아동문학) 발표. 희곡 「청춘기」를 동래중학교에서 공연함(1954년 청문극회에서 「청춘 계도」로 개제하여 공연). 〈조선문학가동맹〉에서 펴낸 『1946년판 조선 시집』(어문각)에 시 「벽」을 수록.

1948년 단편소설 「김노인」(대중신보), 동화 「찌—와 쩩」(문예신문) 발표. 희곡 「호반의 집」을 동래중학교에서 상연.

1949년 국립부산수산대학 전임강사로 부임. 번역극 「봄없는 마을」을 동래중 학교에서 상연. 희곡 「낙랑공주」, 「낙성의 달」, 「가실」을 동래가정고 녀에서, 「아버지는 사람이 저래」(함세덕의 「감자와 족제비」 개편작)를 동래중학교에서 상연. 「탈선춘향전」(대중신보)를 동래중학교에서 상연 한 이후, 계속 상연.

1950년 시 「군신충무공」(해군) 발표. 희곡 「나비의 풍속」을 동래고녀에서 상연 (한일신문에 1952년 연재).

1951년 시 「비오는 대교」(시화전), 동화 「세 친구의 자리다툼」(경남신보), 희곡 「춘향전」, 「신부추방」 상연, 희곡 「구원의 곡」(부산일보) 연재(「구원 의 곡」은 1954년 청문극회 창립 공연작임). 전작 장편소설 『탈선춘향 전』(남광문화사) 발간.

1952년 중편소설 「희문」(국제신보) 연재, 단편소설 「안개낀 아침」(수산), 「도소 주」(부산일보), 「종차와 여왕」(경남공보), 「낙선미인」(주간국제), 장편 소년소설 「아름다운 고향」(소년세계), 「피리부는 소년」(파랑새) 연재, 소년소설 「강희하고는」(소년세계), 시 「우수」(도덕), 동화 「비오는 들 창」(소년세계), 희곡 「나비의 풍속」 상연. 희곡 「보재기」(한일신문) 발 표. 아동극 「승전고」(파랑새) 발표. 희곡 「성웅 이순신」이 민주신보 오백만환 현상공모에 당선되고 동시에 연재.『국문학발생서설』(유인물) 발간.

1953년 단편소설「철조망」(수도평론),「늙은 체조교사」(문화세계),「권태」(태양 신문, '걸작단편릴레이'란 표제하에 4회 연재된 작품이나 4회분만 확인.), 콩트「초야」(국제신보,『태양』에 실린「배필」은 동일 작품으로 제목을 바꾸어 발표.),「방파제」(수산타임스), 시「청추」(민주신보), 민속소담「쌍호장야화」(민주신보) 발표.

1954년 단편소설「심설」(사해공론),「동복」(주간국제),「소녀상」(자유평론,「소녀가 있는 풍경」으로 1956년 경남공론에 다시 발표), 시「바다에 부침」(경남공론), 논문「관서별곡연구」,「병인양난록」, 인형극「똘이의 재판」(경남공론) 발표. 희곡「꾀꼬리 오는 집」 상연. 소년장편소설『이순신 장군』(남향문화사),『아름다운 고향』(남향문화사) 발간.

1955년 단편소설「악야」(민주신보,「수야」는 제목을 달리한 동일 작품) 발표. 소년장편소설『피리부는 소년』(세기문화사), 동화집『비오는 들창』(현대사), 편저『학생과 생활』(세기문화사) 발간. 자료「관서별곡」(국어국문학) 발표.

1956년 콩트「닭국집」(한글문예) 발표. 단편집『조춘』(세기문화사), 번역동화『후라이 대감의 모험』(정음사) 발간. 희곡「달빛은 이슬처럼 내리고」를 부산여상에서 상연함.

1957년 제1회 부산시문화상 수상. 희곡「뒷골목」(문필) 발표하고 교육대학에서 상연. 수필집『예술과 인생』(세기문화사) 발간.

1958년 최계락, 손동인 등과 부산아동문학회 결성. 단편소설「연」(신조문학) 발표. 번역소설『수호지』(부산일보) 연재. 번역소설집『요전수』(세기문화사) 발간. 희곡「임이 부르신다면」을 부산여상에서 상연.

1959년 동화 「메아리」(부산일보), 「외로운 짬보」(부산일보) 발표. 동화집 『외로운 짬보』(세기문화사) 발간.

1960년 콩트 「회유기」(신생활) 발표. 시나리오 「피리부는 소년」(현대문학) 연재. 번역소설집 『수호지』(을유문화사, 전5권) 발간.

1961년 동화 「꾸중듣는 선생님」(새벗) 발표, 소년소설 「어사 박문수」(새벗) 연재. 수필집 『조개껍질과의 대화』(성문각), 동화집 『톡톡할아버지』(세기문화사) 발간.

1962년 제1회 경남도문화상 수상. 제1회 부산대학학술공적상 수상. 번역소설 「부나비」(국제신보) 연재. 아동문학작품집 『이주홍 아동문학독본』(을유문화사), 번역집 『수호지』(계몽사), 『이조문학개관』(유인물), 현대판 『춘향전』(을유문화사), 민속자료집 『한국풍류소담』(성문각) 발간.

1963년 동화 「주막집」(학생) 발표, 전래동화 「구수한 옛날이야기」(새벗) 연재. 장편동화 『도둑섬과 김장군』(국제신보), 『이상한 고조할머니』(부산일보) 연재. 자료 「향토찬가이곡」(백경) 발표. 작법 『글짓기 선생』(창조사) 발간.

1964년 장편소년소설 『섬에서 온 아이』(소년부산), 동화 「정만서의 무전여행기」(새벗) 연재. 희곡 「연이야 울지마」 입체극장에서 상연. 소년소설 「주막집」을 『한국아동문학선집』에 수록.

1965년 동인지 『윤좌』 창간. 동인으로는 김석환, 김정한, 김종출, 김하득, 박지홍, 유치환, 이상근, 이영도, 이용기, 이주호, 최준호, 최해군, 허창 등이었다. 둘째 딸아이 응가를 잃음. 나서 채 한 해도 못 채워서였다. 단편소설 「바다의 시」(현대문학), 콩트 「분화구」(윤좌) 발표. 번역동화집 『중국동화집』(삼화출판사) 발간. 희곡 「시궁창에도 꽃은 핀다」가 교육대학에서 공연되고 『부산일보 단막희곡집』에 수록됨.

1966년 문예지『문학시대』를 창간 주간으로 취임하여 7집까지 발간. 이 문예
　　　지의 간행은 당시 부산지역에서는 획기적인 일로서, 편집방침이 부산
　　　과 서울의 필진을 반반씩 하였다. 단편소설「장터」(문학춘추),「승자의
　　　미소」(문학),「지저깨비들」(현대문학),「햇빛과 나뭇잎과」(한글문학) 발
　　　표. 아동극「못나도 울엄마」상연. 소년장편소설『어사 박문수』(새벗),
　　　수필집『뒷골목의 낙서』(을유문화사), 번역소설집『서유기』(어문각, 전
　　　3권) 발간.

1967년 단편소설「유기품」(현대문학),「해변」(현대문학) 발표.

1968년 눌원문화상 수상. 단편소설「불시착」(창작과비평),「땅」(현대문학),「수
　　　염난 동화」(현대문학), 동화「쫓겨난 살찐이」(가톨릭소년),「꽃이 된 소
　　　녀」(어깨동무),「살찐이의 일기」(아동문학) 발표. 아동문학작품집『섬
　　　에서 온 아이』(태화출판사), 소년장편소설집『정만서 무전여행기』(배
　　　영사) 발간. 번역소설집『홍루몽』(을유문화사, 전5권) 발간.

1969년 단편소설「동래 금강원」(신동아),「편리한 사람들」(월간문학),「낙엽기」
　　　(현대문학), 시「태양의 길목에 서서」(백경), 동화「청개구리」(새벗),
　　　「서울 손님 오던 날」(햇불),「바다에 갔던 살찐이」(새벗) 발표. 장편역
　　　사소설『영웅』(부산일보) 연재. 번역집『서유기』(계몽사) 발간.

1970년 단편소설「산장의 시인」(신동아),「상장」(창작과 비평),「습지」(여성동
　　　아), 평론「해학 속의 한국」(국제신보),「해학 속의 한국문학」(월간문
　　　학) 발표. 희곡「민족의 태양」,「방자 부활하셨네」가 예총합동공연에
　　　서 상연됨.

1971년 콩트「봄」(여성동아 별책부록 꽁트 88인선) 발표. 단편집『해변』(을유
　　　문화사), 번역소설집『서유기』(계몽사), 번역소설집『중국해학소설전
　　　집』(동서문화사, 전10권) 발간.

1972년 조교수, 부교수, 교수로 있기까지 24년간 근속해온 부산수산대학을 정
　　년퇴직한 뒤 같은 대학 명예교수 엮임. 단편소설 「송하문답기」(한국일
　　보), 「풍마」(월간문학), 「음구」(신동아), 평론 「해양문학의 개발」(백경)
　　발표. 소설집 『희문·탈선춘향전』(삼성출판사) 발간.

1973년 단편소설 「돌아오지 않는 다리」(문학사상), 「신화」(현대문학) 발표. 단
　　편집 『풍마』(을유문화사), 역주 『채근담』(을유문화사) 발간.

1974년 단편소설 「서울나들이」(여성동아, 소설집 『아버지』에는 「춘수상경기」
　　로 제목이 바뀌어 실림.), 「돌」(한국문학), 「차로」(현대문학), 「좌석」(월
　　간문학) 발표. 회고록 「청춘은 아름다워라」(국제신보), 칼럼 「이주홍칼
　　럼」(신동아) 연재. 동화집 『살찐이의 일기』, 최인욱과 공저 『소년소녀
　　한국사 이야기』(계몽사, 전11권), 번역소설집 『소년수호지』(계몽사, 전
　　3권), 번역집 『삼국유사』(계몽사), 『중국의 민담』(동서문화사, 전12권)
　　발간.

1975년 단편소설 「낙서 최후의 날」(현대문학), 「우리집 경사」(소설문예), 「선도
　　원 일지」(신동아), 「부유」(한국문학), 「쪼다전」(월간중앙), 「수병」(문제
　　작가 33인 신작집, 어문각), 수상 「송춘」(월간중앙), 「다시 산들 어쩌리」
　　(독서신문), 「문학산책」(한국일보) 발표. 번역소설집 『삼국지』(정음사),
　　『손오공』(을유문화사), 『중국민담선』(정음사), 『불교설화선』(을유문화
　　사), 『동양의 충효미담』(을유문화사), 『소년삼국사기』(계몽사), 『중국풍
　　류골계담』(정음사) 발간.

1976년 중편소설 「어머니」(창작과 비평), 단편소설 「선사촌」(한국문학), 「노인
　　도」(현대문학), 동화 「아침새우」(소년동아) 발표. 수필집 『격랑을 타고』
　　(삼성출판사) 발간.

1977년 단편소설 「달순이」(신동아), 동화 「제비꽃과 굴바위」(현대문학), 「아기

원숭이」(가정의 벗), 「천신과의 약속」(월간문학), 「검은 둑」(소년) 발표. 소설집 『신화』(범우사), 『지저깨비들』(동서문화사), 동화집 『못나도 울 엄마』(창작과 비평사) 발간.

1978년 동인지 『갈숲』 창간. 시인 박노석, 조순, 소설가 송원희, 박순녀, 이주홍, 수필가 빈남수, 서인숙, 서예가 오제봉, 아동문학가 임신행 등 9명이 동인. 단편소설 「성난계절」(한국문학), 「불고기 파티」(신동아), 동화 「조금만 더 가지 바위」(오늘의 문학), 「연못가의 움막」(현대문학), 「복실이」(소년) 발표. 동화집 『청개구리』(상아출판사), 『해같이 달같이만』(새로출판사) 발간.

1979년 대한민국예술원상 수상. 중편소설 「경대승」(『민족문학대계』, 동화출판공사), 단편소설 「춘뢰」(월간중앙), 「영아켄씨의 초상·VI」(현대문학), 동화 「미운 입」(아동문예) 발표. 소년장편 『소년 홍길동』(새농민 어린이판), 역사소설 「백화난비」(새어민), 민속설화 「파도따라 섬따라」(현대해양) 연재. 소설집 『어머니』(동서문화사), 동화집 『정만서의 무전여행』(송원문화사), 평론집 『한국인의 웃음』(성문각), 『소년한국사』(을유문화사) 발간.

1980년 향파 선생의 제자인 성기정(아동문학가), 강남주(시인, 부경대학교 총장), 김영(언론인, 부산문화방송 사장) 등이 주축이 되어 이주홍 아동문학상 운영위원회를 결성하고, 초대 위원장에 성기정 씨가 맡았다. 단편소설 「달밤」(현대문학), 「마중」(월간조선), 시 「참말」(갈숲), 「밤」(갈숲), 「사랑」(갈숲), 평론 「근린국의 문학적 이해」(백경), 동화 「아다의 과실밭」(한국문학) 발표. 소년장편 「바다의 사자」(어린이문예), 「김유신장군」(새농민 어린이판) 연재. 동화집 『가자미와 복장이』(삼성당), 수필집 『파도따라 섬따라』(현대해양출판부) 발간, 『한국소화집』을 일문으로 동경 육홍에서 발간.

1981년 제1회 이주홍 아동문학상 시상(수상자 박홍근). 중편소설 「아버지」(문예중앙), 콩트 「회산이라는 친구」(소설문학), 시 「외로움」(갈숲), 동화 「오수릿골의 맹돌이」(소년), 「구리방석」(동아일보), 「노랑이」(부산일보), 「훈장찬 쥐」(소년조선일보), 「은행잎 하나」(엄마랑 아기랑) 발표. 동화집 『바다의 사자』(갑인출판사), 수필집 『진달래를 주제로 한 명상』(학문사), 『고전이야기』(금성출판사) 발간.

1982년 제2회 이주홍 아동문학상 시상(수상자 김영일). 시 「멀고도 가까운 친구」(갈숲), 「태양이 없는 나라의 애국가」(갈숲), 동화 「병아리의 나들이」(소년), 「목마아저씨」(아동문예), 「돌소」(어린이문예), 「사랑하는 악마」(현대문학), 「이사가는 쪽군부부」(새벗), 「돌장승」(소년) 발표. 「이야기 팔도강산」(새소년), 「주락태평기」(현대해양) 연재. 단편집 『아버지』(홍성사), 동화집 『새끼사슴』(동화출판사), 『피리부는 소년』(삼성당), 『오수릿골의 맹돌이』(계몽사) 발간.

1983년 제1회 한국불교 아동문학상 수상. 제3회 이주홍 아동문학상 시상(수상자 김요섭·손동인). 단편소설 「초가」(현대문학), 콩트 「떠돌이」(부산문예), 「가선대부의 손」(부산일보), 동화 「철우요술통」(여성중앙), 「감나무집에 경사났네」(어린이문예), 「가야산 다람쥐」(소년), 「북치는 곰」(새한신문), 「진달래공원의 5월」(부산일보), 「감」(부산문예) 발표. 동시집 『현이네집』(보리밭사), 동화집 『소년 홍길동』(인간사), 『어사 박문수』(새벗사), 『철우요술통』(꽃동산), 『사랑하는 악마』(창작과비평사) 발간.

1984년 대한민국문화훈장 받음. 제4회 이주홍 아동문학상 시상(수상자 신지식·임신행). 단편소설 「미로의 끝」(현대문학), 시 「풍경」(아동문예),

「빗방울」(어린이문예), 「숲은」(아동문예), 「병실에서」(갈숲), 「그리움 소곡」(갈숲) 발표. 중편소설집『깃발이 가는 곳을 향하여』(태화출판사), 시집『풍경』(보리밭사), 동화집『북치는 곰』(견지사), 『삼국유사 이야기』(견지사), 역사소설집『백화난비』(청한문화사), 중국고전번역집『금병매』(어문각, 전5권 중 2권) 발간.

1985년 대한민국 문학상 본상 수상. 제5회 이주홍 아동문학상 시상(수상자 박경종). 단편소설 「감」(부산문예), 동시 「당산나무」(새벗), 「산새들」(어린이문예), 「어린이날 큰 잔치」(부산일보), 「손가락」(소년), 「산」(아동문예), 「새보기」(부산문예), 「작은 손을 흔들며」(어린이문예), 「내 자랑」(새벗) 발표. 수필집『바람의 길목에 서서』(문음사), 『주락태평기』(현대해양), 아동문학번역집『어린이 삼국유사』(견지사), 중국고전번역집『금병매』(3·4·5권 완간) 발간.

1986년 제6회 이주홍 아동문학상 시상(수상자 조유로). 동화 「빛없는 동화」(아동문예) 발표. 아동문학작품집『천신과의 약속』(거암출판사) 발간.

1987년 1월 3일 부산 온천동 자택에서 영면. 3·1 문학상 수상. 제7회 이주홍 아동문학상 시상(수상자 김영자·김천혜). 아동문학작품집『아기곰 형제』(종로서적), 수필집『술 이야기』(자유문학사) 발간.

1988년 제8회 이주홍 아동문학상 시상(수상자 배익천·신동한). 번역소설집『열국지』(어문각, 전5권) 발간.

1989년 제9회 이주홍 아동문학상 시상(수상자 유경환). 유고집『저 너머에 또 그대가』(수대학보사) 간행.

1990년 제10회 이주홍 아동문학상 시상(수상자 공재동).

1991년 제11회 이주홍 아동문학상 시상(수상자 권오순). 전래동화『조금만 더 가지 바위』(윤성) 발간.

1992년 제12회 이주홍 아동문학상 시상(수상자 선용).

1993년 제13회 이주홍 아동문학상 시상(수상자 최인학).

1994년 제14회 이주홍 아동문학상 시상(수상자 문삼석). 소년장편소설『피리 부는 소년』(산하) 발간.

1995년 제15회 이주홍 아동문학상 시상(수상자 주성호).

1996년 제16회 이주홍 아동문학상 시상(수상자 송재찬). 소년장편소설『바다의 사자 안용복』(우리교육), 동화집『톡톡할아버지』(우리교육), 『청어 뼈다귀』(우리교육) 발간.

1997년 제17회 이주홍 아동문학상 시상(수상자 노원호 · 박일).

1998년 제18회 이주홍 아동문학상 시상(수상자 신현득).

1999년 제19회 이주홍 아동문학상 시상(수상자 이동렬).

2000년 제20회 이주홍 아동문학상 시상(수상자 이준연). 동화집『가자미와 복장이』(여명미디어),『북치는 곰과 이주홍의 동화나라』(웅진닷컴) 발간. 이주홍 아동문학상 운영위원회(이사장 강남주)에서 그간의 이주홍 아동문학상 수상작, 연구논문, 평론들을 모아『이주홍 문학 연구 — 작가 작품론』제1권(대산),『이주홍 문학 연구 — 학위논문모음』제2권(대산),『이주홍 아동문학상 수상작가 작품집』(대산) 등 3권 발간.

2001년 제21회 이주홍 아동문학상 시상(수상자 김종상). 동화집『메아리』(길벗사),『멸치』(지경사), 전래동화『이야기 팔도강산』(청연) 발간. 이주홍 아동문학상 운영위원회에서『이주홍의 문학과 인생』(세한) 발간.

2002년 아동문학상 운영위원회는 사단법인 이주홍 문학재단으로 이름을 바꾸고 새로 출발하였고, 이주홍 아동문학상은 이주홍문학상으로 확대하여 본상, 아동문학상, 평론상 등 3개 부문으로 시상. 매년 5월에 〈이주홍 문학제〉를 개최. 이주홍 문학관 개관(10. 3.). 이주홍 문학관은 이주

홍 문학재단이 향파가 1971년부터 1897년 작고할 때까지 살았던 부산
광역시 동래구 온천1동 177-18번지의 집을 부산광역시의 지원금으로
구입하여 새롭게 개축한 부산지역 최초의 문학기념관이다. 향파의 소
장도서 육천여권 외에 친필서화, 도자기, 전각작품, 친필원고, 일기 등
이 보관되어 있다. 제22회 이주홍 문학상 시상(수상자 송원희 · 최영
희 · 송명희). 전래동화『이주홍 할아버지가 들려주는 팔도 옛이야기
1 · 2권』(웅진닷컴) 발간. 이주홍 문학재단에서『2002 이주홍 문학제
기념작품집』(아침)을 발간.

2003년 제23회 이주홍 문학상 시상(수상자 임명수 · 김재원 · 류종렬). 이주홍
문학재단에서『이주홍 문학저널』창간호 발간(발행인 강남주, 편집인
김영).

# 이주홍의 일제강점기 작품목록

*

| 장르 | 작품명 | 발표지 | 발표일 | 비고 |
|------|--------|--------|--------|------|
| 시 | 고향의 동무들이여 | 중외일보 | 1928. 3. 30. | |
| 시 | 살구꽃 | 중외일보 | 1928. 4. 8. | |
| 동화 | 배암색기의 舞蹈 | 신소년 | 1928. 5. | |
| 단편소설 | 가난과 사랑 | 조선일보 | 1929. 1. 1. | 신춘문예 선외가작 |
| 동시 | 쌜간부채 | 동아일보 | 1929. 7. 7. | |
| 동시 | 녀름밤 | 동아일보 | 1929. 7. 8. | |
| 단편소설 | 結婚前날 | 여성지우 | 1929. 12. | 당선작 |
| 소년소설 | 눈물의 치마ㅅ감 | 신소년 | 1929. 12. | |
| 아동극 | 뱀사람·말사람 | 신소년 | 1930. 1. | |
| 소년소설 | 아버지와 어머니 | 신소년 | 1930. 1.-2. | |
| 시 | 舊曆 설날 | 동아일보 | 1930. 2. 4. | |
| 아동극 | 톡기눈알 | 신소년 | 1930. 2. | |
| 동시 | 질날애비 | 신소년 | 1930. 2. | |
| 동시 | 봄날 | 신소년 | 1930. 3. | |
| 동시 | 풀각시 | 신소년 | 1930. 3. | |
| 아동극 | 팥밧 | 신소년 | 1930. 3. | 검열로 삭제 |
| 소년소설 | 北行列車 | 신소년 | 1930. 3. | |
| 단편소설 | 痔疾과 離婚 | 여성지우 | 1930. 4. | |

---

\* 장르 명칭에서 동요·동시는 전부 동시로, 소녀소설과 아동문학 중 소설로 표기되
어 있는 것은 소년소설로 통일하였다.

| 장르 | 작품명 | 발표지 | 발표일 | 비고 |
|---|---|---|---|---|
| 소년소설 | 청어쎅다귀 | 신소년 | 1930. 4. | |
| 동시 | 서울 가는 나븨 | 신소년 | 1930. 4. | |
| 동시 | 잉크ㅅ병 | 신소년 | 1930. 4. | |
| 아동극 | 젊은 통장사 | 신소년 | 1930. 4. | 희극 |
| 동화 | 개고리와 둑겁이 | 신소년 | 1930. 5. | |
| 동화 | 잉어와 윤첨지 | 신소년 | 1930. 6. | |
| 동시 | 호박꼿 | 신소년 | 1930. 7. | |
| 동시 | 수박 | 신소년 | 1930. 7. | |
| 동화 | 우체통 | 신소년 | 1930. 7. | |
| 소년소설 | 물싸홈 | 신소년 | 1930. 7. | 검열로 삭제 |
| 동시 | 폭풍우 | 신소년 | 1930. 8. | |
| 소년소설 | 돼지코쑤멍 | 신소년 | 1930. 8. | |
| 아동극 | 圖畵時間 | 신소년 | 1930. 8. | |
| 동시 | 편싸홈노리 | 음악과 시 | 1930. 8. | 『불별』재록 |
| 시 | 새벽 | 음악과 시 | 1930. 8. | |
| 단편소설 | 그 놈을 그대로 두엇나 | 여성지우 | 1930. 10. | |
| 동시 | 벌꿀 | 불별 | 1931. 3. | |
| 동시 | 모긔 | 불별 | 1931. 3. | |
| 동시 | 장아치 아저씨 | 불별 | 1931. 3. | |
| 동시 | 방귀 | 불별 | 1931. 3. | |
| 동시 | 박쥐·고양이 | 불별 | 1931. 3. | |
| 동시 | 가나다 노래 | 별나라 | 1931. 5. | |
| 동시 | 千字푸리 | 별나라 | 1931. 9. | |
| 동시 | 벌소제 | 신소년 | 1932. 11. | |
| 동시 | 벽 | 신소년 | 1932. 11. | |
| 동시 | 염불긔도 | 신소년 | 1932. 12. | |
| 동시 | 새벽 | 신소년 | 1933. 2. | 검열로 삭제 |
| 동시 | 개쏭 | 별나라 | 1933. 2. | |
| 동시 | 호작질 | 별나라 | 1933. 5. | |

| 장르 | 작품명 | 발표지 | 발표일 | 비고 |
|------|--------|--------|--------|------|
| 동시 | 연 | 신소년 | 1933. 5. | |
| 동화 | 天堂 | 신소년 | 1933. 5. | |
| 동시 | 풀쌕 | 신소년 | 1933. 7. | |
| 소년소설 | 회치 | 신소년 | 1933. 7. | |
| 시 | 너의들의 얼골 | 우리들 | 1933. 7. | |
| 동화 | 고동이 | 조선일보 | 1933. 9. 16. | |
| 동시 | 機關車 | 별나라 | 1933. 12. | |
| 동화 | 호랑이 이야이 | 신소년 | 1934. 2. | |
| 동화 | 군밤 | 신소년 | 1934. 2. | |
| 시 | 寂寞한 아츰 | 우리들 | 1934. 2. | |
| 단편소설 | 南醫 | 우리들 | 1934. 3. | |
| 동시 | 자리싸기 | 신소년 | 1934. 3. | |
| 아동극 | 개떡 | 신소년 | 1934. 3. | 야학 가극 |
| 아동극 | 낙동강 봄빗 | 신소년 | 1934. 4. | 검열로 삭제 |
| 동시 | 엄마 | 별나라 | 1934. 12. | |
| 동화 | 곰방대 | 별나라 | 1935. 1·2. | 1·2월 합호 |
| 동화 | 귤 | 동아일보 | 1936. 3. 1. | |
| 동시 | 꿩 | 동아일보 | 1936. 3. 1. | |
| 단편소설 | 山家 | 비판 | 1936. 9. | |
| 단편소설 | 餘韻 | 조선문학 | 1936. 9. | |
| 장편소설 | 夜花 | 사해공론 | 1936. 10.-1937. 5. | 미완 |
| 단편소설 | 하이네의 안해 | 풍림 | 1936. 12. | |
| 장편소설 | 花園 | 중외시보 | 1937. | 미완 |
| 단편소설 | 玩具商 | 조선문학 | 1937. 1. | |
| 단편소설 | 下宿 매담 | 비판 | 1937. 2. | |
| 단편소설 | 弟嫂 | 풍림 | 1937. 3. | |
| 단편소설 | 製菓工場 | 조선문학 | 1937. 8. | |
| 동화 | 알 낳는 할머니 | 동아일보 | 1937. 8. 28.-31. | |
| 중편소설 | 冬燕 | 비판 | 1938. 8.-1939. 2. | |

| 장르 | 작품명 | 발표지 | 발표일 | 비고 |
|---|---|---|---|---|
| 단편소설 | 花房圖 | 광업조선 | 1938. 10. | |
| 단편소설 | 한 사람의 觀客 | 조선문학 | 1939. 4. | 「조춘」으로 개제 |
| 시 | 榴卵集 | 시학 | 1939. 5. | |
| 동화 | 멸치 | 동아일보 | 1939. 5. 9.-12. | |
| 동화 | 아들 삼형제 | 동아일보 | 1939. 5. 14. | |
| 단편소설 | 碑閣있는 외딴집 | 광업조선 | 1939. 7. | |
| 동화 | 못난 도야지 | 동아일보 | 1939. 7. 14.-16. | |
| 시 | 死都의 노래 | 시학 | 1939. 10. | |
| 시 | 발의 年譜 | 시학 | 1939. 12. | |
| 단편소설 | 내 山아 | 야담 | 1943. 8. | |
| 콩트 | 地獄案內 | 동양지광 | 1943. 12.-1944. 1. | 일문 |
| 단편소설 | 晴日 | 야담 | 1944. 4. | |
| 시 | 田園にて | 동양지광 | 1944. 5. | 일문 |

# 이주홍 연구 서지

김춘수, 『조춘』을 읽고(서평), 『국제신보』, 1956. 7. 27.

정진업, 자학서 참여로 - 이주홍저 「조춘」을 읽고, 『민주신보』, 1956. 8. 1.

정상구, 향토작가론(5); 사실(寫實)의 해체 - 「조춘」을 통해본 이주홍씨, 『부산일보』, 1957. 3. 2.

박동규, 식민지의 풍속도 - 조용만·이주홍·이석훈·유진오·이무영, 『한국단편문학대계』 3, 삼성출판사, 1969. 8. 439-444쪽.

천이두, 양식과 관조, 『월간문학』, 1972. 3. ; 『한국소설의 흐름』, 국학자료원, 1998. 11. 167-171쪽.

김상일, 권력의 희화 - 이주홍의 《희문》《탈선춘향전》, 삼성문고 『한국문학전집』 별권·1, 『한국작가·작품해설집』, 삼성출판사, 1973. 1. 67-73쪽.

신동한, 향파 이주홍론, 『재부작가론·작품집』, 한국문인협회 부산지부, 1974. 12. 59-76쪽. ; 『비평문학산책』, 자유문학, 1981. 3. 129-150쪽.

구중서, 작가·작품 해설, 『한국단편문학전집』 4, 문성당, 1975. 10. 373-380쪽.

김윤식, 30년대의 작가들 - 이무영·이상·이주홍·유진오·김말봉, 『한국단편문학대전집』 2, 동화출판공사, 1976. 3. 420-430쪽.

김병걸, 이주홍 문학의 세계, 『한국문학전집』 제21권, 민중서관, 1976. 10. 535-538쪽.

신동한, 이주홍론- 세련된 현실 달관의 세계, 『신화』, 범우소설문고 22, 범우사, 1977. 5. 11-20쪽.

신동한, 김정한·이봉구·이주홍·최인욱과 그 문학,『신한국문학전집』43, 어문각, 1977. 7. 527-534쪽.

신동한, 해설,『지저깨비들』, 동서문화사, 동서문고 249, 1977. 9. 201-204쪽.

신동한, 이주홍의 문학 - 구도의 길,『한국현대문학전집』15, 삼성출판사, 1978. 7. 초판, 1981. 9. 중판. 454-461쪽.

구중서, 작가·작품 해설,『한국단편문학전집』4, 신화사, 1979. 3. 373-380쪽.

최일수, 계몽주의에서 탈피한 형상력,『민족문학대계』8, 동화출판공사, 1979. 12. 초판. 1980. 1. 재판. 478-485쪽.

김병걸, 다양한 전개,『한국단편문학전집』2, 진문출판사, 1980. 4. 404-413쪽.

원형갑, 한 토양에서 달리 우뚝한 나무들,『현대한국단편문학전집』6, 금성출판사, 1981. 6.

김천혜, 두 편의 역사소설 - 이주홍의 〈어머니〉·〈아버지〉론,『부산문학』9, 부산문인협회, 1982. 6. 198-206쪽.

김병걸, 이주홍 문학의 세계,『한국문학전집』16, 삼성당, 1983. 535-538쪽.

원형갑, 한 토양에서 달리 우뚝한 나무들,『현대한국단편문학』6, 금성출판사, 1984. 8. 330-344쪽.

김정자, 모티브 구조로 본 김정한·이주홍 소설의 문체적 특성,『어문교육론집』8, 부산대 사대 국어교육과, 1984. 12. 253-276쪽.

송명희, 현대 문학사의 산 증인, 향파 이주홍,『부산문화』4호. 1985. 5-6월호, 부산문화회, 1985. 6. 55-62쪽.

정신, 생애 그 자체로서의 문학,『우리시대의 한국문학』2, 계몽사. 1986. 11. 146-149쪽.

김천혜, 부조리에의 반역-이주홍의 〈수염난 동화〉론,『부산문예』20, 부산문인협회, 1986. 12. 313-318쪽.

류종렬, 위식된 삶의 풍자-이주홍의 소설세계,『부산문화』13, 부산문화회, 1987. 3. 266-274쪽. ;『갈숲』제 25량, 태화출판사, 1987. 6. 32-38쪽.

김천혜, 현실인식의 문학,『월간문학』, 1987. 7. ; 『현실인식의 문학』, 전망, 1997. 11. 317쪽.

원형갑, 한 토양에서 달리 우뚝한 나무들,『한국단편문학』3, 금성출판사, 1987. 9. 461-472쪽.

신동한, 평론(제목 없음),『저 너머에 또 그대가』(고 향파 이주홍 유고집), 수대학보사, 1989. 2. 272-285쪽.

신동한, 이주홍론, 한국문학평론가협회 편.『한국문학작가연구・하』, 백문사. 1989.

김중하,『부산시사』제4권 제2장 문화예술 제1절 〈문학〉, 부산시사편찬위원회, 부산직할시, 1991. 6. 143-204쪽.

김병걸, 이주홍 문학의 세계,『학원 한국문학전집』8, 학원 출판사공사, 1991. 11. 465-467쪽.

허영석, 이주홍 소설의 변모 과정 연구, 부산외국어대학교 교육대학원 석사논문, 1994. 8. 69쪽.

송명희, 이주홍의 역사소설과 역사적 상상력,『문학도시』2, 1995년 가을호, 전망, 1995. 9. 43-59쪽.

황국명, 부산소설사 별견,『문학지평』5호, 1996년 봄호, 빛남. 65-88쪽.;『존재의 아름다움』, 전망, 1996. 11. 357-382쪽.

남송우, 이주홍 소설에 나타난 일상성과 역사성 속의 인물,『문학 지평』, 1996년 가을호, 빛남. 88-104쪽. ;『생명과 정신의 시학』, 전망, 1996. 12. 257-265쪽.

강남주, 삶의 환희에 대한 문학적 추구 - 작가 이주홍의 편모,『중심과 주변의 시학』, 전망, 1997. 6. 259-265쪽.

성병오, 부산소설사 (1930-1960년대),『부산문학사』, 부산문인협회, 1997. 12. 155-169쪽.

강인수, 부산 소설문학사(70년대와 80년대),『부산문학사』, 부산문인협회, 1997. 12. 170-186쪽.

김중하, 문학활동과 현황,『부산의 역사와 문화』, 부산대학교 한국민족문화연구
　　소편, 부산대학교출판부, 1998. 3. 265-282쪽.

류종렬, 이주홍의 역사소설 연구-〈어머니〉를 중심으로-,『외대논총』18집 1호,
　　부산외국어대학교, 1998. 2. 323-343쪽.

조갑상, 이주홍 소설에 묘사된 부산과 그 의미,『인문과학논총』창간호, 경성대
　　학교 인문과학연구소, 1998. 12. 1-12쪽. ;『한국 소설에 나타난 부산의
　　의미』, 경성대학교 출판부, 1999. 9. 153-173쪽.

류종렬, 이주홍의 〈아버지〉연구,『비교문화연구』10집, 부산외국어대학교 비
　　교문화연구소, 1999. 2. 229-248쪽.

류종렬, 이주홍 소설 연구의 현황과 방향,『우암어문논집』10호, 부산외국어대
　　학교 우암어문학회, 2000. 2. 127-164쪽.

이주홍 아동문학상 운영위원회(강남주),『이주홍 문학 연구』제1·2권, 대산,
　　2000. 11. 330쪽, 432쪽.

김정자, 모티프 구조로 본 이주홍 소설의 문체적 특성,『이주홍 문학연구』제1
　　권, 대산, 2001. 11. 79-98쪽.

이주홍 아동문학상 운영위원회(강남주),『이주홍 아동문학상 수상자 작품집』,
　　대산, 2000. 11. 517쪽.

이주홍 아동문학상 운영위원회(강남주),『이주홍의 문학과 인생』, 세한, 2001. 5.
　　345쪽.

류종렬, 이주홍 초기소설의 작품세계 연구,『현대소설연구』제15집, 한국현대소
　　설학회, 2001. 12. 183-205쪽.

이주홍 문학재단(강남주),『2002 이주홍 문학제 기념작품집』, 아침, 2002. 12.
　　433쪽.

한채화,『개화기 이후의「춘향전」연구』, 푸른사상사, 2002. 5. 263쪽.

류종렬, 이주홍의 소설집 서지 연구,『외대논총』26집, 부산외국어대학교, 2003.
　　2. 311-331쪽.

류종렬,「결혼전날」에 대한 소고 - 이주홍 문단 당선작의 의미,『오늘의 문예비

평』 48호, 2003년 봄호, 2003. 3. 265-285쪽.

류종렬, 이주홍의 미완의 장편소설 「야화」 연구, 『한국문학논총』 제33집, 한국
문학회, 2003. 4. 117-146쪽.

류종렬, 이주홍 소설의 서지적 연구, 『한국문학논총』 제34집, 한국문학회, 2003.
8. 537-574쪽.

류종렬, 이주홍과 부산지역문학, 『현대소설연구』 제19호, 한국현대소설학회,
2003. 9. 47-75쪽.

류종렬, 이주홍의 프로문학 연구, 『비교문화연구』 제 14집, 부산외국어대학교
비교문화연구소, 2003. 9. 25-63쪽.

류종렬, 이주홍의 생애와 소설세계, 제3회, 경남 작고문인 문학심포지엄(유인
물), 경남문학관, 2003. 11. 14. 12-28쪽; 『이주홍 문학저널』 창간호, 이
주홍 문학재단, 2003. 12, 121-155쪽.

류종렬, 이주홍의 초기소설 연구, 『한중인문학연구』 제11집, 한중인문학회,
2003. 12. 120-148쪽.

⋯⋯⋯⋯⋯⋯⋯⋯⋯⋯⋯⋯⋯⋯⋯⋯⋯⋯⋯⋯⋯⋯⋯⋯⋯⋯⋯⋯⋯⋯

손동인, 해설, 『이주홍 아동문학독본』, 을유문화사, 1963. 1. 1-10쪽.

이재철, 이주홍론, 『아동문학개론』. 문운당, 1967. 9. 119-124쪽.

안춘근, 이주홍론, 『햇불』 1969년 6월호, 소년한국일보, 1969. 6. 43-47쪽.

이재철, 1930년대의 중요작가들〈1〉-윤석중, 이주홍-, 한국현대아동문학사〈제11
회〉, 『햇불』 1969년 11월호, 소년한국일보, 1969. 11. 90-100쪽.

이오덕, 익살 속에 담긴 겨레 마음, 『못나도 울엄마』 창비아동문고·2, 창작과
비평사, 1977. 2. 244-252쪽.

이오덕, 아동문학과 서민성, 『시정신과 유희정신』, 창작과 비평사, 1977. 4.
105-138쪽.

이재철, 이주홍, 『한국현대아동문학사』, 일지사, 1978. 11.(『햇불』 1969.1-1970. 5

연재, 소년한국일보사.) 250-255쪽.

이오덕, 전래동화, 그 전통 계승 문제,『세계의 문학』1980년 여름호 ;『어린이를 지키는 문학』, 백산서당, 1984. 12. 9-53쪽.

이재철, 한국아동문학사,『개고판 아동문학개론』, 서문당, 1983. 1. 27-93쪽.

손동인, 이주홍론-향파동화의 빛깔,『아동문학평론』제26호, 아동문학평론사, 1983년 봄호, 1983. 3. 32-39쪽.

이재철, 한국아동문학의 흐름,『아동문학의 이론』, 형설출판사, 1983. 4. 78-104쪽.

이오덕, 이주홍 선생의 동화,『사랑하는 악마』, 창비아동문고 · 13, 창작과 비평사, 1983. 7. 231-238쪽.

이재철, 이주홍론,『한국아동문학작가론』, 개문사, 1983. 10. 61-67쪽.

이재철, 향파 이주홍선생의 문학세계, 해학적 문장, 건강한 리얼리즘, 이주홍 추모 특집『아동문학평론』41호, 아동문학평론사, 1987. 3. ;『이주홍 문학연구』제1권, 대산, 2000. 11. 132-136쪽.

김문홍, 인간신뢰의 미학-이주홍의 아동문학,『부산문화』13, 부산문화회, 1987. 3. 257-265쪽.

정춘자, 이주홍 연구-창작동화, 소년소설 중심으로, 단국대학교 대학원 석사논문, 1990. 2. ;『이주홍 문학연구』제2권, 대산, 2000. 11. 17-87쪽.

정춘자, 이주홍론-이주홍 아동문학의 특성, 이재철 편,『한국아동문학 작가 작품론』〈전편〉, 서문당, 1991. 11. 151-168쪽.

유진숙, 향파 이주홍 동화에 나타난 배경 연구,『국어과 교육』제12집, 부산교육대학교, 1992. 2. 163-173쪽.

박경희, 이주홍 동화의 '재미' 연구, 동아대학교 교육대학원 석사논문, 1993. 6. ;『이주홍 문학연구』제2권, 대산, 2000. 11. 88-163쪽.

이재복, 웃음 속에 배어 있는 고통스런 현실 · 이주홍 이야기,『우리 동화 바로 읽기』, 소년한길 어린이문학 3, 한길사, 1995. 7. 157-181쪽.

이재복, 해방을 꿈꾸는 수염 난 아이,『우리 동화 바로 읽기』, 소년한길 어린이

문학 3. 한길사, 1995. 7. 113-155쪽.

송명희, 이주홍의 「피리부는 소년」과 이니시에이션 소설, 『아동문학평론』, 1998
　　　년 여름호, 아동문학평론사. 108-124쪽.

원종찬, 한국아동문학이 창조한 주인공 - 근대아동문학사 연구의 반성, 『창작과
　　　비평, 1999년 봄호 ; 『아동문학과 비평정신』, 창작과 비평사, 2001. 1.
　　　94-117쪽.

원종찬, 한일 아동문학의 기원과 성격 비교, 『한국학 연구』 11집, 인하대학교,
　　　2000 ; 『아동문학과 비평정신』, 창작과 비평사, 2001. 1. 49-93쪽.

곽홍란, 이주홍 동시 특성 연구, 영남대학교 대학원 석사논문, 2000. 2. 『이주홍
　　　문학연구』 제2권, 대산, 2000. 11. 242-328쪽.

손수자, 이주홍 동화의 문체론적 연구, 부산교육대학교 교육대학원 석사논문,
　　　2000. 2. 『이주홍 문학연구』 제2권, 대산, 2000. 11. 329-432쪽.

문종현, 이주홍 동화의 교재화 방안 연구, 춘천교육대학교 교육대학원 석사논
　　　문, 2001. 2. 103쪽.

김지은, 이주홍 시 연구, 『지역문학연구』 제 7호, 경남지역문학회, 2001. 10.
　　　83-113쪽.

박태일, 이주홍의 초기 아동문학과 『신소년』, 『현대문학이론연구』 제18집, 현대
　　　문학이론학회, 2002. 12. 147-173쪽.

이정임, 이주홍 초기 사실 동화 연구, 부산대학교 대학원 석사논문, 2003. 2. 59
　　　쪽.

정금자, 이주홍 동화의 인물 유형 연구. 창원대학교 대학원 석사 논문. 2003. 2.
　　　68쪽.

이재철, 이주홍의 문학세계, 『2003 이주홍문학제 이주홍 문학 세미나』(유인본),
　　　2003. 5. 31. 1-20쪽.

신현득, 향파 이주홍의 동시 세계, 『2003 이주홍문학제 이주홍 문학 세미나』(유
　　　인본), 2003. 5. 31. 1-12쪽.

조대현, 이주홍 동물우화의 특징과 한계, 『2003 이주홍문학제 이주홍 문학 세미

나』(유인본), 2003. 5. 31. 1-11쪽.

정선혜, 이주홍 동화에 나타난 독서치료적 조망, 『2003 이주홍문학제 이주홍 문
학 세미나』(유인본), 2003. 5. 31. 1-25쪽.

박태일, 이주홍 등단작 시비에 관하여, 『2003 이주홍문학제 이주홍 문학 세미
나』(유인본), 2003. 5. 31. 1-13쪽.

박경수, 계급주의 동시 이해의 밑거름 - '푸로레타리아 동요집'『불별』에 대하
여, 『지역문학 연구』 제8호, 경남·부산지역문학회, 2003. 9. 201-232쪽.

박경수, 일제 강점기 이주홍의 동시 연구, 『한국문학논총』 제35집, 2003. 12.
133-161쪽.

...........................................................................................

송명희, 이주홍의 시적 지향과 정신적 깊이, 『최정석 정년퇴임기념문집』, 그루,
1990. 2. 403-414쪽.

손상익, 이주홍의 만화, 『한국만화통사』 상, 시공사, 1999.11. 228-234쪽.

한국예술종합학교 한국예술연구소 엮음, 『한국현대 예술사 대계』I, 시공사,
1999. 12. 429쪽.

박태일, 이주홍론; 교육자로서 걸었던 길, 『소설시대』 제6호, 한국작가교수회,
평민사, 2003. 9. 87-109쪽.

박경수, 일제 강점기 이주홍의 시 연구, 『우리말글』 제29집, 우리말글학회,
2003. 12. 349-372쪽.

...........................................................................................

# 찾아보기

## ㅈ

# 필자소개

■ 류종렬

1953년 부산에서 출생하여, 부산대학교 문리과대학 국어국문학과를 졸업하고, 동 대학원에서 문학석사·박사학위를 받았다. 현재 이주홍문학에 관심을 가지고 연구하고 있다. 제23회 이주홍문학상(문학연구 부문)을 수상하였다. 저서로 「가족사·연대기소설 연구」, 「한국문학에 있어서의 집 그리고 가족의 문제」(공저) 등이 있다. 현재 부산외국어대학교 국어국문학과 교수로 재직하고 있다.

■ 박태일

1954년 경남 합천에서 나서, 부산대학교 국문학과를 졸업한 뒤, 같은 대학원에서 석사·박사 학위를 받았다. 1980년 「중앙일보」 신춘문예 시부문 당선으로 문단에 나선뒤 「열린시」 동인으로 활동했으며, 시집으로 「그리운 주막」·「가을 악견산」·「약쑥 개쑥」·「풀나라」를 냈다. 연구서로 「근대시의 공간과 장소」, 엮은책으로 「크리스마스 시집」·「가려뽑은 경남·부산의 시 ① 두류산에서 낙동강에서」가 있다. 제1회 김달진문학상, 제10회 부산시인협회상을 받았다. 지산간호보건전문대학을 거쳐, 지금은 경남대학교 인문학부 국문학과에서 교수로 일하고 있다.

■ 이재복

1957년 경기도 강화에서 태어나, 서울교대와 성균관대 영어영문학과를 졸업했다. 이원수 문학을 연구하면서 아동문학에 관심을 갖기 시작하여,

요즘은 한국아동문학사 정리와 팬터지 동화 공부에 몰두하고 있다. 한국어린이문학협의회에서 발행하는 월간 〈어린이문학〉 일을 하면서, 달마다 "이야기밥"이라는 소식지를 내고 있다. 평론집 「판타지 동화 세계」, 「뚱보 방정환 선생님 이야기」, 「물오리 이원수 선생님 이야기」, 「우리 동화 바로 읽기」를 냈고, 「교사수첩」을 우리말로 옮겼다.

■ **박경수**

1957년 부산에서 출생하여, 부산대학교 국어교육과를 졸업한 뒤, 한국학대학원·부산대 대학원에서 문학석사·박사학위를 받았다. 저서로 「한국 근대문학의 정신사론」, 「한국 근대 민요시 연구」, 「한국 민요의 유형과 성격」, 「민중문학의 실상과 이해」(공저), 「한국 근대문학의 쟁점 Ⅰ, Ⅱ」(공저), 「한국 현대시와 패러디」(공저), 「한국 서술시의 시학」(공저), 「안서 김억전집」(편저) 등이 있다. 한국정신문화연구원 연구원, 아주대·부산대 강사, 뉴질랜드 와이카토 대학교 교환교수를 역임하였다. 현재 부산외국어대학교 국어국문학과 교수로 재직중이다.

■ **정봉석**

1963년 부산에서 출생하여 동아대학교 국어국문학과를 졸업하고, 동 대학원에서 문학석사·박사학위를 받았다. 1995년 「조선문학」에 평론부문 신인상을 수상하여 문단에 나왔으며, 「유리동물원」, 「지국총 지국총」 등을 연출하였다. 1993년 석당문화상을 수상하였다. 저서로 「일제강점기 선전극 연구」, 「열린 연극의 담론과 비평」, 「연극이 살아 숨쉬는 도시를 위하여」(공저) 등이 있다. 동아대학교·부산대학교·경남대학교·신라대학교·부산예술학교 강사를 거쳐, 현재 동아대학교 국어국문학과 교수로 재직중이다.

# 이주홍의 일제강점기 문학 연구

인쇄일 초판 1쇄  2004년 02월 10일
    2쇄  2015년 07월 10일
발행일 초판 1쇄  2004년 02월 20일
    2쇄  2015년 07월 13일

지은이 류 종 렬
발행인 정 찬 용
발행처 **국학자료원**
등록일 1987.12.21, 제17-270호

서울시 강동구 성내동 447-11 현영빌딩 2층
Tel : 442-4623~4 Fax : 442-4625
www. kookhak.co.kr
E- mail : kookhak2001@hanmail.net
ISBN 978-89-541-0183-7 *93810
가 격 20,000원